Helle Herbstlichter

Erzählungen und Gedichte

Peter Frank, Gudrun Baruschka, Peter Lechler u.v.a.

Dorante Edition

Herbsttag

Herr es ist Zeit. Der Sommer war sehr groß.
Leg deinen Schatten auf die Sonnenuhren,
und auf den Fluren lass die Winde los.

Befiehl den letzten Früchten voll zu sein;
gib ihnen noch zwei südlichere Tage,
dränge sie zur Vollendung hin und jage
die letzte Süße in den schweren Wein.

Wer jetzt kein Haus hat, baut sich keines mehr.
Wer jetzt allein ist, wird es lange bleiben,
wird wachen, lesen, lange Briefe schreiben
und wird in den Alleen hin und her
unruhig wandern, wenn die Blätter treiben.

Rainer Maria Rilke

Helle Herbstlichter

Erzählungen und Gedichte

Peter Frank, Gudrun Baruschka,
Peter Lechler u.v.a.

Bibliografische Information durch die Deutsche Nationalbibliothek: Die Deutsche Nationalbibliothek verzeichnet diese Publikation in der Deutschen Nationalbibliografie; detaillierte bibliografische Daten sind im Internet über http://dnb.d-nb.de abrufbar.

herausgegeben durch das Literaturpodium, Dorante Edition
Berlin 2017, www.literaturpodium.de
ISBN 9783743191884

Foto auf der Vorderseite: Anna B. Lippmann
Fotos auf der Rückseite: Reinhard Lehmitz, Sieglinde Seiler, Thomas Schiffer, Peter Luyendyk (von rechts nach links)

Alle Nachdrucke sowie Verwertung in Film, Funk und Fernsehen und auf jeder Art von Bild-, Wort-, und Tonträgern sind honorar- und genehmigungspflichtig. Alle Rechte vorbehalten. Das Urheberrecht liegt bei den Autorinnen und Autoren.

Herstellung und Verlag: BoD – Books on Demand, Norderstedt

Gabriele Nakhosteen

Seelenherbst

Emily trat hinaus ins Freie und setzte sich auf den Stumpf einer Eiche, deren Holz James im Laufe von Wochen gehackt und für den Winter im Stall aufgeschichtet hatte. Von hier aus bot sich ihr der beste Blick auf die grandiose Natur. Links die Weite des Atlantiks mit dem nie endenden Wechsel der Gezeiten, rechts das faszinierende Farbenspiel der herbstlichen Wälder. Das Laub von Zucker-Ahorn, Erlen, Ulmen, Ebereschen und Buchen glich einem lodernden Flammenmeer. Wein- und scharlachrote, rostbraune, fahlgelbe, ocker und orange gefärbte Tönungen ergaben ein surreales Bild von derartiger Intensität, wie es kein Maler hätte schaffen können.
Mit beiden Händen umfasste Emily ihren arg verbeulten Henkelbecher und nippte am frisch gebrühten Tee. Sein aromatischer Duft mit der süßlich-fruchtigen Note wirkte besänftigend. Sie hatte viel durchgemacht, wie alle Passagiere der Mayflower, die ein Jahr zuvor an diesen Flecken, an die Ostküste der Neuen Welt, gespült worden waren. Fast die Hälfte von ihnen war im ersten Winter gestorben, verhungert oder durch plötzliche Krankheit dahingerafft worden. Ihr Mann James und sie hatten überlebt, nicht aber ihre beiden kleinen Söhne, deren sterbliche Überreste unter einem jener Bäume mit ihrer explodierenden Farbenpracht ruhten.
Die milde Septembersonne wärmte angenehm. Emily schloss die Augen und lauschte der Musik des Ozeans, dem Rauschen der Wellen, dem Kreischen und Rufen von Möwen, Fischadlern und Papageientauchern. Die Schönheit der Natur berührte ihr Herz, war tröstlich und stimmte sie hoffnungsvoll, wenn auch die Erinnerungen an das letzte Jahr nur langsam verblassten.
Zum ungünstigsten Zeitpunkt, auf dem Höhepunkt der Herbststürme, hatte der Dreimaster, der sie in eine friedliche Zukunft tragen sollte, den Ozean überquert. Orkanartige Stürme hatten die Wellen aufgepeitscht, das Schiff in die Höhe geschleudert und zurück in die Tiefe gerissen, es zum Spielzeug der Naturgewalten gemacht. In der qualvollen, stickigen Enge mit Ziegen, Hühnern, Gänsen und Enten hatten die Passagiere verzweifelt ausgeharrt und Todesangst ausgestanden. Erschöpft vor Hunger und Kälte, gezeichnet von Krankheit waren sie nach zwei Monaten voller Ungewissheit fernab des vorgesehenen Kurses vor Anker gegangen, in

einer öden Gegend, die, so schien es, von Menschen aufgegeben worden war. Reste verlassener, hölzerner Wigwams, brachliegende, verwilderte Felder und Gräber zeugten davon, dass einst dort ein Dorf gewesen sein musste. Ist dies das herbeigesehnte gelobte Land, hatte sich Emily ungläubig gefragt.
Schmerzliche Bilder waren geblieben, drängten sich immer wieder in ihr Bewusstsein, die bleichen, ausgemergelten Körper ihrer Söhne, ihre fiebrigen Augen, ihr leiser werdender Atem. Wenn Emily daran dachte, haderte sie mit ihrem Schicksal. Sie war nicht glaubensstark wie ihr Mann, der diese fremde, unwirtliche Scholle bedingungslos als die von Gott gegebene neue Heimat ansah.

*

„Welch angenehmer Duft." James hatte sich unbemerkt genähert, begrüßte seine Frau mit einer liebevollen Umarmung und setzte sich neben sie auf die Erde.
„Ein Getränk der Wampanoag", antwortete Emily, „ich hole dir einen Becher." Sie lief in ihr immer noch provisorisches Siedlungshäuschen und kam mit einem zweiten Becher zurück.
„Tut gut", nahm sie das Gespräch wieder auf. „Die Indianerfrauen haben mir gezeigt, wie man den Tee kocht. Stell dir vor, er wird aus den getrockneten Blättern der Pflanzen zubereitet, deren scharlachrote Blüten wir unten am Fluss bewundert haben."
„Köstlich", bestätigte James.
„Wir haben den Wampanoag viel zu verdanken", fuhr Emily fort. „Aus eigenen Kräften hätten wir dieses Jahr nicht überlebt."
James nickte zustimmend. Er war Puritaner, religiös und sittenstreng, aber kein engstirniger, intoleranter Sektierer wie viele seiner Glaubensgenossen, die die Indianer als unzivilisierte, heidnische Barbaren ohne jegliche Rechte sahen. James dagegen respektierte sie und wollte in Frieden mit ihnen leben.
Die Wampanoag, die seit mehr als zweitausend Jahren das östliche Neuengland besiedelten, waren im Frühjahr aus ihren landeinwärts gelegenen Winterquartieren in die Nähe des Ortes zurückgekehrt, an dem sich die Mayflower-Überlebenden niedergelassen hatten. Ihr Häuptling Wasamegin war über die Neuankömmlinge nicht erfreut gewesen. Zu häufig hatten Rauchzeichen anderer Stämme signalisiert, dass Siedler an anderen Orten unrechtmäßig Weideflächen in Besitz genommen, Felder niedergebrannt und Wälder gerodet hatten. Indes dieses elende Häufchen war zu schwach und kränklich, um ihm und den Seinen gefährlich zu werden,

andererseits konnte es von Nutzen sein. Im Tausch gegen Waffen, die ihm Vorteile bringen würden im Kampf mit den kriegerischen Stämmen der Umgebung, insbesondere den übermächtigen Narragansett, hatte er den Siedlern Hilfe angeboten, damit sie in der neuen Umgebung überlebten.

„Ja", antwortete James, „diesen Winter braucht niemand zu hungern. Wir haben alle reichlich Vorrat. Zeit, um wieder ein Erntedankfest zu feiern wie in der alten Heimat."

„Wir sollten es zusammen mit den Wampanoag begehen", meinte Emily.

„Gute Idee", erwiderte James. „Ich werde es dem Rat der Gemeinde vorschlagen." Er trank den Rest seines Tees und erhob sich.

„Die Arbeit ruft. Ich muss die Lehmschicht unserer Hauswände verstärken. Der Winter mag wieder bitter kalt werden."

Bevor er ging, zeigte er auf die kräftigen, breitrunden Gewächse, die mit ihrem leuchtenden Orangerot den kleinen Garten vor dem Haus übersäten.

„Und du, meine Liebe", er zwinkerte Emily zu, „du kannst zum Fest eine ganze Kompanie mit Kürbiskuchen versorgen."

*

Emily hatte im Sommer einen Gemüsegarten angelegt. Die Samen und Wurzeln, die sie aus der alten Heimat mitgebracht hatte, Sauerampfer und Guter Heinrich, Schwarzwurz und Schafgarbe, Kamille, Huflattich, Seifenkraut, sowie Spinat und verschiedene Kohlarten gediehen gut und waren durch einheimische Pflanzen wie Mais, Bohnen, vor allem aber Kürbisse, die Hauptnahrungsquelle im Herbst, ergänzt worden. Eine große Hilfe war ihr dabei Odakotah gewesen, ein schlanker und hochgewachsener Indianer mit bronzebrauner Haut, hohen, hervortretenden Wangenknochen und pechschwarzem, glattem Haar. Emily mochte ihn. Noch ahnte sie nicht, dass dieser scheue, zurückhaltende junge Mann bald ihr Komplize werden würde.

Emily hatte früh gemerkt, dass seinen dunklen, melancholischen Augen eine Traurigkeit innewohnte, die ihrer nicht unähnlich zu sein schien. Es hatte einige Zeit gedauert, bis ihr Odakotah den Schmerz seines Herzens offenbart hatte. Mittels Zeichensprache, Gestik und Mimik. Und doch herzergreifender als Worte es hätten ausdrücken können. Drei Jahre zuvor hatte eine unbekannte Krankheit, eingeschleppt durch europäische Abenteurer, fast seine gesamte Sippe ausgelöscht, darunter seine Frau und seinen kleinen Sohn. Sein Heimatdorf war jener verlassene Ort, auf

den die Mayflower-Passagiere bei ihrer Ankunft gestoßen waren und den sie für sich vereinnahmt hatten.
Emily blickte hinüber auf die Farbenpracht der Bäume. Sie sahen mächtig, kraftvoll und mutig aus. Das gab ihr Zuversicht. So wollte sie auch sein, stark und tapfer. Dann ging sie zurück ins Haus, um James beim Verputzen der Hauswände zu helfen.

*

Entlang der Atlantikküste gab es ganze Landstriche, an denen Bäume mit ungewöhnlichem Duft wuchsen. Die Wampanoag nannten sie Pavane. Im Herbst leuchteten ihre Blätter intensiv purpurfarben. Emily kannte die Baumart nicht, hatte aber bald gelernt, dass sie den Indianern heilig war. Die Einheimischen glaubten, dass die Bäume heilende Kraft besäßen. Alle Teile der Pflanze, die dunkelblauen, eiförmigen Früchte, die gelappten Blätter, die rotbraune, dicke Borke und die Wurzeln wurden von ihnen als Allheilmittel genutzt. Sei vorsichtig mit den Extrakten der Wurzelrinde, hatte Odakotah ihr zu verstehen gegeben. Emily hatte bei den Wampanoagfrauen nachgeforscht, was es damit auf sich habe. Die Indianerinnen legten Zeigefinger und Daumen dicht aufeinander, so dass nur ein hauchdünner Spalt zwischen ihnen war, rollten verklärt mit den Augen und gestikulierten verzückt wie in Trance, zum Zeichen, dass kleinste Mengen des Extraktes eine aphrodisische Wirkung hätten. Große Mengen jedoch, angezeigt durch das Auseinandergehen der Finger und furchtsam blickende, tellergroße Augen, würden zum Tode führen. Es war vielleicht jugendliche Neugier gewesen, die Emily dazu gebracht hatte, an so einem Cocktail, der ihr von den Frauen angeboten worden war, zu nippen. Nur ein wenig. Keinen Sekundenbruchteil hätte sie damals an eine größere Menge gedacht.
Ende Oktober ging die Royal Discovery, ein englisches Handelsschiff, in der Bucht des Siedlungsgebietes vor Anker. Es war beladen mit langersehnten Gegenständen für den täglichen Bedarf. Doch das allein war nicht der Grund, warum Emily beschwingt den Waldweg vom Rande des Dorfes hinunter zum Hafen eilte, wo James mit dem Löschen der Fracht half. Die Schwingungen ihres Herzens klimperten leichtfüßig und fröhlich eine beglückende Melodie, eine musikalische Ode an das Leben. Die Natur schien Emilys Gefühle widerzuspiegeln. Kecke Strahlen der schon tieferstehenden Sonne blinzelten verzückt durch das Laub der mächtigen Bäume, brachten Millionen zarter Spinnweben ein letztes Mal zum Funkeln und tanzten mit Schatten auf dem von unzähligen, glänzend braunen Kastanien und ihren aufgeplatzten, stacheligen Hüllen be-

deckten Pfad. Emily fühlte sich so glücklich wie seit langem nicht mehr. Ihre Gedanken eilten ihr voraus, zu James. Wie sehr würde er sich freuen, dass Emily guter Hoffnung war.

*

Die Royal Discovery hatte nicht nur Möbel, Hausrat, Nahrungsmittel und Waffen geladen. Der Bauch des Schiffes spülte eine weitere Welle streng gläubiger Puritaner an Land. Die meisten von ihnen waren Handwerker, Bauern oder Tagelöhner, schlecht ausgebildet, mit geringem sozialen Ansehen, bettelarm. Sie suchten für sich und ihre Familien nicht nur in religiöser Hinsicht ein besseres Leben. Das Streben nach materiellem Wohlstand war bei ihnen stark ausgeprägt und die Weite des dünn besiedelten Kontinents versprach unbegrenzte Möglichkeiten.

Der Nachschub an gesunden und tatkräftigen Glaubensbrüdern war durchaus erwünscht, denn der Handel mit der alten Welt nahm Fahrt auf. In Europa begehrt waren Pelze von Bibern, Waschbären, Füchsen, Mardern und Ottern. Mit den neuen Siedlern platzte zwar die junge Kolonie aus allen Nähten, aber Land war genug vorhanden. Hatten die ersten Pilger für ihren Besitz bezahlt, meist in Form von Waffen und Alkohol, steckten die Passagiere der Royal Discovery selbstredend Grundstücke für sich ab, ohne auch nur daran zu denken, die Ureinwohner zu fragen, geschweige denn sie zu entschädigen. Es war James, der gegen diese Praktiken wetterte.

„Es ist das Land der Wampanoag", sagte er.

„Es ist God's own country, Gottes eigenes Land", war die anmaßende und selbstgerechte Antwort. „Uns, den Auserwählten, von Gott gegeben."

„Es ist besser für uns alle, friedlich mit den Indianern zu leben", forderte James. Doch er stieß auf Unverständnis.

„Mit heidnischen Wilden?", fragten die religiösen Fanatiker. „Das glaubst du doch selbst nicht, Bruder."

*

Die Nächte wurden kühler. Der Wind wuselte durch das Laub der Bäume, ließ die Blätter zur Erde schweben. Der Spätherbst kündigte unverhohlen seinen Abschied an.

Aus Rücksichtnahme erzählte James seiner Frau nichts von den schärfer werdenden Auseinandersetzungen zwischen ihm und anderen Gemeindemitgliedern. Emily war mit Vorbereitungen für das Erntedankfest beschäftigt. Ihre Vorfreude war groß, denn James hatte bereits vor Eintreffen der Royal Discovery im Gemeinderat durchsetzen können, dass die Wampanoag eingeladen wurden. Auch bei ihnen war es üblich, für eine reiche Ernte zu danken, bevor sie für den Winter wieder in mildere Regionen zogen. Emily konnte nicht nur Kürbiskuchen und Kürbissuppe zum Essen beisteuern, sondern jede Menge schmackhafter Maisplätzchen.

Die Luft roch bereits nach Winter, als Häuptling Wasamegin mit neunzig Stammesbrüdern an den Festlichkeiten teilnahm. Sie hatten das Fleisch von Hirschen, Truthähnen und Kleinwild mitgebracht, eine großzügige Geste als Zeichen für ein friedliches Miteinander. Wasamegin ahnte nicht, dass die weißen Siedler das Fest nutzten, um ihre Strategie für die Vertreibung seines Stammes aus dem wachsenden Koloniegebiet zu planen. Er merkte auch nicht, dass James seinen Zorn über die Habgier seiner Landsleute und deren Skrupellosigkeit kaum verbergen konnte, dass er mit seinen Glaubensbrüdern heftig aneinander geriet.

*

Bevor die Wampanoag mit dem Essen begannen, zündeten sie ein Feuer an, um das sie im Kreis tanzten. Sie beendeten dieses Ritual, indem sie getrocknete Cranberries, Früchte, die sie als Nahrungsmittel und Medizin nutzten, zusammen mit Getreidesamen vier Mal um den Rand des Feuers warfen, so dass sie brannten und dadurch in die Luft und die vier Himmelsrichtungen getragen wurden. Diese Nahrung war für die Geister ihrer Verstorbenen gedacht. Erst dann begannen sie selbst zu essen.

Drei Tage und zwei Nächte verbrachten Wampanoags und Siedler miteinander und maßen sich in Wettkämpfen und auf der Jagd. Während die Kolonisten von ihren Gewehren Gebrauch machten und damit die Tiere oft aufscheuchten und vertrieben, benutzten die Wampanoags zum Jagen Pfeil und Bogen oder Speere. Der Schaft ihrer Geschosse war aus dem Holz des Holunders gefertigt, an dem an einem Ende eine Pfeilspitze mit Sehnen befestigt wurde. Gejagt wurden Hasen, Streifenhörnchen, Kaninchen, Weißwedel- und Maultierhirsche sowie die großen Wapitis. Wenn die Indianer sich an große Tiere heranpirschten, bedeckten sie sich mit einem Tierfell und machten die Bewegungen des zu jagenden Tieres nach. Dadurch kamen sie ihm nah genug, um es erlegen zu können.

Als die letzte Jagd beendet war, versammelten sich Ureinwohner und Siedler nochmals für eine Mahlzeit um das Feuer. Einer fehlte. James war nicht zurückgekommen.

Es dunkelte bereits, als sich Emily, besorgt und ängstlich, mit den Wampanoags auf den Weg machte, um James zu suchen. Zunächst bemerkte sie kaum, dass Odakotah sie zielsicher in das Waldgebiet führte, wo ihre Kinder begraben waren. Das Laub raschelte unter ihren Füßen, durch die lichten Baumkronen tat sich die Weite des sich verdunkelnden Firmaments auf. Abrupt stoppte der Trupp. Unter einer mächtigen Roteiche, die ihre Äste schützend über die Gräber von Emilys Kindern breitete, lag James. Ungläubig starrte Emily auf ihren toten Mann. Er war rücklings erschossen worden.

*

Emilys Trauer war kaum zu beschreiben. Alles Hoffen, ihre Gebete, ihr Glaube waren umsonst gewesen. Trost fand sie nicht, wohl aber den Namen des Mörders und den Grund für seine Tat. Odakotah hatte während der Jagd von weitem beobachtet, wer James gnadenlos hingerichtet hatte. Den Konflikt, den er mit seinen fanatischen Glaubensbrüdern ausgefochten hatte, wurde ihr erst angesichts seines Todes langsam bewusst. Es war unfassbar, dass der Mörder seine Tat wohlmöglich auf Geheiß anderer Gemeindemitglieder begangen hatte.

Die bigotten Trauerreden nahmen Emily den Rest ihrer Frömmigkeit. Ihre Traurigkeit schlug um in Abscheu und blanke Wut. Rache war ein unchristlicher Gedanke, doch der einzige, den Emily zuließ. Es gab nur einen, der ihr helfen konnte, Odakotah. Ihre Blicke verstanden sich. Es bedurfte keiner Worte, damit Odakotah, der Indianer mit den dunklen, melancholischen Augen, aus der Wurzelrinde eines Baumes mit ungewöhnlichem Duft einen potenten Extrakt herstellte und die helle Flüssigkeit vermischt mit gesundem Cranberry-Saft beim Leichenschmaus unbemerkt auf den Tisch des Mörders stellte. Am nächsten Morgen war ein weiterer Toter zu beklagen. Die Ursache seines plötzlichen Hinscheidens konnte nicht geklärt werden.

Die Bäume hatten ihr Laub verloren. Fast gespenstig ragten die schwarzen Äste in den frostig-kalten Himmel. Von Bord der *Royal Discovery* blickte Emily noch einmal hinüber zu dem Ort, an dem sie Kinder und Mann zurückließ.

„Die Neue Welt ist keine bessere Welt", sagte sie, als sie *God's own country* den Rücken kehrte.

Gudrun Baruschka

Rügenherbst

Wie Fremde liefen sie nebeneinander im lichten Kiefernforst, vermieden Berührungen und Blicke. Über die Wipfel ging der Wind. Karen wusste: sie mussten sich endlich aussprechen. Gut war, dass Lutz sie begleitete und sie nicht, wie unzählige Male vorher, allein mit den Kindern zum Strand hatte gehen lassen. Sein Gesicht aber war gleichgültig wie seit Wochen. Vielleicht täuschte sie sich, wenn sie annahm, dass er heute mit sich reden ließ. Wie zugeschnürt war ihr die Kehle, und alle Argumente schienen sich heillos in ihrem Hirn verkeilt zu haben. Sie schluckte heftig und setzte sich eine letzte Frist: Wenn wir die Dünen erreichen, fange ich an.
Lutz spürte die Unruhe seiner Frau seit sie mit den Kindern nach dem Frühstück losgezogen waren; er mochte jedoch nicht fragen, geschweige denn reden. Ihm war nur danach, diesen frischen, reifen Oktobertag mit Haut und Haaren in sich aufzunehmen, sich sattzusehen an nebligen Wiesen, fruchtbaren Äckern, an stillen Buchten und schimmerndem Feuersteingeröll. Eventuell schafften sie es auch bis zum steil aufragenden Hochufer, aber ganz sicher erreichten sie bald flachen Sandstrand mit tosender Meeresbrandung. Er war lange nicht mehr mitgegangen, wenn Karen und die Kinder Inselspaziergänge unternommen hatten, und merkte jetzt, dass er sich selbst damit wehgetan hatte. Er liebte die Insel seit ihrer Hochzeitsreise hierher. Hier zu leben, diesen Traum hatte er sich verwirklicht seit dem Mauerfall. Aber um welchen Preis ... Dumpfe Bitterkeit spürte er aufsteigen. Er ballte die Hand in der Hosentasche zur Faust. Dabei berührte er ein Stückchen Papier und unterdrückte ein Stöhnen. Nein, Karen sollte nicht merken, wie es wirklich stand. Er hatte alles verloren; es blieb ihm nichts! Seinen stummen Schrei riss ihm der Wind fort. Die wenigen Buchen seitwärts schützten nicht mehr. Die Kinder tobten längst in den Dünen. Er sah Kai wie ein übermütiges Fohlen durch den hüfthohen Strandhafer jagen und Jenny haschte nach ihm und hielt sich lachend die wehenden Haare aus der Stirn. Leiser Zweifel zerfraß seine schweren Gedanken. Die beiden und Karen gehörten ja zu ihm; war ihr Leben nicht auch irgendwie seines?
‚Jetzt‘, befahl sich Karen trotzig. Ihre Schuhe sanken in den hellen weichen Dünensand. Es lief sich nun viel schwerer als auf erdigem Waldbo-

den. Der auflandige Wind fuhr einem ins Gesicht und zerrte an der Kleidung. Karen fühlte sich seltsam atemlos, als hätten ihr Sand und Wind schon in den wenigen Minuten alle Kraft und allen Mut genommen. Sie beobachtete die fröhlichen Kinder und sagte endlich: „Schön, dass wir uns heute die Zeit füreinander nehmen können ... Lass uns reden über alles ... und wenn du's nicht willst, so höre mir bitte zu und versuch mal, ehrlich darüber nachzudenken."
Karen fürchtete sich vor der Antwort ihres Mannes, die vielleicht hässlich sein und schmerzen oder ausweichend gleichgültig sein würde. Je länger er schwieg, umso mehr war sie auf alles gefasst. Sie starrte in die wogenden Dünenwellen und spürte tief drinnen und dunkel die plötzliche Erkenntnis, dass sich nun wohl auch das letzte Band zwischen ihr und Lutz lösen würde, wenn er jetzt nicht zu sich kam.
Lutz durchwühlte sein blondes Haar. Er hatte sich abgewandt und suchte mit heißen Augen am Horizont hinter den Dünen nach dem Anblick der See. Doch sie waren zu weit entfernt stehengeblieben. Von hier aus hörte man noch nicht einmal das Rauschen der Brandung. Aber stolze, schöne Möwen segelten im Grauhimmel. Karen kam ihnen gleich, fiel ihm auf. Sie ließ sich anscheinend von keinen Widrigkeiten schrecken. Im Auf und Ab ihrer zwanzig gemeinsamen Jahre hatte er erfahren, dass er ihr unterlegen war, wenn sie über Probleme diskutierten, dann blieb ihm oft ein schaler Beigeschmack, gegen sie verloren zu haben. Sollte er es wieder darauf ankommen lassen? Wenn er aber nicht aufgeben wollte, musste er kämpfen, und dazu gehörte reden und vielleicht auch verstehen. Er atmete tief durch. „Gut, versuchen wir's."
Karen war sehr erleichtert, obwohl nun das Schwerste kam ...
Im stillen Einvernehmen durchquerten sie langsam die Weißdünen, griffen nach dem biegsamen Strandhafer und unterhielten sich zögernd, vorsichtig nach Worten suchend, um den anderen nicht durch unbedachte Vorwürfe zu reizen. Kai und Jenny spielten schon am Strand; sie konnten ihr Jauchzen hören. Karen hatte ihnen erlaubt, mit den Beinen ins Wasser zu gehen, fürs Baden wurde es nun zu kalt.
„Weißt du noch, wie die Ostsee stürmte, als wir zum ersten Mal mit den Kindern hier waren?"
Lutz nickte. „Meterhohe schäumende Wellen ... und im Wind 'ne Menge kreischender Möwen", erinnerte er sich.
„Weißt du noch, was wir uns damals geschworen haben?"
Lutz nickte wieder. „Wenn solch ein Sturm in unser Leben bricht, überstehen wir ihn gemeinsam, Rücken an Rücken, Hand in Hand, Herz an Herz." Die letzten Worte flüsterte er nur.
„Dein Zettel", sagte er dann, „Ich hab ihn noch."

Er zog das abgegriffene Papier hervor, das er vorhin im Kiefernwald in seiner Tasche gespürt hatte. Ihre Finger berührten sich, als Karen es glattstrich.
„Ich konnte nicht auf dich zugehen, konnte nicht damit fertigwerden, was uns passiert ist. Ich bin ja schuld an allem", sagte Lutz rau. „Ich hatte die Idee, nach Rügen zu ziehen und das alte Bauernhaus zu kaufen und umzubauen. Ich habe den Bankkredit aufgenommen, weil die Firmen zu bezahlen waren, denn allein mit unserer Hände Arbeit wären wir heut noch nicht fertig ... und dann hab ich meine Arbeit verloren ... ich, ich, ich!"
Wütend stieß er seine Schuhspitze in den Sand, der aufstäubte und davonwehte. Karen legte ihm die Hand auf den Arm und schaute in sein finsteres Gesicht.
„Beruhige dich doch. Du siehst das ganz falsch. Dass wir auf Rügen leben, ist auch meine Entscheidung. Und sie war richtig. Schau doch, wie glücklich die Kinder aufwachsen, wie frei von Großstadtzwängen und naturverbunden wir hier jeden Tag verbringen im Gegensatz zur Neubauwohnung damals in der fünften Etage, mit zehn Mietparteien, zugigen Neubauvierteln und den wenigen Straßenbäumen."
„Aber wir hatten beide Arbeit! Steckten finanziell nicht in der Klemme!"
„Lutz, dass wir uns mit dem Umzug und dem Umbau finanziell und nervlich arg belasten würden, das hatten wir doch einkalkuliert. Der Kredit läuft ja auch auf meinen Namen. Bis letztes Jahr haben wir noch alle Schwierigkeiten gemeinsam getragen und uns an jedem Stück, das fertig wurde, gemeinsam gefreut; neues Dach, neue Fenster, ein richtiges Bad, die Etagenheizung ... Hast du das Gefühl der Genugtuung und Freude vergessen? Jeder Ziegelstein, jedes Holzbrett ist mit unserem Schweiß getränkt ... Eh, ich bin so stolz darauf!"
„Aber im Februar", Lutz brach ab, ließ Karen stehen und stürmte voran. Sie holte ihn ein und versuchte schrittzuhalten. Die Dünen hatten sich geöffnet, waren lang ausgelaufen. Ein fast steinfreier Strand lag vor ihnen und eine graugrüne See, die mit weißen Schaumkämmen heranrollte, sich widerwillig zurückzog, um erneut aufs Ufer vorzustoßen. Sie sahen Kai und Jenny mit aufgekrempelten, doch mittlerweile bespritzten Jeans im Wasser waten. Aus ihren erhobenen Händen rannen Tropfen; es blieb faseriger Tang, mit dem sie den Eltern zuwinkten. Karen winkte ebenfalls, Lutz aber fuhr aufgebracht fort: „Als ich die Kündigung bekam, ging nichts mehr ... Du weißt ja nicht, wie das ist, wenn du plötzlich nicht mehr gebraucht wirst und sie dich fortwerfen, wie einen nutzlosen alten Lappen!"

Es stimmte. Karen hatte ihre Arbeit sofort nach dem Umzug wieder aufnehmen können. Lutz hingegen hatte ganz neu anfangen müssen in einer Baufirma. Die hatte ihn wegen angeblichen Auftragsmangels noch nicht einmal ein Jahr lang behalten. Karen erinnerte sich fast minutiös an diese Wochen. „Du bist früh wortlos aus dem Haus gegangen und erst spät in der Nacht ebenso wortlos heimgekehrt. Und deine stumme Bitternis wuchs an, je mehr Absagen du auf deine Anfragen hin erhieltest und die Jahreszeiten wechselten..."

„Braucht denn einfach keine der Firmen hier einen kräftigen zupackenden Mann?! Nicht nur für zwei, drei Wochen mal, sondern der wieder zum festen Personal gehört! Weil man sich auf ihn verlassen kann?! Ich hab's noch nicht einmal richtig beweisen können!" Lutz schrie es verzweifelt, starrte in den wolkendurchzogenen Himmel. Und nach einer ganzen Weile: „Anscheinend nicht!"

„Aber ich brauche dich. Die Kinder brauchen doch", flüsterte Karen am Rande der Tränen. „Du hast uns so alleingelassen, Lutz."

Jenny und Kai bauten währenddessen Sandburgen und störten das Gespräch ihrer Eltern nicht.

„Glaubst du, dass sie sich wieder vertragen?", fragte der Junge halblaut.

„Ich weiß nicht", murmelte Jenny beklommen, „ich hab Angst, dass sie sich scheiden lassen."

Inzwischen saßen sich Karen und Lutz auf einem verästelten rindenlosen Baumstamm gegenüber, den man im Sommer hierhergetragen hatte, damit Urlauberkinder darin umherklettern konnten. Karen sah aus den Augenwinkeln das ernste Gesicht ihrer Tochter und wusste wieder, dass es richtig war, mit Lutz zu reden, egal, wie es ausgehen würde.

„Alleingelassen? Ich war doch immer zu Hause!", höhnte er.

„Das schon, aber du hast ja nur vor dem Fernseher gehockt. Arbeiten in Haus und Hof sind liegengeblieben. Wenn ich aus dem Büro kam, habe ich eingekauft... die Küche aufgeräumt ... die Betten gemacht ... nach den Schulaufgaben der Kinder gesehen ..." Sie weinte nun wirklich leise. „Ich war so ohnmächtig. Du hast dich so verändert ... bist so fremd ..."

„Am Boden zerstört, Karen, einfach fertig mit der Welt. Fernsehen hat nur abgelenkt, war wie eine Droge für mich ... musste nicht mehr nachdenken. Und du warst so geschäftig und beansprucht, bist gegangen und gekommen, da kam ich mir so überflüssig vor ... und was sollte ich reden, du weißt, dass ich mich nie so ausdrücken kann wie du ..."

„Mensch Lutz, ich hab mich doch nur bemüht, unseren familiären Alltag im Auge zu haben, unseren Weg, unsere Ziele ... aber ohne dich schaffe ich's nicht ... bitte komm zurück in unser Leben, egal, wie schwer es jetzt

15

ist ... wird ... wir bieten die Stirn, stemmen uns dagegen, gemeinsam, dann schaffen wir alles ..."

Lutz hörte ihre Angst und Verzweiflung, sah ihren Kummer, ihre Entschlossenheit. Verglich sie unwillkürlich wieder mit den Möwen. So wild. So frei. Wenn sie fortwollte. Hatte er fortgewollt? Er beugte sich zu Karen hinüber und fasste nach ihren Händen. Sie waren kalt. Seine Gedanken und Gefühle wirbelten durcheinander, ließen ihn abwechselnd schwitzen und erschauern, so als schmelze in seiner Brust ein Eispanzer und er begänne, wieder sein Herz zu spüren und das, was es ihm sagte. Antworten konnte er noch nicht. Schloss Karen nur fest in seine Arme.

Sehr viel später wurde ihnen beiden bewusst, dass sich auch Kai und Jenny in ihre Umarmung gekuschelt hatten.

Peter Lechler

Renten-Zirkus

Petras Prozess gegen die Deutsche Rentenversicherung (DRV) vor dem Sozialgericht in Speyer war im Frühjahr 2016 verloren. Das Gericht sah ihr berufliches Leistungsvermögen zwar als „mannigfaltig und erheblich eingeschränkt" an, aber nicht so gravierend, dass ihr nicht Arbeit als „einfacher Pförtner" zugemutet werden könne. So einen Job zu ergattern, kam für sie als 63jährige mit Handicaps der Suche nach der Stecknadel im Heuhaufen gleich. Dafür jedoch war die DRV nicht zuständig. Ihr ging es allein um Art und Ausmaß von Petras Einbußen, und die ließen dem Urteil zufolge noch leichte Tätigkeiten sogar ganztags zu. Wiederholtes Heben und Tragen von fünf bis zehn Kilo schweren Lasten, ständige Arbeit in Kälte, über Kopf und auf Leitern, Spätschicht sowie vermehrte psychische Belastung seien dagegen nicht mehr zumutbar. Zur Vermittlung von Jobs aber war die Agentur für Arbeit (weiter meist nur Agentur genannt) verpflichtet, die sich nunmehr um ihre Eingliederung zu kümmern hätte.

Diesen Ausgang erfuhr Petra zwar nicht als niederschmetternd, wenn er sie auch enttäuschte und ihr zu allem Übel noch suggerierte, Beschwerden aufgebauscht zu haben, obschon die ja jeden Tag präsent und für sie absolut real waren. Zweimal hatte sie gar in die Notfallambulanz gemusst, weil sie ihren Kopf nicht mehr drehen konnte und höllisch darunter litt. Vielleicht wäre der Prozess anders ausgefallen, hätte das Gericht keinen auf objektive Daten fixierten Orthopäden, sondern einen Schmerztherapeuten als Gutachter bestellt, aber sei's drum, jetzt würde sie sich auf die neue Lage einstellen.

Sie hatte alles versucht, ihre Beschwerden an der ganzen Wirbelsäule, Schlüsselbein, Hüfte und Bein in den Griff zu kriegen, dass sie ihre Arbeit möglichst dauerhaft wieder bewältigen könnte: Spritzen, Pillen, Strahlen, Nadeln, Physio- und Stoßwellen-Therapie, letztere auf ihre Kosten, wie auch stationäre Behandlung in der orthopädischen Klinik, das ganze Programm eben. Der Erfolg war mäßig, die Prognose bei gewohnter Belastung schlecht, so dass ihr der Orthopäde schließlich empfohlen hatte, Rente wegen Arbeitsunfähigkeit, wie es früher hieß, zu beantragen.

Dem wohlmeinenden Rat zu folgen, hatte ihr Fremdes und Schwieriges abverlangt, vor allem sich hartnäckig zur Wehr zu setzen, und das obwohl

Petras Nacken doch lädiert war! Ihr Antrag auf „Erwerbsminderungsrente" von der DRV abgelehnt, hatte sie Widerspruch eingelegt und als auch der abgewiesen wurde, Klage vor dem Sozialgericht erhoben. Vorsorglich - es war ja nicht ausgemacht, dass sie die Rente bekäme - hatte sie noch im Dezember 2015 rechtzeitig den Antrag auf Arbeitslosengeld bei der Agentur in Neustadt gestellt, da sie am 25. März 2016 ausgesteuert würde. Mit Erhalt dieser Leistung wäre sie dann auch weiterhin krankenversichert.

Da lauerte auch schon das nächste Problem: Sie würde von der Agentur kein Geld kriegen, solange nicht feststand, ob sie dem Arbeitsmarkt, wenn auch eingeschränkt, wieder zur Verfügung stand. Wenn sie jedoch voll arbeitsunfähig wäre, müsste sie nach Vorschrift des Sozialgesetzes (SGB III, § 145) Arbeitslosengeld als „Nahtlosigkeitsleistung" erhalten, bis der weitere Verlauf geklärt wäre. Die Arbeitsvermittlerin der Agentur empfahl Petra, sich besser gleich dem Arbeitsmarkt zur Verfügung zu stellen, dann gäbe es mit dem Geld keine Komplikationen. Die Anwältin jedoch drängte sie, die Nahtlosigkeitsleistung zu beantragen, solange der Prozess noch lief. Auf volle Erwerbsminderung zu klagen und sich gleichzeitig dem Arbeitsmarkt zur Verfügung zu stellen, passe wie die Faust aufs Auge!

Gesagt, getan. Nun aber wollte die Arbeitsagentur selbst überprüfen, ob Petra wirklich arbeitsunfähig war, und verlangte die Beantwortung eines Gesundheitsfragebogens, ärztliche Nachweise und eine Vorstellung bei ihrem medizinischen Dienst. Ein Termin bei *dem* könne dauern, unkte die Arbeitsvermittlerin, obwohl doch bis zur Aussteuerung, dem 25. März 2016, die Frage ihrer Arbeitsfähigkeit geklärt sein müsste, dass Petras Unterhalt und Weiterversicherung garantiert wären. Es war nun schon Anfang März und ein Gutachten des Arbeitsamtsarztes nicht abzusehen. Da platzte Jonny der Kragen. Er rief bei der vorgesetzten Agentur in Mainz an und haute kräftig auf den Putz. Neustadt solle sich gefälligst mit der Prüfung beeilen, sonst würde seine Frau in der Luft hängen und er müsse der Agentur für Arbeit Untätigkeit vorhalten.

Auf einmal lief alles wie am Schnürchen, Petra wurde kurzfristig zum ärztlichen Dienst nach Landau - Neustadt hatte keinen eigenen - bestellt, das nötige Gutachten könnte also doch noch rechtzeitig fertig werden. Sie atmeten auf! Nach freundlichem Empfang und Anhörung kam der Schock: „Ich werde kein eigenes Urteil abgeben, ich will mich ja nicht in ihren Prozess einmischen. Das Sozialgericht entscheidet sowieso bald über ihre Arbeitsfähigkeit und das anhand unabhängiger Gutachten."

Das Kämpfen und Bangen hätten sie sich sparen können, sie waren keinen Schritt weiter gekommen. Der Agentur fehlte ein verbindliches Vorgehen, wie ihr Problem gesetzeskonform zu lösen war, oder die Mitarbeiter hatten keine Ahnung! In dieser Sackgasse bat Jonny Petras Krankenkasse um Hilfe. Die sagte ihm unbürokratisch zu, dass Petras Versicherung bis zum Prozess-Ausgang weiterlaufen könne, der sei ja absehbar. Für die Beiträge müsse sie vorerst selbst aufkommen, da er privat versichert sei, bekomme die aber nach Klärung ihres Falls zurück erstattet. Das ging ja nochmal gut aus!

Wenig später, kurz nach Petras Aussteuerung, teilte das Sozialgericht mit, dass es ihre Klage abweisen werde und eine Entscheidung ohne mündliche Verhandlung beabsichtige, wenn die Klägerin nichts dagegen einzuwenden hätte. Auf die Möglichkeit, noch einen Gutachter, diesmal einen ihrer Wahl, hinzuzuziehen, was das Verfahren zuließ, verzichtete Petra, da dies Jonny wie ihre Anwältin für vergeblich hielten. Zudem würde es die Sache weiterhin in der Schwebe halten, und davon hatte sie nach 14 Monaten Streit mit der DRV die Nase voll. Petra gab sich geschlagen.

Wenigstens war jetzt klar, dass sie, für arbeitsfähig befunden, ganz normal Arbeitslosengeld bekomme. Umgehend die Agentur Neustadt informiert, erhielt sie einen Eiltermin, um mit der Arbeitsvermittlerin ihre Wiedereingliederung ins Erwerbsleben anzubahnen. Dabei stellte sich Petra dem Arbeitsmarkt für leichte Tätigkeiten mit 15 Wochenstunden zur Verfügung, mehr traute sie sich nicht zu - der verlorene Prozess hatte sie ja physisch nicht aufgepeppt. Sie unterschrieb eine dem entsprechende Vereinbarung und wurde darauf hingewiesen, dass mit Stellenvorschlägen der Agentur zu rechnen sei, auf die sie zeitnah reagieren müsse. Zudem habe sie sich auch selbstinitiativ zu bewerben, mindestens viermal bis zum nächsten Termin in acht Wochen. Ein Formular für „Eigenbemühungen" werde ihr zugeschickt.

Petra geriet ins Grübeln: Nunmehr fast eineinhalb Jahre krank, wollte sie endlich Klarheit haben, wie es in punkto Arbeit mit ihr weitergehe. Ihre Hoffnung auf Erwerbsminderungsrente gestorben, die Suche nach einer „leidensgerechten" Stelle aussichtslos und die Rückkehr in ihren Job zwar möglich - man hatte ihr nicht gekündigt -, aber gesundheitlich nicht zumutbar, beschloss sie, dann eben mit 63 in Rente zu gehen und den Abschlag in Kauf zu nehmen, 9,3 %, wie der Rentenberater der DRV vor Ort erklärte. Der Riesenvorteil, sich nicht mehr quälen zu müssen, machte den Abschlag allemal wett. Es war Frühjahr und im Herbst schon könne die Rente beginnen, das war doch überschaubar. Der rührige DRV-Berater machte gleich den Antrag fertig und sie fackelte nicht lange, sondern unterschrieb. Das halbe Jahr unter der Fuchtel der Arbeitsagentur würde sie schon rumkriegen.

Der Gedanke ans Ende der Arbeitsbelastung machte Petra froh, obschon sie gerne gearbeitet hatte und ihren Betrieb sicher vermissen würde, aber alles konnte man halt nicht haben. Vor ihrer Erkrankung hatte sie 26 Jahre im Verkauf gearbeitet und sich dort alles in allem wohl gefühlt. Bei den Kunden, für die sie immer ein offenes Ohr hatte, war sie besonders beliebt. Ihre Fragen „Zu welchem Produkt würden Sie mir raten?", „Wo find ich dies, wo jenes?" half sie stets lösen, selbst wenn sie die Ratsuchenden quer durch den Markt führen musste. Nur wenige Kolleginnen machten das. „Schön, dass Sie da sind!", hörte sie nicht selten. Manchmal wurde sie gar ins Vertrauen gezogen und nahm so an Wohl und Wehe von Kunden Anteil. Wenn nur die körperlich schwere Seite ihrer Arbeit nicht gewesen wäre. Neben Kassieren und Beraten war sie für Präsentation und Ordnung eines langen Gangs mit seinen Produkten vom Salz bis zum Reis verantwortlich. Säcke und Eimer bis zu 15 Kilo mussten immer wieder von den Paletten ins Regal geräumt werden, oft von der Leiter aus. Gerne hätte sie sich im Betrieb umsetzen lassen, aber der zuständige Personaler hatte ihr nach Rücksprache mit dem Chef schriftlich mitgeteilt, dass eine an ihre Belastbarkeit angepasste Tätigkeit nicht möglich sei. Ob es am Willen oder an Ideen fehlte, ihr entgegen zu kommen, war unklar, es ging halt nicht.

Auch der Kontakt zu den Kolleginnen und Kollegen würde ihr fehlen, obwohl sie den im Grunde zwiespältig empfand. Einerseits war der recht nett, andererseits spürte sie auch Neid, weil sie viel jünger und noch recht adrett aussah und einen gut situierten Mann geheiratet hatte. Vielleicht fände sie ja einen Minijob im Verkauf in Wohnort-Nähe, das wäre mehrfach attraktiv: wegen des Zubrots, des Gefühls, noch gebraucht zu werden, nicht zuletzt der Sozialkontakte wegen.

Nach der Entscheidung, mit 63 in Rente zu gehen, und der Bestätigung der DRV, die ab dem 1. Oktober 2016 auch zu kriegen, hatte sie umgehend ein Kündigungsschreiben aufgesetzt, um ihren Chef über den neusten Stand zu informieren. Der sollte endlich ihre Planstelle neu besetzen können, statt mit Vertretungen hantieren zu müssen. Auf Anraten ihres Mannes gab sie den Brief persönlich ab.

„Was steht da drin?", fragte der hinter seinem Schreibtisch.

„Lies es, bitte!"

Sehr geehrter Herr Hammer, hallo Chef,

nach langer Krankheit und ungünstig verlaufenem Rechtsstreit mit der DRV habe ich heute beim Rentenberater die Entscheidung getroffen, mit 63 Jahren in Rente zu gehen. Bis dahin stehe ich dem Arbeitsmarkt nur noch in qualitativen Grenzen zur Verfügung, da schwere körperliche Arbeit nicht mehr möglich ist.
Wie Du weißt, hatte ich mich bereit erklärt, eine leichtere Tätigkeit im Betrieb auszuüben, aber nach Auskunft des Personalchefs, der Rücksprache mit Dir gehalten hat, war keine Umsetzung möglich. Das fand ich sehr schade und für mich als 26jährige Kraft, die immer ihr Bestes gegeben hat, sehr unschön. Ich hatte mir wahrlich einen anderen Abgang vorgestellt. Offenbar klaffen Geschäftsinteressen und Mitarbeiterfürsorge auseinander.
Folglich beantrage ich hiermit, mein Arbeitsverhältnis zum 30.09.2016 aus gesundheitlichen Gründen aufzulösen.

Mit freundlichem Gruß
Petra Pendel

PS: Ich bitte um Ausstellung eines Zeugnisses

Während er las, legte sich seine Stirn in grimmige Falten: „Das Gesülze mit der Fürsorge hättest du dir sparen können! Warum hast du nicht mit mir geredet?" Mit Petras Kündigung hatte der wohl nicht gerechnet!
„Was hätte das genützt? Der Personalchef hat mir ja dein Urteil vermittelt, dass es keine leichtere Arbeit für mich im Markt gibt." Jetzt wollte der ihr noch ein schlechtes Gefühl machen, ihr gar Schuld an der Situation geben. Wenn er eine Möglichkeit gesehen hätte, sie zu entlasten, hätte er doch den Mund aufmachen können. Nein, den Schuh würde sie sich nicht anziehen!
„Hast du auch den Nachsatz gelesen?"
Genervt erhob sich der Chef und bellte: „Ob ich dir ein Zeugnis ausstelle, werd' ich mir noch überlegen."
Petra war wie vor den Kopf geschlagen. Sie drehte sich auf dem Absatz herum und ließ den bissigen Hund wortlos stehen. Dass die Begegnung nicht leicht werden würde, hatte sie geahnt, nicht umsonst hätte sie die Kündigung lieber per Post geschickt. Aber dass der eingeschnappt war und so patzig, geradezu fies reagierte, übertraf ihre Befürchtung noch. Da hatte sie sich für den Betrieb krumm gelegt, hatte in den Jahren einiges „mitgemacht", zum Beispiel wenn sich der Chef, frustriert, mit dem Stapler in den Warengängen abreagierte und dabei so manches zu Bruch

ging - „Petra, putz das mal auf!" -, wenn er ihr gut gelaunt „Petra-Schnucki" zurief, dass die Kunden lachten und sie sich am liebsten in einem Loch verkrochen hätte, wenn er ihr auf der Leiter heimlich zu nahe kam - fast schämte sie sich dafür und verdrängte die Vorfälle gleich wieder. Trotz alledem mochte sie ihren Chef, mit der Zeit waren sie irgendwie zusammengewachsen. Nach einem Schicksalsschlag mit langem Arbeitsausfall hatte er sie nicht entlassen, auf Fortbildung für den Betrieb hatte er sie geschickt - Zielvereinbarungen mit dem Personal, eigentlich sein Thema - und so weiter. Zum letzten Betriebsfest hatte sie Mut gefasst und mit ihrem Mann zusammen ein launiges Gedicht auf ihn verfasst und es nach einem Glas Sekt gegen das Lampenfieber selbst vorgetragen, eine verkappte Laudatio gewissermaßen.

Dann kam die Erkrankung. Natürlich hatte sie ihre Rechte als Arbeitnehmerin gewahrt und dem Chef nicht alles offenbart, was sie in punkto Erwerbsminderung versuchte, obwohl er über ihre Pläne zeitnah ins Bild gesetzt werden wollte. Als sie ihn einmal im Betrieb aufsuchte und ihre Beschwerden ansprach, war er kurz angebunden. Zwei seiner Sätze waren bei ihr hängen geblieben: „Jeder hat was" und „Das interessiert mich alles nicht, ich will nur wissen, ob du wiederkommst!" Anteilnahme Fehlanzeige! Und jetzt ließ er sie abfahren und benahm sich wie die Axt im Walde, verstieg sich sogar dazu, ihr Recht auf ein Zeugnis infrage zu stellen wie ein Gutsherr, der über Anliegen von Knecht und Magd nach Belieben entschied. Sie hätte wahrlich einen anderen Abgang verdient. Wehmut, ja Traurigkeit wollte von ihr Besitz ergreifen. Sie müsste das alles verdrängen, besser noch loslassen, sonst würde es sie immer weiter nach unten ziehen.

Jedenfalls stand sie dem Arbeitsmarkt nun wieder zur Verfügung, wenn auch nur eingeschränkt, mit 15 Wochenstunden und lediglich für ein halbes Jahr. Ihre Arbeitsvermittlerin hatte betont, dass sie sich natürlich nicht so um sie kümmern könne wie um einen Familienvater. Das hatte Petra auch gar nicht erwartet, musste doch allen Beteiligten klar sein, dass sich kein Betrieb um eine behinderte Frau Ü 60 reißen würde, die nach sechs Monaten sowieso in Rente ginge! Ihr kam das vielmehr gelegen, ehrlich gesagt war sie gar nicht scharf darauf, vor dem Herbst noch einmal zu arbeiten.

Als der Bescheid der Agentur eintraf, stellte Jonny fest, dass Petras Arbeitslosengeld gekürzt war. Da sie bis zu ihrer Erkrankung 24,7 Wochenstunden gearbeitet hatte, sich künftig aber nur für 15 Stunden zur Verfügung stellte, wurde ihr dafür fast ein Drittel der Leistung gestrichen. Diese Konsequenz hatte die Arbeitsvermittlerin bei ihrer Beratung geflissentlich unter den Tisch fallen lassen, dem Spruch gemäss „Wes Brot ich ess', des Lied ich sing". Erneut half Jonny seiner Frau dabei, die Kürzung nicht hinzunehmen, sondern Widerspruch einzulegen und sich nach dem jüngst ergangenen Urteil wieder für einen 24,7-Stunden-Job zu bewerben. Darauf stellte die Agentur Petra einen Änderungsbescheid zu, der ihr Geld entsprechend erhöhte, aber erst ab dem Datum ihres Widerspruchs. Für die 14 Tage davor bekam sie nur die gekürzte Leistung, immerhin ein Minus von knapp neunzig Euro. Die Sache so „bereinigt", hielt die Agentur Petras Widerspruch für hinfällig.

Nach dem ganzen Stress war den beiden nach Erholung zumute, die sie sich am Meer erhofften. Also stellte Petra den Antrag auf zwei Wochen Urlaub mit Verweis auf ihre seelische Verfassung nach dem erschöpfenden Auf und Ab der letzten Monate und bedankte sich im Voraus für das erhoffte Verständnis. Die Antwort erfolgte sofort:

Sehr geehrte Frau Pendel,
der Ortsabwesenheit kann ich leider nicht zustimmen, da dies einer möglichen frühzeitigen beruflichen Eingliederung entgegenstehen kann.
Sollten Sie trotzdem fahren, teilen Sie mir dies bitte unverzüglich mit. Ich mache Sie jedoch schon jetzt darauf aufmerksam, dass während der Abwesenheit ohne Zustimmung der Agentur Arbeitslosengeld nicht gezahlt werden kann.

Mit freundlichen Grüßen
Ihre Arbeitsagentur

Petra resignierte, Jonny aber rebellierte. Jetzt würde er denen mal den Marsch blasen, so ein Schwachsinn, von wegen Kundenfreundlichkeit! Als seine Wut verraucht war, nahm er sein ganzes diplomatisches Geschick zusammen und schrieb:

Sehr geehrte Frau Schimmel,

meine Frau und ich bedanken uns für die zeitnahe Antwort, deren Inhalt uns jedoch recht verwundert, hat doch unseres Wissens jeder im Arbeitslosengeld I Bezug einen Rechtsanspruch auf Urlaub. Bei meiner Frau kommt noch ihre seelische Verfassung hinzu. Zudem sehen wir für Ihre Ablehnung zwar einen allgemeinen, doch keinen speziellen Grund aufgeführt. Oder haben Sie eine besondere Maßnahme in der beantragten Urlaubszeit für meine Frau vor?
Schon der Sache nach ist eine berufliche Eingliederung für einen Zeitraum von 5,5 Monaten für eine Person, die nur qualitativ eingeschränkt arbeitsfähig und ca. 1,5

Jahre zuvor krank gewesen ist, nicht besonders wahrscheinlich, wie uns doch allen einleuchtet.
Wir glauben beide, dass es auch eine humane Interpretation der Regeln gibt. Würde ein psychotherapeutisches oder ärztliches Attest helfen?
Wir bitten um Rückmeldung

Mit freundlichem Gruß
Petra und Jonny Pendel

Mehr könnte er nicht auf die Waagschale legen, dachte er und harrte der Dinge, die da kommen sollten. Die kamen zügig per Mail, zu Beginn eine Belehrung über Paragraphen der *Erreichbarkeitsanordnung* - ein Arbeitssuchender hatte erreichbar zu sein, basta! -, sodann die Schlussfolgerung:
Einen „Urlaubsanspruch" gibt es daher nicht - es gibt lediglich eine Möglichkeit, sich mit Zustimmung der Agentur bis zu 21 Kalendertage auswärts aufzuhalten. Da eine Vermittlung in den ersten drei Monaten der Arbeitslosigkeit am aussichtsreichsten erscheint, ist in dieser Zeit eine Urlaubsgenehmigung wenig sinnvoll.
Jonny spürte, wie ihm die Zornesröte ins Gesicht schoss, so eine scheiß Engstirnigkeit, nicht zu fassen! Dann las er weiter:
Da jedoch zum heutigen Zeitpunkt kein Vermittlungsvorschlag bzw. Maßnahme angeboten wurde, kann im Ausnahmefall Ortsabwesenheit genehmigt werden.
Ich weise Sie jedoch nochmals darauf hin, dass Sie sich dem Arbeitsmarkt zur Verfügung gestellt haben und mit Ihrer Unterschrift auf der Eingliederungsvereinbarung auch die Vorlage von Eigenbemühungen bis zum 24.06.2016 unterzeichnet haben und dass trotz Ortsabwesenheit die entsprechenden Eigenbemühungen vorzulegen sind. Erfolgt dies nicht wie vereinbart, wird die Zuweisung zu einer Maßnahme geprüft ...
Ich weise Sie darauf hin, dass Sie sich am 1. Werktag nach der Rückkehr an der Kundentheke wieder kurz persönlich aus der Ortsabwesenheit zurückmelden müssen.
Mit freundlichen Grüßen
Lydia Schimmel

Jonny und Petra atmeten auf, ihr Urlaub war gerettet, sie durften jetzt in der Amtssprache 14 Tage lang ortsabwesend sein. Petra lernte aus dem Vorgang, dass frau nicht vorschnell aufgeben sollte. Ohne Jonny hätte sie längst das Handtuch geworfen.
Am ersten Tag nach dem Urlaub persönlich auf der Agentur zurückgemeldet, erhielt sie wenig später ein neues Formular für weitere, sinnlose Bewerbungen mit der bekannten Vorschrift, sie zu dokumentieren und

bis Ende August vorzulegen, um sich danach erneut zum Gespräch einzufinden. Mitte August schon gab Petra ihre Bewerbungen ab, die natürlich wie alle bisherigen ohne Resonanz geblieben waren, außer zweien: Eine Metzgerei schien interessiert - da war Petra entgangen, dass sie in Kälte nicht arbeiten sollte - und ein Call-Center. Das hatte sie noch spätabends angerufen und fast bedrängt, über den Beginn ihrer Rente hinaus bei der Stange zu bleiben. Jonny fand dies Verhalten unseriös - Niedriglohn und miese Arbeitsbedingungen würden da auf Petra lauern - und bestärkte seine Frau darin, den Vorstellungstermin wieder abzusagen, aber erst nachdem er sich im Internet schlau gemacht hatte. Der Einladung auf einen Vermittlungsvorschlag der Agentur hin hätte sie Folge leisten müssen, sonst wäre ihr Arbeitslosengeld gekürzt worden.

Den Nachweis von Eigenbemühungen verband Petra mit dem Wunsch, zeitnah einen Gesprächstermin zu kriegen, lockte der wunderschöne Spätsommer doch zu einer Tour in den Süden. Die würde sie auch für das schlechte Wetter des letzten Urlaubs entschädigen. Wie gewünscht erhielt sie Anfang September einen Termin bei ihrer Arbeitsvermittlerin. Mit dem, nahmen die Bittsteller an, wäre die leidige Sache endgültig gegessen, würde doch am 1. Oktober Petras „goldener Herbst" beginnen. Sie hatten sich Ausrüstung für eine leicht bis mittelschwer eingestufte Wanderung über die Alpen gekauft, eine spezielle Karte dazu, und eine Grobplanung gemacht, die individuellen Spielraum ließ - man konnte ja nie wissen! Nun war sie ganz heiß drauf, sich zu beweisen, dass sie trotz Handicaps noch nicht zum alten Eisen gehörte. Zudem tat beiden das Gehen gut. Das hatten sie beim Nordic Walking die letzten Monate immer wieder erfahren. Der Sport war für sie zu einer Passion im guten Wortsinn geworden. Selten verging ein Tag, an dem sie nicht ein bis zwei Stunden mit ihren Stöcken unterwegs waren. Früher hatte sich Jonny über stöckelnde Alte lustig gemacht, jetzt wusste auch er es zu schätzen.

Dann, am 2. September, sagte die Agentur den Termin ohne Begründung einfach ab. Wiederholte sich das bekannte Spiel, musste Petra erneut um Ortsabwesenheit betteln, obwohl das angesichts der restlichen vier Wochen geradezu lächerlich war? Nein, das würde Jonny diesmal anders lösen. Seine Wut auf das Amt für Selbstbeschäftigung und Beschäftigungstherapie zügelnd, reagierte er echt empathisch:

Sehr geehrte Frau Schimmel,

der Termin bei Ihnen am 8.9.2016 wurde heute Morgen von der Agentur telefonisch abgesagt. Es ist mir völlig einsichtig, dass es Wichtigeres für Sie zu tun gibt. Ich frage mich, ob ein solches Gespräch überhaupt erforderlich ist, da ja laut Bescheid der DRV am 1.10.16 definitiv mein Rentenbezug beginnt. Benötigen Sie noch Unterlagen von mir? Ich bitte um eine kurze Nachricht diesbezüglich.

Mit freundlichem Gruß
Petra Pendel

Jonnys Rechnung ging auf. Am 6. September kam die Antwort: Die Vertretung von Petras Arbeitsvermittlerin wollte noch eine Kopie des Rentenbescheids, ansonsten hielte sie einen weiteren Termin für nicht nötig. Endlich, dachten beide hocherfreut, um am nächsten Tag eine E-Mail-Erinnerung an den doch gerade abgesagten Termin zu erhalten. Vorsichtshalber - obschon nur die automatische Erinnerung der Agentur nicht gestoppt schien - schrieb Jonny eine neue E-Mail und erhielt dann am 15.9. die Bestätigung von der Vertretung der Vertretung in der Agentur: kein neuer Termin erforderlich! Da waren sie längst über alle Berge!

Das stimmte nur symbolisch, denn die Alpenüberquerung erwies sich körperlich als Strapaze. So schön die gewählte Einstiegs-Strecke entlang des Tiroler Achensees auch war - bezaubernd die Aussicht auf See und Berge -, so sehr setzte der acht Kilo schwere Rucksack Petras Schlüsselbein zu, das bei einem Unfall gebrochen war und danach zweimal operiert werden musste. Während der Wanderung formte sich dort eine große, harte Verdickung, die sehr schmerzte und zu Sorgen Anlass gab. Am nächsten Morgen bei üppigem Frühstück im Speisesaal des Panorama-Hotels, beschloss ihre Vernunft, die Tour abzubrechen, obschon Wehmut über ihr lag wie früher Herbstnebel auf dem See.

Die kritische Krankheitszeit hatte es schon in sich gehabt. Ohne Jonny und ihre Anwältin hätte sie der Dschungel auf der Spur zur Frührente verschlungen: Schriftwechsel, Ämterstress, Gutachtentermine - undurchsichtige Vorgänge und immer wieder neue Hürden mit Handlungsdruck. Zu allem Unglück war auch noch Petras vertrauter Orthopäde in Altersrente gegangen. Sein Nachfolger hatte mit ihrem Zustand nichts anzufangen gewusst, bei ihr gar das Gefühl ausgelöst, dass sie die Schmerzen übertreibe, vielleicht sogar simuliere. Die Arzt-Patient-Beziehung nachhaltig gestört, war der Senior-Kollege auf die Idee gekommen, sie an eine Neustädter Schmerztherapeutin zu überweisen. Petra hatte den Vorschlag gut gefunden, sogleich umgesetzt und den übrigen Tag in der übervollen Praxis verbracht, zumeist mit Warten. Doch es sollte sich lohnen: Sie fühlte sich von der neuen Ärztin mit ihren Beschwerden ernst genommen und nahm den Rat an, eine schmerztherapeutische Tagesklinik mit alternativem Angebot in Speyer aufzusuchen. Dort schon bald für drei Wochen in Behandlung, ließ der Schmerz tatsächlich nach. Zudem erhielt sie zig Impulse zum Leben mit ihren Handikaps.

Bei alledem verstand sie Körper und Seele tiefer und spürte in Jonnys Beistand seine Liebe, die sie zeitweise ernsthaft in Frage gestellt hatte, auf neue Weise. Wie lange waren sie jetzt ein Paar? Doch schon gut sieben Jahre! Da hatte es gegolten, so manche Kluft zu überwinden, wie bei der Ochsentour der letzten Monate. Während sie so ihren Gedanken nachhing, hörte sie in sich auf einmal Peter Maffay ein populäres Lied singen, diesmal ganz für sie: *Über sieben Brücken musst du geh'n, sieben dunkle Jahre übersteh'n, siebenmal wirst du die Asche sein, aber einmal auch der helle Schein.*

Peter Lechler

Goodbye Charlie?

Wie das bei Freundschaft auf Distanz nun mal ist - und 400 Kilometer sind kein Pappenstiel -, trifft man sich ein-, zweimal im Jahr, um dann wieder gewohnte Bahnen zu ziehen. So war das auch bei Charlie und mir, seit wir uns vor 40 Jahren in Heidelberg kennen gelernt hatten und nach dem Studium eigene Wege gegangen waren. Charlie, zuletzt lange in guter Stellung in München tätig, musste vor einem knappen Jahr mit 65 plus in den Ruhestand treten, obwohl er lieber bei seinem Leisten geblieben wäre. So hatte er sich eben einen Job gesucht und gefunden. Doch schon nach kurzer Zeit ging der wieder zu Ende und holte ihn erneut ins Rentner-Sein, das er zu seiner Überraschung mehr und mehr zu schätzen lernte. Haus und Garten, Wein, Wurst und Web, zuvörderst Traumfrau Kim, deren Wohl ihm am Herzen lag, hielten ihn seither auf Trab.

Ich selbst war kurz vor ihm in Rente gegangen, genoss meine Freiheit und war dabei, meinem Leben frischen Sinn zu geben. Nach dem Tod meiner Frau und dem Glück, ein paar Jahre darauf eine neue Lebensgefährtin zu finden, war der Kontakt der Freunde zu Pia an meiner Seite gelungen, Ergebnis einiger Treffen, meist bei uns zuhause. Die Dinge schienen im Lot, wäre da nicht etwas gewesen, das unserer Freundschaft zusetzte, erst unmerklich, dann jedoch unabweisbar. War es der Wechsel von Arbeit ins „Altertum", ein biografischer Bruch und seine Bewältigungs-Versuche? War es eine Art Oldlife-Crisis, Bilanz von Erreichtem, Versagtem und vielleicht noch Möglichem? War es ein Mehr an Gebrechen, das Nahen des letzten Show-down, Wehmut und Selbstmitleid im Anflug oder gar eine gärende Mischung von alledem?

Zuletzt hatte Kims Erkrankung uns näher gebracht, Mitgefühl und Sorge ließen uns zusammenrücken. Auch ein paar Kurzgeschichten, die ich seit Beginn der Rente geschrieben und den beiden gemailt hatte, bewirkten Austausch - besonders Kim fand Geschmack daran. Doch nach Erscheinen meines Buchs mit solcher Prosa schwand dies Interesse wieder; keine Bitte um ein Exemplar oder eine Buchbestellung, zu schade!

Dann nahte Charlies 65. Geburtstag, Freitag, der Dreizehnte. In Reimlaune packte ich ein paar Einfälle in ein Gedicht über den alten Freund, Lebenskünstler und Spaßvogel, dem es auch bei Missgeschicken nie das Lachen verschlug, und legte eine, wie ich fand, geniale Karte dazu - ein

Hirsch mit goldener Krone, der Titel „Prachtkerl" - und ab ging die Post!

Geweiht und gebeutelt

Das gülden Bild selbstevident,
es braucht kein Wort dazu.
Wer den kessen Charlie kennt,
stimmt dem grinsend zu.

Zur Schöpfungskrone zählt er gern,
sein Bart gottvater-weiß.
Das Praktische, das liegt ihm fern:
„So ein blöder Scheiß!"

Der Worte mächtig, das ist er,
Humor steht niemals still,
Weinseligkeit ist sein Begehr,
das Motto „Ja, ich will!"

Der Ehefrau versprach er's auch,
zweimal es ihm gefiel,
gesetzlich erst nach Bürger Brauch,
entrückt mit Orgelspiel.

Ein 65-Ender nun,
echt kapital der Hirsch,
Behaglichkeit jetzt opportun,
vorbei die Zeit der Pirsch.

Das ist nun mal der Dinge Lauf,
da hülf selbst Jammern nicht.
Der Lebenskünstler scheint gut drauf:
„Dem Leib gebührt Verzicht!"

Noch ist kein Ende seiner Pracht,
wer Schlechtes denkt, ein Schuft.
Er schäkert, schmunzelt und er lacht,
noch ist sie fern, die Gruft.

Bronchitis, Kopfweh, Leistenbruch,
bisweilen auch verkracht,
mit alledem im Widerspruch,
siegt er in mancher Schlacht.

Hätt' ihn der Bayern Köni kennt,
er wär ihm g'wesen hold.
Er stellt ihn auf ein Postament,
wög seinen Witz mit Gold.

So wär er schluß und endlich reich,
trotz Pannen, Pech und Blut.
Das Leben spielt halt Schelmenstreich',
zuletzt wird alles gut.

Auf Antwort gespannt, rief Kim am folgenden Sonntag bei mir an und trug nach Austausch von Neuigkeiten den Hörer in Charlies Zimmer. „Ich hab' deine Post vor mir liegen", begann der so zum Sprechen Gebrachte. Dann gab er etwas „Senf zur Wurst", ohne besonders erfreut zu wirken. Überrascht und frustriert wechselte ich kurzum das Thema. Reime zum Fest - eine persönliche Tradition -, würde ich bei ihm künftig sein lassen, das kam nicht mehr so an und brachte zwar Schreib-Lust, aber nicht erhofften Anklang. Selbst zu stolz, ihm zu sagen, dass ich gekränkt war, schien Charlie mit sich beschäftigt und nichts zu merken. Für „Heile, heile Gänschen, ist bald wieder gut" hätten wir aber aufeinander zugehen müssen.
Der fehlende Spürsinn des Freunds erklärte sich später, als er preisgab, seit Arbeitsende von finanziellen Sorgen bedrückt zu sein. Dabei geißelte er die Absenkung des Rentenniveaus und steuerliche Begünstigung von Kapitalerträgen gegenüber Erwerbsarbeit. Er fühlte sich als Opfer verfehlter Politik. An seiner Schelte mochte ja was dran sein, wo aber blieb sein Anteil an der Misere? Was war mit seinem Lebensstil, den Mietkosten für ein Haus bei München - ein günstiges, nach Abzahlung mietfreies zu kaufen und auf Vordermann zu bringen, war für ihn nicht in Frage gekommen, habe er doch zwei linke Hände -, den Aufwand für zwei Autos, um zur Arbeit zu kommen, diverse Urlaube im Jahr, einen gut sortierten Weinkeller und so weiter? Dabei brachte ein geerbtes Haus im Ruhrpott meist noch Einnahmen, natürlich auch Ausgaben für den Erhalt. Nach Diskussion über Alternativen und Einspar-Potentiale, die dem Freundespaar unerwünscht bis unmöglich schienen, war wieder Sendepause.

Im Frühling 2016 kam der nächste Geburtstag von Charlie und von uns die traditionelle Karte, diesmal reimfrei mit Kurztext. Mein 66ster folgte zwei Monate später, und auch ich erhielt, wie gewohnt, nette Glückwünsche von Charlie und Kim. Mit dem Dank verband ich eine Einladung zu uns in die Pfalz. Das wird alter Freundschaft gut tun, dachte ich. Wie immer nahm Charlie gerne an. Für Weinproben würde er mit Kim zwei Tage früher kommen und in einer nahen Pension bleiben; weinselig wollten sie sich uns nicht zumuten. Bei ihrer Pechsträhne - im Winter gaben Staubsauger, Herd, Waschmaschine und Fernseher in Folge den Geist auf, das Elend noch von einer Mieterhöhung getoppt - schlug ich vor, diesmal doch die zwei, drei Tage bei uns zu bleiben. Charlie stimmte zu, nur für die Weinproben im Vorfeld blieb er dabei, eine Übernachtung ganz in der Nähe zu buchen. Danach würden sie am Nachmittag zwischen halb drei und halb fünf bei uns auflaufen. Zwei Stunden „gleitende Ankunftszeit" für einen Katzensprung empfand ich nun doch als Zumutung - schließlich würden wir mit Kaffee und Kuchen auf sie warten - und verkürzte die Spanne um die Hälfte.

Am Vormittag vor Ankunft trudelten unverhofft zwei lustige SMS bei uns ein: die erste mit Bild von Charlie beim Winzer als Weinkoster, das Fortsetzungs-Foto mit Folge: die Nase knallrot und größer als sonst, die Augen nur noch Schlitze! Erholt vom Degustier-Schwips, standen die beiden bald gut gelaunt vor unserem Hoftor, und es versprach, ein launiges Treffen zu werden. Zunächst holten wir den Wein aus dem Fonds ihres Golf in den Hof, um keinen Einbruch zu provozieren, die Kartons im randvollen Kofferraum könnten dort bleiben. Pia, die Tage zuvor das ganze Haus geputzt und schön gemacht hatte, besonders das Dachstudio für die Gäste, wies verlegen auf die Filzpantoffel, die sie nicht nur aus Jux bereit gestellt hatte. „Nein, nein, wir haben eigene dabei!" Charlie kramte in der Tasche, hielt uns seine Hausschuhe vor die Nase, Uralt-Latschen, von den großen Zehen durchbohrt, eine Sohle gebrochen und lachte dabei wie über einen derben Witz.

Nach „Gartenschau" im Hinterhof - die vielfarbigen Hortensien fanden gebührende Bewunderung - gab's Kaffee und Selbstgebackenes, Pias Käsekuchen mit Ricotta, super cremig. Dabei wurden die Mitbringsel enthüllt, die der Erklärung unseres Heims zur geschenkfreien Zone trotzten: ein Bayernkrimi für den Hausherrn, ein hübsches Tuch für die schaffige Hausfrau, bedruckt mit Früchtekorb und Spruch: „Es ist nicht wichtig, wohin du im Leben gehst, was du machst oder was du hast. Es kommt darauf an, wen du an deiner Seite hast." Die Präsente trugen Kims Handschrift, der Spruch klang wie ihr eigenes Credo. Die Flasche

Rosé hatte gewiss Charlie ergänzt. Wir freuten uns und merkten: Nehmen, ohne zu geben, geht nicht!

Für den ersten Abend hatten wir gedacht, auswärts zu essen, einmal wollten wir das auf Anregung der Freunde so halten. Die vorgeschlagene rustikale Wirtschaft löste sich leider in Rauch auf: Eine Gruppe hatte den Raum belegt, Zigarettenqualm beim Essen, nein danke! Also auf zum Winzer am Ort! Leider gab's dort kein Fernsehgerät, so dass Pia nicht ganz auf ihre Kosten kam. Sie hätte gerne das Fussballspiel Kroatien gegen die Türkei gesehen! Ihre Landsleute mussten halt ohne telepathischen Beistand kicken. Beim Winzer nett empfangen, nahmen Kim und ich Fleeschknepp, Pfälzer Klopse a la Königsberg, Pia Tafelspitz-Sülze und Charlie Zanderfilet, die edelste Wahl. „Wir trinken doch zuhause weiter", versicherte er sich, als nach dem Essen die Frage im Raum stand, ob wir noch was bestellen sollten. Dort kredenzte ich einen fruchtigen Primitivo aus Apulien, unseren Lieblingswein, der auch den Freunden mundete. Das Ende des Fußballspiels bekamen wir gerade noch mit, zwei zu eins für Kroatien! Pia war von der Rolle. Der erste Abend ging beschwingt zur Neige.

Charlie hatte noch erwähnt, am nächsten Tag duschen zu wollen, das dauere immer eine gute Stunde bei ihm. Schon Anfang der Woche hatte er am Telefon angekündigt, Samstag Morgen einkaufen zu müssen, frischen Spargel zum Saisonende und Lachs für ihr Abendessen am Sonntag nach dem Besuch zuhause. So ein Mist, Lachs und Spargel war doch unsere Idee für ein gemeinsames Menü gewesen! Natürlich konnten sie das nicht wissen. Wir hatten umdisponiert, brasilianischer Braten mit Spätzle und Salat wäre auch fein, wenngleich mehr Aufwand.

Also dann „gute Nacht, schlaft gut!"

Zum Frühstück am folgenden Morgen war der Tisch reich gedeckt, aber nur dunkle Brötchen dabei. Die erste Semmel verzehrt, wollte Charlie nun eine helle, er esse sowohl als auch. Die noch zu besorgen, war es jetzt zu spät! Doch schlecht fühlen wollte ich mich nicht, weil es „nur" gesunde Roggenbrötchen gab. Beim vor sich hinplätschernden Smalltalk scherte Kim auf einmal aus und erzählte, was sie jüngst bei der Arbeit bewegt hatte. Eine Kollegin, auf eine andere neidisch, die im Team sehr gut ankam, beschloss, sich von der beliebten das abzugucken, was den Kollegen bei der so gefiel. Insofern sei Neid doch gar nicht so schlecht. Als Katholikin konnte sie einer der angeblich sieben „Todsünden" durchaus etwas abgewinnen. Respekt oder „Chapeau", wie unser Professor-Nachbar zu sagen pflegte! Sie schien in letzter Zeit über ihren Schatten gesprungen zu sein. Trotz Krankheit und starker Konflikte am Arbeitsplatz hatte sie nicht klein beigegeben, im Gegenteil, sie forderte die Aufstockung ihrer Stunden ein, die ihr zustand. Sogar für den Personalrat kandidierte sie! Die zerbrechlich wirkende Frau zeigte Kante.

Das Frühstück zu Ende, zogen Charlie und Kim wie angesagt zum Einkauf los. Wir verstauten die Reste und spülten das Geschirr. Auf einmal kam Pia auf die Idee, Charlies Latschen zu knipsen. Sie, die fast alles sehr gut in Schuss hielt, hatte sowas noch nicht gesehen. Auf einem Weinpaket platziert, entstand ein skurriles Bild, nicht untypisch für den Freund; „je oller, je doller", lag in der Luft. Aus einer Laune heraus zeigte sie das Bild der Nachbarin, die sie zufällig am Tor trafen. Die kommentierte nach Gelächter klug: „Der hat halt andere Qualitäten!"

Als die Einkäufer zurückkamen, vereinte uns bald wieder der runde Tisch mit Kaffee und Kuchen. Beim Planen des Nachmittags kam mein Vorschlag an, die Weinhänge der Haardt entlang zum Winzer ins benachbarte Dorf zu wandern. Kaum waren wir aus dem Haus, wollte Kim unser neues Auto sehen, nach meinem flachen Flitzer ein altersgerechter Hochbeiner.

Dem Verkaufsberater des Landauer Autohauses, der uns bestens bediente, hatte ich zum Dank ein paar launige Verse verfasst. Feuer und Flamme hatte er mich noch um ein persönliches Gedicht gebeten. Das bekam er auch bald, Produkt eines trüben Sonntags. Entzückt, so besungen zu werden, hatte er die Verse in sein Kunden-Buch geklebt, vorne auf seinen Schreibtisch für jeden lesbar platziert und uns bei Fahrzeug-Übergabe stolz gezeigt, seine Visitenkarte des Tages! Warum fiel mir denn das jetzt ein? Na klar, der schätzte mein Gedicht!

Ohne Schlüssel im Sack ging die Auto-Schau halt nur von außen. „Ziemlich groß!", meinte Kim.

„Obwohl, der Kofferraum ist nicht groß", so Charlie.

„Doch, der hat über 500 Liter. Vor allem hat man drinnen viel Raum um sich rum, auch im Fonds sitzt man bequem ... Der SUV hat uns im Urlaub beste Dienste geleistet. Zwölf Stunden Fahrt hat mein Rücken weggesteckt, dank Lordosenstütze und leichtem Ein- und Aussteigen."

Damit war das Thema gegessen, vielleicht aber noch nicht verdaut!

Die Wanderung verflog für mich bei Politik-Talk mit Charlie - Kim und Pia folgten uns plaudernd -, bei dem ich überrascht feststellte, dass der Freund als alter Sozi in einigen Punkten mit der AfD sympathisierte. Der Gesprächsbogen ging von Kritik am Zustand der SPD - beim Juso-Stammtisch hatten wir uns einst kennen gelernt - über die provokanten Thesen Thilo Sarazins bis zum Untergang Europas! Bei aller Schelte, die Charlie austeilte, hielt wenigstens das Wetter. Ehe wir uns versahen, erreichten wir unser Ziel, den Winzerhof mit weitem Blick auf die Rheinebene. Die Kerwe-Zelte dort noch leer - Festbeginn erst um fünf -, gab's beim Stand der Jugend für uns Oldies dennoch das begehrte Glas Sekt. Gut drauf, fügte der Schaumwein das Seine hinzu und beschwingte den Fuß beim Heimweg, begleitet von Stimmen der Natur: Amseln sangen, Meisen fiebten, Elstern und Eichelhäher krächzten, während ein Falke nach Beute Ausschau hielt und ein Bussard sich kreisförmig nach oben schraubte. Auch ein seltener Vogel mit weiß-schwarzem Gefieder flog vorbei, den Charlie kundig als „Raubwürger" identifizierte. Die Liebe für die Vogelwelt hatte ihm die Mutter vererbt, von ihr besaß er gar noch ein paar Platten mit Vogelstimmen. Auch meine Mutter mochte die gefiederten Wesen so sehr, dass sie bei ihrer Prüfung zur Verbeamtung als Grundschullehrerin eine Lehrprobe im Fach Heimatkunde über den Buntspecht gehalten hatte.

Zuhause, inzwischen gut fünf geworden, machten Pia und ich uns gleich ans Kochen. Für die morgens angebratene Schweinelende bereitete sie die Sauce zu, und ließ beides bald im Backofen verschwinden. Ich war fürs Gemüse zuständig: Zucchini, Paprika, Karotten schneiden und in Olivenöl braten. Unser Brauch, am Nachmittag zu essen, war bereits durch das Wandern überholt, wie ich ohne Groll feststellte. Das kam den Freunden entgegen, die unsere Essenszeit viel zu früh fanden. „Da braucht Charlie ja noch ein Nachtmahl", frotzelte Kim! Wie angekündigt hatte sich der auf einmal ins Bad verdrückt. Kim erläuterte den Abgang: Ihr Mann würde sich samstags für den Sonntag waschen und pflegen, Bartschneiden inklusive. Das sei wie ein Ritual, fast schon zwanghaft. Für mich zog Charlie einfach sein Ding durch. Warum fragte er nicht, ob er mithelfen könnte? Warum ergriff er nicht die Chance zum Erzählen? Das Bad hätte er doch gestern in der Pension nützen können!

Mein Hirn assoziierte eine Szene beim Besuch von Charlie und Kim in Bayern: Am Abend in der Gartenwirtschaft vor Ort gut wie üppig gespeist und getrunken, schien die Zeit gekommen aufzubrechen. Für Charlie war das jedoch viel zu früh. Er bestellte sich lieber noch eine Maß, ohne sich um uns oder Kim zu scheren. Ihre Stirn zog sich in Falten, ich war verschnupft - ein Liter Bier trank man ja nicht hoppla di hopp -, hielt mich aber zurück. Charlie hingegen hatte gar kein Problem!

Kim bot nun ihre Hilfe beim Kochen an. Wir kamen alleine klar und plauderten dabei lieber mit ihr. Das Essen fast fertig, sondierte ich vor der Badezimmer-Türe, wie lange Charlie noch brauche, in zehn Minuten könne es los gehen. „Das passt!" Pünktlich erschien der Reine zum Mahl. Es gab gemischten Salat an Kürbiskernen, brasilianischen Braten mit Champignons in Käse-Sahne-Sauce, Spätzle und gebratenes Gemüse, dazu Riesling auf granithaltigem Boden gewachsen, Spezialität eines Pfälzer Weinguts mit Renommee. Zur Freude schmeckte es den beiden, auch der Wein schien zu passen, wie Charlies Brummen schließen ließ. Als er nach kräftigem Nachschlag vom Braten noch etwas wollte, verschaffte sich mein gestauter Groll gegen jede Höflichkeit Luft: „Den Rest brauchen wir morgen für uns!" Der so Begrenzte protestierte nicht. Dafür tischte Pia das Dessert auf, frische Erdbeeren mit selbst gehackten Pistazien zu Bourbon-Vanille-Eis. Nach langer Regenzeit waren die Beeren nicht so aromatisch wie sonst, was Charlie beim Kosten aufs Korn nahm: „Die schmecken natürlich nicht!" Kim widersprach und auch ich fand's übertrieben. Schnell folgte ein Lob auf den Braten - den hatte der Kritikus wohl gerochen! Allmählich rumorte es bei mir im Kopf. Was glaubte der „Badegast" eigentlich? Hatte der gar keinen Benimm?

Die zweite Flasche Wein war ein Chardonnay aus dem Tessiner Mezzocorona, den ich kaufte, weil ich da vor Jahren mit einem Freund auf Fahrradtour Station gemacht hatte. Zudem - ich gestehe - war er günstiger als der rassige Riesling. Die Freunde zechten ja gern, da musste ich Erlesenes nicht steigern. Beifall für den „Granit" der ersten Runde verhalten, fand der nun Charlies Lob: Der Chardonnay halte dem Vergleich nicht stand. Danach sprach der Trinkfeste noch einer halben Flasche Rosé zu, der Pia zu trocken war, ihm aber gefiel. Der von Pia „Sauerampfer" genannte Wein rief Charlies Studentenzeit wach, als er nach seiner Vorliebe für Spätlesen auf Diabetiker-Weine umschwenkte und seither trockene Tropfen vorzog.

Nun kam auch die Kehrseite der Weinproben von Kim und Charlie zutage. Die beiden hatten gut 700 Euro für Weinkauf ausgegeben, ein paar Pfälzer Spezialitäten inklusive. „Eigentlich haben wir kein Geld", warf Kim ein, es klang nach Selbstkritik. Dennoch hatten sie sich - bei Charlie zwei Proben wie immer ein Muss -, Bacchus ergeben und Apollo, dem Gott der Vernunft, die kalte Schulter gezeigt.

„Ich hab' noch eine Preziose in Petto", trumpfte Charlie auf, „die Flasche hat vor Jahren 200 Euro gekostet, die lässt sich jetzt mit Gewinn verkaufen."

„Dann biet' sie halt zur Versteigerung an, das wär doch mal was!", regte Kim an.

Unverblümt legte sie den Finger auf die Wunde. Vor sich hinbrummend, was bei Charlie Zustimmung signalisierte, setzte er noch einen drauf: „Die Weinkartons muss ich in die Mitte des Kellers stellen, außen herum ist schon alles mit Flaschen voll!" Beim Anblick einer Bauernhortensie für 75 Euro, am Morgen auf Einkaufstour in Versuchung geführt, hatte dann doch Charlies Vernuft gesiegt. Oder war es der Gedanke, dass die in voller Blüte stand, also bald verblüht sein würde? Vielleicht schien ihm der große Stock bloß nicht mehr ins weinvolle Auto zu passen?

Mir fiel Charlies neues Hörgerät ein, am Abend zuvor Thema geworden, als es auf einmal nicht mehr funktionierte. Eine echte Errungenschaft, konnte er mit dem Teil doch wieder mehr vom Gezwitscher der geliebten Vögel hören, deren hohe Töne ihm schon länger verklungen waren. Allerdings war die Zuzahlung ebenso hoch: „1600 Euro, noch nicht bezahlt", wie Kim nüchtern vermerkt und an uns gewandt hinzugefügt hatte: „*Ihr* habt ja Geld!" Ich musste schlucken. Sie hätten doch auch Geld, wenn sie es nur zusammenhielten. Wenn man in Punkto Ausgaben öfter aus dem Bauch heraus lebt, fordert solch Leichtsinn eben sein Recht! Und wenn Kim nicht mehr Einfluss nähme, wäre sie mit von der Partie und müsste halt die Folgen in Kauf nehmen!

Beim Abwasch bot Charlie seine Hilfe an und trug so auch noch was zur Arbeit des Abends bei, der nach dem Euro-Fußballspiel Portugal - Österreich erschöpft zusammenbrach.

Am nächsten Morgen war Charlie schon früh zu Gange. Als ich nach kurzer Dusche ins Schlafzimmer huschte, um mich anzuziehen und dann die Haare zu föhnen, hatte er inzwischen das Bad besetzt. Das kann passieren, wenn man nur ein Bad hat, zwar einengend, aber ein paar Tage lang auszuhalten. Die Morgentoilette mit Zweitfön im Gäste-WC beendet, holte ich frische Brötchen beim Bäcker, dunkle *und* helle, wie mir Pia eingeschärft hatte. Auf dem Weg dorthin fiel mir ein, dass Pia und ich zu Besuch bei den Freunden zuhause das Gäste-WC zum Waschen und Zähneputzen zugeteilt, das Bad dagegen nicht zu Gesicht bekamen. Mein Verdruss von gestern schien Minuspunkte wie ein Magnet anzuziehen.

Zum Frühstück kamen Kim und Charly wie gehabt um neun. Pias Hinweis auf die heutige Brötchenauswahl kaum verhallt, bemerkte Kim, dass Charlie gewöhnlich auch Saft zum Frühstück trinke. Pia reagierte nervös und rückte den Mangel später bei mir zurecht: Schon öfter seien wir doch auf extra besorgten Säften sitzen geblieben. Für Kim schien das o.k., sie hatte wohl nur den suchenden Blick des Gatten erklärt! Wieder war der Tisch übervoll, auch Imkerhonig dabei, kristallisiert, wie Charlie bemerkte: „Honig kann man im heißen Wasserbad wieder flüssig machen."

Erneut Kritik witternd, wehrte ich mich: „Nur guter Honig kristallisiert!"

Hätte er gern flüssigen Honig aufs helle Brötchen geschmiert? Wenn ja, Pech gehabt! Eine einfache Bitte hätte genügt!
„Ist das der gleiche Käse wie gestern?", nächste Frage des Leckermauls, und schnitt sich von einem der drei Hartkäse zur Wahl ein großes Stück ab.
„Wer braucht noch Kaffee?"
Charlie winkte ab, für Kim zog ich eine Tasse aus dem Automaten. Kaum saß ich wieder, feixte der und wollte nun doch Kaffee!
„Hol ihn dir doch selbst!", fauchte ich erbost. Das tat er dann auch, Hilfe beim Bedienen des Automaten natürlich vonnöten! Irgendwann glaubte Charlie noch, Pia bei einem kleinen Clinch mit mir - ich weiß gar nicht mehr, worum es ging - helfen zu müssen: „Sag ihm doch: du hast recht, aber meine Meinung gefällt mir besser!", dabei grinste er hämisch, wie mir schien. Der Pep des Spruchs erreichte mich nicht, mein Maß war voll, ich war stinksauer. Beim Abwasch wieder dabei, verschwand Charlie bald unauffällig. Als ich nach ihm schaute, trug er gerade das Gepäck in den Hof, Startschuss zur Heimreise. Kim dagegen blieb gesprächig, erkundigte sich nach ein paar Sachen, auch nach dem Stand meines Romans, den ich jüngst geschrieben hatte. Ihr Interesse half mir, mein Gleichgewicht wiederzufinden.

In Gedanken hing ich der alten Freundschaft nach. Der goscherte Charlie, der sich in meinen Augen immer mehr um die eigene Achse drehte und dabei mir Wertes aus dem Blick zu verlieren schien, stimmte mich melancholisch. War aus räumlicher Ferne über die Jahre innere Distanz geworden? Dies Gefühl hatte sich schon Monate zuvor bemerkbar gemacht. Charlie reagierte fast nie auf meine Mails, obwohl er doch jede Menge Zeit haben musste. - Dass Rentner beschäftigter sind als vordem, wie man des Öfteren hört, trifft nach meiner Erfahrung nicht zu, scheint vielmehr zu sagen, dass sie sich auch ohne Arbeit wichtig fühlen möchten. - Ich war bei Charlie ins Leere gelaufen und wusste nicht warum? An seiner statt hatte Kim den Austausch übernommen und pflegte ihn auch. Mein Fazit: Der Vogel-Freund hatte sich in seiner Welt eingenistet und blieb dort meist, ob flügellahm, uninteressiert oder primär mit sich beschäftigt, wer wusste das schon? War von unserer Freundschaft nur ein Schatten geblieben?

Das Wichtige, das Charlie und Kim diesmal im Reisegepäck hatten - äußerlich wie immer ein großer Koffer, der uns schmunzeln ließ und Rätsel aufgab -, war ihre Silber-Hochzeit. Den standesamtlichen Akt hatten sie unlängst in damaliger Konstellation begangen. Charlies Schwester Molly hatte die Feier ausgerichtet und sie, so Kim, wunderschön gestaltet. Um das Besteck zu besorgen, war Molly gar nach Norddeutschland gereist. Ich freute mich für die beiden Freunde, fand es aber auch schade, dass wir erst jetzt davon erfuhren.

Zur 25-Jahr-Feier der kirchlichen Hochzeit, im Mai 2018, seien wir geladen, wenn bis dahin das Finanzielle stimme, relativierte Kim. Da solle ich so kräftig singen wie damals, als ich mich stimmlich hervortat, wünschte sich Charlie. Vor Begeisterung hatte der Pfarrer - so einen Sänger schon lange nicht mehr erlebt - mehr Strophen als üblich singen lassen, was wiederum den Organisten auf der Empore, der wohl noch anderes vorhatte und auf glühenden Kohlen saß, so unter Druck setzte, dass er übel aus dem Rahmen fiel: „Scheiße", klang es auf einmal laut von oben! Das fand nun selbst Charlie nicht mehr lustig und strich dem Rüpel den üblichen Obolus.

Unter dem Eindruck von Charlies Egotrip kam ich mir bei seinem Plan als Statist in einem nostalgischen Stück vor, und dazu hatte ich gar keine Lust. Pia meinte, das müsse ich meinem alten Freund sagen. Das wollte ich auch, dann wieder nicht. Schließlich schrieb ich diese Geschichte. Vielleicht würde ich sie Charlie zu lesen geben. Vielleicht läge darin ja die Chance, unsere Beziehung zu beleben. Jedenfalls ist sie mein Versuch deutlich zu machen, wie ich Freundschaft buchstabiere.

Nach dem Auf und Ab der letzten Tage waren Pia und ich irgendwie froh wieder unter uns zu sein. Am Abend trudelte eine nette SMS bei uns ein: „ … wir sind gut angekommen, reich an schönen Erlebnissen mit euch, aber arm durch Weinkäufe. Trotzdem frohlocken wir. Luhja! …" Das war eindeutig Kims Handschrift. Seltsam, früher bescheiden an Charlies Seite, war sie für mich zur Seele der Beziehung geworden, feinfühlig und beredt. Kein Zweifel, sie hatte neben ihrem Mann an Statur gewonnen.

Die Jahre hatten Spuren hinterlassen und unsere Beziehung durchwirkt wie Alters-Firne den Wein. Lange gelagert bekommt der ja neue Nuancen, mal überraschend schmackhaft, mal gewöhnungsbedürftig, zuweilen ungenießbar. Wie aber würde sich der Stoff, aus dem unsere Freundschaft bestand, in Zukunft verändern?

Werner Hetzschold

Erinnerungen und Träume

Es war im Spätsommer.
Durch Zufall begegne ich seinem Namen. Im Internet informiere ich mich über einen Politiker, den ich nicht persönlich kenne, der mich aber seit meinen Kindertagen kontinuierlich begleitet. Und dieser Politiker war der Schwager meines Kommilitonen am Literatur-Institut. Fast dreißig Jahre vor meinem Fernstudium an dieser Bildungseinrichtung kannte ich ihn aus den Erzählungen meines Klassenkameraden Thomas, mit dem ich gemeinsam nach der Schule in dem Hause seiner Eltern die Hausaufgaben anfertigte und regelmäßig zum Mittagessen eingeladen wurde. Bei uns zu Hause gab es kein Mittagessen, weil meine Mutter berufstätig war. Sie schwitzte als Küchenhilfe in dem vielleicht berühmtesten Restaurant der Stadt, kehrte erst spät abends und totmüde von der Arbeit zurück. Sie brachte immer etwas Leckeres zum Essen mit nach Hause: Wurst, Fleisch, Fisch. Diese Appetit-Happen hatten die Gäste verschmäht. Sie schmeckten ihnen nicht oder sie waren bereits satt, weil sie schon ausreichend gevöllert hatten, wie meine Mutter deren Esskultur nannte.
„Sie haben diese Köstlichkeiten nicht berührt", versicherte meine Mutter. Meine Schwestern lehnten diese kulinarischen Raritäten ab, aber ich, der einen gesegneten Appetit hatte, konnte nicht genug davon bekommen. Besonders mochte ich den Aal. Auch mein Onkel konnte mir nicht den Appetit verderben, wenn er zum wiederholten Mal die Geschichte von der See-Schlacht bei Skagerrak erzählte.
„Nie wieder soll es so ein ausgezeichnetes Aal-Jahr gegeben haben!" Seine Augen leuchteten, blitzten geradezu vor Vergnügen, wenn er anschaulich-drastisch die Szene schilderte, in der dichte Schwärme hungriger Aale sich an den toten Seeleuten mästeten. War die Erzählung über diese berühmte Seeschlacht während des Ersten Weltkrieges beendet, wandte er sich den Fangmethoden der ländlichen Bevölkerung im Spreewald zu.
„Ihr müsst wissen", erzählte er uns Kindern, „im Spreewald gibt es viele Wasserarme, die der Fluss, eben die Spree, die später durch Berlin fließt, in den Auenwald gegraben hat. Dieses träge dahinfließende Wasser ist das Zuhause auch für viele Aale. Haben die Bauern ein Tier geschlachtet und ausgenommen, vielleicht eine Kuh oder ein Schwein, hängen sie den

Rest des Tierschädels, an einer Eisenkette befestigt, in die Spree. In der Nacht, wenn alles ruhig ist, kommen die Aale. Sind die Wiesen vom Regen nass, wählen diese Fische, die große Ähnlichkeit mit einer Schlange haben, auch den Weg über Land und bewegen sich über große Entfernungen schlängelnd fort. Willst du große Tiere bei ihrem Landgang fangen, wehren sie sich mit allen ihnen zur Verfügung stehenden Kräften. Bei diesem Kräftemessen können sie dir den Arm brechen ..."

„Und was machen die Aale mit den Rinds- und Schweinsköpfen in der Spree?", fragte meine Schwester Hannah.

„Na was schon?", setzte mein Onkel seine gastronomische Unterweisung fort. „Im Morgengrauen ziehen die Spreewald-Bauern die Köpfe der Tiere mit einem gewaltigen Ruck an Land. Die Aale haben sich in den Schädel gebohrt und sind noch immer genüsslich beim Fressen. Die Männer packen sie und stecken sie in einen großen Sack, bringen sie in die Küche. Dort werden die Aale getötet, gründlichst gesäubert, geräuchert ... Das ist ein langwieriger Prozess."

„Erzähle den Kindern nicht immer solche Schauergeschichten", unterbrach ihn meine Mutter.

Bei meinem Klassenkameraden Thomas schmeckte mir das Mittagessen viel besser als bei uns zu Hause. Hier gab es kein Essen mit Mehlschwitze. Hier reichte mir die Mutter meines Klassenkameraden eine klare, mich freundlich anlächelnde Suppe, von der ich nicht genug bekommen konnte. Die Mutter von Thomas war Hausfrau. Das war in dieser Zeit bereits eine aussterbende Spezi. Nur die Mütter meiner Klassenkameraden waren Hausfrauen, deren Väter Ärzte, Rechtsanwälte, Männer in der Wirtschaft und Industrie, die dort viel zu sagen hatten. Wenn die Mütter meiner Klassenkameraden, deren Väter unentbehrlich für die Gesellschaft und damit für den Staat sich erwiesen, berufstätig waren, dann verdienten sie ihr Geld als Ärztin, Lehrerin, Rechtsanwältin. Die Frauen und Mütter in unserer Wohngegend gingen wie die Männer auf Arbeit, weil sonst das Geld nicht zum Leben reichte, wie sie immer wieder sagten. Sie arbeiteten in den Betrieben, manche sagten auch Fabriken, die nicht weit von unserem Viertel entfernt waren, oder sie waren Verkäuferinnen. Einige übten auch die Tätigkeit aus, die meine Mutter für sich erwählt hatte, oder schafften in der Lebensmittelindustrie wie die Mutter eines meiner Spielkameraden, die in einer Fischbraterei ihr Geld verdiente. Manchmal besuchten wir sie in ihrer Fischküche, die zu ebener Erde war. Im Sommer waren die Fenster weit geöffnet. Den Fischduft roch ich schon von weitem. Ich mochte ihn im Gegensatz zu vielen Leuten, die dort vorbeigehen mussten. Mich lockte er an, versprach eine angenehme und gesunde Kost, wie meine Mutter alle Essen nannte, deren Mittelpunkt der Fisch war. Besuchten wir die Mutter meines Spielkameraden, schob sie uns immer heimlich Fisch zu. Die anderen Frauen mussten nicht unbedingt wissen, was sie tat. Der Fisch war lecker und heiß. Wir verlangten immer nach mehr. Meist scheuchte uns aber die Vorarbeiterin fort, sobald sie unsere Gegenwart hinter dem Fenster bemerkte. Mochten wir uns auch verstecken. Die Vorarbeiterin spürte uns auf. Sie erinnerte mich an einen Hund, dem nichts entging, der alles entdeckte. Selbst hinter den Tonnen mit den Fischresten stöberte sie uns auf. Sie ermahnte uns, nicht wieder uns hier blicken zu lassen. Offensichtlich wollte sie eine Konfrontation mit ihren Mitarbeiterinnen vermeiden, die alle Mütter von vielen Kindern waren.

Im Meyerschen Viertel wuchs ich auf. Um die Jahrhundertwende vom 19. zum 20. Jahrhundert hatte diese Häuser ein Herr Meyer, der offensichtlich ein sehr reicher, einflussreicher, machtbesessener Philanthrop war, errichten lassen für seine Mitarbeiter, die alle der Arbeiterklasse angehörten. Damals wurden sie Ausgebeutete genannt, später Werktätige, heute nennen sie sich Arbeitnehmer. Um die Jahrhundertwende lebten meine Leute noch nicht in den Meyerschen Häusern. Sie kamen erst nach dem Zweiten Weltkrieg dorthin. Woher sie eigentlich kamen, weiß ich nicht, weil die Region, aus der sie stammten, sich namentlich immer veränderte. Die Gründe dafür kenne ich nicht, will sie auch nicht mehr wissen, weil ich ein Unikat bin. So habe ich für mich entschieden. Nach dem Zweiten Weltkrieg suchten viele Menschen auch in den Meyerschen Häusern Unterschlupf. Die Wohnungen waren billig. Für viele, die eine Bleibe suchten, erschwinglich und deshalb sehr begehrt. Vielleicht waren die Mieten so preisgünstig, weil sie kein Bad hatten. Viele, die zunächst in diesem Viertel ein Dach über dem Kopf gefunden hatten, verließen es, zogen entweder in attraktivere Stadtbezirke oder in andere Städte oder setzten sich ab in den goldenen Westen, vor allem wenn die Männer Berufe hatten, die überall auf der Welt dringend benötigt wurden. Unser Vater hatte keinen Beruf erlernt, der ihn als Arbeitskraft interessant und wichtig machte. So wurde er nirgendwo angeworben oder abgeworben, und wir harrten in den Meyerschen Häusern aus, die als Kind für mich der Mittelpunkt der Welt waren.

Fast täglich nach der Schule hielt ich mich bei Thomas auf, erfuhr, dass er bereits Onkel war. Sein ältester Bruder war 17 Jahre älter als er, war verheiratet, hatte zwei Kinder und lebte in Frankfurt an der Oder. Von Beruf war er ursprünglich Lehrer gewesen, aber die Entscheidungsträger hatten Wichtigeres mit ihm vor. Er wurde wie sie hauptberuflicher Funktionär im Auftrage der Sozialistischen Einheitspartei Deutschlands, hatte vor Antritt seiner Karriere in der Sowjetunion studiert, sogar in Moskau. Er hatte Politik studiert, den Marxismus-Leninismus, sprach fließend Russisch, wie mir Thomas sagte. Die beiden Neffen von Thomas hatten russische Namen. Sie hießen Sergej und Igor. Persönlich lernte ich sie kennen, als sie ihre Großeltern besuchten. Sergej war nicht viel jünger als Thomas.

Nach der Grundschule trennten sich unsere Wege. Wir wollten in Verbindung bleiben. Thomas folgte seinen Eltern nach Dresden. Sein Vater hatte dort eine äußerst verantwortungsvolle Aufgabe im Staatsapparat übertragen bekommen. Thomas setzte an einer Erweiterten Oberschule in Dresden seine Ausbildung fort. Er hatte den naturwissenschaftlichen Zweig gewählt. Ich hatte mich für die Sprachen entschieden, verließ die elterliche Wohnung, setzte meine Ausbildung an einer Erweiterten Oberschule mit Internat fort. Mir fiel der Abschied von Zuhause nicht schwer. Ich war froh, eine neue Umgebung kennenzulernen, anderen Menschen zu begegnen.

Thomas verlor ich aus den Augen. Anfangs schrieben wir uns Briefe. Es dauerte nicht lange, bis der gedankliche Austausch per Post abbrach, völlig einschlief. Mir fiel das Sprichwort meiner Mutter ein: Aus dem Auge ‚aus dem Sinn. Nichts mehr hörte ich von ihm, dafür aber immer öfters von seinem ältesten Bruder, der schnell die Karriere-Leiter der Sozialistischen Einheitspartei Partei Deutschlands emporkletterte und immer verantwortungsvollere Aufgaben in und für diese Partei übernahm. Aus der Presse konnte ich mitunter entnehmen, wie augenblicklich gerade sein Familienstand war. Schon lange war er nicht mehr mit der Mutter von Sergej und Igor verheiratet. Diese seine beiden Söhne hatten bestimmt jetzt ihre eigenen Familien. Über sie war nichts in den Zeitungen zu lesen. Sie waren so unauffällig wie ich, erregten kein Interesse, das für die Mitmenschen interessant gewesen wäre. Er dagegen war den alten Herren nunmehr ebenbürtig, obwohl er in deren Augen ein sehr junger Mann sein musste. Schon lange war er nicht mehr der erste Mann der Partei in der Provinz, wie alle Orte streng vertraulich von den Damen und Herren an der Schaltzentrale der Macht in Berlin genannt wurden. Viele sahen in ihm schon den Kronprinzen, sahen ihm vieles nach, was eigentlich bereits kritikwürdig an seiner Person hätte sein müssen, wollten sich aber unbedingt gut mit ihm stellen; schließlich sollte er sie nicht vergessen, wenn es an die Verteilung der Pfründen ging, sobald er das Sagen hätte. Von den Plakaten blickte mich ein gut aussehender, in den Augen vieler Frauen ein sicher attraktiver Mann in der Mitte seines Lebens an. Auch in der Aktuellen Kamera gab er eine gute Figur ab. Jetzt in der Mitte seines Lebens trug er gut sitzende Anzüge aus sorgfältig ausgewählten Stoffen, dazu passende Hemden und Krawatten. Meine Mutter hatte dafür ein Auge. Als ich noch mit Thomas gemeinsam die Schulbank drückte, bestand seine Kleidung aus einem nicht wegzudenkenden FDJ-Hemd. Er schlug die gleiche Laufbahn ein wie der spätere Staatsratsvorsitzende und dessen Ehefrau, die spätere Volksbildungsministerin. Vielleicht wollte er einmal Staatsratsvorsitzender werden. Bis jetzt sprach nichts dagegen. Er war in Berlin angekommen. Der Ausgangspunkt war einmal ein Dorf in Sachsen gewesen.

Gemeinsam sitzen wir im Arbeitszimmer. Thomas´ Vater hat dafür einen großen Raum gewählt, in dessen Mitte ein großflächiger Tisch steht. An den Wänden hängen Bilder von Lenin und Marx. Auf dem Schreibtisch stehen deren Köpfe. Sie fallen jedem sofort beim Betreten des Zimmers auf. Wir erzählen seiner Mutter von unserer neuen Lehrerin. Seine Mutter hört uns geduldig zu, lächelt, dann sagt sie: „Da ist Uschi also eure neue Lehrerin. Sie war einmal die Freundin von Konrad. Gemeinsam haben beide studiert, wollten Lehrer werden. Nun erfahre ich, dass Uschi Lehrerin geworden ist, sicher eine sehr gute, so fleißig und zielstrebig wie sie war. Konrad hat einen anderen Weg gewählt. Jetzt studiert er noch einmal – in der Sowjetunion." Sie lässt uns allein im Arbeitszimmer zurück.

Vielleicht will sie Konrad anrufen, denke ich, ihm sagen, dass seine frühere Freundin jetzt unsere Lehrerin ist.

Kaum hat seine Mutter uns allein im Raum zurückgelassen, erzählt mir Thomas, dass sein ältester Bruder schon viele Freundinnen hatte, Uschi sei nur eine von vielen. Die Mutter hätte es gern gesehen, wenn er bei Uschi geblieben wäre, aber es sollte eben nicht sein.

Wieder begegne ich Konrad. Nicht persönlich. Im marxistisch-leninistischen Grundlagenstudium. Michael, er kommt aus Berlin, berichtet während der Zigarettenpause, dass der Sekretär von Berlin zwischen all den anderen Genossen auf der obersten Ebene eine sehr gute Figur abgibt.

„Das ist nicht verwunderlich", entgegnet Wolfgang. „Bei uns in Halle wäre er auch der ansehnlichste. Kein Wunder, dass die weibliche FDJ noch immer auf ihn steht, begeistert von ihm ist. Wie ich gehört habe, kann er sich vor Angeboten kaum retten."

„Vielleicht wollen diese Damen auch Karriere machen. So wie er auch." Michael zaubert ein vieldeutiges Lächeln auf sein Gesicht.

„Ihr unterhaltet euch über meinen speziellen Freund", mischt sich Karin in das Gespräch. „Er hat sehr großen Einfluss, setzt sogar den Naturschutz außer Kraft. Mitten im Naturschutzgebiet wurde für ihn eine Villa gebaut. Als der Bau der Straße zu diesem Prunkbau sich hinzog, machte er Druck. Er wollte das Weihnachtsfest in seinem Märchenschloss feiern, und er konnte es mit seinem Anhang dort feiern. Die Bauarbeiter schafften das schier Unmögliche ..."

Michael unterbricht Karin: „Was machst du heute Abend?"

„Was soll das?", lacht sie. „Ist das eine Anmache?"

„Wisst ihr nicht, dass Matthias der Schwager dieses Publikumslieblings ist?", setzt Michael unbeeindruckt seine Rede fort. „Nur spricht er nicht darüber. Nie erwähnt er seinen einflussreichen Schwager. Soweit ich weiß, geht er ihm aus dem Weg, meidet dessen Gegenwart."

„Er wird schon dafür seine Gründe haben", meldet sich Wolfgang zu Wort. „Eine allzu große Nähe zu seinem Überschwager duldet er nicht. Offensichtlich will er nicht von ihm vereinnahmt werden. Oder ins Gerede kommen. Sich nicht nachsagen lassen, dass er von ihm protegiert wird. Oder nicht mit ihm in einen Topf geworfen werden. Schließlich verdient Matthias seine Brötchen als Journalist."

„Aber da ist es doch nicht verkehrt, einen mächtigen Mäzen zu haben, der alles glätten kann, falls der Journalist sich einmal in der Wortwahl vergriffen hat."

„Ich habe den Eindruck, um nicht zu sagen, ich bin davon überzeugt, dass sich alle in der Entscheidungsriege kennen, die maßgeblichen Funktionen mit ihren Leuten besetzen."

„Das machen doch alle", mischt sich Karin in das Gespräch erneut ein. „Getreu dem Motto, teilen und herrschen. Nur so garantieren sie, zu den Spitzen der Gesellschaft zu gehören. Ein wirkungsvolleres Pseudonym als den Namen Neumann kann ein Entscheidungsträger nicht haben. Und dabei ist der Name Neumann sein richtiger Name, kein angenommener oder ihm zugeteilter. Der Name Neumann charakterisiert seinen Träger. Er ist der neue Mann. Er ist und bleibt der neue Mann, ganz gleich in welchen politischen Kreisen er sich bewegt. Er ist auch der neue Mann für Matthias' ältere Schwester, obwohl sie eigentlich gar keinen Neumann braucht, nötig hat, so selbstbewusst, so zielstrebig wie diese Power-Frau ist. Sie schafft alles im Alleingang. Für sie ist die so genannte Krone der Schöpfung bloßer Zeitvertreib, eine Art Hobby, eine Art Bestätigung ihrer Persönlichkeit, ihrer Individualität. Sie braucht keinen einflussreichen männlichen Beschützer und Versorger. Sie sorgt für sich selbst."

Mir war in den Seminaren aufgefallen, vor allem in denen des Marxistisch-Leninistischen Grundlagenstudiums und der Marxistischen-Leninistischen Kulturpolitik und Ästhetik, dass meine Ansichten mit denen von Matthias sehr oft übereinstimmten, manchmal nahezu kongruent waren. Wenn er sprach, hörte sich seine Rede äußerst angenehm an. Er hatte eine dunkle, voll tönende Stimme. Sie klang ruhig, geradezu besänftigend, nicht aufdringlich oder gar provozierend und agitatorisch lärmend, Unbehagen verbreitend. Bedächtig wählte er seine Worte, setzte sie, große Wirkung erzielend, aneinander, war sachlich und kritisch, überzeugend in seiner Beweisführung, vermied überflüssige Worte, beschränkte sich stets auf das Wesentliche. Für mich war er ein angenehmer Zeitgenosse, dem ich zuhören konnte, ohne Gefahr zu laufen auszurasten, weil mich die Parolen dieses sozialistischen Staates zu erschlagen drohten. Wie wir alle schrieb er an einem Buch, wurde aber vonseiten der Dozenten nie aufgefordert, daraus vorzulesen. Andere hatten das Privileg. Sie durften vorlesen. Aus meinem Werk wurden nur Textstellen vonseiten des Dozenten im Fach Stilistik vorgetragen. Sie erregten kein Aufsehen. Sie waren nur ein Beispiel unter mehreren Textproben.

Nach dem Studium verloren wir uns alle aus den Augen. In Zeitungen wurden manchmal Namen genannt, die ich kannte. Irgendeine Lesung hatten sie irgendwo in einem Kulturhaus oder in einem Altersheim oder vor einer Schulklasse gehalten. Und dann hörte die DDR auf zu existieren. Und der Name des Herrn Neumann wurde nicht mehr in der Presse genannt und wenn, dann in negativen Zusammenhängen. Auch im Fernsehen war er nicht mehr präsent. Sein Name verblasste, wurde vergessen. Und der Herr Neumann verlor alle seine vielen höchst bezahlten Funktionen und alle Privilegien, glitt in die Bedeutungslosigkeit hinab, war jetzt wie die meisten Bürger der Bundesrepublik Deutschland ein Niemand, wurde aus dem kollektiven Gedächtnis gestrichen. Als Staatsmann hatte er bereits exquisiten Alkohol geliebt, nun ertränkte er seinen Kummer in billigen Spirituosen. Es dauerte nicht lange, die so genannte Wiedervereinigung war noch taufrisch, da wurde beiläufig in irgendeiner Zeitung erwähnt, dass der Herr Neumann verstorben sei. Wir als Familie zählten zu den letzten Bürgern der DDR, die dieses Land legal nach jahrelangem Warten kurz vor der Auflösung seiner Selbständigkeit hatten verlassen dürfen. Als Staatenlose kehrten wir der DDR den Rücken, hinterlegten auf der Pass- und Meldestelle unsere Personalausweise für die Ewigkeit, reisten mit einem Interzonenzug in das andere Deutschland, fanden Aufnahme im hessischen Friedland.

Viele, viele Jahren waren vergangen, und meine Frau und ich waren unseren Kindern nach Süddeutschland gefolgt, als ich im Internet eine Nachricht fand, die mich informierte, dass Matthias 1989 verstorben war. Er war gemeinsam mit der DDR untergegangen, hatte sie nicht überlebt wie sein einst berühmter Schwager, der nach Frankreich gegangen war und dort als Mitte Sechziger verstarb.

Kerstin Werner

Ich wollte dich sehen, Papa

Früher hatte sich Marina immer auf diesen Tag gefreut, doch heute an ihrem dreizehnten Geburtstag fühlte sie sich nur traurig. Als sie in die Küche trat, deckte ihre Mutter gerade den Frühstückstisch. Auf dem weißen Tischtuch stand eine Vase mit Astern – ein Strauß aus dem Garten und in Farben, die Marina so gern mochte: blau, rotviolett und weiß. Sie hatte an ihre Geburtstagsblumen gedacht.

Endlich blickte ihre Mutter auf. „Alles Gute zum Geburtstag!", sagte sie und ein dünnes Lächeln huschte über ihr Gesicht. Sie seufzte. „Sag mal, hast du denn gar keine andere Hose? Musst du immer diese verlotterte Jeans anziehen? Das hübsche Oberteil passt einfach nicht dazu." Dann wandte sie sich ab, lief zur Anrichte und brühte den Tee auf.

Marina spürte einen Kloß in ihrem Hals, und schweigend setzte sie sich an den Tisch. Ihre Mutter hatte sie noch nie verstanden. Vater war anders, er hatte immer gewusst, was ihr wirklich wichtig war.

Mutter kam mit der vollen Kanne zurück. Während sie den Tee eingoss, erinnerte sich Marina, dass Vater an ihrem zwölften Geburtstag einen Apfelkuchen gebacken hatte. Ihr war, als läge noch immer der Duft von Apfel und Zimt in der Luft. Marina nahm einen Löffel voll Zucker, rührte in ihrer Tasse und schaute dabei ihre Mutter an. „Wie habt ihr euch eigentlich kennengelernt – ich meine, Papa und du?"

„Ach, Marina, das ist lange her."

„Es interessiert mich aber."

„Ich möchte jetzt nicht darüber sprechen."

„Mama, aber ich möchte!"

„Nicht in diesem Ton."

„Ich will doch nur, dass du mit mir über Papa sprichst."

„Da gibt es nichts, worüber wir sprechen müssen."

„Doch ‚Mama, ich bin kein kleines Kind mehr."

„Mein Gott, du bist dreizehn. Das heißt noch lange nicht, dass du mit mir umspringen kannst, wie du willst. Ich bin immer noch deine Mutter."

„Und Papa ist schließlich mein Vater."

„Such bitte keinen Streit!"

„Mama, ich muss endlich wissen, warum er nicht mehr zu uns zurückkommt."
„Das ist unmöglich."
„Warum?"
„Du weißt nicht, was geschehen ist, und es ist besser, alles bleibt, wie es ist."
„Dann sag es mir endlich!"
„Vertrau mir einfach."
„Wie soll ich dir vertrauen, wenn du nie mit mir sprichst?"
„Marina, es gibt Dinge, die du noch nicht verstehen kannst. Manchmal ist es besser, wenn man nicht über alles spricht, es wird nur schlimmer."
„Noch schlimmer? Das glaube ich nicht. Für mich ist es schlimm genug, gar nichts zu wissen. Ich hatte einen Papa, der eines Tages verschwunden ist. Wo er ist, weiß ich nicht. – Bist du nie auf die Idee gekommen, dass auch meine Freundinnen nach ihm fragen und ich jedes Mal keine Antwort weiß?"
Ihre Mutter schwieg. Auch an ihrem dreizehnten Geburtstag schwieg sie.
Seit Vater fortgegangen war, hatte Mutter nie mit Marina darüber gesprochen. Nur an jenem Abend im November, als ihr Vater schon eine Woche nicht nach Hause gekommen war, hatte sie gesagt: „Manchmal wird es ihm zu eng bei uns, dann muss er raus hier, irgendwo hinfahren. Glaub mir, bald wird er zurückkommen." Doch er kam nicht zurück.
Tage und Wochen vergingen, bis ihre Mutter plötzlich schwer krank wurde. Ihr Gesicht war aschfahl, ihre leeren Augen lagen tief in den Höhlen und ihr Körper magerte so stark ab, dass sie bei der kleinsten Anstrengung erschöpft in sich zusammenfiel. Marina fürchtete ihren Anblick, dabei sehnte sie sich nach ihrer Zärtlichkeit, nach tröstenden Worten.
Das erste Mal in ihrem Leben überfiel Marina eine unbekannte Angst. Ihr Vater würde nie wieder zurückkehren. Nie wieder.
„Mama, ich vermisse Papa! – Kannst du dich nicht ein einziges Mal auch in mich hineinversetzen, nur ein einziges Mal?"
Ihre Mutter stand auf, eilte ins Schlafzimmer. Als sie zurückkam, hielt sie einen Briefumschlag in der Hand. „Es gibt so vieles, worüber ich mit dir hätte sprechen müssen", sagte sie, stopfte den Umschlag in ihre Hosentasche und setzte sich wieder an den Tisch.
„Ja?"
„Was, wenn ich dich auch verliere."
Marina schüttelte den Kopf.

„Doch, Marina. Ich weiß, wie sehr du an deinem Vater hängst. Und ich war sehr wütend auf ihn, sehr. Ich wollte es dir nur nicht zeigen. Du hättest mich gehasst."
„Nein, Mama."
„Anfangs habe ich geglaubt, er würde zurückkommen, doch dann wurde mir klar, dass es etwas in seinem Leben gab, was ihm wichtiger war als seine Familie."
„Du meinst – sein Beruf?"
„Nein, nicht sein Beruf."
Marina schaute sie mit weit aufgerissenen Augen an. „Was ist passiert?"
Mutter nippte an ihrer Tasse, hielt sie mit beiden Händen fest umschlossen. „Ich habe immer geglaubt, dein Vater brauche mehr Freiheit als ich; habe ja gespürt, wie wichtig ihm die Arbeit am Theater war. So habe ich mich um dich und den Haushalt gekümmert, auch als ich selbst wieder arbeiten ging. Ich war sicher, dass ich das hinkriege, und anfangs ging es auch gut. Dein Vater hat es genossen, wenn er mit uns zusammen war. Doch das hielt nicht lange an, und ich glaube, er war mehr unterwegs als nötig, auch am Wochenende. Er hatte nur noch sein Theater im Kopf, ständig telefonierte er. Deshalb plagte ihn das schlechte Gewissen und so oft es ging, holte er dich vom Kindergarten ab, später sogar von der Schule. Für dich war das natürlich ein Fest. Du liebtest seine Geschichten, die er dir auf dem Heimweg erzählte. Zuhause habt ihr dann auf mich gewartet, und wenn ich kam, musste er los." Sie hielt inne, warf ihren Kopf in den Nacken und blickte hinaus zum Fenster. „Über all die Jahre wurden dein Vater und ich einander fremd, ich wollte es nur nicht wahrhaben."
„Hat Papa das auch so gesehen?"
„Ich weiß es nicht. Wir haben wenig miteinander gesprochen, auch das hat uns entfremdet. Lange habe ich gebraucht, um das zu begreifen. Anfangs war der Schmerz für mich zu groß, Trauer und Wut hinderten mich daran, klare Gedanken zu fassen. Noch immer fällt es mir schwer, unsere jetzige Situation zu akzeptieren."
Marina nickte.
„Dein Vater hatte mir einen Brief geschrieben, noch vor Ostern."
„Einen Brief?"
Mutter zog den zerknickten Umschlag aus ihrer Hosentasche und warf ihn auf den Tisch. „Den Brief hab ich zerrissen."
„Was hast du?"
„Er hat jetzt eine andere Frau."
Marina schluckte, kämpfte mit den Tränen. Gern wollte sie ihre Mutter

49

umarmen, aber sie traute sich nicht. Nicht jetzt. Sonst würden sie beide anfangen zu weinen. Und das wollte sie nicht.
„Ist schon okay", sagte Marina und nahm den Umschlag. „Ich möchte nur wissen, wo Papa jetzt wohnt. Ich will ihn sehen."
„Vielleicht schreibst du ihm vorher, er wohnt nicht mehr hier in der Stadt."
Marina überlegte, ob sie ihm einen Brief schreiben sollte. Doch eine innere Stimme sagte ihr, dass es besser wäre, sie würde gleich zu ihm fahren. Ihr wurde plötzlich klar, dass er feige gewesen war. Er hatte sich nicht einmal von ihr verabschiedet.

Sechs Tage später, an einem Samstagmorgen, stand Marina vor der Eingangstür eines Mehrfamilienhauses, in dem ihr Vater wohnte. Als sie klingelte, machte niemand auf. Sie probierte es noch drei Mal, dann beschloss sie zu warten. Marina hatte Zeit. Viel Zeit.
Gleich gegenüber befand sich ein Park, dort wollte sie hingehen. Die Luft war klar, die Sonne stand hoch am blauen Himmel und Marina wusste, was sie wollte. Fast ein Jahr hatte sie gewartet, so konnte sie auch hier und jetzt auf ihren Vater warten. Bald würde sie noch einmal an seiner Wohnungstür klingeln, und dann … Wie würde ihr Vater sie anschauen, wenn sie plötzlich vor ihm stünde? Würde er sich freuen? Und gab es tatsächlich noch eine andere Frau? Diesen Gedanken durfte Marina nicht zu Ende denken.
Den ganzen Vormittag schlenderte sie durch den Park, der sich weit an einem Fluss entlangstreckte und von uralten Bäumen bewohnt war. Zwischen dem grünen Laubwerk schimmerten gelbe Blätter hervor, und ringsherum roch es nach warmer, reifer Erde. Auf den breiten Wiesen saßen überall junge Leute. Marina überlegte, ob sie umkehren sollte, doch dann entschied sie, sich auf eine Bank zu setzen. Nur kurz, dachte sie. Da fiel ihr Blick auf ein Spinnennetz, das zwischen den Zweigen einer Buchenhecke gewebt war. Es glitzerte in der Septembersonne. Jetzt nahm Marina die kleine Spinne wahr, die in der Mitte des Netzes lauerte. Mit ihren kurzen Beinen hielt sie die Spinnenfäden fest gespannt. Auch sie schien zu warten. – Erst jetzt merkte Marina, wie durstig sie war; sie öffnete ihre Tasche und holte eine Flasche Wasser heraus. Auf einmal glaubte sie, ihren Vater zu sehen, war sich aber nicht sicher. Die Sonne blendete. Vielleicht sah dieser Mann ihrem Vater nur ähnlich? Aufgeregt nahm sie einen großen Schluck Wasser und begoss dabei ihr T-Shirt. Der Mann auf der Wiese saß mit einer Frau zusammen. Marina fühlte sich elend. Was sollte sie jetzt tun? Doch im selben Augenblick wusste sie es.

Nur sie allein hatte die Fäden in der Hand. Sie musste herausfinden, ob es wirklich ihr Vater war, der dort saß, deshalb war sie hergekommen. Sie wollte ihn sehen, mit ihm reden. Es gab kein Zurück mehr. Sie verstaute ihre Flasche, stand auf und lief über die Wiese, direkt auf die beiden zu.

Jetzt erkannte sie ihn, aber er sah sie nicht. Er hatte nur Augen für diese Frau, die viel jünger und kräftiger war als ihre Mutter. Sie sah fast noch aus wie ein Mädchen.

Nein, das konnte nicht ihr Vater sein, so hatte sie ihn noch nie gesehen. Papa und Mama gehörten zusammen, das war schon immer so, seit sie auf der Welt war. Wut stieg in ihr auf. Jetzt wollte Marina am liebsten davonlaufen. Aber wenn sie das tun würde, wäre auch sie feige. Marina nahm all ihren Mut zusammen, lief weiter und ließ ihren Vater nicht mehr aus den Augen. Sie spürte, wie ihre Knie weich wurden, ihr Herz immer schneller raste und es in ihren Ohren rauschte. Je näher sie kam, desto deutlicher erkannte sie ihren Vater, und mit jedem Schritt, den sie setzte, schwand plötzlich ihre Wut. Oh, wie hatte sie ihn vermisst!

Verwundert drehte sich die junge Frau zu Marina um, und jetzt schaute auch der Mann zu dem Mädchen, das vor ihnen stand.

„Marina", flüsterte er erschrocken, „was machst du denn hier?"

„Ich wollte dich sehen, Papa."

Carsten Rathgeber

Das Mützenwunder

Unsere alte Stadt hatte keinen hellen Himmel. Dunst, Nebel, Wolken und das Diffuse erzeugten ein gelbliches Licht. Die Linien der Gebäude erschienen verschwommen. Schwefel- und Ölgerüche lagen in der Luft. Metallstangen, Eisen- und Autobahnen, Zechen, Gasometer und Raffinerien prägten das Bild. Die Bäume standen oft nur für sich, beinah einsam am Straßenrand. Die Natur rang um ihre Würde.
Diese alte Stadt war für mich eine fremde Welt. Sie war ohne Zentrum und gab uns Menschen keinen Halt. Das menschliche Leben lebte in den Winkeln der Häuser und Fabriken und in den Schatten der Straßen und Gassen. Wir fanden Wärme und Beziehungen oft nur in verborgenen Ecken. Diese Stadt zerriss die Menschen. Ihren Namen möchte ich vergessen.
Unsere alte Stadt: Das stimmt, denn wir wohnen nicht mehr in ihr. Im Sommer – in diesem heißen Hochsommer – dachte ich noch, hier bleiben wir für immer und ewig. Es gibt für uns keine andere Welt. Ich hatte mir Mut zugesprochen und Überlebensideen gesammelt: Stell dich auf eine lange Suche ein, entwickle einen Plan. Versuche, andere Menschen zu finden. In jenen Tagen spielte ich die Rolle des einsamen Welteneroberers: Als Geometer in der Wüste; als Astronaut; als Soldat.
Auch besorgte ich mir ein Fahrtenmesser. In den Schmuckläden hatte ich schöne, aber unbezahlbare Messer gesehen. Hinter dem Bahnhof traf ich einen mir fremden Jungen, den ich auf unserem Schulhof kennen gelernt hatte. Er bot mir ein Messer an. Eine seltsame Atmosphäre von Angst und Mut umwehte unsere Begegnungen. Die Treffen waren kurz und schienen mir nicht ungefährlich zu sein. Wir verhandelten und sprachen doch kaum. Unsere Augen redeten in ihrer eigenen Art. In der letzten Begegnung forderte er fünfzehn DM. Ich bot: „Zwölf". Wir schauten beide ernst. Es kam zu keiner Einigung und ein jeder ging seinen Weg.
Und dann zogen wir um. Der Umzug kam wie ein unerwarteter Sommerregen, der über das Land geht. Für uns Kinder zumindest. Mein Vater veränderte sich beruflich und wir zogen in eine kleine Stadt.
Sehr gut kann ich mich an den Tag des Umzugs erinnern. Es kam ein weißer Transporter mit zwei Hecktüren. Er wurde auf dem Fabrikgelände,

auf dem wir wohnten, beladen. Es war ein warmer und staubiger Spätsommertag. Der Asphalt glühte zwar nicht mehr, aber die Luft schwirrte und die Vögel schwiegen. Drei oder vier Möbelpacker packten an. Wir Kinder trugen Blumen, Tüten und Kartons mit Kleidung, Gardinen und Tüchern zum Transporter. Meine Mutter putzte noch in den leeren Räumen und reichte kalten Tee. Zur Mittagszeit war der LKW beladen. Die Ladetüren wurden geschlossen. Doch mein Fahrrad stand noch seitlich am Zaun. Die Packer hatten es übersehen. Eine Hecktür wurde wieder geöffnet und mit einem Hin und Her wurde es wie eine metallische Spinne auf die bereits eingepackten Sachen gelegt. Dann schlossen sich die Türen. Das große Abenteuer begann.

Die Gefühle bei meinen Eltern waren mir aber nicht klar. Bei meiner Mutter meinte ich eine Freude spüren zu können: „Wir sind dann wieder mehr im Norden", sagte sie einmal nebenbei. Aber es war keine reine Freude, die in ihrer Stimme mitschwang. Ich meinte, einen resignativen Ton hören zu können; vielleicht sogar einen Klang der Niederlage. Bei meinem Vater blieb mir die Gefühlslage noch stärker verborgen. Die Versuche, seine Gefühlswelt ergründen zu wollen, blieben meistens ergebnislos. Eindeutigkeit fühlt sich anders an. Für meine Schwestern war es wohl eine Abwechslung in ihrem Alltagsleben. Ein Beieinandersein, in dem sie sich gegenseitig genug waren.

Die Umzugsfahrt dauert bis zum Nachmittag. Meine Eltern hatten am neuen Wohnort ein kleines Haus gemietet, in dem jeder von uns ein eigenes Zimmer erhielt. Ich erhielt mein erstes eigenes Zimmer. Es war zwar nur vier qm groß und hatte keine Heizung. Aber immerhin. Zum Haus gehörte auch ein Garten, den wir gemeinsam mit den Vermietern und noch einer anderen Mieterin, die ein kleines Appartement bewohnte, nutzen konnten.

Und in den ersten frühen Herbsttagen arbeitete meine Mutter an einem Nachmittag auch im Garten zusammen mit den Nachbarn. Sie trug wie so oft eine Küchenschürze und ein Kopftuch. Es wurde gegraben, gejätet und gezupft. Reste von Karotten und Kohlrabi, Kohl, Kartoffeln und Steckrüben wurden eingesammelt. Auch wurden noch einige Früchte geerntet. Stachelbeeren und Rhabarber gab es reichhaltig. Es fanden sich noch vereinzelt Himbeeren. Die braunen, gelben und roten Blätter überlagerten aber bereits all die verschiedenen Grüntöne. Kleine Beete wurden gegraben und Abgrenzungen wurden angelegt. Zweige wurden geschnitten. Auch ein Zaunstück wurde ausgebessert. Fette Regenwürmer quälten sich durch die Erde. Käfer und kleinere Tiere liefen herum. Solches Getier und diese Spinnen hatte ich noch nie gesehen.

Meine Schwestern spielten an dem Nachmittag mit Maren, einer Nachbarstochter, Gummitwist. Maren war das Enkelkind unserer Vermieter. Ich selbst spielte nicht mit den Mädchen. Gegenüber Maren brachte ich gerade mal ein „Hallo" über die Lippen. Es waren sehr schüchterne und spröde Begegnungen. An dem Nachmittag fuhr ich selbst Fahrrad auf den Seitenwegen zum Garten. Ich lernte so die Gegend kennen.
Es war ein noch lauwarmer Herbsttag. Die ersten Blätter der Sühne leuchteten auf: Eine blaue Grundfärbung mit rötlichen Spuren und grün-gelben Resten. Und dieses Blau wandelte sich zu einem Violett. Die Farbränder waren nicht klar. Das Spiel der Natur brachte auch in der Hinsicht eine Unschärfe, eine Mehrdeutigkeit ins Spiel. Etwas, worauf ich mich verstand. Und es wurde nach meinem Empfinden auch schon ein erster Wille der Natur zum neuen Leben spürbar. Vielleicht schon diese Sehnsucht zum Frühling, zu einer neuen Entwicklung. Die Schöpfung würde sich wieder bewähren können. Das Lächeln der Welt, so dachte ich, bleibt wohl leicht charmant. Jedoch würde vorerst der Winter kommen und sich ausleben wollen.
In der folgenden Woche waren meine Eltern verreist und ich musste mich an einem Mittwoch nach der Schule bei unseren Vermietern melden. Ich konnte dort zu Mittag essen und meine Hausaufgaben im Wohnzimmer an einem Tisch machen. Nach Abschluss der Arbeit legte ich meine Arbeiten dem Großvater von Maren, er war unser Vermieter, vor. Er war älter als mein Vater und wirkte sehr ernst und streng. Er, so schien es mir, sah in meine Seele. Er hatte den Blick eines Adlers und war genau bei der Sache. Meine Rechnungen kontrollierte er: Sie waren alle richtig. Und es ging, ich kann mich gut erinnern, bei einem Deutschaufsatz von mir um das Wort „Gans". Ich war mir nicht sicher, ob ich ein ‚s' oder ein ‚z' am Ende zu schreiben hätte. Er fragte mich nach der Mehrzahl. Und ich sagte: „Gänse". „So", sagte er, „was hörst du?" „Ein ‚s'", meinte ich. „Richtig! Und so schreibst du in der Einzahl auch ein ‚s'." Mir fiel eine Last von der Seele. Endlich hatte ich eine Regel gehört und wohl auch verstanden. Die Laute hängen eng mit der geschriebenen Sprache zusammen. Man kann es hören. Ich kann es hören. Ich hatte noch nie davon gehört! Kennen meine Lehrer diese Regel gar nicht? Ich überlegte, es in der Schule erzählen zu wollen. Es schien mir eine große Entdeckung zu sein. Dieses „Richtig!", diese Zustimmung war wohl auch ein Lob. Ich war glücklich und beeindruckt. Ich hatte das Gefühl, geprüft zu werden – und dies in vielerlei Hinsicht. Dieses trockene, knappe und zugleich so klare „Richtig" war für mich wichtiger als jedes überschwängliche Lob. Ich brauchte kein Kinderlob mehr. Eine nüchterne Bestätigung war ganz

in meinem Sinne. Ich wurde als würdig für das ernsthafte Lernen und Leben angesehen. Der Großvater von Maren wusste viel von mir. ‚Er lässt sich nicht täuschen', war mein Gedanke. Und ich wollte bestehen. Er war mein Prüfer, mein Prüfstein. Doch ich merkte auch, dass meine Möglichkeiten zur Beeinflussung gering waren. Ich konnte auf keinen Fall ein Schauspiel oder ähnliches aufführen. Sei korrekt, ehrlich und fleißig! Sei nicht dumm; streng dich an!

Am Samstag darauf arbeitete meine Mutter wieder im Garten. Es war vielleicht schon der goldene Herbst, von dem manchmal bei uns in der Familie gesprochen wurde. Meine Mutter, unsere Vermieter und eine weitere Nachbarin unterhielten sich im Garten. Sie sprachen, ich hörte es nebenbei, über Pflanzen, Gartengestaltungen, Kinder, auch Bücher und Lebensorte. Und erzählt wurde von der Herkunft, den Hoffnungen, den stolzen Gedanken, Bindungen und Erwartungen. Jeder verdeutlichte seine Kräfte und Konflikte und konnte diese so vielleicht auch klären und zum Teil überwinden. Es wurde, so schien es mir, auch gesprochen, um eine neue Heimat zu stiften. Die Sätze bildeten ein Netz, das sich mit dem Garten, den Pflanzen und den anderen Menschen und ihren Gefühlen verband. Ein Netz wurde gewebt, das sich dann über uns legte. Es richtete wie ein äußeres Feld unsere Gefühle und Gedanken, die Bilder und Wünsche aus. Die Wörter selbst erhielten so ihren Klang und ihre Richtung. Manchmal schien es mir, als ob auch meine Träume und Ängste ausgerichtet wurden. Dieses Netz versprach uns eine Zugehörigkeit und band uns ein.

Meine Schwestern spielten am Nachmittag wieder mit Maren im Garten. Sie trug eine grau-gelbe Strickjacke und hatte lange blonde Zöpfe. Es gab Kekse und Saft. Alles erinnerte mich an die Erntezeit auf dem Hof meiner Großeltern. Und es erinnerte meine Mutter, so dachte ich, bestimmt auch an ihre Eltern und Geschwister, ja an ihre Heimat. Diese hatte sie als junges Mädchen verlassen müssen. Der später geborene Bruder übernahm den Hof. Ihr blieb die Erinnerung an das Leben in der alten Welt. Meine Großeltern waren selbst Flüchtlinge. Und auch auf der Seite meines Vaters war die Familiengeschichte seit Jahrhunderten geprägt von Fluchterfahrungen.

Die Tage waren inzwischen kürzer und die Sonne stieg nicht mehr so hoch. Die Luft war müde und das Licht war leicht milchig gelb. An jenem frühen Nachmittag wurde es jedoch noch einmal richtig warm. Ein Geruch von der Fülle des Lebens lag in ihr. Ich roch die Erdschollen. Es drang in all meine Poren. Die Gerüche und Farben belebten mich. Sie hüllten mich ein wie eine warme Decke und trugen mich. Es war für mich angenehm und berauschte mich. Das alte Leben findet seinen Abschluss im Herbst. Ein neues Leben wird vorbereitet. Diese Stimmung des Übergangs erfüllte mich mit einem guten Empfinden. Kleine Flugdrachen sah ich in Gartenparzellen fliegen. Ich war seltsam eingebunden und zufrieden.

Und ich war froh, an diesem Nachmittag wieder Fahrrad fahren zu können. Das Rad war mein Freund. Immer wieder ging es vom Hinterhof über den Gartenweg zur Nebenstraße und von dort auf einem Rundweg zurück zum vorderen Teil des Grundstücks. Manchmal, wenn ich zurückkam, gab es ein „Hallo". Ich hatte eine leichte Weste aus braunem Cord an und auf dem Kopf trug ich eine grüne Pudelmütze, meine Lieblingsmütze. Auch einige Kinder aus dem Viertel spielten dort und wenige fuhren mit ihren Rädern. Es gab zum Teil kleinere Wettfahrten. Es war immer nur ein Spiel.

Ein roter Straßenreinigungslaster der Stadt fuhr an diesem Nachmittag gemächlich durch die Straßenzüge und reinigte diese. Eine große Besenrolle drehte sich und sammelte Laub, Papierreste, Staub und Dreck ein. Ich überholte die Kehrmaschine, sie fuhr bestenfalls im Schritttempo, immer wieder. Öfters fuhr sie auch wieder rückwärts, um danach einen Platz, eine Kante noch einmal aus einer veränderten Richtung zu reinigen. Beim Radfahren wurde mir warm. Und bei einer dieser Touren nahm ich nebenbei die Pudelmütze ab und stopfte sie unter meine Weste. Als ich nun wieder zurückkam, rief Maren in einem besorgten Ton: „Deine Mütze ist weg!" Überrascht, dass ihr dies aufgefallen war, antwortete ich leichthin und irgendwie unüberlegt: „Sie ist mir vom Kopf geflogen und die Kehrmaschine hat sie aufgesaugt."

„Aufgesaugt": an das Wort kann ich mich genau erinnern. Stille kehrte für einen Moment ein. Es gab keine Rückfrage oder Ermahnung, nun bitte bei der Wahrheit zu bleiben. Mein Satz wurde, so schien es mir, geglaubt. Was hatte mich getrieben? Mein leichter Ton war mir selbst eher fremd. Höfliche Scherze waren erlaubt. Es überschritt nun eine Grenze. Ich hatte gelogen und stand mir selbst ungläubig gegenüber.

Maren war zumindest beeindruckt und bedauerte mich angesichts meines Missgeschicks. Vielleicht bewunderte sie mich sogar für dieses Unglück. Sie erzählte meine Geschichte den anderen. „Oh, sieh an!"; „Was es nicht alles gibt." Die Geschichte gewann ihren Raum: Sie war interessant. Ich erfuhr eine Aufmerksamkeit, die mich rührte. Doch nach wenigen Minuten wurde mir das Geschehen unangenehm. Es war mir peinlich. Ich hatte mich wichtig gemacht. Eine hilfreiche Korrektur fiel mir nicht ein. Ich wagte keine Deutung, um meinen Satz zu korrigieren. „Oh, dieser Scherz ist mir aber gelungen!" Ich war wie gefangen.

Ein Satz hat das Leben verändert. Auch dies konnte ich keinem sagen. Ich war unruhig wie ein verwundetes Tier. Was denken die Menschen von mir? Meiner Mutter sah ich nicht mehr in die Augen. An meinen Vater wollte ich gar nicht denken. Und Marens Großvater ging ich nur noch aus dem Weg. Wie könnte ich seinem Blick standhalten? ‚Ich genüge ihm nicht', dachte ich. Er wird mich durchschauen und entlarven. Der Rausch der Aufmerksamkeit war allemal verflogen. Ich konnte mich nicht erklären. Ich schämte mich.

Noch am späteren Nachmittag legte ich die Mütze in unsere Mülltonne. Ich legt sie sorgfältig, ja geradezu behutsam zur Asche. Es tat mir zutiefst leid. Doch mir blieb nur dieser Weg. Nur so konnte ich das Unheimliche, das ich angerichtet hatte, verdecken. Und so kam es in gewisser Hinsicht auch: Keiner sprach mehr davon. Wobei es auch daran lag, dass ich den Nachbarn – speziell Maren – einfach aus dem Weg ging.

Ich spürte die Macht der Regeln. Und doch gab es da noch ein kleines Licht der Wahrheit in mir. Immerhin versprach mir meine Übereinstimmung mit ihr eine gewisse Ruhe und Annahme. Doch die Wellen der Welt erfassten mich immer wieder. Ich musste mit ihnen schwimmen. In den Abendstunden betete ich damals immer ein Gebet. In diesen Wochen hatte ich mich selbst dazu verpflichtet, das Gebet fehlerfrei und flüssig dreimal hintereinander zu sprechen. Meistens gab es eine Störung. Ein Geräusch tauchte auf; ich musste schlucken oder husten; der Text geriet mir durcheinander. Ich musste dann, das gehörte zu meiner Abmachung, wieder neu anfangen. Es hat in den Wochen oft gedauert, bis ich einschlafen konnte.

Einige Zeit später, so gegen Ende November, fielen die ersten Schneeflocken. Der Winter kam und es wurde kalt. Und bei der Suche nach meinen Wintersachen fand ich in meiner Kommode meine alte grüne Pudelmütze wieder. Sie lag akkurat bei meiner Winterkleidung und war ganz sauber und frisch gewaschen. Sie war einfach da. Ich hatte sie wieder!

Ich saß sprachlos in meinem Zimmer und konnte mir diesen Fund nicht erklären. Ich hielt die Mütze in der Hand und blieb für mich still sitzen. Fragen jagten durch meinen Kopf. Ich konnte keine Erklärung finden. Es war wie ein unerwartetes Wunder. Meine Gefühle tanzten. In der Familie nahm es, so schien es mir, jeder einfach hin, dass sie wieder da war. Es gab keine einzige Bemerkung. Wer hatte sie gefunden, gereinigt und bei mir in die Kommode gelegt? Es war für mich rätselhaft. Ich wagte es nicht, darüber zu sprechen. Das Geheimnis wurde nie besprochen.

Am nächsten Morgen sah ich ein rotes Leuchten am Rand des Horizonts. Der Himmel glühte. „Die Engel backen für Weihnachten", meinte meine Mutter leichthin.

Kathrin Knebusch

Sonjas Geheimnis

Ganz harmlos sagte Elfriede: Schreibt doch mal eine Geschichte über eure Großeltern.
Vorausgegangen war ein Gespräch über Strittmatters Kramkalender. Jeder kannte den Großvater, die kleine Großmutter, den Schulzenhof nach Sonnenaufgang,
Elfriede meinte freudig, endlich habe sie das Thema gefunden.
Bei vorherigen Treffen kam ein Gespräch unter Literaturfreunden über Literatur nur schleppend in Gang. Goethe? Der Olymp kann warten. Nur Sigrid raunte theatralisch: Du bleibst am Ende, was du bist!
Man landete auch bei Tschechow, hm, Elfriede hatte Mühe, Sigrids Theateranekdoten zu bremsen. Thomas Mann? Um Gottes Willen, bestenfalls kannte jeder die Novellen, die Filme, den Film und natürlich das boulevardgeschwängerte Gerede über Homosexualität.
Kafka? Wer war das eigentlich? Man kannte den Käfer. Stifter? Schon mal gehört. Rilke? Ach ja.
Christa Wolf? Ja, immer noch füllt sie Säle.
In dem Zusammenhang sagte Doris, ihr tue es leid, dass die DDR untergegangen sei. Schweigen, so,so. Argwohn machte sich breit. Doris sagte trotzig etwas Positives: Gemeinsinn, Kollektiv, ideelle Werte und so weiter. Weiß doch jeder! Aber nachhaltig? Die DDR war zu Ende, wiederhaben wollte sie keiner, auch Doris nicht. Aber die drei Buchstaben standen für ihr Leben wie für das der anderen auch.
Den Kramkalender kannten alle. Die Person Erwin Strittmatter hatte bis dahin noch keiner hinterfragt. Vom Lutz kamen kritische Töne. Nächstes Mal, sagte Elfriede.
Ich hatte nie Großeltern. Sonja, die immer eifrig über Lyrik schwatzte, im Verborgenen Gedichte schrieb, auch mal eines schüchtern vortrug, von Eva Strittmatter schwärmte, standen urplötzlich Tränen in den Augen. Aus dem Tränenschimmer entlud sich ein Weinkrampf, peinlich. Sonja verschwand auf dem Klo, ließ Elfriede mit den Literaturfreunden ratlos zurück, sechs Frauen und ein Mann, der Lutz, fanden keine Worte. Sonja kam zurück, gefasst, mit verweinten Augen.
Entschuldigt bitte, ich weiß nicht, was passiert ist. Elfriede, blass geworden, erschrocken, wenn sie gewusst hätte, dass es sie so aufrege ... Schon gut, Sonja winkte ab.

Beim nächsten Treffen fehlte Sonja, beim übernächsten auch. Was denn mit Sonja sei, fragte Charlotte. Elfriede reichte ihr mit Tränen in den Augen eine Mail, von Sonjas Sohn, fügte sie erklärend hinzu. Er habe ihre Adresse auf Sonjas PC gefunden. In dürren Worten teilte dieser den Tod seiner Mutter mit, überraschend, kurz und schmerzlos, die Beerdigung sei dann und dort. Sonja würde im Familiengrab ihrer Großeltern nahe Berlin beigesetzt. Die Mail war zwei Tage alt.

Der Lutz setzte sich an das verstimmte Klavier, nach ein paar Takten erklang „Träumerei". Auch wenn es knirschte, es war zum Schweigen schön. Elfriede, mit Kloß im Hals, las ein paar traurig-schöne Verse vor. Es waren Verse von Sonja. Fast stumm verabredete man sich für den Beerdigungstag am S-Bahnhof des Vorortes. Als sie Sonjas Urne folgten, schien die Sonne. Klare Herbstluft, frischer Wind garniert mit bunten Blättern, nur die Kastanien wirkten etwas kröpelig. Sonja hatte so ein sonniges Gemüt, bis auf manchmal eben, dachte Elfriede, sie sprach es leise aus.

An der alten Grabinschrift erkannten sie, Sonjas Großeltern waren noch keine zwanzig Jahre unter der Erde. Unvergessen stand oben auf dem Stein. Warum ist sie neulich bloß so ausgeflippt? Man lauerte auf ein Geheimnis. Es gab keines. Und wenn, lag es mit Sonjas Asche in der Urne. Die Trauergemeinde war klein, ein Verwandter las monoton, ohne Empathie vom Blatt, eine Art Trauerrede.

Die Literaturfreunde erfuhren über Sonja: Waise war sie, aufgezogen mit der Schwester von den Großeltern. Die Rede war kurz von der früh verstorbenen Mutter, ein Vater wurde so wenig erwähnt wie der Ehemann ehemals. Sonjas Leben schien arm und ereignislos von der Schichtarbeit am Band geprägt. Offensichtlich wusste der Redner nichts von ihren literarischen Ambitionen, geschweige von Lyrik, wie Sonja sie liebte.

Der Sohn, ein vierschrötiger Mann um die Vierzig, lud alle zu einer Tasse Kaffee in das Café vis à vis, unschlüssig, getrieben vom Herbstwind, nahmen die Literaturfreunde Platz.

Bevor der Kaffee kam, auch Kuchen und Wodka waren bestellt, stand Elfriede spontan auf, las ein Gedicht der Eva Strittmatter vor, das ihr Sonja einmal gemailt hatte. Sie setzte die überraschten Angehörigen von Sonjas Vorliebe kurz in Kenntnis

Sohn, Schwiegertochter, ein Neffe, ein Cousin mit Anhang, die Schwester guckten ungläubig. Gedichte? Die Schwester baff, sprach gedehnt, Gedichte? Mochte der Opa überhaupt nicht. Naja, einen Tick hatte die ja schon immer, es klang abwertend, man kicherte, von Trauer keine Spur. Das Kichern artete in Gelächter aus, man trank reichlich, prostete sich

zu, Gedichte, haha. Kein Ort für Literatur, keinen Sinn für Literatur, diese Familie.
Die Literaturfreunde verabschiedeten sich, niemand versuchte sie zu halten. Zum Glück habe sie keine Enkel, hatte Sonja einmal leichthin zu ihrer aller Verwunderung gesagt, erinnerte Elfriede. Die S-Bahn war gerade weg, zwanzig Warteminuten können dauern. Der Lutz kannte den Weg zum See, dort sei ein schönes Lokal. Zustimmend begaben sie sich auf eine kleine Wanderung, Nachdenklichkeit und Wehmut wanderten mit. Noch war der Weg umsäumt von Grün und Blattgold.
Eine Beerdigung ohne Pfarrer sei so was von blöd, sagte Doris in das Schweigen, auch, dass sie wieder in die Kirche eingetreten sei, deswegen. Sie sei auch getauft worden, so Elfriede. Charlotte und der Lutz nickten zustimmend.
Um den kleine Seen, gebettet in die märkische Landschaft, dominierten Kiefern den nahen Wald, auch magere Laubbäume schimmerten rotgelb in der Herbstsonne, Augenschmaus bis zum Horizont. Mitten am Weg war die Seeklause, nichts Besonderes, aber gemütlich. Bei einem Glas Rotwein kam man Sonja wieder näher. Woran sie gestorben sei?
Elfriede zuckte die Achseln. Das weiß keiner, sie lag tot in ihrer Wohnung, die Nachbarin hörte den Westie jaulen, weil sie Schlüssel hatte, ging alles ganz schnell. Der Neffe hat nur gesagt, bei der sei nichts zu holen gewesen.
Der Sohn habe nur abgewinkt, die Schwiegertochter hätte mit den Augen gerollt, endlich sind wir sie los, sollte das heißen. Sonjas Bücher, ihre Hefte voller Verse, von ihr wie ein Augapfel gehütet, landeten im Müll.
Elfriede kämpfte mit Tränen, die anderen sahen schweigend auf den Grund ihrer Gläser.
Schlechte Zeiten für Literatur. Samtig rot wartete der Wein. Auf Sonja! Sie lauschten dem Klang der Gläser. Elfriede las mit belegter Stimme noch einmal das Gedicht und einige von Sonjas Versen vor. Rötlich schimmerte der Horizont über den Kiefern, bräunlich das Buchenlaub zwischen Himmel und Erde, still lag der See, als sie den Heimweg antraten. Sie hatte doch einen würdigen Abschied, dachte jeder für sich.

Ilonka Meier

Sehnsucht nach Marokko – oder Das Bild meines Vaters

*"Es ist
Was es ist
Sagt die Liebe"*

- Erich Fried -

Prolog

Ich habe es geahnt. Tief drinnen hab ich gewusst, dass ich anders bin. Ich meine, nicht wirklich gewusst, als vielmehr gespürt – so, wie man spürt, dass man jemanden nicht wiedersehen wird. Man weiß es nicht wirklich. Es ist nur so ein Gefühl, ein leichtes Ziehen in der Magengegend, ein flüchtiger Gedanke, von dem man später nicht einmal mehr weiß, dass man ihn gedacht hat, weil er sich genauso schnell verflüchtigt hat, wie er gekommen ist. Und dass man ihn gedacht hat, fällt einem erst dann wieder ein, wenn man die Bestätigung dessen bekommt, was man gefühlt und gedacht hat. Im Nachhinein ergibt alles einen Sinn ...
So war es bei mir. Schon immer habe ich geahnt, dass etwas nicht stimmt, dass ich anders bin. Meine schwarzen Haare, meine dunklen Augen, meine Gesichtszüge waren Anlass für meine anfangs vagen Vermutungen. Ich habe es geahnt und doch war es ein Schock für mich, als ich erfuhr, dass mein Vater nicht mein Vater ist ...
Ich war achtzehn, als meine Mutter mich zu sich rief, mir eine Zigarette anbot und mich mit seltsamen Augen anblickte.
Dass etwas Großes und Geheimnisvolles auf mich zukommen würde, ahnte ich, als sie mir einen Cognac anbot. „Ich möchte dir eine Geschichte erzählen", begann meine Mutter jenes Gespräch, das mein bisheriges Leben völlig auf den Kopf stellte.
Ich wagte kaum zu atmen. Um meine Gefühle zu verbergen, nahm ich tatsächlich einen kräftigen Schluck von dem Cognac. Der Geschmack dieses Getränkes war genauso neu wie das, was meine Mutter mir damals offenbarte ...

1. Schicksal

Es war in Hamburg, ich glaube 1956, und an einem nebligen und feuchten Tage im Herbst. Eine junge Frau ging am Hafen spazieren. Diesen

Ort suchte sie auf, um für Stunden ihrem tristen Leben zu entkommen und ihre Sehnsucht zu stillen.

Salveur hatte keine leichte Kindheit. Ihre Mutter, meine Oma Luise, litt an MS, jener fürchterlichen Krankheit, bei der alles eintreten kann. Bereits als junge Frau war Oma Luise erkrankt, legte sich ins Bett und konnte 20 Jahre lang das Bett nicht mehr verlassen. Rollstühle waren damals unerschwinglich, und Fernsehgeräte gab es damals noch nicht. Es war meine Mutter, die als Kind Oma Luises Hand hielt und ihr Geschichten erzählte. Sie war es, die auf ihre Kindheit verzichtete. Sie war es, die Omas Tränen trocknete und ihre eigenen nur innen weinte, während ihresgleichen draußen unbeschwert spielten.

„Pass mir gute auf unsere Muschel auf", sagte Oma Luise kurz vor ihrem Tod zu meinem Opa. Sie wusste um die Sensibilität ihrer mittleren Tochter. Ich habe meine Oma nie kennengelernt. Als Oma Luise starb, war Salveur, meine Mutter, gerade mal 19 Jahre alt.

Auch Oma Luise liebte den Hafen. An jenem besagten nebligen Tag wollte Salveur ihrer Mutter nahe sein und sich in ein besseren Leben träumen. Und tatsächlich, das bessere Leben kam in der Gestalt eines jungen, gutaussehenden Mannes in Schiffsuniform. Es war ein kurzer Moment nur, ein Blick vielleicht, ein flüchtiger Gedanke oder Impuls, der um die Wahrheit wusste.

Braungebrannt und neugierig ging Ahmet mit seinen Kameraden von Bord des marokkanischen Frachters, der kurz zuvor im Hafen eingelaufen war. Der junge Mann war eben an Salveur vorbei, als sie ihm verschämt hinterher schaute. Er muss diesen Blick gespürt haben, denn genau in diesem Moment drehte er sich um, blickte sie an und kam zurück.

War es die Irritation, das kurze Zögern, das die beiden zusammenführte, oder einfach nur Schicksal? „Ich heiße Ahmet", stellte sich der junge Mann in gebrochenem Deutsch vor. „Bleib bei mir", sagte er nur und sie verbrachten unvergessene Tage – die schönsten ihres Lebens.

Ahmets erster Aufenthalt in Hamburg verging wie im Fluge. Salveur zeigte ihm die Stadt mit all ihren Lieblingsplätzen. Und Ahmet im Gegenzug zeigt ihr „sein" Schiff. Salveur blühte auf wie eine Rose. Stunde um Stunde verbrachten sie in seiner Kajüte. Sie aßen von den Köstlichkeiten, die Ahmet aus Marokko mitgebracht hatte, blickten sich an, hielten sich an den Händen und konnte ihr Glück nicht fassen. Ja, und sie sprachen miteinander. Die schüchterne Salveur taute auf. Keine Ahnung, in welcher Sprache sie sich unterhielten, aber das ist unwichtig. Sie verstanden und liebten sich. Und hat die Liebe nicht sowieso ihre eigene Sprache?

Salveur war in Sachen Liebe noch recht unerfahren, als sie ihren Ahmt kennenlernte. Und sie war aufgeregt, als sie sich zum ersten Mal liebten. Sie saßen nebeneinander auf dem schmalen Bett der Kajüte, und Ahmet sah die Furcht in ihren Augen. Salveur war gehemmt.
„Habibi", hauchte er, „meine Habibi", als er sanft ihr Gesicht berührte. Dieses eine Wort war wie eine Liebkosung, und seine Stimme war warm und voller Zärtlichkeit. Unter all der Sinnlichkeit und Leidenschaft war ein Gefühl der Vertrautheit – etwas, was Salveur bis dahin nicht kannte.
Der Frachter wurde zu ihrem Liebesnest, und Salveur war glücklich. Zum ersten Mal in ihrem Leben musste sie nicht stärker sein als sie wirklich war. Sie konnte sich fallen lassen in dem Wissen, dass sie aufgefangen, gehalten und getragen würde.
„Warte auf mich", sagte Ahmet am Ende seines ersten Aufenthaltes, „ich komme wieder." Und Salveur wartete, wartete ihr ganzes Leben, aber das wusste sie zu diesem Zeitpunkt noch nicht.

2. Das Versprechen

Ahmet hatte Wort gehalten. Wochen später sollte Salveur ihn wiedersehen. Schon Stunden vor der Ankunft seines Schiffes stand sie am Hafen. Im Gegensatz zum ersten Besuch war dieser Tag sonnig von milder Temperatur.
Es war Nachmittag, als der marokkanische Frachter im Hafen einlief. Salveur war natürlich viel früher am Treffpunkt, und um ihre Aufregung zu dämmen, zählte sie alle Möwen, die über sie hinwegflogen, alle Frauen mit Sonnenbrillen, Männer mit lockigen Haaren, Kinder mit Eistüten in der Hand und ich weiß nicht, was noch alles.
Sie trug ihr weiß geblümtes Sommerkleid, das sie sich selbst genäht hatte. In ihrer rechten Hand hielt sie eine Sonnenblume; Ahmet liebte Sonnenblumen. „Sie erhellen mein Tag", pflegte er in gebrochenem Deutsch zu sagen. Da stand sie nun also und wartete voller Ungeduld. Sie hatte sich die Begegnung im Geiste schon tausend Mal ausgemalt und die Sätze auswendig gelernt, die sie ihm zur Begrüßung sagen wollte. Sie wollte lässig wirken und cool sein, aber als sie ihren Ahmet dann sah, versagte ihr die Stimme. Was heraus kam, war kläglich und hatte nicht im Entferntesten mit dem zu tun, was sie sich zurechtgelegt hatte. „Ach, meine Habibi ..." Ahmet verstand sie auch ohne Worte, lächelte und nahm sie einfach in seine Arme.
Meine Mutter war so glücklich darüber, ihren kleinen Maroc, wie sie ihn zärtlich nannte, wieder in Hamburg zu haben. Mit geröteten Wangen

führte sie ihn in die Familie ein. Salveurs Vater mochte ihn sofort, denn mit ihm konnte er über Mathematik, aber auch Literatur, Kunst und Politik reden. Opa Neumann war sehr gebildet und mein Vater, le petit Maroc, war es auch.

Salveurs Mutter war zu diesem Zeitpunkt schon sehr krank. Obgleich sie erst 42 Jahre alt war, konnte sie das Krankenhaus nicht mehr verlassen. Ahmet brachte ihr Geschenke aus Marokko mit: einen Schal aus marokkanischer Seide, damit sie im Bett nicht so fror, einen Bildband aus Marokko und ein Mini-Radio. Für andere Menschen mochte es vielleicht nichts Besonderes gewesen sein, aber für Oma Luise war es die Verbindung zum Leben, die Tür nach draußen.

Nun konnte sie Landschaften betrachten, in denen sie nie gewesen war, und Menschen, denen sie nie begegnet ist. Ahmet liebte meine Oma – diese Liebe war gegenseitig, und er verehrte meinen Großvater.

Als er nach Hamburg kam, bedachte er sie alle: Salveurs Eltern, also meine Großeltern, und ihre Schwestern Birgit und Dagmar. Das größte Geschenk aber machte er seiner Salveur, meiner Mutter. Es war ein Heiratsversprechen. Kann es ein schöneres Geschenk geben?

Die Maschinen in der Näherei, in der Salveur arbeitete, standen still, wenn ihr kleiner Marokkaner in Hamburg war, oder wurden anderweitig bedient. Salveur hatte sich Urlaub genommen, denn sie wollte soviel Zeit wie möglich mit ihrem marokkanischen Schatz verbringen.

Die letzte Nacht seines Aufenthaltes in Hamburg verbrachte Salveuer an Board seines Schiffes. Am Tag seiner Abreise wurde sie morgens durch zärtliche Küsse und dem Duft exotischer Speisen geweckt.

„Habibi", hauchte Ahmet, „ich habe eine Überraschung für dich." Als die Salveur noch schlaftrunken verschwommen ihre Umgebung wahrnahm, blickte sie in zwei lachende Augen, die sie erwartungsvoll anblickten.

„Zieh dich an und nimm deinen Badeanzug mit, wir fahren ins Grüne." Bereits zwanzig Minuten später saßen sie in einem klapprigen Wagen. Ahmet fuhr nicht selbst. Nein, er saß auf der Rückbank, hatte einen Arm um Salveur gelegt und blickte sie verliebt an, während sein bester Freund fuhr und dabei immer wieder schmunzelnd in den Rückspiegel schaute.

„El Mani" spielte den Chauffeur und das tat er mit Freuden, denn mein Vater und er waren Freunde von Kindesbeinen an. Sie hatten zusammen die Schulbank gedrückt, und nun fuhren sie zusammen zur See – Ahmet als angehender Ingenieur, Manti als Maschinist.

Sie waren wie zwei Brüder. Es gab nichts, was Manti nicht für Ahmet getan hätte, und umgekehrt war es genauso.

Ich habe eine derartige Freundschaft zwischen Männern in Deutschland nie gesehen. Ich glaube, dieses sich ständige Berühren und aufeinander Eingehen gibt es nur in südlichen Ländern. El Manti hieß eigentlich gar nicht Manti, sondern Mohamed. El Manti war sein Nachname. Aber Salveur fand den Namen Mohamed etwas streng, Manti hingegen klang melodischer, frecher und lustig und genau das war Manti auch. Er hatte den Schalk im Nacken, wie man so sagt. Und wenn man traurig war, verstand er es in wenigen Sekunden, einen zum Lachen zu bringen. Er verbreitete einfach gute Laune. Schon damals, als Salveur ihn kennenlernte, hatte er nur noch wenige Haare auf dem Kopf und das, obgleich er noch sehr jung war. Aber trotz seiner Fast-Glatze und seiner abstehenden Ohren strahlte er etwas aus, was allen Leuten Vertrauen einflößte. Er war ungemein positiv und für jeden Spaß zu haben. Kurz und gut, Manti hatte sich in seinen feinsten Anzug geschmissen, in dem er irgendwie verkleidet aussah, und spielte den Fahrer. Noch immer wusste Salveur nicht, wohin es ging. Nach etwa eineinhalb Stunden hielt das klapprige Gefährt schließlich neben einem Feldweg unter einem großen, alten Baum. „Habt einen schönen Tag, ihr zwei", sagte Manti zum Abschied, ließ die beiden aussteigen, und noch ehe Salveur ihre Verwunderung kundtun konnte, schlug er die Tür wieder zu, gab Gas und war auch schon wieder verschwunden.

Salveur hörte ihn aus der Ferne noch etwas hinterherrufen, das wie „Carpe diem" klang, aber sicher war sie sich nicht. „Kommst du denn nicht mit?", schrie sie ihm hinterher. „Ich hab noch was zu erledigen" und weg war er.

Hinter dem Feld lag ein See, der schwer einzusehen war, denn er war von Trauerweisen verdeckt. Dort verbrachten Ahmet und Salveur einen wunderschönen Tag miteinander. Über Einzelheiten des Nachmittags ließ sich meine Salveur nicht aus, aber das war auch nicht nötig. Noch heute glänzen ihre Augen, wenn sie von jenen Stunden erzählt.

Doch die eigentliche Überraschung kam am Abend.

Die Sonne hatte schon etwas an Kraft verloren, wanderte in den Abend, als Ahmet in seinem gebrochenen Deutsch sagte: „Lass uns den Sonnenuntergang genießen und noch ein Stück laufen. Da hinten, siehst du?" Salveur blinzelte und versuchte zu erkennen, was er mit dahinten meinte. Die Umrisse dessen, was sie sah, ließ ein altes Schloss erahnen oder das, was von ihm noch übrig war. Eigentlich war es mehr eine Ruine, wie meine Mutter mir später einmal gestand.

„Fang mich doch!", rief Ahmet Salveur verspielt zu – in einem Akzent, den sie so an ihm liebte. Und die junge Frau lief ihm lachend hinterher.

Sie waren wie die Kinder. Unbefangen und leicht rannten sie an Stoppelfeldern vorbei Richtung Schloss.

Die Abendsonne tauchte die Landschaft in rotgoldenens Licht, und die ganze Szenerie hatte etwas Unvergessliches, das wusst Salveur bereits in jenem Moment, sie wusste nur nicht, warum.

Berauscht und erstarrt von dem Zauber des Augenblicks, brauchte sie eine Weile, um ihren Ahmet einzuholen. Sie waren fast an der Ruine angekommen, als sie Ahmet schließlich am Ärmel erwischte, zur gleichen Zeit über einen Stein stolperte und ihren kleinen Marokkaner mit sich zu Boden riss. Sie lachten. „Siehst du", sagte sie „Ich krieg dich doch!" Ahmet guckte sie lange an. Dann sagte er schließlich leise, fast flüsternd: „Nein, du hast ich schon längst ..." Dabei blickte er sie bedeutungsvoll an, zog etwas aus der Hosentasche und wickelte es etwas umständlich aus. Zum Vorschein kam ein goldener Ring, den er die ganze Zeit bei sich trug. Er steckte ihn an ihren Finger. Salveur wusste nicht, was sie sagen sollte. Um ihr die Verlegenheit zu nehmen, küsste er sie einfach auf den Mund. Dann stand er auf, zog sie vorsichtig hoch und lief mit ihr Arm in Arm auf die Ruine zu.

Als sie dort ankamen, war die Sonne fast verschwunden; lediglich ein rotblauer Streifen war noch zu sehen, als sie das Innere betraten. Es standen lediglich ein paar Wände, aufgeschichtete Steine einer anderen Zeit. Von irgendwoher glaubte Salveur eine liebliche Melodie zu hören – ganz leise.

Deshalb war sie sich nicht sicher, ob sie sich diese himmlische Musik nur einbildete oder ob sie wirklich war. Aber was ist schon wirklich? Salveur schaute fragend zu ihrem petite Maroc, ihrem kleinen Marokkaner, wie sie ihn nannte, obwohl er einen ganzen Kopf größer war als sie. Hörst du das auch? Aber ihr kleiner Maroc zuckte nur mit den Schultern und lächelte bedeutungsvoll.

„Schließ deine Augen!" und meine Salveur schloss ihre Augen. Dann nahm er sie bei der Hand, und meine Mutter folgte ihm – folgte ihm blindlings. Ich glaube, sie wäre mit ihm bis ans Ende der Welt gegangen, wenn es möglich gewesen wäre ...

Als sie Musik näher kam und lauter wurde, sagte er: „Und nun mach sie wieder auf." Vor ihnen stand ein gedeckter Tisch mit weißer Tischdecke, einer Champagnerflasche im Kübel, einer brennenden Kerze und zwei Gläsern; ein reservierter Tisch in einem Nobelrestaurant hätte nicht schöner sein können.

Salveur konnte nicht sprechen; sie hatte Tränen in den Augen. Ahmet schob seiner Habibi den Stuhl zurecht, bevor er selber Platz nahm und mit den Fingern schnippte. Der Kellner war natürlich kein anderer als Manti. In seinen Händen hielt er eine Torte mit kleinen brennenden Kerzen, die Salveur in einem Zuge auszublasen hatte und sich dann etwas wünschen musste.

Manti und Ahmet klatschten Beifall, und erst als der Applaus beendet war, registrierte sie die drei Wörter auf der Torte; Wörter, die sie noch nie zuvor gehört hatte.

Manti freute sich aufrichtig für das junge Glück, öffnete die Champagnerfalsche und empfahl sich dann. Salveur vermutete, dass er die ganze Nacht im Auto, das er versteckt geparkt hatte, verbrachte – weit genug, um diskret, aber nah genug, um zur Stelle zu sein, wenn er gebraucht würde. So ist es unter Freunden in Marokko: Wenn die Situation es erfordert, wartet man die ganze Nacht auf den Freund oder Familienmitglieder – wenn es sein muss, im Auto.

Ahmet entkorkte die Flasche und schenkte erst seiner Salveur, dann sich selber Champagner ein, bevor er das Glas zwischen seine Finger nahm, es ein paar Mal hin- und herdrehte und dann fragte: „Willst du meine Frau werden, Salveur?" Nun kullerten sie, die Tränen, die sie krampfhaft zurückzuhalten versuchte. „Ist das ein Ja?", fragte er zärtlich.

Dann hob erhob er sich von seinem Stuhl, stellte sich hinter sie, legte seine Hände auf ihre Schultern und seine Wange an ihre.

Da saß sie nun, weinend vor Glück, inmitten einer alten Ruine, aber für Salveur war es ein Schloss, und der Himmel hing voller Geigen. Später am Abend tanzten sie nach wunderschönen Klängen, die aus dem Auto kamen; Manti spielte alles auf seiner Mundharmonika, was er im Repertoire hatte. Let petit Maroc und seine Habibi tanzten, redeten und liebten sich bis zum Sonnenaufgang. Und erst als die Sonne aufging, fuhren sie zurück zum Hafen, wo das Schiff auf Ahmet und Manti wartete – abfahrtbereit nach Marokko.

3. Keine Briefe aus Marokko

Es war kein Sommer mehr und noch kein Winter. Monate waren inzwischen ins Land gegangen, und noch immer kein Telegramm oder Brief aus Marokko. Das war ungewöhnlich. Ahmet hatte doch gesagt, er würde schreiben. Salveur vertraute ihm. „Es ist bestimmt etwas Wichtiges dazwischen gekommen", versuchte Opa Neumann seine Tochter zu trösten. Salveur vertraute ihm, aber sie wurde unruhig. Die Ungewissheit war zermürbend.

Täglich hielt sie Ausschau nach dem Briefträger. Bereits vor dem Frühstück stand sie stundenlang wartend am Gartenzaun. Wenn sie ihn schließlich mit seinem gelben Rad um die Ecke kommen sah, machte ihr Herz einen Sprung. Es raste so schnell, als wollte es ihr davonlaufen; dem Briefträger entgegen oder ihrem Ahmet.
Otto, der alte Briefträger, gehörte schon fast zur Familie. Er hatte angefangen Briefe auszutragen, als Salveurs Mutter noch gesund war und über Wiesen laufen konnte. Salveur hatte er von den drei Neumann-Mädchen besonders ins Herz geschlossen. Die Ältere war falsch und missgönnte ihrer Schwester alles, und um die Kleine musste man sich keine Sorgen machen. Sie hatte den Niedlichkeitsfaktor der jüngst Geborenen und weckte überall Aufmerksamkeit, aber Salveur, die Mittlere, hatte eine zarte Seele und war sehr empfindsam. Sie wurde in ihrer stillen Art leicht übersehen. Das wusste Otto. Er konnte Salveur kaum mehr in die Augen sehen, wenn er sie am Gartenzahn wartend sah, weil er wusste, dass er ihre Hoffnung mit jedem Besuch kleiner werden ließ.
„Tut mir leid, Salveur", sagte er jedes Mal kopfschüttelnd und schaute verlegen in seine große Ledertasche, die an seinem Lenkrad hing, schaute die Post durch, als könnte sich besagter Brief zwischen den anderen versteckt haben, zog dann aber nur Rechnungen heraus: „Vielleicht morgen, meine Kleine." Salveur schluckte den Kloß in ihrem Hals herunter und schaute dem Briefträger mit glänzenden Augen hinterher.
Sie wollte stark sein. Sicher gab es einen triftigen Grund für Ahments Schweigen, aber Opa Neumann wusste langsam auch nicht mehr, wie er seine mittlere Tochter noch trösten sollte. Sie wollte stark sein, aber mit jedem Tag, der verstrich, schmolz ihre Zuversicht dahin – wie Schokolade in der Sonne.

4. Herbst

Ein Sonntag im Herbst. Die Bäume waren kahl geworden.
Salveur, die ohnehin leiser war als ihre beiden Schwestern, war an diesem Sonntag noch stiller. Dagmar, ihre ältere Schwester, machte sich gerade von Salveurs letztem Geld, das sie ihr heimlich entwendete, einen schönen Tag, und Birgit, die Kleinere, übernachtete bei ihrer besten Freundin. Opa Neuman und sein mittlere Tochter saßen schweigend am Frühstückstisch. Nur das Ticken der Küchenuhr, das Prasseln der Regentropfen auf den Fensterscheiben und die Gedanken in ihrem Kopf waren zu hören. Salveur hatte keinen besonderen Appetit, schon seit Wochen nicht, aber sie aß ihrem Vater zuliebe, der sich alle erdenkliche

Mühe gab, um seine Tochter aufzuheitern. Nach dem Frühstück räumte sie lautlos das Geschirr zusammen. Opa Neumann beobachtete seine Tochter besorgt. „Ach Muschel, nimm's doch nicht so schwer", sagte er in seiner etwas unbeholfenen Art und wünschte sich, dass seine Frau noch lebte. Sie hätte gewusst, was in dieser Situation zu sagen und zu tun sei. Salveur versuchte zu lächeln und nahm ihren Vater in den Arm. Eine ganze Weile standen sie still zusammen.

„Du bist der Beste", flüsterte sie ihm liebevoll ins Ohr. Dann ging sie in den Flur, nahm ihren alten Mantel von der Garderobe, band den Schal um, den Ahmet ihrer Mutter aus Marokko mitgebracht hatte, und verließ wortlos und ohne sich noch einmal umzudrehen, das Haus.

Sie holte ihr altes Fahrrad aus dem Holzschuppen, schwenke sich auf ihren Drahtesel und fuhr davon. Herbstbäume, rote Backsteinhäuser und mehrere Stadtteile zogen an ihr vorbei. Sie fuhr, ohne dass es ihr bewusst wurde, in Richtung Landungsbrücken zum Hafen; Ort ihrer Liebe, Ort ihrer Hoffnung, Ort ihres Untergangs.

Ein letzter Versuch, ein letztes Hoffen trieben sie voran; weiter und immer schneller. Den stärker werdenden Regen spürte sie nicht und auch nicht die Nässe, die ihre Finger klamm werden ließ. Nur weiter, immer weiter

Als sie ihr Ziel erreichte, war sie total durchnässt, aber das spielte keine Rolle mehr. Längst schon hatte sie aufgehört, sich hübsch zu machen, wenn sie zum Hafen fuhr und wartete. Das Kleid, das Ahmet ihr beim letzten Stadtbummel kaufte, hatte sich ihre Schwester unter den Nagel gerissen und nie zurückgegeben, und für ein neues hatte sie kein Geld. Die Hälfte ihres Gehaltes gab sie ihrem Vater, den Rest wollte sie sparen - für eine Schiffsreise nach Marokko. Vor ein paar Tagen erwischte sie ihre Schwester, die sich ihres Sparschweines bemächtigte. Als Salveur sie zur Rede stellte, versprach Dagmar unter Tränen, das Geld zurückzuzahlen, aber Salveur wusste, dass sie vergeblich darauf warten würde – so, wie auf ihre große Liebe.

Durchnässt sprang sie vom Rad, hastete mit dem Milchkannenrad die Treppen herunter zum Anleger. Sie lehnte ihr Rad an die Wand eines Restaurants, das wegen des schlechten Wetters geschlossen hatte, kettete es an und wartete.

Im Nebel ahnte sie den Frachter mehr als dass sie ihn sah. Nur das Tuten verriet seine Ankunft, doch ihr geliebter Ahmet war nicht an Bord.

Wie sie so verloren dastand, erhaschte sie mitleidige Blicke. Ein Matrose bot ihr seinen Schirm an, doch Salveur brauchte keinen Schirm mehr. Die Stimme in ihrem Kopf wurde lauter und wollte dem vergeblichen

Warten und Hoffen ein Ende machen. Die Traurigkeit verursachte ihr Übelkeit. Die einsame junge Frau am Wasser wollte nichts mehr spüren, und dann sprang sie.

5. Überraschung

Hafenarbeiter, denen die traurige junge Frau am Kai aufgefallen war, zogen Salveur aus dem Wasser. „Mann, Mann, Mann", sagte der eine von ihnen in der typisch wortkargen Hamburger Art. „Wer eine so schöne Frau wie Sie sitzen lässt, ist keine Träne wert."

Als die Männer Salveur zuhause ablieferten, zeigte sich ihr Vater bestürzt. Er bedankte sich aufrichtig bei den Männern, bot ihnen ein großzügiges Trinkgeld an, das sie nicht annahmen, und wiegte seine Tochter stundenlang in seinen Armen. Nachdem sie sich etwas beruhigt hatte, schickte er seine jüngere Tochter Birgit los, um die Ärztin zu holen. Schon wenig später traf sie ein.

Frau Dr. Holz hatte ihre langen, dunklen Haare, die von grauen Fäden durchzogen waren, immer zu einem Knoten zusammengebunden. Das ließ ihre feinen Gesichtszüge zum Vorschein kommen und verlieh ihr Würde, natürliche Autorität und Weichheit zugleich. Sie war die Ärztin, der mein Opa vertraute, hatte sie doch viele Jahre seine Frau behandelt.

Nach eingehender Untersuchung sagte sie schließlich mit ihrer warmen Stimme: „Salveur, warum bist du denn nicht schon früher gekommen? Dann hätten wir vielleicht noch was machen können, aber nun ist es zu spät." Opa Neumann war wie vom Donner gerührt und wich seiner Tochter nicht mehr von der Seite. Die Ärztin schlug ihm beruhigend auf die Schulter.

„Überlegt euch schon mal einen Namen. Viel Zeit bleibt euch nicht mehr." Dann wandte sie sich wieder Salveur zu, nahm ihre Hand und streichelte sie sanft. „Liebes, du bist schwanger. Du bekommst ein Kind."

„Was?", fragte sie ungläubig und guckte die Ärztin mit großen Augen an."

Opa Neumann hingegen atmete hörbar aus. Es war ein Seufzer der Erleichterung, denn er hatte mit dem Schlimmsten gerechnet.

Um seine Gefühle zu verbergen, nahm er seine Brille ab und putzte sie lange und intensiv. Seinen Blick hielt er gesenkt, damit man seine glasigen Augen nicht sehen konnte. Dann sagte er in einer Stimme, die weicher war als gewöhnlich: „Ach Muschel, das Kind kriegen wir auch noch groß."

Aufbruch – Nachwort

Meine Gedanken sind wirr. Ich bin auf seltsame Art glücklich und traurig zugleich. Auf unerklärte Weise breitet sich ein Gefühl von „nach Hause kommen" aus. Ich fühle mich butterweich, wattig irgendwie und ganz offen. Alles berührt mich auf seltsame Weise: die arabische Schrift an den Flugzeugwänden, die dunklen Augen der Passagiere, behinderte Kinder, die fröhlich vor sich hin summen und die Stimme des Piloten: „Ich bitte die Kinder in 20 Minuten ins Cockpit." Die Crew scheint ausgesprochen kinderlieb und hat überhaupt keine Berührungsängste. Die selbstverständliche Art im Umgang mit den Kindern imponiert mir und berührt mich gleichermaßen. Die Kinder sind genauso aufgeregt wie ich, aber im Gegensatz zu mir zeigen sie ihre Gefühle offen und ohne Scham. Ich dagegen versuche sie zu verstecken: Opa Neumann lässt grüßen! Meine Freunde geht nach innen und nur Tom und Lisa, die mich begleiten, wissen um sie und verstehen, weshalb ich nach Marokko muss.
„Was willst du in Marokko, Khadija?", fragten mich einige meiner Freunde, die zum Flughafen gekommen waren, um mich zu verabschieden.
Wie sollte ich in wenigen Minuten erklären, was mich seit so vielen Jahren beschäftigt? Mein Versuch war kläglich: „Ich will Puzzleteilchen zusammenfügen und wissen, wer ich wirklich bin." Sie nickten verständnisvoll mit dem Kopf, aber ich glaube, sie haben nicht wirklich verstanden, was ich damit meinte. Wie sollte ich erklären, dass ich meine Geschichte aufschreiben muss, um sie zu begreifen, ich meine, um sie vollständig zu begreifen. Und wie sollte ich erklären, dass ich Marokko dazu brauche, das Land meines Vaters.
Im Geiste sehe ich sein Bild, das kleine schwarz-weiß vergilbte Passfoto, das ich im Herzen trage und das bis heute in meinem abgewetzten Portemonnaie klebt.
Es sind die Augen, immer wieder seine Augen, die mich in ihren Bann ziehen. Sie berühren mich an meinem tiefsten Punkt und wecken Fragen.
Die Gesichtszüge meines Vaters auf dem Bild sind fein geschnitten, und sein Mund strahlt Sinnlichkeit aus, wenn man das von einem Mann sagen darf. Es ist schwer zu sagen, was mich so berührt an dem Foto. Ich glaube, es ist diese unermessliche Trauer, die von dem Gesicht ausgeht – eine Art Melancholie, der ich mich nicht entziehen kann, ist sie doch auch Teil meiner Selbst. Heute wäre er 65 geworden. Wie gerne hätte ich diesen Tag mit ihm verbracht, wie gerne seine Freude gesehen – seine nach innen gekehrte Rührung und seine schönen Hände. Mein Vater hatte wunderschöne Hände, wirklich; wunderschön und fein. „Sie sind voller Zärtlichkeit", hat meine Mutter einmal zu mir gesagt. Ich habe die gleichen Hände, und darauf bin ich stolz.
Für meine Mutter war es Liebe auf den ersten Blick. „Woran erkennt man das?" „Da fragst du mich aber was. Man weiß es eben!", hat sie mir damals geantwortet, als ich sie danach fragte.

Er fehlt ihr, nach über 40 Jahren fehlt er ihr noch immer. Und er fehlt mir. Manchmal fragen mich meine Freunde, was mir am meisten fehlt. Auch das ist so eine Frage. Wie soll ich beschreiben, was mir am meisten fehlt, wo ich ihn doch gar nicht richtig kennengerlernt habe. Ich wünschte, ich hätte Gelegenheit gehabt, mich in ihm zu entdecken.

Durch die kleinen Flugzeugfenster kann ich sehen, wie es draußen langsam dunkel wird. Lichter in der Ferne funkeln wie Glühwürmchen in der Nacht. Der Titel „Tausend und eine Nacht" fällt mir ein. Ich träume mich in ein anderes Land. Wüste. Hügel. Häuser am Hang und ein Mond, der auf dem Rücken liegt. Der Anblick der warmen Lichter lässt mich ruhiger werden. Und je mehr ich dieses Licht einatme, desto mehr spüre ich meine Wurzeln.

Mein Vater lebte bis zu seinem Tod in Casablanca. Ob er wusste, dass er eines Tages dort begraben sein würde – fernab seiner großen Liebe? Wie hätte er sein Schicksal ahnen können? Wie hätte er ahnen können, dass Eifersucht gleich zweimal seine miese Fratze zeigen und zwei Menschenleben zerstören würde.

Nachdem Ahmet seiner Salveur in der alten Ruine den Heiratsantrag gemacht hatte, fuhr er zurück nach Casablanca. Mit den nötigen Papieren, Geld und dem Segen seiner Eltern wollte er schnellst möglich mit dem nächsten Schiff zurück nach Deutschland kommen – in die Arme seiner geliebten Salveur, meiner Mutter. Wie hätte er ahnen können, dass er dort nie ankommen würde? Dass ein Familienmitglied ihm den Pass wegnehmen, ihm den Segen verweigerte und ihn in Marokko zwangsverheiraten würde?

Wie hätte er ahnen sollen, dass die Eifersucht manchmal keine Grenzen kennt. Als meine Tante Dagmar starb, wurde meine Mutter von der Behörde angeschrieben, obwohl sie schon lange keinen Kontakt mehr zu ihr hatte. Aber sie war nun mal die nächste Verwandte.

Beim Ausräumen ihrer Wohnung haben wir sie dann gefunden – die Briefe; Briefe, die mein Vater meiner Mutter all die Jahre geschrieben hatte. Tante Dagmar – wie fremd der Name klingt - muss sie abgefangen, gelesen und gesammelt haben; Briefe, die Ahmet seiner Habibi bis zu seinem Tod geschrieben hatte. „Meine Liebe Habibi, warum schreibst du mir nicht ..." Wäre meine Tante nicht gestorben, hätten wir die Wahrheit nie erfahren. Ich weiß nicht, ob es gut ist, dass wir die Wahrheit kennen, oder nicht. Für meine Mutter spielt sie keine Rolle mehr, denn die Wahrheit kommt 40 Jahre zu spät. Aber für mich, die ich hoffnungslos an die Liebe glaube und mich finden will, ist sie wichtig, und deshalb muss ich nach Marokko.

Vielleicht ist es tatsächlich so, dass manche Lieben in Erfüllung gehen und manche nicht, damit sie ewig weiterleben, wie ein Sprichwort sagt. „Und nun möchte ich Sie noch mit den Sicherheitsvorkehrungen vertraut machen", die Stimme der Stewardess reißt mich aus meinen Gedanken. Ich brauche eine Weile, um zu begreifen, wo ich mich befinde. Die Türen des Flugzeuges sind bereits geschlossen. Noch sind wir nicht gestartet. Da sitze ich nun eingeklemmt in meinem Sitz, mit all meinen Gefühlen und habe Angst vor meiner eigenen Courage. Lisa drückt meine Hand. Sie ahnt, wie mir zumute ist. Tom gibt vor, in ein Buch vertieft zu sein. Aus den Lautsprechern tönt „El Concierto de Aranjuez." Unter den Klängen dieser wunderschönen Melodie schmilzt meine Haltung dahin. Es sind nicht nur meine Tränen, die ich leise weine, sondern auch die geweinten und ungeweinten meiner Mutter. Sollte nicht eigentlich sie an meiner Stelle sitzen? Was geht gerade in ihr vor? Wie mag sie sich fühlen? Wird meine Reise alte Wunden aufreißen? Was erwartet mich in Marokko? Wie wird es sein? Que sera? All diese Fragen schießen mir durch den Kopf, als ich mich verstohlen zum Fenster drehe. Und während ich ein letztes Mal mit glasigen Augen nach draußen schaue und Tom mir wortlos ein Taschentuch reicht, hebt die Maschine ab.

Peter Frank

Clown

Impresario -
mit der Gage
durchgebrannt.

Die Todesnachricht,
gesprochen ins Lachen
der Anderen.

Wie Herbstlaub
fällt Applaus in die
leere Manege.

Peter Frank

Herbstabend

Das weiße Licht des Mittags wurde alt.
Wolken sehen wie Leguane aus.
Schatten kriechen züngelnd aus dem Wald.
Es weht der Wind, als hebe er das Haus.

Noch zieht die Vogelkette durch die Luft.
Nachzüglerschrei, verloren, gehetzt.
Bäume stehen schwarz & ohne Frucht.
Es hat das Jahr die Totenmaske aufgesetzt.

Schon zetern die Drosseln der Dämmerung,
Ihre Schnäbel schleifen nur den Stein.
Nebel liegt in leeren Nestern.

Zerbrochen die Urne der Erinnerung.
Grußlos tritt der Abend ein. Mit der
Flasche Bier & dem Brot von gestern.

Peter Frank

Herbst

Der
nebelbärtige
Totenfischer

hat
seine Netze
ausgeworfen.

Er weiß,
dass wir kommen.
Etwas

blickt zurück,
flackert auf,
Flamme

in
einem Kürbis,
erstickt

vom
Handschuh des
Regens.

Knochenfinger
der
Birken

suchen
einen Himmel.
Sie finden

den
Hunger der
Krähen.

Peter Frank

Kloster in den Bergen

Der alte Meister,
vogelknochig,
auf den Stab gestützt,
als ruhe Leben
in ihm aus.

Er spricht nie von Gott.

Manchmal sagt er: ich.
Manchmal sagt er: wir.

Er deutet auf die
Knaben im Hof,
lauscht dem Wind,

der hinter ihren Besen
die Blätter löst.

Peter Frank

September

Über leere Felder
gehen Krähen,
im Nebelgefieder
die Kühle der Nacht.

Mittags
liegt eine gelbe Strohpuppe
zwischen den Stoppeln.
Niemand wendet den Stein.

Sehr viel später,
so scheint es,
zerfällt
das mottenzerfressene Licht.

Dämmerung tritt aus,
stößt das rauchende Horn
in die zitternde Flanke
fliehender Wolken.

Am Horizont, hundeverbellt,
verliert sich die Blutspur.

Peter Frank

Fahrt mit der S 1 von Altona nach Wedel

Hinter Altona bleibt
das Tunneldunkel zurück
Enigma der Gleise Drähte
ein Leben lang
Gitterwege ins Nichts
zerfallene Anlagen
rostbraunes Gras
Büsche schottergenährt
fast food Pappen
eine grüne Flasche
rußige Lok
für immer hier
verlassener Turm
Signale Zeichen
Bahrenfeld Othmarschen
Stationen Pendler
Millionen erleuchtet
Monaden weltvergessen
versunken im display
Litanei der Werbeflächen
der letzte Trend überklebt
Bürofenster Bildschirme
verödeter Schulhof
Neonschmerz einer Stunde
Geometrie vielleicht
Aldi Lidl Burger King
Betriebshöfe Werkstätten
Brandmauern gehalten von
Graffiti
Rauch über Dächern
Refugien schöner Häuser
Basketballkörbe Garagen
SUVs in Auffahrten
hinter Blankenese
atmet die Landschaft auf
weißbestäubte Ebenen

Witterung von Winter
verwilderte Brachen
Vögel in den Wind gehängt
kein Gesicht
im Schweißtuch des Himmels
Bäume heben ihre Lanzen ins
laublose Licht

Peter Frank

November

Klopft der Schränke Muff
aus schwarzen Pelzen,
weht durch leere Gassen,
Gespenster wie Papier,

wirft zerzauste Vögel
wie Lumpen in die Luft,
haut die letzten Blätter ab
mit blutverharschtem Beil,

schweigt an aus nassem Laub,
schwingt die frostigblasse Faust,
zwingt den Hungerbäumen
Gorgonenhäupter auf,

fängt in narbenalten Netzen
nur Beute, die längst tot,
raubt der Gärten Gold,
verdunkelt Tisch & Brot,

spielt an kahlen Fahnenmasten
eine knochenhohle Melodie,
schlägt die Hacke in den
Himmel, sein memento mori,

nimmt den blanken Spaten auf,
hebt knirschend aus die Gruft,
reißt das graue Herz heraus,
schmeißt Raureif in die blaue Brust,

gibt zurück der Menschen Hass,
stellt auf den kalten Stein
& ritzt mit einer Scherbe
auch deinen Namen ein.

Peter Frank

Vom Abdecken der Gräber

für meinen Vater

Mehlige Äste in blanken Radspuren,
Schilder warnen ‚Einsturzgefahr',
‚Schuttabladen verboten.
Zuwiderhandlungen werden verfolgt'.

Wir folgen dem Weg der Sargträger.
Sechs Männer, rotstämmig,
die Gewänder schwärzten die Sonne,
die Gesichter wie Gemälde,
die Stimmen wie Kiesel,
hart & klar über den weißen Kragen,
den Rhododendren.
Das Kommando zum Absenken.

Unter der Patina der Jahre
tönt noch immer die Totenglocke.
Wie ein Geschwür hing der Klang
im summenden Gewebe der Luft.
Ein steinerner Engel sieht uns an
aus geschlossenen Augen.
Die Stille wie nach dem
Abstellen einer Maschine.

Fahles Novemberlicht, Taube flattert auf,
wir legen die Tannenlast ab,
stehen im Exil unserer Erinnerung,
Abende über den Gläsern, dem Meer,
sehen unseren Atem, lesen den Stein.
Die Namen, die wir riefen,
die Zeit, die zugemessen war.

Wir schütten die Vase aus.
Das Gedächtnis des Gestanks
erinnert das Epos der Blätter.
Darin, in den dunkelsten Gesängen,
das zerfallene Grinsen,
das zerfressene Lieblingshemd,
die ewig mahlenden Mandibeln,
die Brust, schwer wie die Erde,
der Eichendeckel, der nicht hielt.

Wir harken die Bilder von den
Gesichtern, den Körpern,
greifen die welken Stümpfe,
verworfen vom Herbst,
schütteln die Erde von den Wurzeln,
glätten das Kopfende,
schneiden, legen, stecken die Zweige,
sorgfältig, dass nicht die Finger des
Windes die grüne Decke heben,
langsam, vorsichtig, als wollten wir
die Liegenden nicht verletzen,
als lebten sie noch immer mit uns,
so wie wir mit ihnen.

Carsten Rathgeber

Herbsttasche

Die Schlüsselsuche
In deiner Tasche
Barg Schokolade
Auch Lippenfarbe
Seidige Strümpfe
Fernsprechgeräte

Entdecke Quittungen
Münzen und Rechnungen

Der Schlüssel fand sich
Leicht versöhnlich
Beim Ahornblatt

Carsten Rathgeber

Herbstreise

Bei der Fahrt
Denken wir
An Ziele
Zeit und Tod

Du rechnest
Nicht mit ihr
Kaum mit ihm

Sei achtsam
Fahr langsam

Ich warte

Carsten Rathgeber

Herbstliche Dialektik

Ernte für weiße Tage
Herbstliche Regenstürme
Nasse Socken und Jacken
Ich und Selbst ohne Kerne
Auch Blätter, Früchte, Beeren
Gematschtes in Rumtöpfen

Konturenlose Hüllen
Eintöpfe von Gefühlen
Bettrückzüge der Bären
Morbide Zeit im Leben
Belebung mit Gerüchen

Pfeffer, Mandeln und Muskat
Knoblauch mit Remoulade
Rinderzunge mit Spinat
Früchteeis mit Schlagsahne
Rotwein zu Zwiebelkuchen
Milchkaffee zu Nusshörnchen

Er benennt unsre Süchte
Gibt zurück all die Früchte

Carsten Rathgeber

Herbstzüge

Die Züge warten
Mit schwarzen Wagen
Dunklen Vorhängen
Eiskalten Räumen

Zahlen an Zäunen
Mit Augen hinter Drähten
Dieses hungrige Sehnen
Erstarrte Blicke zählen
Schweigsam die Stunden

Geistlose Wüsten
Einfache Listen
Schale Gebete
Knochen, verstreute

Carsten Rathgeber

Heugerüche

Verbrannte Stoppelfelder
Aufgerauter Erdenhaut
Ein Schokoladenhunger
Im morbiden November
Harmloses Gedankenkraut
Pulsierender Neuronen
Eintopf der Empfindungen
Jedes ICH bloß ein Zeichen
Wie der Herbst ein Pinselstrich
Zwischen Punkt und Bindestrich

Rechnungen und Bilanzen
Schmerzhafter Entbindungen
Letzte-Wort-Besinnungen

Im Geflecht all der Seelen
Harren Klänge verwoben
Wie Farben hinter Formen
Glockenspiele erklingen
Lichtermuster erstrahlen
Kinder lachen und spielen
Zu frischen Heugerüchen

Carsten Rathgeber

Grüner Löschweiher

Im Tau der frühen Stunden
Geh ich bei meinen Runden
Allein zum alten Weiher
Sehe das grüne Feuer

Und im Skelett der Blätter
Verspielte gelbe Lichter
Alter Sternengesichter
Erahne vage Muster

Fern der Rufe bleib ich doch
Tauche Holz und ein Ruder
Esse Brot und schlafe noch
Träume seltsam vom Bruder

Modrig in grünen Gründen
Bilder um Klarheit ringen
Mit alten Wortbewohnern
Bläuliche Gase lodern

Chimäre Elfen tanzen
So geisterhaft wie Flammen
Wehen wie Schatten zum Sprung
Im schwarzen Löschwassergrund

Magnus Tautz

Im Herbst

Die Stirn
an die Nacht gelehnt.

Wind
über Brücken.

Fremde Sprachen
flüstern dir Leises zu.

Die Zeit
steht noch immer

als Regen,
steil als Vorhang:

Asphaltblicke

drängen sich auf,
graben sich ein

zwischen Körper
und unentschiedener Haut.

Magnus Tautz

Draußen Herbst

Heimwärts torkelndes Dunkel.
Jemand treibt die Zeit
mit einem Besen
an meinem Fenster vorüber.

Magnus Tautz

November

Ich sehe hinüber
in die Leuchtreklame.

220 Volt starkes Licht,
heller als die am Horizont

zugrunde gerichtete Sonne.
Und draußen noch immer

das Gehen, unterwegs
in den Schallkörpern

seiner Heimkehr und die Zeit
tropft aus bunter Wäsche

und zwischen den Wänden
das ausgewachsene Tier

und wie es schabt
an seinen Schächten.

Magnus Tautz

Von dieser Stille
aus Licht und völliger
Gegenstandslosigkeit
wünschte ich abzutrennen
den südlichen Teil
des Friedhofs,

den Blattregen,
der sich durchnässt und ohne
Anspruch auf Vervollkommnung
auf die dunkler werdenden Wiesen
einlässt,

ein Grabtuch,
das sich noch einmal erhebt,
wenn der Wind durchgeht
mit seiner geflüsterten Nachricht
von den Toten.

Magnus Tautz

Inwendig
die bilder

die dich
zur sprache bringen

die du abschreitest
auf gefrorenem laub

als gingen sie
gerade verloren

ablesbar
in den augen

als ein kindliches warten
auf schnee

Edda Gutsche

Herbstgärten

Herbstträume in losen Gärten.
Bilder fallen aus den Rahmen,
die Scherben wehen fort und sterben
als bunte Tupfen am Waldrand.

Baumwipfel auf spitzen Dächern,
Blumentöpfe auf dem Kopf.
Lila Astern schweigen
in taubeperltem Gras.

Staunen über jedes Atmen,
jedes leise Blätterwispern.
Geister kurzer Sommerleben
schaukeln fleckenhafte Schatten.

Gartendaseins Analyse:
Woher, weshalb, wohin?
Es schwimmt davon
und löst sich auf in nichts.

Edda Gutsche

Herbstwald

Weißt du noch, diese Herbste,
mit weißen Kuhpilzkappen auf dem Haupt?
Gelb-roter Teppich im Buchenwald,
verwoben mit Blaubeerkraut und Moos,
raschelnd bei jedem Käferschritt…

Spinnen wurden zu Fischern,
fingen Licht in zitternden Netzen.
Und wir beide schwebten
über müde Gräser zur Schonung,
um an Kiefernfüßen Maronen zu finden.

Weißt du noch, diese Herbste?
Wie sie sich durch die Morgenkühle
zum Fluss stahlen, um sich zu spiegeln?
Wie es vom Ufer in den blauen Himmel flammte
und die Bäume sich so vergoldeten,

dass die Sonne erblasste und schlafen ging,
    ohne zu grüßen?

Norbert Rheindorf

Eine Frage

Die Vergänglichkeit
strahlt wunderbar
in rostroten Farbtönen
im Sonnenlicht

wenn Wolken aufziehen
kriecht
die Angst kalt
den Rücken herauf

Wohlfühl-Melancholie
oder nasskalter Abgrund
neben abgedecktem Aushub
bereit für Blumen und Worte
die vergehen
im ersten Frost

Lobpreis
der Herbstes
es bleibt
eine Frage
von Abstand
und Perspektive

Norbert Rheindorf

Nacht

Nacht
liegt über den Feldern
die wir nicht bestellten
zur rechten Zeit

es benötigt mehr
als einen fernen
Sternschnuppenregen
einen Funken, nah
stetiges Glimmen
gut bewacht
genährtes Feuer
sie zu erhellen
in dauerhaftem Schein

dass Licht wird
allerorten
und in aller Seelen

Marko Ferst

Septemberwärme

Himmel und Eichelhäher
im Blätterfall
entschwindet Eisvogelblau
unter Wasser
entrindete Erle
unentwegtes Biberwerk
mit Schwung
geöffnetes Schleusentor
der Kahn fährt weiter
Fischtreppen
für die Aufsteiger
erste alte Spreearme
wieder intakt
seggegrün umfaßt
Habichtsaugen fliegen zu
frischer Beute
lila Eisenkraut ragt hervor

Unterer Spreewald

Marko Ferst

Herbstbögen

In unzähligen Keilen
stürmen sie zum Ziel
ein riesiger Wirbel
über dem weiten Schilfsee
für ein paar Tage
herbstliches Quartier
der Blessgänse

Gespannt
schwarze, federleichte Netze
in den Fadenbeuteln
verfangen sich Bartmeisen
andere kleine Flieger
gesammelt in weißen Säckchen
gelistet wird ihr Zustand
ein winziger Ring verknüpft
in die kleine Tütenwaage kopfüber
und ab geht es
auf eigenen Flügeln

Beringte Funde
bei verschiedenen Vögeln
weisen auf
weit entfernte Landschaften
Züge über viele Grenzen hinweg
und wo Bestände wachsen
oder den roten Listen
letzte Flugkünste folgen
Farben und Gesänge
hinter den Horizonten
verlöschen

Marko Ferst

Halloween

Da kommen sie jubelnd
die kleinen Feen, Hexen und Clowns
spitze Hüte, Gespenster
schleichen von Haus zu Haus
stöbern auf
was sich aufstöbern läßt
sauer oder süß, fragen sie keß
wer seid ihr?
Hexen sind wir
werden Hexen nicht verbrannt?
bescheidwissend: Nein
die dunkle Jahreszeit beginnt

Unbekannt zu meiner Kinderzeit
wann fing er an
der feurige Kürbiskult?
rohes Ei klebte an der Hausfassade
da ließ sich nicht nur
die Nase rümpfen
über den Spuk aus Amiland
doch einst über den Atlantik mitgesegelt
scheint Irland die eigentliche Quelle
bald schon wurde klar:
am letzten Oktobertag
gefüllte Beutel mit Süßem
bändigen kleine Teufelchen

Marko Ferst

Herbst am Werbellinsee

Staub auf Steinen
glasklar bis auf den Grund
langhingestreckt
Buchen, Eichen, Erlen
Sonnenreste an Ufern
nur noch an Stegen Segelboote
Knotenbinden wollte gelernt sein
Halstücher rot und blau
einst Ferienrepublik
Pionierzeiten längst
geschichtsbuchgebunden
weiße Hemden mit Emblem
schmales Asphaltband
stracks über Hügelketten
Schorfheide

Verfugter Feldstein
Ascanierturm
robust doch unscheinbar
das Wasser im Kanal
jadegrün, dunkel, düster
blätterbundbepunktet
Brücke für Fußgänger
entfernt ein Wildpark
steppenfarben, die Mähne stattlich
asiatische Pferde
Elche, Wölfe, Wollschweine,
Kinderaugen staunen
mitten unter heimischen Ziegen
Weiten, Zäune, Greifvögel
Schloß Hubertusstock
bewirtet keinen Staatsgast mehr
gebratene Enten mit Rotkohl
gepflegte Bauhausquartiere
Honecker schon lange tot
wer jagt jetzt nach Hirschen
hier oder anderswo?

Marko Ferst

Immer im Herbst

Stundenlanger Sammeleifer
körbeweise mit Kinderhänden
am Ende gar Säcke
wenn Eltern und andere zugriffen
die neue Blickwelt hieß:
richtige oder falsche Baumkronen

Kastanien 25 Pfennig das Kilo
Eicheln gar 40 Pfennig
nur langsam füllten sie Gefäße
gar nicht abgeben
wollte man die Schätze

Die Früchte geschüttet
auf riesige Haufen beim Förster
gewogen wurde
seltenes Taschengeld
aus der Kassette gereicht
der alte große Handwagen
in manchem Herbst
zwei mal schwer beladen

Marko Ferst

Vom Herbst zum Winter

Sonnenfluten
verglimmen im Asternrot
bunter Wind
entflieht den Bäumen
die Tage werden kahler
weißer Atem
bedeckt verdorrtes Leben
nichts sucht
nach neuer Kraft

Marko Ferst

Kra-Kra-Kra

Walnüsse gibt es in Fülle
doch wie kommt man
an die Leckerei
unter ihrer Hülle?
schwarzbefedert gerät leider man
leicht ins Hintertreffen dann
Nußknacker können wir nicht bedienen
doch sehen Sie betret'ne Mienen?

Schlaue Rabenvögel wie wir sind
tragen im Schnabel fort geschwind
die guten Stücken
klack - immer wieder - klack
aus luftiger Höh
schlägt auf die Schalenfrucht
und zack - zwei Hälften

Nun ist der Krähentisch gedeckt
und da die Nuß gut schmeckt
wird Nachschub schnell besorgt
zuweilen stört das Blechmobil
es fährt zu Matsch das schöne Ziel
ihr Leute schert euch weg,
das ist jetzt unser Fressensfleck!
kra, kra!

Willi Volka

Jahreszeiten

Sommer
segelt hart
im aufgespannten Grün
nicht ins Dunkel kentern will.

Vom milden Strahl
zum Abschied geküsst
hacken Krähen Krumen
suchen sich satt.

Gereift.
kentert raschelnd bunt
ins sparende Licht
der Sommer zum Herbst.

Arabischer Frühling
verdorrt
Dschihad
herbstzeitlos.

Willi Volka

Leinen los

Schlagende Wellen
windig plätschernde Zeit
gurgelnde Uferewigkeit.

Ein Strahl
durch grauschwere Last
ferne Farben glühen lässt.

Dreieck weiß gebläht
krächzende Möwenschreie
im flatterndem Futterneid.

Rastlose Zeit
Kiel schneidet
ins Grau der Welten.

Willi Volka

Herbst

Herbst trägt zu Grabe
Blatt um Blatt mit Farbe
raschelnder Saum zu Füßen.

Herbst schenkt Früchte -
manche kurze Zeit noch fest
am Aste hängen.

Herbst heult
nass im Atem
jagt Blätter im Spaß.

Herbst wird müde
legt zum Schlafen sich
erwacht mit Morgenweiß.

Ralf Hilbert

Leben: zu wirklich,
um den Schritt zu verzögern –
Septemberfülle.

Ralf Hilbert

Abends ahnt man: Herbst –
deine Wangen, vergangen,
ernst, der Felder Rauch.

Ralf Hilbert

Schattengelichter –
das kalte Laken, Fieber,
Herbstes Abendalp.

Ralf Hilbert

Herbst Tag- und Nachtgleiche

Du faltest die Hände unterm Tisch,
Gott ist nicht das Schicksal,
und wenn du vom Tod sprichst,
kann ich dir nicht glauben:
Sterben ist Suche,
und für die Sterbenden
ändert sich nicht viel,
nur die Sehnsucht
und das Land.

Du wartest nicht,
bis ich dir vom Ende des Sommers
erzählt habe
(wie krank die Kastanien dieses Jahr sind),
schließt müde das dunkle Heft des Tages,
ich höre dich kaum, so spät,
unruhiger, verneinender Geist,
bist mit den Vögeln
und dem Wind fort,
mit dem Mond, der blauen Murmel,
Herbstes Braut.

Dörte Jack

In dunkler Zeit

Ich reche Herzlaub
zusammen lese Aderzeilen
voller Chlorofühl
Geschichten decken warm
langer Weile Wind
geht durch Gedankengarten
Schauer frösteln über Haut
lose Blattsammlungen wirbeln
auf ich fange mich
ringe hinter der Rinde
falte Erinnerungen
lichte den Tag

Dörte Jack

Herr Herbst

gelb gewordenes Blatthaar
fleißgefurchte Ackerstirn
leuchtendroter Fruchtmund
zartblaues Himmelsantlitz
den Laubmantel zu Boden
mit Federastern
kommst du
zu mir

Martina Caluori

Kompass

An der Stelle inne harrend
auf den Kompass starrend
dreht die Feder

Den Blick auf der Kompassrose
in der andren Hand die Tabakdose
weht die Zeder

Westen, Süden, Osten, Norden
mittlerweile müd' geworden
steh' ich auf dem Weg

Die Nadel nach Nordwesten zeigend
in mich gekehrt schweigend
begeh' ich den Steg

Helmuth Schönig

Sommerende

Mit Baumstämmen
spielt das Meer dort,
wo im Sommer
Sandburgen gebaut werden.

Ein wuchtiger Ast
bäumt sich auf
und fällt zurück
ins unruhige Wasser.

Wolken ziehen eilig weiter,
der Wind zeigt den Wellen
ihren Weg zur Düne.

Immer wieder rollt das Wasser
donnernd heran und reißt
ein Stück Sommer weg.

Helmuth Schönig

Grau

Grau
über mir
der Himmel.
Grau
unter mir
der Pflasterstein.
Bunt
in mir
die Erinnerung.

Eberhard Schulze

Die Wildgans

Oktobernacht.
Der Wildgans rauher Schrei.
Auf dem Bett im Mondlicht
gebreiteter Schenkel
Schwingenschlag.

Eberhard Schulze

In deinem Büro

Gern sitz ich
am Doppelschreibtisch
für eine Viertelstunde
dir gegenüber und sehe
beim Arbeiten zu.
Du beugst dich
über deine Papiere.
Im Ausschnitt des Tops
schaukeln sacht
unter dem BH
zwei süße reife Birnen.
Wie draußen am Baum.
Du hebst den Blick.
Ich schau dir ganz
unschuldig in die großen
graublauen Augen.
Die sind genauso schön.

Andrzej Kikał

Noch ...

Noch liegt viel Licht auf den Wiesen
aber die Farbe bereits milchiger
nebelhaft die Luft über den Gewässern

auf den Bäumen hocken goldene Blätter
denen es nicht gelang in den Süden zu fliegen

Noch begrüßen die Brennnesseln am Ufer grinsend
und beißen übermutig in die Kleidung des Kindes

Noch gibt es Reste der Hoffnung unter den Augen
dass es einen sonnigen Tag gibt, eine sonnige Woche

aber nein, täusche dich nicht,
auf Wiedersehen im Frühling

Andrzej Kikał

Herbstregen

Der Herbstregen
Wasserlaser
schneiden die Blätter

Der Herbstregen
Auf der Erde
die Aquarelle

Der Herbstregen
er zerregnet
die Fensterbänke

Der Herbstregen
Die Frequenz
etwa drei viertel

Der Herbstregen
statt der Wärme
die Wasserhähne

Der Herbstregen
uns rettet
oft nur der PC

Manfred Ach

November

Im Herbst wird wieder
der Friedhofsnobelpreis
verliehen, die Flaktürme
erinnern kahlgeweht
an den Jüngsten Tag,
die Knöpflharmonika
hat klamme Finger.

Im Unterholz der
Stammtischbeine suchst du
nach der verlorenen Karte.

Dagobert Kohlmeyer

Novembertag

Die Wolken tragen
Nasse Hosen.
Die Bäume tragen
Schuhe aus Laub.

Die Menschen tragen
Dicke Socken.
Sie wollen nur
Zu Hause hocken.

Dagobert Kohlmeyer

Laubfall

Willkommen, bunte Blätter,
Im fahlen Morgenlicht!
Bei jedem Wind und Wetter
Schau ich euch ins Gesicht.

In braun und gelben Farben
Hängt ihr am müden Baum.
Vorbei die Zeit der Garben,
Vorbei der Sommertraum.

Die letzten Winde wandern
In das Geäst hinein.
Und ein Blatt fällt dem andern
Welk-traurig hinterdrein.

Rainer Gellermann

1789 - Vor dem Anfang

An einem Tag im blauen Mond September
weit weg von Georg Wagsforts Schacht,
da hielt er sie, die schwarzen Steine,
in seiner Hand in einer dunklen Nacht.
Und über ihm im hellen Sternenhimmel
da war ein Stern, den niemand vorher sah,
der war sehr neu und ungeheuer oben
und dieses Wissen war jetzt immer da.

Von diesem Stern entlehnte er den Namen
fürs schwarz Kristall aus fernem Mineral,
aus jenem Schacht, der jetzt ist längst verfallen
und der uns bracht ein neues Schwermetall.
So vieles ist vergessen und vergangen
aus jenem Herbst, in dem ein Stoff entstand,
auch sein Gesicht ist nur noch Silhouette,
hängt im Museum an der Wand.

Und auch den Tag, man hätt ihn längst vergessen,
wenn nicht Uran geboren worden wär.
Das kennt man noch und wird es immer wissen,
es war sehr schwarz, kam aus der Tiefe her.
Manch Bergmann gräbt wie einst noch immer
Uranerz aus, im tiefen, dunklen Schacht,
doch alte Hoffnung ist dahingeschwommen,
und kalte Ängste gruben Gräber seiner Macht.

Im September 1789 berichtete der vor 200 Jahren, am 01.01.1817 verstorbene Martin Heinrich Klaproth vor der Königlich Preußischen Akademie der Wissenschaften in Berlin erstmals von der Entdeckung eines neuen chemischen Elementes. Aus Pechblende aus der Grube Georg Wagsfort in Johanngeorgenstadt im Erzgebirge hatte er es isoliert. Nach dem kurz zuvor entdeckten Planeten Uranus nannte er es Uranit. [Aus: Kast – die Atommüllgeschichte. Epubli 2015. ISBN: 9783844206012]

Rainer Gellermann

2016 - Weißer Herbst

Der Sommer füllte uns die brechend vollen Becher,
und zwang die Süße in die Frucht hinein.
Doch die Aromen, wurden die nicht schwächer?
In Supermärkte ziehen goldne Printen ein.

Kartoffelfeuer rauchen grau in silbrig Bildern,
ersurft beim Wandern durch das World Wide Web.
Doch wie sie rochen, wer kann das noch schildern?
Die Bits zertakten alte Welten, Step by Step.

Geschlossen stehn die Cabrios im Nieselregen,
ihr glänzend Dach ist trüber Stimmung Hort.
Das Brombeerblut, es fließt dem Kopf entgegen,
an blassen Händen klebt ein brauner Schorf.

Ein weißer Herbst, er fegt das Laub von Texten,
die einst der Sommer unsrer Welt gesetzt.
Breitbärtige, sie greifen nach den Äxten
und twitternd wird die Welt verätzt.

Dem Wahlsieg von D. Trump gewidmet.

Rainer Gellermann

Herbstanfang

Losgelaufen auf steinigen Wegen.
Die weißmarkierte Startlinie
mit bangem Herzklopfen überschritten
im Licht der aufsteigenden Einkommen.

Angekommen an der grauen Linie.
Unsichtbar im Asphalt des Alltagsweges.
Unhörbar im Pfeifen des Tinnitus.
Unfühlbar im Dunst des Zeitenwinds.

Schmerzlos zu überschreiten
ohne Brücke aus Beton oder Bast.
Dahinter der sichere Grund.
Einkommen bedingungslos.

Ich rente den weiteren Weg.
Auskommen dürfen, sollen, müssen
mit den Geschichten der Geschichte
und Warten auf den Winter.

Aaron Schmidt-Riese

Herbstfall

Deutschland. auf dem nachttisch
liegen rilke-gedichte neben einer tasse
halswohltee. herbstlaub
raschelt unter unseren joggingschuhen
sanfter wind lässt unsere sorgen
leichter werden
karriereplanung, selbstverwirklichung, der salsakurs und dienstags
deutschnachhilfe
für die flüchtlinge
bunte herbstästhetik fasziniert -
Sie fallen, fallen wie von weit
als explodierten rußschwarze gewitterwolken in den himmeln
und beschmissen uns mit krebsgeschwüren
sie fallen, die bomben in
syrien. auf dem trümmerfeld
steht verzweiflung geschrieben
asche und patronenhülsen schmücken den tod
wir alle fallen -
wenn das maschinenfeuer eröffnet wird
durch uns menschen
ist niemand da
der unendlich sanft uns hält.

Aaron Schmidt-Riese

omen

die welt ist wie sie ist
montagmorgen: ich mutiere wieder
zum misanthropen

auf dem kran hockt ein krähenschwarm
schreit nebel in den november

am busbahnhof kotzt ein halbkrepierter
vorabendhass auf die straße

vor dem flüchtlingsheim glimmt
ein zigarettenrest

wir hören die ärzte
kamen zu spät
sie starb

mit vierzehn waren wir noch auf demos
heute verwirklichen wir uns
in einer sterbenden welt

es ist nicht deine schuld
dass

Ingrid Thiel

Kleiner Sonntagsspaziergang durchs Dorf

Sehen gegen
blasse Häuserwände
dumpfer Asphalt

der Herbststurm
fegt Laub auf

die Bürgersteige
Hochdruck gereinigt

Kiesstrände
fürs Auto
überdacht

Jalousien
mit Minimalritzen

ironiefreie Gartenzwerge
blinzeln
aus toten Augen

Marmorstufen
hinauf zur Hölle

Chiara Tigges

Ein Buch vom Herbst

Sechzehn
Dunkelbraunes Haar,
so braun wie Kastanien im Herbst

Ein Buch in der Hand
heller Sonnenschein
Ruhe überall

Plötzlich ein Luftzug
von dunklen Wolken getrieben
ein starker Wind

Bäume sie wiegen
Blätter sie fallen
Gedanken sie wirbeln
mitgefangen im Wind
von Blättern und Wörtern
in einer anderen Welt

weit, weit weg

Peter Paul Wiplinger

Herbst in Istanbul

Weiße Schiffe
liegen im Hafen.

Von den Bäumen
fällt lautlos das Laub.

Am Abend flackert
golden die Sonne

in den Scheiben
der Fenster.

Und schattenlos
zerbricht die Zeit.

Wolfgang Rinn

Herbstsee

Schwarzwassertiefer Grund
vergangener Tage
und Spiegel
ungeweinter Tränen ohne Zahl,
der einem ausgespannten Tuche gleicht
für Vogelschwingen
stilleren Grads,
im Morgenschimmer
und im Dämmergrau,
da sich das Licht
den Tag erwählt
und wieder
von ihm Abschied nimmt,
mit sanften Übergängen
bis zur Wiederkehr,
in lautlos
fließender Bewegung.

Annelie Kelch

Abschied

Das Heuschobergold ist verladen,
die Felder zum Stoppeln bereit;
im Café, unter hohen Arkarden,
flanieren Wind und Zeit.

Das Schiff liegt verlassen am Kai,
die Segel sind eingerollt;
von der Linde herab,
an meiner Wange vorbei,
schwebt ein Blatt,
hat an Deck gewollt -

sinkt lautlos auf das Pflaster:
fragiles Pergament;
ein zarter Hauch Alabaster
hat sich vom Baum getrennt.

Annelie Kelch

Novemberblues

Novemberblues:
die Stadt versinkt im dichten Nebel,
am Boden kniet die Luft und sehnt
sich nach ein bisschen Sonne.
Das Herbstlaub modert in der Regentonne,
indes diverse Schwaden um die Türme wabern.

Selbst wenn der Smog sich lichtet,
bleibt es grau in grau;
man wünscht sich weiter südlich:
Rom, Neapel, Wien -
oder viel weiter fort, nach dort,
wohin die Vögel ziehn.

Man packt beschwingt den Koffer
und knüpft zarte Bande
mit diesem oder jenem Kurhotel.
Dann isst man Marzipan und kocht
sich eine Tasse Ingwertee -
und bleibt am Ende doch im eignen Lande.

Chiara Blum

Stille - Dimensionalität

Es stimmt
Die Stille
Redet
Anders als
Das Geräusch
Lärmt
Du sagst
Es wird still um uns
Ich schweige
Lausche dem Raum

Raum zu sein.
Raum zu lauschen
Für Blick, Licht
Regentropfen auf Bronzeblättern
Tau deiner Hand

Raum loszulassen
In eine neue Dimension einzutreten

Volker Teodorczyk

Herbstspuren

Es fanden sich Beweise
Von einem Bremsprozess
Wie aufgemalte Gleise
Von einem Nachtexpress

Sie endeten urplötzlich
Als sprang er ab zum Flug
Der Gegenstand, der letztlich
abstrakte Formen trug

Als wäre es ein Wunder
Und Laune der Physik
Es fand sich im Holunder
Vom Fahrer noch ein Stück

Unmäßig sein Bestreben
Nach flinker Straßenhatz
Nun hat sein restlich' Leben
Im Kleinbehälter Platz

Die Mitschuld an dem Ende
Trägt Mütterchen Natur
Sie überzieht Gelände
Mit einer Laubglasur

Die sich in Frühherbstzeiten
Verlockend präsentiert
Nach Rasen folgt das Gleiten
Das Schicksal assistiert

Volker Teodorczyk

Saisonfinale

Wo sonst zur Sommermitte
Sich Gäste stoßend, schiebend
Mit grimmigem Gebaren
Sich freien Sitz erkämpfen
Bestimmt gähnende Leere
Caféhausatmosphäre

Und auch die Fensterplätze
Ansonsten dicht belagert
Erwärmt von letzten Strahlen
Die leeren Sitzgebilde
Verwaiste Regionen
Spätsommerimpressionen

Die Buden und Geschäfte
Kurz vor den Dünenwelten
Mit ihren bunten Muscheln
Schwimmreifen, Wasserbällen
Zum Jahresendquartale
Rabattverkaufsfinale

Es schließen letzte Stände
Kein Strandkorb trotzt den Winden
Und auch der Bootsanleger
Liegt einsam in den Wellen
Des Herbstes raue Seiten
Schlechtwetterjahreszeiten

Volker Teodorczyk

Ende und Anfang

Es schweben Nebel, dicht und still
Der Herbst gibt seine Ankunft kund
Und durch Entzug von Chlorophyll
Färbt sich das Kleid der Bäume bunt

Ein Blatt löst sich von Mutter Baum
Der Wind erleichtert Trennungsqual
Doch wie betäubt spürt es ihn kaum
Und dann steigt rasch der Blätter Zahl

Die sich in Böen wild umtanzen
Und über Wiesen, Felder stürmen
Sich dann in Strauchgewerk verschanzen
Und sich zu bunten Haufen türmen

Und ist die Erde überdeckt
Dann zeichnet sich ein buntes Bild
Das farbenprächtig Sinne weckt
Als Obdach für das Niederwild

Wenn Schnee und Eis zu guter Letzt
Und strenger Frost, meist gnadenlos
Sich auf das dichte Blattwerk setzt
Ruht neues Grün in Baumes Schoß

Volker Teodorczyk

Lebensabend

Es klappert Porzellan
Und Finger, alt und krumm
Jonglieren Kaffeetassen
Zum alten Küchentisch
Der grob doch rüstig zwar
Zwei Menschen altern sah

Es ist ein Ritual
Schon Ewigkeiten lang
Wenn zur vertrauten Stunde
Sich beide inniglich
Mit liebevollem Blick
Es teilen, dieses Glück

Und Hände halten fest
Wie für die Ewigkeit
Sie liegen ineinander
Als geben sie sich Schutz
Und Obdach für die Zeit
Bis sich ihr Bund entzweit

Wie herbstliche Natur
Trotz ihrer Farbenpracht
Neigt sich ihr Lebensreigen
Der letzten Phase zu
Doch froh erwarten sie
Die letzte Symphonie

Hanna Fleiss

All diese Sommer

Dahin sind die
Gleißenden Tage der Sommer,
Als wir bedenkenlos durch die
Grünen Himmel der Wälder liefen.
So leicht war's ums Herz.

Göttergleich
Warfen wir uns in die Tage,
Gesang und Wein Anfang und Ende.
Doch kurz die Nächte des Juni,
kurz die Sommer.

Nun der kahle Herbst,
Grau drückt der Himmel auf die Dächer.
Wind fegt die Blätter zusammen,
Niemandslaub, das in den
Rinnsteinen siedelt.

Hanna Fleiss

Entfernungen

Wieder der
Sterbemonat November.
Heute beschreibe ich mein Leben ohne dich,
Ungereimtes in zwölf Zeilen.

Immer die Flucht
hinter die Vorhänge der Zeit.
Und dieser Ozean verkannter Sätze
zwischen uns.

Ohne Anlass
fällst du mir ein, wie einem Bettelarmen
der teure, der unentbehrliche
verlorene Groschen.

Hanna Fleiss

Am Spreekanal

Die Bäume nackt in sich zurückgezogen,
und grau die Luft vorm nahen ersten Schnee.
Geräuschlos fließt es unterm Brückenbogen,
fast leer schräg gegenüber ein Café.

November nebelt durch Berliner Straßen.
Auf Bürgersteigen noch das braune Laub,
das Wind und Wetter absichtslos vergaßen,
und unbemerkt verwirbelt blasser Staub.

Ganz melancholisch wird's dir im Gemüte.
Erinnerst dich, wie's hier im Sommer war,
der jetzt kaum mehr ist nur als eine Mythe.
Beinahe riecht es schon nach Januar.

Nannah Rogge

und dann

wenn es das Licht ist,
von dem das Silber blättert
und müd vom Sommer
in die Winkel fällt

wenn es die Laute sind
von dem, der in der Ferne
schon Farben mischt und
erste Blätter malt

wenn es die Schauer sind,
die mittags unversehens
aus kühlen Mauern weh`n
wie Reiter vor ihm her

dann bau ich dir vom Tross
ein Haus voll von Laternen
und zünde dir ein neues Licht
aus bunten Blättern an

Werner Preuß

Herbstlich

Wie gern würde ich
schnauzbärtig aussehen,
Zwiebelringe unter den Augen,
mein Hut ein Lattichblatt,
und Kürbis rollten
über uns hinweg,
dick wie Monde,
und wir lägen platt
im Salbei,
die Taschen voll
dunkelroten Wein,
und morgens fühlten wir
trockene Gräser am Hang,
mit Blütenkapseln,
die zersprängen,
wenn wir sie fassen wollten,
und die Luft wär´ dünn und klar.

Werner Preuß

Kleiner Landgott

Plötzlich steht er im leise
fächelnden Feld,
verschränkten Armes
und rispenbewehrt,
mit sonnenwärts geformten Haupt –
und lächelt.

Werner Preuß

Unter hellen Himmeln

Über den Feldern
ganz ausgegossene Welle
von Gräsersang,
sonnendurchdrungenes Schweigen
aus Mauerverfall,
von Lichtbrauen des Südens
überwölbt.
Werde ich sein
wie zeitgeäderter Hauch
und ratlos im Tod?

Henrike Hütter

Zeit der Reife

In der Wärme
des Herbstes geborgen,
letzte Sonnenstrahlen
durchleuchten gelbe Blätter,
alles ist bunt.
Äste, überreif,
biegen sich von Früchten,
Äpfel, Pflaumen, Birnen,
im Wald
Brombeeren und Holunder.
Alles ist reif,
der Tisch gedeckt,
leuchtend bunt.
Ein strahlend warmer
blauer Himmel
erhellt unsere Stimmung,
Herbst ist Abschied,
aber er ist nicht traurig,
auf den Feldern im Wind
wehen die bunten Drachen
der Kinder.

Henrike Hütter

Tiefe Wolken

Wolken hängen tief
in den Bergen am See.
Anders
meine Stimmung,
nicht wolkenverhangen,
ich genieße die Stimmung.
Gewaltige Wolken
türmen sich auf,
ziehen dahin,
hängen tief bis in den See,
der sich glatt und grau,
andächtig spiegelt.

Henrike Hütter

Im Dunst

Berge,
dicht verborgen
im Dunst,
nur manchmal
lüftet sich der Schleier,
die Wolken brechen auf,
man sieht
grüne Hügel und bunte Häuser,
verborgen dahinter
immer noch,
die Felsengipfel
der Zweitausender.

Henrike Hütter

Nieselregen

Nieseln,
von der Helligkeit
geweckt,
ein Blick
in die Feuchtigkeit
der Natur.
Nieseln,
sanfte Tropfen
fallen,
stetig,
benetzen alles.
Wir werden nass
oder sind gefesselt
an den Raum.

Henrike Hütter

Herbststimmung

Bunte Blätter
zwischen
morbid gelbem Gras,
Herbst
ist ins Land gekommen.
Nieselregen
legt sich aufs Gemüt,
gemütliche Stimmung
bei Kerzenschein und Tee.

Henrike Hütter

Im Moor

Herbst im Moor,
dunkle Erde schimmert
feucht,
vertrocknetes Gras
leuchtet rötlich
daraus hervor,
umsäumt kränzend
den dunkel glänzenden See,
wie ein Spiegel
auf dunkler Erde.

Henrike Hütter

Herbst am See

Dunst
liegt in der Luft,
Nebelwolken
bis tief in die Täler,
bis ans Ufer des Sees.
Segelschiffe durchfahren
eine gespenstische Kulisse,
tauchen wie unwirklich
aus dem Dunst hervor,
der sich über den
glatten Spiegel des Sees legt.

Marko Ferst

Herbstbeginn in Augustusburg

Weiße Fassaden mit orangen Fensterfaschen, alles von warmem Licht bestrahlt. Oberhalb der viereckigen Schloßtürme auf dem Dach tiefes Nachtschwarz. Die Sterne scheinbar wie gelöscht. Der Anzeiger der Sonnenuhr neben dem Torbogen an der Schloßwand ist unsichtbar vor der blauen Hintergrundfarbe. Die richtige Uhr zeigt auf neun. Römische Zahlen. Vom Schloß aus mit Blick über die Außenmauern verschwinden die vielen Lichter des tiefer liegenden Ortes hinter Baumgeäst und Blättern.

Noch heute hatte sich die ganze Sonnenkraft entfaltet. Das Thermometer zeigte Hochsommertemperaturen an. Am nächsten Morgen ballen sich Wolkenmassive zusammen, so als wollen sie augenblicklich auf die Wälder an den Hängen hinabstürzen. Sturmwind greift tosend in mächtige Buchenkronen hinein. Irgendwo kracht ein toter Ast auf den Waldboden, zerbricht in Stücke. An Planen und grünen Schutznetzen auf der Schloßbaustelle zerren die Naturkräfte. Doch alles bleibt an seinem Platz.

Im Ort werden die Kastanienbäume durchgeschüttelt, in Augustusburg gibt es etliche davon. Die grünen Stachelbälle plauzen reihenweise auf die Erde, platzen auf und setzen ihre braunen Früchte frei. Von frisch gepflügten Feldern heben Sandwolken ab und ziehen weite Strecken über das Land. Am Tag darauf ist die Herbstkälte und das regnerische Wetter wieder vorbei.

Im Innenhof des Schlosses liegt eine Fassade hinter Baugerüsten, ebenso die Außenseite am Eingangstor. Ein kleiner Kran steht bereit für Lasten, die emporgehoben werden sollen. Hinter aufgestellten Zäunen liegt sorgfältig geordnet Baumaterial für Restaurierungsarbeiten. Neu gedeckt wird das Dach, kupferne Regenrinnen angebracht.

Im hügeligen Land weit ab weiße Dreiflügler, die Winde zu Strom spinnen. Verstreut einige Waldflecken, hinter Herbstbäumen in flachen Tälern verstecken sich kleine Dörfer. Kirchturmspitzen ragen hervor und einige Hausflecken lassen sich erkennen.

Am Schloß führt ein Falkner die Flug- und Jagdkünste seiner Raubvögel dem Publikum vor. Ein Seeadler fliegt dicht über die Köpfe der Menschen hinweg. Er pendelt zwischen zwei Falknern hin und her, landete

jeweils auf dem lederbespannten Unterarm, in der Gewißheit, einen Leckerbissen zu erhalten. Mehrfach greift er Beute aus einem kleinen Wasserbecken auf. Eine Eule durfte gar auf dem Rückengefieder gestreichelt werden.
Auch ein junger Geier gibt seine Flugkünste zum Besten. Doch der denkt gar nicht daran, sich an die Wünsche der Falkner zu halten. Mitten auf der kurzen Flugstrecke landet er auf dem Boden, blickt sich um, galoppierte in Richtung Publikum. Er hatte einen kleinen lila Rucksack entdeckt, stürzt auf ihn zu. Blitzschnell wand er seinen Kopf hinein, um den Inhalt zu untersuchen. Ein Falkner rannte zu seinem Zögling, um ihn davon abzuhalten, den ganzen Rucksack auszuräumen. Auch danach dachte der Geier nicht daran, seine Flugkünste zu zeigen, und kasperte auf der Schloßmauer herum. Bevor er wieder an seine Kette kam, versucht er erneut denselben Rucksack unter Beschlag zu nehmen, büxst dorthin aus. Selbst von den davor gestellten Beinen läßt er sich von seinem Vorhaben nicht abbringen.

Passagiere, die in Erdmannsdorf aus dem modernen roten Regionalzug aussteigen, können annehmen, sie befänden sich auf einem Bahnhof noch ganz in DDR-Zeiten angesiedelt. Nur ein kleines Hinweisschild der Bahn verrät das fortgeschrittene Datum. Das einstige Gebäude für Güterabfertigung und das zugehörige Gleis verschwinden im Naturgrün.

Mit einer Drahtseilbahn erreicht man das höher gelegene Augustusburg. Eine Frauenstimme erzählt den Passagieren einiges über die Geschichte des Gefährts. Versichert wird, die Seile, die die schräg konstruierten Wagen ziehen, könnten nicht reißen, und überdies seien Bremsen in Funktion, die blitzschnell die Räder festkrallen und eine Geisterfahrt nach unten stoppen würden. Einen Fahrer gibt es nicht. In der Mitte der Stecke treffen sich an einer Ausweichstelle die Wagen, die nach oben bzw. unten fahren.

Einige der Bäche in den umliegenden Nadelwäldern liegen völlig ausgetrocknet. Der Sommer war lang und hatte viele Rekorde gebrochen. Eine Wandergruppe schritt den Naturlehrpfad entlang. Erfolglose Pilzsucher, ein Ehepaar, kommen ihnen entgegen. Mit der Gruppe nicht mithalten kann oder will eine grauhaarige schlanke Frau. Die Nachzüglerin pfeift ein Lied vor sich hin und macht keine Anstalten aufzuholen.

Nach einiger Zeit kommen die Wanderer im Tal in Erdmannsdorf bei der Bodenstation der Drahtseilbahn an. Im Ort gibt es mehrere neu renovierte Fachwerkhäuser. Etwas abseits liegen mehrstöckige Fabrikgebäude, Ruinen, daneben ein hoher Industrieschornstein. Seit den Wendezeiten wird hier nichts mehr produziert, wie an so vielen Orten in Ostdeutschland.

Oben auf dem Berg thront das kastenförmige weiße Schloß mit den dunklen Dächern und den eckigen kleinen Turmaufsätzen. Etwas abseits davon ragte der Augustusburger Kirchturm aus den Waldflächen heraus. Eine Straße führt steil von der Bergstation der Drahtseilbahn zum Schloßtor, vorbei an etlichen kleinen Läden. Oben am Schloß befindet sich auch ein Pranger. An einem Steinpfeiler wurde früher mit einer eisernen Schelle um den Hals der Delinquent vorgeführt. Ein Schild verweist auf streitende Frauen und Diebe, die hier bevorzugt festgesetzt wurden.

Im Folterkeller des Schlosses kann man spanische Stiefel und andere Instrumente für die Verstümmelung von Menschen im Mittelalter besichtigen. Als besonders barbarisch wird die Hinrichtung mit dem eisenberingten Rad beschrieben. Zunächst werden dem Todeskandidaten alle Knochen damit gebrochen, dann alle Gliedmaßen willkürlich um das Rad gewickelt. Alles zusammen wird dann mit einem Mast in die Höhe gehoben. Krähen besorgen dann im Laufe der Zeit den Rest.

Marko Ferst

Erntezeit am Monte Baldo

Ein Nachtregen platzt unentwegt vom Himmel herunter. Heftige Donnerschläge schrecken so manchen aus dem Schlaf. Am Morgen stehen die Wolken wie grauer Schaum vor den Bergmassiven des Monte Baldo und werfen von Zeit zu Zeit noch immer ihre Last ab. Die Wasserläufe von den Berghängen füllen sich, noch gestern waren die meisten ausgetrocknet.

Schon am Nachmittag bricht sich die Sonne stellenweise wieder ihre Bahn und spendet eine milde Wärme. Am nächsten Tag erobert sie sich ihr Terrain gänzlich zurück. Azurblauer Himmel spannt sich zwischen den Horizonten auf.

Von den 2000-Meter-Gipfeln des Massivs kann man fast den ganzen Gardasee überblicken bis hin zur Halbinsel, die wie ein unförmiger Finger in den Seeumriß hineinragt. Auf ihr liegt der Ort Sirmione. Schon die Römer errichteten sich dort zu ihrer Zeit eine prunkvolle Villa, von der noch heute ein großes Ruinenfeld zeugt.

Nach Süden hin breitete sich ein riesiges Sonnentuch über das Wasser aus. Wie auf einer Eisfläche scheinen überdimensionale Kufenspuren von Schlittschuhen auf dem See eingeschliffen, verursacht von Booten, Winden und Strömungen.

Unermüdlich bringen die Seilbahnen von Malcesine aus Passagiere zur Bergstation. Wie bunte Punkte verteilen sie sich über die Wanderpfade. Zu langen Touren brechen jedoch nur wenige auf.

Nach Norden hin ragen unzählige Alpengipfel auf. Tief unterhalb erstreckt sich der Gardasee, eingerahmt von riesigen Felsgestalten und steilen Bergen. Die Orte am Seeufer schmelzen zu kleinen Flecken aus roten Dachmosaiken zusammen.

Hoch über den graugelben Gipfeln aus zerklüftetem Kalkstein kreist ein Greifvogel und hält Ausschau nach Beute. An anderer Stelle fliegen schwarze Vögel, kaum krähengroß, dicht über Geröllflächen hinweg. Es sind Alpendohlen. In Spalten und Löchern steiler Felsenwände bezogen sie ihr Domizil. Ihre Augen leuchten schwarz wie das Gefieder. Gelber Schnabel und rote Beine.

Während im Tal die Bäume noch Sommergrün tragen, hält in den Wäldern unterhalb der Baumgrenze der Herbst schon Einzug. Wenn es ganz still ist, kann man einzelne Blätter bei ihrem Fall durch die Äste bis zum Boden hören.

An den Hängen zum See hin wachsen auf terrassenförmigen Abstufungen angepflanzte Olivenhaine. Große Flächen bedecken sie an den Hängen mit dem Weißgrün ihrer Blätter. Überall stehen schon die Eisenstangen mit den beidseitigen Griffen zum Hinaufklettern, bereit für die Olivenernte. Noch sind die Früchte nicht reif. Erst wenige nahmen schon die violette Farbe an oder leuchteten gar schwarzblau.

Über einen Pfad huschen mehrere Eidechsen. Fast an jeder Stelle kann man die flinken Reptilien antreffen. Doch sie müssen auf der Hut sein, sie haben viele Feinde.

Im frisch gemähten Gras unter den Olivenbäumen taucht eine schwarzglänzende Eidechsennatter auf. Sie maß mehr als einen Meter Länge. An einem sonnigen Platz verharrt sie. Erst als von einem nahe gelegenen Wanderweg Lärm von Menschen herandringt, setzt sie sich wieder in Bewegung und entschwindet zwischen Wildwuchs an einem Bachlauf.

Zwei Männer stehen auf der Ladefläche eines dreirädrigen Kleinlasters in Gummistiefeln und laden frisch geerntete Weintrauben mit der Forke in eine Maschine. An der Seite speit sie das unbrauchbare Stielwerk der Früchte auf einen Haufen aus. Nach einer Reihe von Arbeitsgängen wird später der fertige Wein seine Reise abgefüllt in Flaschen aufnehmen. In vielen Gärten und Plantagen erntet man jetzt den blauen würzigen Wein. Etwa eine Marke wie „Bardolino" kommt aus dieser Gegend.

Am anderen Ende des langgezogenen Sees, wo sich flaches nur leicht hügliges Land erstreckt, mähen Erntemaschinen den braunen trockenen Mais. Hier und da gibt es auch Zitronen zu pflücken.

Ein Trecker mit Anhänger fährt auf einer schmalen gewundenen Straße zu den hochgelegenen Almen. Ein PKW kommt ihm entgegen. Sie passen nicht aneinander vorbei. Der Traktorfahrer setzt ein Stück zurück und fährt mit Schwung den Wiesenhang hinauf, der PKW kann vorbei. Danach fährt er wieder auf die Straße zurück. Die Räder schleudern Stücke von der Grasnarbe mit herum. Auf den Almen verladen die Bauern die Kühe auf den Hänger für die Fahrt in die Winterställe. Über die hohen Ladeklappen können die Kühe kaum hinüberblicken. Neugierig recken sie ihre Köpfe, um mitzubekommen, wohin die Fahrt ging.

Oberhalb der Olivenhaine schließt sich das Reich der Steineichen an, das Reich der Edelkastanien mit ihrer feinstacheligen Schale, die die Früchte dick ummantelt. Auch andere Laubbäume fanden hier ihren Platz. Am Nordende des Sees kann man ebensogut auch Tannen auffinden. Die Fauna der Alpen vermischt sich mit der des Mittelmeerraums. Auf den

Wiesen tauchen gehäuft braunfarbige Schmetterlinge auf mit verschiedenen Musterungen. Manche tragen auf jeder Flügelseite einen weißen Punkt, umrandet von einem dunkleren Braun. Kleine blaue Schmetterlinge lassen sich aber auch entdecken.

Oft dicht am Seeufer führt eine Autostraße entlang, darauf eine endlose Karawane aus Lärm. Roter, rosa und weißer Oleander und die spitz zum Himmel auslaufenden Zypressen säumen den Uferstreifen, wachsen in den Gärten. Das Steingeröll im See bereitet jedem Badegast eine Tortur, wenn kein Steg vorhanden war. Surfer nutzen noch einmal den Wind und die milde Herbstsonne.

In Ufernähe hatten sich viele Hotels angesiedelt, erst weiter oben auf den Hängen kommen die alten Dörfer zu ihrem Recht: Verwinkelte, enge Gäßchen mit niedrigen Durchfahrten, Häuser, wie sie schon vor einem Jahrhundert dort gestanden haben mögen. Dreirädrige Motorradfahrzeuge knattern in den Häuserschluchten entlang, bereit, jeden ungebetenen Passanten zu verscheuchen. Abends dringen italienische Wortfetzen aus Hausfluren und von Fernsehapparaten nach draußen in die Stille. Der Schein der Laternen flutet Wärme in die Gassen. Hoch oben liegen aufgegebene Gehöfte im Dunkel der Berge.

Karl Zimmermann

Überwintern

Noch strahlt die müde Herbstsonne über Grat und Wald. Auf dieser Höhe beginnen die breitflügeligen Lärchen sich schon gelb zu verfärben. Die oberen Wiesen sind abgeweidet, der Mist ausgetragen für die Fruchtbarkeit im kommenden Frühling. Die Nachbarn haben ihre Sachen schon gepackt und sind ins Dorf hinuntergezügelt. Die Fensterläden ihres Hauses sind geschlossen, von ihrem Kamin steigt kein Räuchlein mehr in den melancholischen Septemberhimmel. Auf dem Garten liegen nur noch einige verdorrte Kartoffelstengel. Der Hauptharst der Kuhglocken ist verklungen. Gesellschaft leistet uns unsere Lieblingskuh Sonja. Sie ist ein richtiges Alpenhaustier und gibt gesunde, schäumende Biomilch. Brennholz, glaube ich, haben wir jetzt schon genug, aber Streue für den Stall könnten wir noch brauchen. Ich geize bewusst mit der Weide, um noch einen oder zwei Septembertage auf der Alpe zu gewinnen. Sonja frisst sich aber gierig durch die Wiese, so kuhallein will sie auch wieder nicht das herbstliche Prachtwetter geniessen. Eines Tages ist keine Grasweide mehr da. Der Alpenherbst geht seinem Ende entgegen. Langsam erkaltet der Kamin, die Asche des Kochherds wird im Garten ausgestreut, Fenster und Türe verriegelt. Das Alpenleben ist dieses Jahr endgültig vorbei. Im geflochtenen Rückenkorb sind Strickwaren für Weihnachten und auch ein Säcklein Arvenzapfen, die uns noch eine Weile zurückerinnern lassen sollen. Sonja geht voraus, sie kennt den Weg ins Dorf hinunter. Uns bleibt nur noch ein wehmütiger Blick zurück auf das Alpenhaus. Seine Augen sind geschlossen, und fast abweisend und streng scheint es uns zuzurufen: Lasst mich jetzt in Ruhe, in Sturm und Schnee warte ich standhaft auf euch - bis zum Frühling.

Margita Osusky-Orima

Im Stadtpark

„Ja, ja, Kim, sofort! Warte noch einen Augenblick! Gleich bin ich so weit!", meldete Marietta ihrem schneeweissen Zwergpudel, ihrem Liebling, der vor der Badezimmertür wartete und winselte. Es war sechs Uhr dreissig am Morgen, Marietta liess sich von Kim nicht stören und duschte ruhig weiter. Jeden Tag genoss sie dieses Duschen, so früh. Sie spielte mit dem Seifenschaum, liess diesen an ihrem Körper hinunter gleiten, dann schob sie die kleinen Schaumperlen zum Hals hoch, liess sie wieder an ihrer samtweichen Haut bis zu den Fersen runter rutschen und freute sich an diesem Spiel wie ein kleines Kind. Marietta war im September fünfzig geworden. Sie achtete sehr auf ihre Linie, fastete hin und wieder ziemlich streng. Leider liess sie sich manchmal von einer süssen Schnitte verführen, was zur Folge hatte, dass sich an unerwünschten Stellen kleine Fettpolster ansetzten. Mit einem harten Duschschwamm versuchte sie diese überflüssigen Rundungen abzuhobeln. Das war auch der Grund, warum sie jeden Tag lange unter der Dusche stand und Kim sich vor der Badezimmertür gedulden musste. Als Kim hörte, dass Marietta das Wasser abgestellt hatte, lief er zur Eingangstür und gab zur Kenntnis: ich bin schon bereit. Endlich war auch Marietta, voll angekleidet, so weit. In ihrem herbstlichen Kostüm aus graugrünem Wollstoff, den Sportschuhen und einem schwarzen Beret auf den rötlichen Locken sah sie recht gut aus. Die Haarfarbe hatte sie sorgfältig ausgesucht, sie erhoffte sich von diesem roten Ton, dass er ihr ein jüngeres Aussehen verlieh. Zur jugendlichen Ausstrahlung trug auch ihre romantische Seele bei, die sie manchmal sogar mädchenhaft wirken liess.

Marietta legte Kim das rote Lederhalsband mit der passenden Leine um den Hals und begab sich mit ihrem vierbeinigen Liebling auf den ersten Spaziergang. Diesem folgten täglich jeweils noch vier weitere Ausgänge in regelmässigen Abständen. Marietta und Kim verliessen das Haus stets pünktlich und marschierten immer in dieselbe Richtung, in den grossen Stadtpark ganz in der Nähe. In der Mitte des Parks war eine Filigorie, wo den ganzen Sommer bei schönem Wetter die Militärblaskapelle spielte. Von da aus verzweigten sich die breiten Wege sternartig in alle Richtungen. Beidseitig spendeten grosse Kastanienbäume Schatten und viele Bänke luden zum Ausruhen ein. Für die Kinder war das Interessanteste,

dass ein kleines Pony die grosse Trommel durch die ganze Stadt zog. Das Gras wuchs natürlich, wurde bis zu einem halben Meter hoch und wurde zweimal im Jahr vom Stadtgärtner und seinen Helfern mit der Sense von Hand gemäht. Der Heuduft verbreitete sich und parfümierte die ganze Stadt. Das alles war einmal, so beginnt jedes Märchen. Im Park wurde Marietta von einem herrlichen Gefühl der Freiheit erfüllt, sie genoss hier jeden Augenblick in vollen Zügen.
  Es war bereits Ende Oktober. Die frische Brise färbte Mariettas Wangen rosa und ersparte ihr ein Make-up. Heute waren die majestätischen Kastanienbäume der Allee von dichtem Nebel umhüllt. Die purpurnen und goldenen Blätter, die noch in den Kronen verblieben waren, warteten auf den Wind, der sie in alle Himmelsrichtungen wegblasen würde, oder sie fielen auf den Kieselweg herab und bildeten einen weichen Teppich unter den Füssen. Bald erreichte Marietta mit Kim die Parkmitte, die aus einer einzigen Rabatte bestand, die im Sommer mit bunten Blumen Staat machte und jetzt im Herbst mit Erika bepflanzt war. Ringsum standen weiss lackierte Parkbänke. Oft machte Marietta hier eine Rast, setzte sich hin, nahm Kim auf den Schoss, streichelte ihn und erzählte ihm irgendetwas. Kim war ein dankbarer Zuhörer. Ein melancholisches Lächeln huschte über Mariettas Lippen, als sie eine Zeitreise in ihr Teenageralter machte, zurück in eine Zeit, in der sie wie eine Wildkatze durch den Park geschlichen war. Ja, früher sass auch sie auf Knien, auf einer der Parkbänke. Auch sie wurde gestreichelt und liebkost. Sie wollte lieben und geliebt werden. Die Natur interessierte sie gar nicht. Wie oft schimpfte ihr Vater, Mädchen, was wird aus dir nur werden? Und die Mutter vergoss manche Träne, vielleicht aus Wut, vielleicht aus Verzweiflung. Aber das war schon lange her. Die Zeit verfloss schnell.
  In diesem Sommer hatte sich Marietta drei Wochen Ferien in Venedig gegönnt. Alleine? Nein, natürlich nicht, mit Kim. Und doch so allein. Die Venezianer wie auch die Touristen bewunderten ihren Kim, man blieb stehen, wechselte mit ihr ein paar Worte, schmunzelte dabei. Die Kinder fragten nach dem Namen des Hündchens, ob er beisst, ob sie ihn streicheln dürfen. Dank diesem reizenden Geschöpf machte sie kleine, flüchtige Bekanntschaften. Sie besuchte täglich ein Café am Markusplatz, immer mit Kim, sie hörte sich Musik an, fütterte Tauben, die überfüttert waren und dennoch jedem Maiskorn nachjagten, als hätten sie drei Tage lang nichts in den Schnabel bekommen. Mit der Zeit gewöhnte sich Kim an die vielen venezianischen Katzen und auch an das Schaukeln der Gondel in den Abendstunden, im Mondschein. Nach den drei Wochen war Marietta glücklich, wieder zu Hause in ihren vier Wänden zu sein,

und sich wieder ausschliesslich Kim widmen zu können. Sie pflegte Kim wie ein Baby. In vertrauter Umgebung kämmte und bürstete sie täglich sein Fell, formte den kleinen Pompon auf der Rute, putzte seine Zähne und freute sich mit ihm bei seinem Bad in der Kinderbadewanne.

Marietta musste zugeben, dass sie die Herrlichkeit der Natur erst nach ihrem fünfzigsten Geburtstag so richtig wahrnehmen konnte. Der Park in der Herbststimmung übte einen grösseren Reiz auf sie aus als Venedig. Sie fragte sich warum. Waren es die Kastanienbäume? Der Nebel? Plötzlich blieb Kim stehen, witterte und schaute Marietta fragend an. „Keiner da, Kim. Der Park ist leer. Wer ausser uns würde um diese Zeit bei dem Nebel im Park sein?" Kim lauschte sehr aufmerksam mit aufgestellten Ohren und schaute seine Herrin mit dem treuherzigen Blick an, der nur Hunden eigen ist. Dieser Blick verwirrte sie. Sie zog sanft an der Leine, was bedeutete, wir marschieren weiter. Marietta atmete tief ein und aus. Diese meditative Übung wiederholte sie jeden Morgen. Kim blieb wieder stehen. Sein Blick war nun beinahe flehend. „Was soll das, Kim? Warum bist du so unruhig? Du bist doch mein kleines, liebes Kerlchen! Und es ist wirklich kein wildes Tier da, keine Sorge!" Marietta lachte und nahm Kim auf den Arm, um ihm zu beweisen, dass er der Einzige auf der Welt war, den sie liebte. Sie merkte nicht, wie konnte sie auch, da sie nur auf Kim konzentriert war, dass sie von zwei Augen beobachtet wurde. In einem Seitenweg raschelte das Laub unter langen, militärischen Schritten. Kim bellte auf. „Kim, sei still. Bitte. Was ist denn mit dir los, mein Liebling?" Marietta drehte sich um und erschrak.

„Entschuldigung, ich wollte Sie nicht erschrecken, aber ..."

„Was heisst aber, was wollen Sie?" Kim fletschte die Zähne und knurrte. Ungewöhnlich bei ihm. Ein Protest gegen die Anwesenheit des Fremden? Marietta hob Kim wieder hoch und drückte ihn fest an die Brust. Der gut aussehende Herr traute sich nicht auch nur einen Schritt näher zu kommen. Er fühlte sich dieser seltsamen Frau mit dem Hündchen gegenüber ziemlich unsicher. Warum hatte er plötzlich solchen Respekt vor dieser Unbekannten, die er doch täglich im Park beobachtete?

„Ich bitte nochmals um Entschuldigung. Ich spaziere oft in diesem Park, einsam, allein ... Darf ich Sie ein kleines Stück begleiten, sofern Ihr Hündchen nichts dagegen hat?"

Er war höflich, seine Stimme von angenehmem Klang.

„Er hat sich schon beruhigt. Ach, Sie kommen mir irgendwie bekannt vor, sind Sie Schauspieler, als Karl Moor?, oder Sprecher im Radio, oder ...? Im Fernsehen vielleicht?", fragte Marietta spontan. „Das war vor vielen Jahren", lächelte der grauhaarige Unbekannte.

Es begann zu nieseln und es wurde kälter. Der Unbekannte hatte einen Schirm bei sich, den er jetzt öffnete und über Marietta hielt. Sie hakte sich bei ihm ein, schmiegte sich an ihn, damit sie beide unter dem Schirm Platz hatten. Es tat ihr gut, ihre kalte Hand unter seinen warmen Arm zu schieben. Seine rechte Hand, in der er den Schirm hielt, war schlank, feingliedrig und schön. Sie schwiegen.

„Der Park war noch nie so geheimnisvoll wie heute", unterbrach der Unbekannte das Schweigen. „Ich spazier hier oft und wünschte immer mit Ihnen ein wenig plaudern zu dürfen ..."

„... und mein kleiner Kim hat Ihnen den Mut genommen!" Marietta lachte herzlich. Kim drehte sich um, sah die beiden an und konnte seine Verstimmung nicht verbergen. Er spürte, dass die Regie des Lebens ihm vielleicht eine Nebenrolle in diesem Stück zugeteilt hatte. Er liess die Rute mit dem durchnässten Pompon hängen. Mit der Nase wischte er über die feuchten Kieselsteine unter den Blättern. Aus Protest, nicht aus Gewohnheit. Was denkt sich Marietta eigentlich? Mich, ihren langjährigen treuen Kim, so zu verstossen? Auf ein Nebengleis zu schieben. Aber so sind die Menschen. Egoisten, dachte Kim traurig und schnüffelte auf dem Boden weiter, ohne den Kopf zu heben. Er wollte gar nicht hören, was sich die Zwei erzählten, sie auch gar nicht sehen. Trotzdem, die Neugier war gross und er schielte hin und wieder zu Marietta hoch und las aus den Menschenaugen, das ist Liebe. So nennen sie das. Liebe. Ganz einfach Liebe. Wer weiss was sie darunter verstehen? Herz? Rosen? Schachteln mit Bonbons? Lila Duft? Vergissmeinnicht? Meeresstrand? Viele Worte? Heute, ich liebe dich, und morgen ich liebe dich nicht mehr! Morgen ist alles vorbei. Ist Liebe Glück? Oder Unglück? Wer weiss das schon? So philosophierte Kim mit seinem Hundeverstand und schaute nicht mehr hin.

„Bald sind wir vor meinem Haus, und es ist gut so, denn meinem Hund wird es langsam kalt." Kim knurrte leise in sich hinein. Hund hat sie gesagt, also bin ich bereits nicht mehr ihr lieber Kim, sondern ihr Hund. Ja, ja, so sind die Menschenkinder. Unberechenbar, man kennt sich in ihnen gar nicht aus. Nicht einmal sein aussergewöhnliches Verhalten hatte Marietta jetzt bemerkt. Kim schnüffelte unter dem feuchten Laub weiter, spitzte die Ohren, denn der Störende sagte wieder etwas.

„Ich wünschte, der Weg durch den Park würde kein Ende haben ...", sagte leise der Unbekannte mit der Radiostimme.

„Das ist ... wahrscheinlich dem Nebel zuzuschreiben, oder ... der Herbststimmung im Park? ... Oder? ... Wir sind schon da." Marietta zog den Schlüsselbund aus der Handtasche und öffnete langsam und nachdenklich die Haustür. Kim schlüpfte an ihr vorbei und blieb in der halbgeöffneten Tür stehen. Er stellte die Rute mit dem Pompon senkrecht, legte sein zierliches Köpfchen etwas schief, stellte die Ohren auf, als wollte er damit sagen, nur bis hierhin, und nicht weiter! Hier bin ich der Herr.

Nach einer kurzen Weile der Unentschlossenheit lächelte Marietta: „Sie haben eiskalte Hände, bei mir am Kaminfeuer ist es angenehm warm ..."

Margita Osusky-Orima

Lolo

Die neunjährige Lolita verbrachte die Sommerferien wie jedes Jahr im Försterhaus bei den Grosseltern. Der Grossvater, der Oberförster, mit einem dichten graumelierten Bart wie Rübezahl, ging bald in Pension, darum sollte Lolita, sein jüngstes Enkelkind, die wunderschöne Zeit noch in der Waldnatur bei den Grosseltern verbringen. Sie spielte wie immer vor dem Haus und hinter dem Haus, meistens mit selbst erfundenen Spielen.

„Lolita, Lolita", hallte Grossvaters Stimme, der von einem Waldrundgang nach Hause kam. „Lolita, wo steckst du wieder, Kind?"

„Schrei doch nicht so, wir hören dich schon, du verscheuchst alle Tiere im Wald", meldete sich die Grossmutter zu Wort. Da kam auch schon Lolita angerannt, mit vollen Händen, in einer hielt sie Schnecken, die sie mit ihrem Haus auf dem Rücken um die Wette laufen lassen wollte, in der anderen Hand eine uralte Stoppuhr von Grossvater.

„Aber Lolita, du hast Einfälle, lass die Schnecken Schnecken sein. Spar die Schneckenolympiade für spätere Zeiten. Das habe ich noch nie gehört. Aber warum nicht?", lachte der Grossvater.

„Hör mal Kind, ich habe dir etwas mitgebracht. Rate."

„Hm, einen grossen Steinpilz, nein, vielleicht einen roten Fliegenpilz", vermutete Lolita.

„Nein, ganz daneben, kein Pilz, rate weiter."

„Mach es doch nicht so spannend für das Kind", mischte sich die Grossmutter ein.

„Wo hast du denn das grosse Geheimnis?"

„Na wo, im Rucksack, ihr zwei Gescheiten", und er stellte den Rucksack sehr behutsam auf den grossen hölzernen Tisch vor der Försterei. Die Neugier wuchs, der Grossvater machte es extra so. Im Rucksack rührte sich etwas. „Ein Vogel", schrie Lolita laut auf. „Nein, kein Vogel."

„Also zeig schon, bitte", quengelte Lolita.

Der Grossvater neigte sich über den Rucksack und öffnete ihn ganz langsam. Dann, sehr vorsichtig, tastete er im Rucksack herum, wo etwas zappelte und plötzlich hatte er ein winziges, braunes, weissgetupftes Reh auf den Armen. Als erste reagierte Lolita, ob sie es streicheln dürfe, ob sie es halten könne, ob sie es küssen dürfe.

„Nein, jetzt nicht. Jetzt gehe ich die Flasche vorbereiten, ich habe unterwegs alles für das verlassene Rehkitz besorgt, Flaschen und Schafsmilch, morgen kommt die Tierärztin Nadja, die versteht viel von Wildtieren, das ist sehr wichtig." Die Grosseltern hatten schon einige Wildtierbabys mit Nadjas Hilfe und Ratschlägen erfolgreich grossgezogen, deshalb besassen sie viel Erfahrung. Der Grossvater legte das kleine Reh der Grossmutter in den Schoss und verschwand in der Küche. Die Grossmutter wickelte das Kleine in ihre Schürze und wartete mit Lolita ganz ruhig auf den Grossvater, denn das Kitz brauchte Ruhe. Nun brachte der Grossvater die vorbereitete Milch in der Babyflasche und die Grossmutter bot mit grosser Geduld die Flasche an. Das Rehkitz hat immer wieder versucht und dann ganz gut getrunken. Das war ein hoffnungsvoller Anfang. Inzwischen brachte der Grossvater mit Lolita den Wäschekorb und eine alte Küchenwaage vom Heuboden, denn es war sehr wichtig, sein Gewicht täglich zu kontrollieren. Er besorgte warme austauschbare Unterlagen, kleine Näpfchen für Tee, eine Schüssel für Maulwurfserde und platzierte alles in einer Ecke im Raum neben der Küche, wo das Rehkitz die ersten Tage im Haus verbringen sollte. Lolita stellte so viele Fragen, wollte alles wissen, war sehr aufgeregt, aber der Grossvater hatte keine Zeit, um alles zu beantworten. „Alles später", das sollte sie zufriedenstellen, denn so ein kleiner Mitbewohner braucht schon vieles für das neue Zuhause. Dann legten sie das Kleine in den Weidenkorb. Die Grossmutter deckte es warm zu und wie alle Kinder schlief es gleich nach dem Essen ein.

Lolita kniete nieder zu dem Rehbaby und schaute es lange wortlos an. „Grosspapa, ich bin so glücklich. Es ist so süss und so herzig."

Beim Abendessen streikte Lolitas Magen, vor lauter Aufregung konnte sie nichts runterschlucken. Mit zitternder Stimme und gross aufgerissenen Augen fragte sie leise den Grossvater, ob das Rehbaby ein Mädchen oder ein Junge sei.

„Ein Junge", sagte der Grossvater. Lolita fiel die Gabel aus der Hand. „Ich will keinen Jungen, ich will ein Mädchen", und sie begann zu schluchzen, zu weinen, zu schreien, keinen Jungen, keinen Jungen. „Pssst, das Kleine braucht Ruhe", versuchte die Grossmutter Lolita zu beruhigen. Alles half nichts. Lolita steigerte sich in ihrem Unglück, schluchzte zum Ersticken, Tränen kollerten, die Nase lief wie ein Wasserfall. Der Grossvater sagte nichts, dachte bei sich, ja, die Frauen sind von klein an hysterisch, dagegen kann man nichts machen und ass wortlos weiter. Als er dachte, jetzt ist der richtige Moment, sagte er ganz ruhig: „Also gut Lolita, wenn

du ihn nicht magst, trage ich ihn morgen in den Wald, dann wird ihn ein Fuchs zerreissen." Und das zeigte grosse Wirkung.
„Nein, Grosspapa, bitte nicht, bitte nicht." Lolita warf sich ihm um den Hals und küsste, noch immer schluchzend, den Grossvater auf beide Backen. Als sich das alles beruhigt hatte, ging Lolita auf Zehenspitzen zum Weidenkorb, versuchte zu lächeln und verkündete flüsternd, „Er schläft. Seid bitte ruhig!"
Nach dem Abendessen schrieb sich der Grossvater auf, was er die Tierärztin alles fragen wollte. Selbstverständlich zeigte Lolita grosses Interesse, wollte gleich auch Tierärztin werden und der Grossvater nutzte diese Stimmung aus und fragte Lolita, wie der Kleine heissen solle? Lolita überlegte eine Weile und sagte mit sicherer Stimme: „Wäre es ein Mädchen, dann Lolita, aber da es ein kleiner Junge ist, Lolo. Was meinst du Grosspapa?" Der Grossvater war mit dem kurzen Namen sehr einverstanden, sogar davon begeistert und Lolita lief zur Grossmutter in die Küche, die am Geschirrabwaschen war, um ihr dies mitzuteilen.
Zwei Stunden waren vorbei und Lolo brauchte wieder seine Flasche. Das machte immer die Grossmutter mit Hilfe Lolitas. Später holte Lolita für Lolo Himbeerblätter, Brombeerblätter, Löwenzahn, Spitzwegerichblätter und auch Rosenblätter aus Grossmutters Rosengarten. Alles musste sie klein schneiden, immer unter strenger Aufsicht der Grossmutter, und aufpassen sich nicht den Finger abzuschneiden. Mit dem Grossvater stibitzte sie auf der Wiese ein wenig Erde von den Maulwurfsschlössern und als sie keiner sah, kostete Lolita von allem, was Lolo zu fressen bekam. Für sie schmeckte alles sehr fein. Einen frischen Tee aus verschiedenen Kräutern bereitete sie schon ganz alleine für Lolo zu. Bald durfte Lolo den ersten Spaziergang ins Freie machen und Lolita wollte ihn an die Leine nehmen wie einen Hund. Das verbot der Grossvater, trotzdem war die Freude sehr gross!
Die Sommerferien neigten sich dem Ende zu und Lolita musste wieder zur Schule. Die Eltern holten sie ab. Mit schwerem Herzen nahm Lolita Abschied von Lolo, versprach ihm jeden Tag einen Brief zu schreiben, die Grossmutter wird ihm den Brief vorlesen.
In den Winterferien besuchte sie mit den Eltern Lolo und die Grosseltern in den verschneiten Bergen. Das war ein Wiedersehen! Sie hat ihren kleinen Lolo, jetzt schon ein grosser Rehbock, fast nicht mehr erkannt. Er schaute die Besucher etwas misstrauisch an, aber plötzlich, mit einigen Sprüngen, war er bei Lolita und schnüffelte an ihren Winterstiefeln, dann war wieder alles gut, ihr lieber Lolo.

Im Frühjahr erkrankte Lolita und der Arzt riet zu einem Aufenthalt am Meer. So entschlossen sich die Eltern, die ganzen Sommerferien mit Lolita an der Adriaküste zu verbringen. Lolita war sehr unglücklich, sie wollte zu ihrem Lolo. Dann hat sie sich aber mit dem Meer abgefunden, denn die ganzen Herbstferien durfte sie in der Försterei verbringen.

Im Sommer feierte Lolo seinen ersten Geburtstag. Seinen Kopf zierte nun das Geweih, vorläufig wie zwei Bleistifte, die sich später verzweigen werden. Sein Freigehege hatte der Grossvater stark vergrössert, damit Lolo genug Platz hatte sich auszutoben. Dem erfahrenen Grossvater entgingen die Veränderungen im Benehmen Lolos nicht. Er streckte den Hals senkrecht mit erhobenem Haupt nach oben, die Ohren nach vorne geöffnet, scharrte oft mit dem Vorderbein, dann raste er wild durch das ganze Gehege, hin und her, mit dem Kopf gegen das Gitter schlagend, wobei eine Verletzung nicht ausgeschlossen war. Seine Zeit war gekommen, und um einem Unheil auszuweichen, entschlossen sich die Grosseltern Lolo auszuwildern. Mit schwerem Herzen, aber es musste sein. Die Natur ruft, sie hat ihre Gesetze, Lolo wollte zu den seinen, wollte die Freiheit, die ihm angeboren war. An einem Morgen öffnete der Grossvater das Gehege. Lolo beobachtete das, wartete eine Weile, schlich sich am Gitter entlang zu der Öffnung, blieb stehen, machte einige Schritte Richtung Wald, nahm einen Anlauf und weg war er, verschwunden im Wald. Die Grossmutter wischte sich eine Träne aus dem Auge, sie hatte schon oft solche Abschiede erlebt, auch mit Vögeln, die sie gesund pflegte.

Die Tage verflossen. Das Leben ging weiter. Das Laub wie vom Zauberstab eines Magiers wechselte die Farben von grün zu gold, rostrot, weinrot, dann zu braun und der Wind zerstreute die trockenen Blätter in alle Himmelsrichtungen. Die undurchsichtigen dichten Nebel umhüllten jeden Morgen die Gegend. Alles zu seiner Zeit. Die Herbstferien waren für die Schulen angesagt und die Grosseltern erwarteten Lolita. Wie wird die das wohl hinnehmen, dass Lolo weg war?

Und dann kam sie. Gebräunt von der Südsonne, frisch, lachend, glücklich. Lolita war gewachsen, hatte sich gut erholt und einen Sprung in der Entwicklung gemacht. Als erstes fragte sie nach Lolo. Als sie ihn im geöffneten Gehege nicht sah, fragte sie ganz ernst und selbstverständlich, ob er geheiratet habe? Mit der Frage überraschte sie jeden. Der Grossvater lächelte in sich, das kleine Fräulein war nun in der Vorpubertät und interessierte sich für solche Dinge, passiert die Grenzen von einer Lebensphase in die andere ohne gültigen Reisepass. So ist das. Und so war auch das Auswildern von Lolo unerwartet leicht verdaut worden. Doch etwas traurig fragte Lolita, wo sie ihn noch einmal sehen könnte, ihm

Ade sagen und einen Kuss geben? Wieder die vielen Fragen von Lolita. Der Grossvater fand den Ausweg und versprach Lolita, jeden Abend auf seinem Hochsitz zu verbringen und zu warten, ob Lolo vielleicht zum Äsen an den Waldrand kam. Lolita war sofort einverstanden, trotzdem suchte sie einen nicht ausgesprochenen Trost bei der Grossmutter. Es genügte, wenn die Grossmutter ihre kleine Hand in die ihre nahm oder ihr Haar streichelte. Lolo, der Junge, fehlte ihr.

Bei noch mildem Herbstwetter, ausgerüstet mit einer Thermosflasche Tee und Brotschnitten mit Käse, Butter und Salami, sass Lolita mit dem Grossvater hoch im Jägersitz und wartete auf Lolo. Jeden Abend kamen Rehe am Waldrand äsen. Sie sahen für Lolita alle gleich aus, auch die einjährigen Böcke. Vielleicht war Lolo dabei, vielleicht auch nicht. Lolita genoss diese stillen, schweigenden Abende in der Dämmerung, lebte diese Augenblicke in vollen Zügen. Viele Jahre später erinnerte sie sich an diese Ferien, ja, das Rehkitz, den Lolo, den Rehbock, der ihr Herz eroberte, das schweigende Warten und Träumen am Jägersitz, und schaute dabei sehr nachdenklich in die Ferne. Was sie sich dabei dachte, hat sie nie jemandem verraten.

Margita Osusky-Orima

Einfach so

Sie beschlossen zu heiraten. Wann? Das war die schwierige Frage. Am Weihnachtstag, schlug sie vor. Er rümpfte die Nase, dann ist es zu kalt, vielleicht später.
Wie wäre es im März, der Frühling fängt an, die Natur wacht auf ... O, das geht nicht, schrie sie auf, sie mache März, April, Mai ein Praktikum im Ausland.
Vielleicht im Juni? Hm, Juni? Seine Mutter sagte, der ganze Monat Juni stehe unter den Zaubersagen der Johannisnacht. Plus, Minus, lieber nicht. Er war ein Mathematiker. Juli, August ist er beim Militär.
Im September? Vielleicht? Hm? Da schauten sie sich lange, sehr lange wortlos verliebt in die Augen. Sternzeichen Waage, kein Lebewesen. Sonderbar. Die Herbststimmung steuerte recht viel bei, sie heirateten am 27. September. So einfach.

Margita Osusky-Orima

Die Zukunft

Er und sie gingen hin und her, und wieder hin und her, und das Hin- und Hergehen dauerte schon Jahre, und war schlussendlich auch nicht hin, und auch nicht her. Sie hätte längst schon gerne geheiratet, aber er, er genoss das Hin und Her. Vielleicht aus Angst etwas Neues anzufangen oder Verantwortung zu tragen? Aus Bequemlichkeit. Typisch! *Er.*
Als sie aus dem Fenster schaute und sah, wie sich das Herbstlaub von den Ästen trennte, bekam sie eine Blitzidee, sie muss sich vom Kleinbürgertum lösen, wie das Blatt vom Baum, sie wird um seine Hand anhalten. Ja, das wird sie! Eine revolutionäre Idee, eine neue Art der Emanzipation! Hurra! Bislang war das nur den Männern vorbehalten, so dumm! Die gleichen Rechte für Mann und Frau! Also!
Beim nächsten Besuch bei seinen Eltern bewaffnete sie sich mit einem grossen Rosenstrauss, was nichts Besonderes war. Für seine Mutter. Aus Höflichkeit, dachten die Kleinbürger. Aber sie gab den Strauss bei der Ankunft nicht ab. Als sie sich mit einem Schluck Kaffee gestärkt hatte, atmete sie tief ein, stand auf und trug kurz und feierlich vor, liebe Eltern ich halte um die Hand ihres Sohnes an, und reichte ihm den Strauss ... Alle waren baff, fanden keine Worte, so dumm, wussten nicht, ob das ernst war oder ein Witz. Nachdem sie aufgeklärt worden waren, fiel der Vater ohnmächtig um, die Mutter reagierte mit jugendlicher Frische. Na, endlich! Keiner wusste, wie das Endlich zu interpretieren war, dass der Sohn endlich heiratet oder es endlich zu dieser historischen Wende im Kampf der Geschlechter, auf die sie schon lange gewartet hat, kommt. Sie schlug die Hände über dem Kopf zusammen und begann ein altes Revolutionslied „Schau, dort spaziert Herr Biedermeier ...", vor sich hinzusummen. Es war keine Zeit weiter die Sache zu analysieren, man musste den ohnmächtigen Vater zurück ins Leben holen, in die Realität der Gegenwart.

Anna B. Lippmann

Die Maus

Lena wischte Staub. Sie machte es gründlich, so wie die Mutter es ihr gezeigt hatte. Einerseits war Staubwischen eine schöne Arbeit, besonders im Wohnzimmer. Andererseits würde die Mutter später nachsehen, ob Lena alles ordentlich gemacht hatte. Das Nachsehen ist völlig überflüssig, dachte Lena. Ich kann das schon allein, immerhin gehe ich in die dritte Klasse. Sie nahm das weiße Häkeldeckchen von der Ablage des großen dunklen Wohnzimmerschrankes mit dem Glasaufsatz, den die Mutter immer „das Büffet" nannte. Wenn man gründlich Staub wischen wollte, dann durfte man mit dem Lappen nicht um die Dinge herum fahren. Man musste sie wegnehmen, abwischen und dann wieder an den richtigen Platz zurückstellen. Der richtige Platz für das Deckchen war die Mitte vor dem Glasaufsatz. Der hatte zwei Türen mit Scheiben, in denen Lena ihr Spiegelbild betrachten konnte; kurze blonde Zöpfe, die der Vater als „Rattenschwänze" bezeichnete, und einen dicken grauen, von der Mutter gestrickten Wollpullover. Hinter den Schranktüren befand sich Mutters Sammlung kleiner zerbrechlicher Gegenstände: farbige, dünnstielige Gläser mit eingeschliffenem Sternenmuster, eine Karaffe, deren Kristallstöpsel das Herbstlicht in Regenbogenfarben verwandelte, und eine Reihe gläserner Bowlespieße. Auf den durchsichtigen Kuppen derselben saßen zierliche bunte Glastiere. Es gab Marienkäfer, Schnecken, schillernde Fische, Vögel und sogar eine Möwe aus Glas breitete ihre zierlichen schwarzen Flügel über einem der Spieße aus. Sie hatte einen winzigen gelben Schnabel und sah sehnsüchtig ins Wohnzimmer, vielleicht sogar hinaus durchs Fenster, wo die blasse Herbstsonne den frühen Nachmittag erhellte. Lena blickte ebenfalls ein bisschen sehnsüchtig nach draußen, dann wandte sie sich ab.
Der halbhohe Eckschrank, mit Fernseher und Porzellaneule, musste noch entstaubt werden. Die graue Bildröhre und den klobigen dunkelbraunen Kasten abzuwischen, war langweilig. Wesentlich interessanter fand Lena die Reinigung der Porzellaneule. Diese Eule hatte bernsteinfarbene Glasaugen mit einem schwarzen Punkt in der Mitte und aufgemalte gelb-bräunliche Federn. An der Rückseite ihres Kopfes gab es fünf Löcher und aus dem Boden ringelte sich ein schwarzes Kabel. Eigentlich war die Eule ein Rauchverzehrer. Doch der Vater hatte schon vor ei-

niger Zeit mit dem Rauchen aufgehört. Leider, dachte Lena. Nun wurde die Glühbirne im Inneren der Eule, die die Glasaugen so lebendig zum Leuchten brachte, selten eingeschaltet.

„Leni, komm mal her!" Lena lief in den Flur, woher die Stimme der Mutter zu kommen schien. „Leni, wo bleibst du denn?" Die Stimme der Mutter klang ärgerlich vom Dachboden hinunter.

„Ich komme ja schon", rief Lena und kletterte flink die schmale Bodentreppe hinauf. Es roch nach Staub, Spinnweben, altem Getreide und Mäusen.

„Wenn es kalt wird, ziehen die Mäuse ins Warme", hatte der Vater erst gestern zur Mutter gesagt. „Das ist nun mal so. Und wir hatten schon ein paar Frostnächte."

Darauf hatte die Mutter erwidert: „Ich kann das Tippeln und Rascheln nicht leiden. Außerdem sind Mäuse im Haus unhygienisch."

„Beruhige dich", war die Antwort des Vaters gewesen. „Ich stelle gleich die Mäusefallen auf." Lena hatte dem Vater dabei zugesehen, wie er die drei hölzernen Mäusefallen mit Käse und Speck präparierte. „Klappfallen", so hatte der Vater erklärt, „bestehen aus einem Holzbrettchen mit Eisenbügel, Spannfeder und Haltedraht. Wenn man den Eisenbügel spannt und den Haltedraht darunter schiebt, dann löst sich der Bügel schon bei der geringsten Bewegung des Köders und knallt auf das Holzbrettchen. Die Finger darf man nicht dazwischen haben," hatte der Vater gemeint, „aber der Maus bricht es das Genick."

Lena hatte sich die Mäusefallen genau angesehen, obwohl sie nichts gegen Mäuse hatte, auch nichts gegen das leise Tippeln und Rascheln, was manchmal nachts über der Zimmerdecke zu hören war. Aber sie sah ein, dass die Mäuse nicht unbedingt auf dem Dachboden wohnen sollten.

Mittlerweile war sie dort angekommen und sah sich suchend nach der Mutter um. Feuchte Bettlaken versperrten ihr die Sicht, deren Duft sich mit den anderen Gerüchen des Dachbodens vermischte. Die Mutter hatte Wäsche aufgehängt und stand beim Fenster. Sie blickte in die Ecke neben der großen alten Truhe.

„Lena", sagte die Mutter, immer wenn sie Lena sagte, deutete das auf eine ernste Angelegenheit hin, denn sonst nannten alle sie nur Leni. „Lena, komm mal her. Kannst du die Mausefalle mit der toten Maus nach unten tragen? Bitte. Wirf die Maus einfach auf den Misthaufen!"

Lena erschrak. Das hatte sie noch nie machen müssen. Die Mutter ekelte sich vor Mäusen, das wusste Lena und der Vater wusste das auch. Deshalb sah er immer nach den Mäusefallen, bevor die Mutter daran dachte. Diesmal hatte er es anscheinend nicht geschafft, bevor er zur Arbeit ge-

fahren war. Vielleicht war die Maus auch erst später in die Falle gegangen.
„Lena! Was ist denn nun?", hörte sie die ungeduldige Stimme der Mutter. Lena nickte. So schwer konnte das nicht sein. Sie ging in die Ecke, bückte sich und hob das raue Holzbrettchen auf, an dem die eingeklemmte tote Maus hing. Der Eisenbügel hatte sie nicht im Genick getroffen, sondern weiter unterhalb, am Rücken. Es war eine ziemlich kleine graue Maus. Deshalb wog die Falle kaum merklich mehr als eine leere.
Lena trug die Mäusefalle vorsichtig die Treppe hinunter, über den Flur, vor die Tür, auf den mit hellen Feldsteinen gepflasterten Hof. Ein kühler gelber Herbsthimmel spannte sich über das Hofviereck, eingerahmt von Haus, angrenzendem Stall, Holztor und Gartenzaun. Warum war die Maus nicht im Stall geblieben? Dort wohnten auch andere Mäuse und niemand kümmerte sich darum, außer Nachbars Katze vielleicht. Warum musste sie über den Boden in das Haus hinüber wechseln?
Vor dem alten Staketenzaun lag der mit großen Sandsteinquadern umrandete Misthaufen, dahinter reckte ein alter Pflaumenbaum seine kahlen knorrigen Äste in die kalte Herbstluft. Auf dem Haufen mit der Sandsteineinfassung landeten der Mist aus dem Schweinestall, Küchenreste und die Asche aus den Öfen. Auch das zusammengefegte Herbstlaub wurde hier entsorgt. Es war kein großer Misthaufen. Die Eltern hatten nur ein Schwein. Bei den Bauern aus dem Dorf, die viele Kühe und Schweine fütterten, waren die Misthaufen riesig und stanken fürchterlich. Hier roch es kaum, was auch am kalten Wetter liegen mochte. Lena ging an der grauen Hausmauer entlang, gegen die sich ein Stapel Brennholz lehnte, bis zum Hackeklotz daneben, auf dem der Vater das Holz spaltete. Der war umgeben von einigen Splittern, welche die Mutter zum Anfeuern benutzen würde.
Lena hielt die Mausefalle in der Hand und überlegte. Sie musste die graue Maus aus der Falle kriegen, man konnte doch nicht die Maus mit der Falle wegwerfen! Den eisernen Spannbügel mit den Fingern zu öffnen, erschien Lena zu gefährlich. Doch sie hatte schon eine Idee. Zuerst legte sie die Maus mit der Falle auf den Hackeklotz, dann suchte sie nach einem stabilen Holzsplitter und schob dessen Spitze zwischen den Eisenbügel und das raue Holzbrettchen. So konnte sie die tote Maus befreien, ohne sich die Finger einzuklemmen. Schon war der graue Mäusekörper frei. Das ging ja einfacher, als sie gedacht hatte, und die Finger hatte sie sich auch nicht geklemmt. Nun musste sie die Maus nur noch auf den Misthaufen werfen. Lena ergriff die Maus am Schwanz, ging ein paar Schritte auf den Misthaufen zu und warf. Das war's. Lena betrach-

tete erleichtert die Maus am Rande des Haufens. Da lag nun das kleine graue Tier still und ruhig zwischen Kartoffelschalen und nassem Laub. Ruhig? Irgendwas stimmte hier nicht. Hatte sich das welke Blatt bewegt oder die Maus? War das eine Täuschung? Lena stieg auf die bemooste Sandsteinumrandung und beugte sich über die Abfälle, um besser sehen zu können. Tatsächlich – die Maus hob den kleinen Kopf mit der spitzen Nase und blickte Lena mit ihren schwarzen, nadelkopfgroßen Mausaugen an. Über die fast durchsichtigen rosa Öhrchen lief eine Bewegung, wie ein Zittern. Der Schreck traf Lena wie ein Schlag. Die Maus lebte noch. Jedes einzelne Haar an dem grauen Mäusepelz konnte Lena erkennen, natürlich auch die tiefe Delle im Rücken, wo der Eisenbügel ihn getroffen hatte. Die Vorderpfötchen mit den Krallen, auf denen die Maus bis vor Kurzem noch über den Dachboden getippelt war, bewegten sich langsam. Aber warum lief sie dann nicht weg? Lena nahm einen Zweig und berührte die Maus vorsichtig. Daraufhin bewegte diese erneut die Vorderbeine, die Öhrchen zitterten heftiger, aber sie lief nicht weg. Sie konnte nicht mehr laufen, das erkannte Lena nun, es lag an der Kerbe im Rücken. Das Vorderteil lebte – ohne Frage. Das Hinterteil, die Hinterbeinchen und der lange haarlose grau-braune Mäuseschwanz waren tot. Damit hatte Lena nicht gerechnet. Was nun? Sollte die arme halbtote Maus hier zwischen den Blättern und den Kartoffelschalen liegen bleiben, bis der Vater kam? Das konnte dauern. Sollte Lena ins Haus zu rennen und die Mutter holen? Nein, daran brauchte sie gar nicht zu denken. Die Mutter würde in diesem Fall nicht helfen können. Der Vater – ja, das wäre etwas anderes. Aber der kam oft sehr spät, da er lange arbeiten musste. Lena betrachtete die Maus eine Zeit lang. Der Mäuseblick war traurig und es schien, als suchte die Maus Hilfe. Wieder ging ein Zittern durch die rosa Mäuseöhrchen, so als wüsste die Maus, was Lena dachte. Seltsam. Bestimmt hatte sie schlimme Schmerzen. Lenas Mitleid mit der Maus wuchs und wuchs. Was wollte die Maus von ihr? Es war nicht richtig, wenn ein Tier sich lange quälen musste. Doch die Falle hatte leider so zugeschlagen.

Es gab eine Lösung, allerdings gefiel die Lena überhaupt nicht. Nur - was könnte sie für die Maus sonst noch tun?

Zögernd ging Lena zum Holzstapel an der Hausmauer. Ein Holzscheit nach dem anderen wog sie in der Hand, bis sie eines gefunden hatte, was ihr geeignet schien. Es war lang, schwer und hatte eine halbrunde Form. Sie trug das Holzstück zur Umrandung des Misthaufens. Dann kletterte sie damit auf die Sandsteinblöcke und besah sich die Maus zwischen den Blättern und Kartoffelschalen noch einmal gründlich. Vielleicht ging es

ihr ja besser? Nein, das tat es nicht. Der leblose Ringelschwanz lag noch an der selben Stelle. Die Hinterbeinchen auch. Nur die Öhrchen bebten. Mit so einer tiefen Delle im Rücken würde die Maus nie wieder laufen können. Es musste geschehen. Der Maus musste geholfen werden. Allerdings zweifelte Lena noch, ob sie das selbst können würde. Du musst die Maus erlösen. Dann hat sie keine Schmerzen mehr. Nie wieder.
Lena fühlte sich elend bei dem Gedanken. Es war nicht einfach. Ihre Hände umfassten das Holzstück so fest es ging: Zielen, Weggucken und Zuschlagen. Sie hatte die Maus getroffen. Das spürte sie beim Aufschlag. Es war schrecklich, es war furchtbar. Aber genügte das? Vorsichtig blinzelnd zielte Lena bereits erneut – um falls nötig noch einmal zuzuschlagen. Doch selbst durch den Tränenschleier erkannte sie, dass das kleine graue Mauseköpfchen mit der spitzen Nase nun seltsam schief und ebenso leblos da lag wie das Hinterteil und der Schwanz. Keine Bewegung der Vorderpfoten mehr, kein Beben, kein Zittern der Öhrchen. Die Maus war tot. Mausetot.

„Klack" machte das Holzscheit auf dem Hofpflaster, als es Lena aus der Hand fiel. Lena setzte sich auf den Sandsteinrand, dessen Kälte sie nicht spürte, neben die tote Maus auf dem Abfallhaufen und schluchzte. Sie weinte, weil ihre Mutter keine Mäuse leiden mochte und weil der Vater so spät von der Arbeit zurückkam; weil diese kleine Maus nie mehr auf dem Dachboden rascheln würde. Sie weinte, weil die Maus von der Falle so schlecht getroffen worden war und um das, was sie selbst hatte tun müssen.

Die blasse Herbstsonne schien traurig auf den kahlen Pflaumenbaum, der unglücklich über den Misthaufen mit der toten Maus nickte. Lena saß noch eine ganze Weile auf dem kalten steinernen Rand. Ihre Tränen versiegten nur langsam, was blieb, war Trauer, ein Gefühl, das Lena nicht gut kannte. Sie fühlte sich einsam und merkte, dass sie fror. Dann bückte sie sich, um das lange, schwere, halbrunde Holzscheit aufzuheben. Langsam trug sie es zu dem Stapel Feuerholz an der Hausmauer zurück und legte es an seinen Platz. Nun sah der Stapel aus wie früher. Aber nichts war mehr wie früher. Was sie getan hatte, war richtig gewesen. Das würde auch der Vater sagen, wenn sie es ihm erzählte. Aber warum fühlte sich etwas Richtiges so falsch an und so traurig?

Monika Klein

Der schöne Sommer ging

Sven war 20 Jahre alt, als Melina ihn zum ersten Mal traf, damals in der Disko, wo er am Wochenende ab und zu einmal hinging und die Nacht zum Tag machte. Bisher hatten ihn die Mädchen nicht sonderlich interessiert. Ja, es gab sie, das war auch an ihm nicht spurlos vorübergegangen. Aber er wäre niemals auf die Idee gekommen, eine davon anzusprechen.
Bei Melina war plötzlich alles ganz anders. Sie war kraftvoll, sie war stark und sie hatte lange braune Haare und fast schwarze Augen. Sie hatten sich auf Anhieb gut verstanden und er fühlte sich sehr zu ihr hingezogen. Am liebsten hätte er sie jeden Tag gesehen.
Melina arbeitete als Erzieherin. Ja, es gefiel Sven. Trotzdem.
„Aufstiegschancen hast du da wohl keine", sagte er.
Melina zuckte mit den Schultern. Die Arbeit, auch wenn sie manches Mal ziemlich aufreibend war und sie oft todmüde war, wenn sie nach Hause kam, gefiel ihr und viel mehr wollte sie nicht.
Sven arbeitete in einem bekannten Betrieb am Ort. Vor einem halben Jahr war er mit seiner Ausbildung fertig geworden und nun verdiente er zum ersten Mal richtig Kohle. Es könnte mehr sein, aber das würde noch kommen. Da war sich Sven ganz sicher.
Jetzt wollten sie ihren ersten Urlaub zusammen verbringen. Melina kam ursprünglich aus Italien, genauer gesagt Sizilien, einem kleinen Nest irgendwo mitten auf der Insel. Zwei- oder dreimal hatte sie bisher zusammen mit ihren Eltern dort die Sommerferien verbracht. Es war immer total heiß gewesen. Den Tag hatten sie hinter verschlossenen Fensterläden verbracht. Abends waren sie ab und zu an den Strand gefahren, hatten sich den Wind um die Nase und die Haut wehen lassen . Die Hitze hatte Melina immer ganz besonders gut gefallen. Ein paar Mal waren sie zu einer der zahlreichen historischen Stätten gefahren. Meist kamen sie zur Mittagszeit an. Und während die anderen stöhnten, lebte sie erst richtig auf.-
Ihre Mutter hatte ihr einmal einen Bildband von Sizilien geschenkt mit Bildern von felsbesäumten Stränden und Buchten mit klarem Wasser, Bilder von blauen, gelben und roten Blumen, von weiß duftendem Jasmin und Mimosen, allesamt ganz zarte, hellblaue Gebilde. Alle diese Blu-

men liebten die Wärme. Und deshalb war sie auch sehr erstaunt gewesen, damals, als sie noch ein Kind war und mit ihrem Oma und ihrem Opa auf den Ätna gefahren war. Dieser trug sogar im Sommer noch eine dicke Schneekappe.

Sven war es so ziemlich egal gewesen, wo er den Urlaub verbrachte. Hauptsache, er war mit Melina zusammen. Gegen den Norden Italiens hatte er nichts einzuwenden. Nur Melina hatte ein wenig Angst. Es war nun schon Herbst. Natürlich sie hatte sich schon lange an die viel kühleren Temperaturen in Deutschland gewöhnt. Doch wenn sie Urlaub machte, dann musste es heiß sein, erst dann fühlte sie sich wohl. Ob das in der Toskana möglich war, wusste sie nicht.

Das Zimmer war klein, aber es war alles dran, was zu einem Zimmer gehört: eine Dusche, ein großes, wenn auch knarrendes Bett, eine Toilette, ein Waschbecken und ein Schrank.

„Ziemlich bescheiden ist das hier", dachte Sven.

Das mit der Kohle war so ein Problem. Bisher war niemand auf die Idee gekommen, ihm einen Sack davon vor die Tür zu stellen. Und so sagte er nichts.

Gegensätze ziehen sich an. Melina war erst mal froh, dass Sven anders tickte als ihr Ex. Mit diesem hatte sie sich zwei Jahre lang sehr gut verstanden. Sie hatten die gleichen Pläne, die gleichen Interessen und gleichen Wünsche.

„Besser kann es doch gar nicht laufen", hatte ihre Mutter einmal gesagt.

„Aber es ist so was von langweilig geworden", hatte Melina entgegnet.

Kein einziges Mal hatten sie sich gestritten, kein einziges Mal gezofft. Wo war da das Salz in der Suppe?

Mit Sven würde es hoffentlich anders werden. Nein, es musste nicht jeden Tag donnern und krachen, aber etwas mehr Auseinandersetzung wäre nicht schlecht.

Melina ging ans Fenster und zog den Vorhang zurück. Der Blick fiel auf die Vorderfront einiger Häuser, deren Verputz schon lange bröckelte.

„Komm wir gehen gleich los!", sagte sie.

Sie packte ein paar Sachen zusammen. Sie wollte unbedingt so schnell wie möglich an den Strand: baden, faulenzen, spazieren gehen, ein Eis essen… Sie hatte sich die ganzen letzten Wochen wie doll darauf gefreut.

Sven murrte. Auch wenn die Hochsaison vorüber war, dazu war es immer noch warm genug. Es wäre ihm lieber gewesen, wenn sie es langsam hätten anlaufen lassen. Aber er wollte mal nicht so sein. Er stopfte sein

Badetuch und die Sonnencreme in Melinas Tasche.
„Du hast keinen Bock, das sehe ich schon", sagte Melina.
„Ist ja schon gut", meinte Sven.
Dann zogen sie los. Sie gingen durch den kleinen, malerischen Ort. Ein paar Geschäfte rechts und links, einige Kneipen. Aber viel los war jetzt nicht.
Und dann stapften sie durch den heißen Sand, mieteten sich einen Sonnenschirm und zwei Liegen.
„Ist doch egal, was es kostet", sagte Sven.
Die vielen Kinder, die hier die Ferien über den Strand bevölkert hatten, gingen wieder in die Schule. Sie hatten Sandburgen gebaut, das Schwimmen gelernt und sich vom Wasser tragen lassen. Sie hatten sich das Eis schmecken lassen, lagen ihren Eltern an den Ohren, weil sie immer noch eines und noch eines hatten haben wollen, und sie hatten viel Pizza und Spaghetti gegessen. Es war still geworden.
Sven setzte sich die Sonnenbrille auf, breitete etwas umständlich sein Badetuch auf der Liege aus und war den Tag über nicht mehr bereit, seinen Schattenplatz zu verlassen. Melina ging gleich ans Wasser. Endlich! Sie sah die Boote am Ufer schaukeln, ein paar Segelboote waren unterwegs. Der Wind draußen auf dem Meer blähte ihnen die Segel. Sie beobachtete das Wasser und die Wellen mit ihren Schaumkronen und wie sie sich ihren Weg bahnten und am Strand ausliefen. Das Wasser war noch immer warm. Sie stürzte sich sofort ins kühle Nass und schwamm ein paar Runden. Das Wasser triefte ihr noch aus den Haaren und die Tropfen perlten von der Haut, als sie lachend zu Sven zurückkam.
„Du bist schön", sagte er.
„Ich bin jung", sagte sie.
„Komm doch auch mal mit!", sagte Melina nach einer Stunde. „Es ist ganz toll im Wasser."
„Ich schaue dir lieber zu", sagte Sven.
Er stand noch nicht mal auf, um Melina besser sehen zu können.
„Langweiler!", sagte Melina.
Dass das mit der Langeweile jetzt schon los ging, ärgerte sie. Thomas, ihr Verflossener, wäre selbstverständlich mit ihr ins Wasser gegangen. Und sie hätten dort rumgetollt, einander nass gespritzt und… und… und. Mist aber auch, dass sie gerade jetzt daran denken musste.
Am späten Abend machten sich Melina und Sven gemeinsam auf, streiften durch den Ort und setzten sich schließlich in eines der zahlreichen Restaurants, wo sie es sich bei Fisch, Kartoffeln und Wein so richtig gut gehen ließen.

Melina wollte unbedingt noch mehr sehen. Wer wusste schon, wann sie wieder nach Italien kommen würde.

„Wenn du nicht nach Venedig oder Florenz möchtest", sagte sie, „dann bleib hier. Ich komme auch alleine durch."

Sie sprach Italienisch, sie kannte sich mit der Mentalität aus. Warum also nicht?

Sven wollte erst mal richtig chillen, im Hotelzimmer rumhängen, ab und zu zum Fenster hinaussehen, fernsehen, abends vielleicht an den Strand gehen und die großen Zehe ins Wasser strecken und dann durch die Kneipen ziehen. Ja, vor allem das.

Schließlich ging er doch mit. Auch wenn ihn Museen, alte Gebäude, Statuen und Brücken nicht wirklich interessierten, ein bisschen Bildung schadete niemandem. Jedenfalls behauptete dies seine Mutter immer. Manches Mal brauchte er einfach jemanden, der ihn schubste.

„Super!", sagte Melina.

Und dann dachte er daran, wie er Melina zum ersten Mal besucht hatte. In ihrem Zimmer hingen ein paar Poster von Popstars, die gerade in ausgeflippten Klamotten auf der Bühne standen, den Scheinwerferkegel direkt auf sie gerichtet.

An der linken Wand hingen Bilder, die für ein junges Mädchen wie Melina eher unge-

wöhnlich waren. Besonders fiel ihm ein Bild von Michelangelo auf, einem kernigen Mann mit vollem Bart und leicht lockigem Haar, darunter das Bild des Davids, der wohl bekanntesten Skulptur der Kunstgeschichte.

Daneben hing ein Bild Leonardo da Vincis, dem italienischen Universalgenie. Auf diesem Selbstbildnis war Leonardo 60 Jahre alt. Zu diesem Zeitpunkt hatte er bereits eine Glatze, der Bart war lang und lockig, auch die Haare an den Schläfen. Es gab auch Bilder von Leonardo, auf denen er sehr viel jünger war. Leonardo war Bildhauer, Maler, Architekt, Musiker, Ingenieur, Mechaniker und Naturwissenschaftler. Da konnte Sven natürlich nicht mithalten, aber das musste er auch nicht. Nicht wirklich.

Unter dem Porträt, ach ja, hing eine Proportionsstudie des menschlichen Körpers und natürlich Leonardos sicherlich bekanntestes Werk, die Mona Lisa mit ihrem so geheimnisvollen Lächeln. Melina war eigens einmal nach Paris gefahren, um im Louvre neben vielen anderen Touristen aus aller Welt das doch ziemlich kleine Bild zu bestaunen. Auch sie hatte versucht, das Rätsel ihres Lächelns zu entschlüsseln, hatte es aber irgendwann aufgegeben. Von da an ließ sie sich von dem Zauber der jungen Dame einfach nur berühren.

Die ersten Tage verbrachten Melina und Sven meistens am Strand, d. h. es war vor allem Melina, die lange Spaziergänge machte, nach Muscheln suchte, die sie den Kindern im Kindergarten mitbringen wollte. Richtig glücklich war sie erst, wenn sie die letzten Häuser hinter sich ließ und nur noch den Strand, die Wellen und ein paar Hügel in der Ferne vor sich hatte. Sie stapfte durch den Sand, schaute sich um nach den Abdrücken, die ihr Fuß im Sand hinterließ, und beobachtete, wie die Wellen darüber flossen und der Abdruck ganz schnell verschwand. Ein- oder zweimal lief Sven sogar mit und er schien es richtig zu genießen.

Auf jeden Fall nahm er ab und zu ihre Hand, drückte sie und lächelte Melina zu.-

Die Nächte waren lau. Man konnte noch immer mitten in der Nacht durch den Ort ziehen. Aber es wurde schon kühler und wenn man zurück ins Hotel kam, war es angenehm, dass im Zimmer noch immer die Wärme des Tages hing.

Die Disko war nicht mehr rappelvoll, aber es tummelten sich doch noch viele junge Leute darin, die alle mal so richtig einen draufmachen wollten. Melina und Sven kehrten meist erst am frühen Morgen zurück. Sobald sie ausgeschlafen war, zog Melina los, während Sven die Vorhänge zuzog und wie ein Maulwurf in seiner Höhle noch einmal richtig schlief. Das ganze Jahr über hatte er davon geträumt. Und nun konnte er sich den Traum endlich wahr machen.

Irgendwann tauchte auch er am Strand auf, setzte sich in den Sand, ließ sich von Melina den Rücken eincremen und schaute versonnen aufs weite Meer.

Dann wollten sie zusammen nach Florenz. Sie saßen im Zug. Melina hatte absichtlich keinen Schnellzug herausgesucht. Ein Bummelzug war es und dieser ließ einem genügend Zeit zu schauen und zu staunen, mal nach rechts oder nach links zu schauen und dann auch wirklich etwas zu sehen.

Das Frühjahr war längst vorbei, das Spätjahr schickte seine Vorboten. Die meisten Felder waren bereits abgeerntet, die Stoppelfelder gelb und dicke Ballen lagen überall. Aber es gab auch solche, wo das Getreide noch sanft hin- und herwogte, Stellen, an denen der Mohn üppig blühte. Und jedes Mal dachte Melina an die Bilder der Impressionisten, besonders an eines, auf dem Renoir zwei Frauen mit jeweils einem Kind im Schlepptau durch eine Wiese gingen. Und auf dieser Wiese blühte der Mohn auch, mit roten Farbtupfern überall.

Sie fuhren durch malerische Orte, von denen aus man einen herrlichen Blick aufs Meer hatte. Melina liebte dieses von der Sonne verwöhnte Land. Sven setzte seine Sonnenbrille auf.

„Das Licht blendet mich", sagte er.
Konnte es sein, dass Sven die Zypressen, die Straßen und Wege säumten, die sanften Hügel, auf denen Häuser inmitten von Olivenhainen gebaut worden waren, zwar sah, aber gar kein Gefühl dafür hatte? Er sah ein wenig gelangweilt zum Fenster hinaus und sagte nichts, jedenfalls nichts, was darauf hätte schließen lassen, dass es ihm hier gefiel.
„Nun sag doch auch mal was!", forderte Melina ihn auf.
„Was soll ich denn sagen?", fragte er. „Ach ja, ziemlich heiß ist es hier drin und ziemlich stickig, wenn wir schon dabei sind."
„Fällt dir nichts Besseres ein?", fragte Melina.
„Muss es denn?", fragte er zurück.
Und dann kamen sie in eine Ecke der Toskana, wo der Nebel noch in den sanften Tälern waberte. Im Hintergrund verschwanden die Konturen der Berge im Dunst. Nur die Kuppen der Hügel konnte man sehen. Gleich neben der Bahnlinie standen ein paar Bäume, deren Laub nicht mehr grün war, sondern gelb. Da dachte Melina daran, dass sie in der Schule einmal Herbstgedichte besprochen hatten. Eines davon war ihr in besonderer Erinnerung geblieben. Ein Gedicht von Eduard Mörike. Erst musste sie ein wenig nachdenken, aber dann fiel es ihr wieder ein.

Septembermorgen

Im Nebel ruhet noch die Welt
Noch träumen Wald und Wiesen.
Bald siehst du, wenn der Schleier fällt
Den blauen Himmel unverstellt
Herbstkräftig die gedämpfte Welt
In warmem Golde fließen.

Sie hatten damals in der Schule ein paar Herbstgedichte besprochen. Schön und aussagekräftig waren sie alle. Aber das beste war doch das von Eduard Mörike gewesen. Jedenfalls nach Melinas Geschmack. Und warum dies so war, konnte sie auch nicht sagen, aber vielleicht war das auch gar nicht so wichtig.
Und als Melina es dann zitierte, sagte Sven: „Oh Schreck lass nach!"
Gedichte hatte er nie sonderlich leiden können. Und wenn er sie dann auch noch hatte interpretieren müssen, war das immer ganz furchtbar gewesen.
„Bei mir ist da nie viel bei herausgekommen", sagte er.

Florenz! Endlich!
Oft hatte Melina die Kathedrale Santa Maria del Fiore mit ihrem gewaltigen ziegelroten Kuppelbau auf Bildern gesehen. Und es war ein ganz tolles Gefühl, sie jetzt direkt vor sich zu haben.
Gleich am nächsten Tag zogen sie los. Zum Glück war der Stadtkern von Florenz nicht allzu groß, so dass sie die wichtigsten Sehenswürdigkeiten auch zu Fuß erreichen konnten. Sie hatten drei Tage eingeplant und was sie heute nicht schafften, das konnten sie bequem auch am nächsten Tag machen.
Ihr erstes Ziel war die Ponte Vecchio. Das ist die älteste Brücke von Florenz. Das Besondere ist, dass man nur von drei Bögen aus rechts und links auf den Fluss, den Arno, hinunter sehen kann. Dicht aneinander gereihte Häuser verdecken die Sicht an anderer Stelle. Früher arbeiteten hier Schlächter, Gerber und Goldschmiede. Ihre Abfälle wanderten einfach in den Fluss.
Melina und Sven ließen sich vom Strom der Touristen treiben. Melina wollte sich auf jeden Fall den Schmuck ansehen. Sven schwärmte doch immer von Frauen, die mit Gold und Silber behängt waren.
„Kauf mir doch mal was!", sagte sie.
Es gab hier einige prachtvolle Stücke, die sie gerne besessen hätte.
„Ja… später…", sagte Sven.
„Nicht später… jetzt…", sagte Melina.
Es war nicht so, dass Sven nicht ab und zu einmal richtig großzügig war, aber meist brauchte er eine gute Weile, bevor er bereit war, etwas tiefer in die Tasche zu greifen. Die Sache ging eine Weile hin und her. Schließlich einigten sie sich auf ein perlenbesetztes Armband, das sich Melina sofort über den Arm streifte. Sie strahlte und hakte sich bei Sven unter.
Ihr nächstes Ziel war das Baptisterium, ein achteckiger Bau, ein weiteres Wahrzeichen der Stadt. Hier waren über viele Jahrhunderte hinweg alle Einwohner von Florenz getauft worden. Dort konnte man, wenn man zur richtigen Jahreszeit kam, etwas ganz Besonderes beobachten. Sven und Melina hatten großes Glück: Oben am Dach war eine Laterne angebracht. Sie konnten beide sehen, wie das Licht genau auf das Taufbecken fiel. Es war gigantisch!-
Dann wollte Melina unbedingt in die Uffizien. Sie setzten sich zusammen in ein Café und ließen sich einen Latte Macchiato bringen. Melina nippte immer wieder an ihrem Glas und blätterte dabei durch ihren Reiseführer. Einige Stichwörter blieben hängen… Die Uffizien sind eng mit der Familie Medici verbunden… Zunächst sollten in diesem Bau Ämter und Ministerien untergebracht werden… 1581 wurde dort die

erste Kunstsammlung der Medici ausgestellt... Die Sammelleidenschaft war riesengroß... 300 Jahre lang spielten die Medici eine große Rolle in Florenz...
 Als Sven sah, wie groß die Uffizien waren, wurde ihm doch ziemlich flau in der Magengegend. Wenn er erst mal drin war, dann kam er so schnell nicht wieder heraus. Melina war in der Lage, ihm die ganze abendländische Kunst von der Antike bis zum Spätbarock in einem Satz ansehen zu lassen. 1000 Werke in 50 Sälen!
 „Ich möchte lieber nicht mit", sagte er.
 „Du bist tatsächlich ziemlich bleich", entgegnete Melina.
 Er vermied die Sonne oft wie der Teufel das Weihwasser. Das war das eine. Aber vielleicht war ihm auch tatsächlich schlecht. Schlecht wie immer, wenn ihm etwas zu viel wurde.-
 Sven ging zurück ins Hotel, legte sich ins Bett und zog die Bettdecke über den Kopf. Kurz überlegte er, ob es nicht doch besser gewesen wäre, wenn er mit Melina mitgegangen wäre, aber kaum hatte er den Satz zu Ende gedacht, war er auch schon eingeschlafen.
 Melina ging derweil durch die Gänge und Säle in den Uffizien, vorbei an Skulpturen, Zeichnungen und Drucken, Altartafeln, Wandteppichen und Gobelins, an Bildern mit religiösem Inhalt und Bildern, auf denen es eher offenherzig zuging, vorbei an Porträts und Selbstporträts. Ab und zu blieb sie vor einem Gemälde stehen. Zwischendurch schaute sie nach oben an die Decken mit ihren wundervollen Fresken. Schließlich schwindelte auch ihr. Es war wirklich besser, wenn sie am nächsten Tag noch einmal zurückkam. Sven ging es wieder viel besser. Schon am nächsten Tag. Melina wollte gleich noch einmal in die Uffizien gehen.
 „Ich dachte, das wäre abgehakt", sagte er und warf vorsorglich einen Blick in den Spiegel.
 „Versprochen", sagte Melina. „Wir sehen uns heute wirklich nicht viel an."
 Sie hatte inzwischen eingesehen, dass es nicht gut war, wenn sie Sven zu viel auf einmal zumutete. Schließlich wollte sie ihn bei Laune halten.
 Botticellis Primavera, ein Selbstporträt Raphaels und ein Doppelporträt von Ludwig Cranach dem Älteren, auf dem Martin Luther und seine Frau Katharina abgebildet waren, wollte sie unbedingt im Original ansehen. Richtig heiß war sie darauf.
 Sven war noch unschlüssig. Sollte er sich das wirklich antun? Botticelli, Cranach, Luther und seine Frau, das waren Namen! Die hatten Gewicht! Aber was hatten sie mit ihm zu tun? Doch nicht das kleinste Bisschen.
 „Wir sind hier zusammen hergekommen", sagte sie.

Sie nahm Sven jetzt einfach an der Hand und zog ihn mit. Er schimpfte, dass dies doch so kein Urlaub sei, und dann ließ er sich doch ganz willig mitziehen.
Am Tag zuvor war es einfach gewesen, in die Uffizien zu kommen. Die Karten waren vorbestellt. Jetzt musste sie doch eine Weile anstehen. Im Sommer sei es viel schlimmer, meinte eine junge Frau, die neben Melina stand.
„Man steht sich die Beine in den Bauch", sagte sie.
So weit kam es dieses Mal nicht.
Melina und Sven gingen die Gänge entlang. 1500 Exponate waren hier ausgestellt. Viele Tage hätten sie hier verbringen und immer wieder hätte sie vor einem neuen Bild stehen bleiben können. Heute drängte es Melina schnell weiter. Sie warf noch einmal einen Blick auf die vielen Skulpturen. Sie hatte aber nur eine ganz bestimmte im Kopf.
Die Mediceische Venus! Endlich! Das Original! Die Dame mit dem schönen Körper. Vielleicht ist sie gerade aus dem Bad gestiegen, merkt plötzlich, dass sie splitterfasernackt ist, und bedeckt sich notdürftig mit den Händen. Sie hat den Kopf nach links gedreht. So kann man ihre hoch gebundenen und schön gerichteten Haare auch von vorne sehen.
„Super!", dachte Melina.
Sven sah auf Melinas ziemlich ausladende Oberschenkel.
„Du kannst dir ja mal eine Frau aus Stein hauen lassen!", sagte Melina.
„Marmor aus Carrara macht sich immer gut."
„Eine aus Fleisch und Blut ist mir lieber", meinte Sven da.
Viele bedeutende Künstler haben irgendwann in ihrem Leben versucht, eine Venus darzustellen. Auch Botticelli probierte das. In den Uffizien gibt es einen Raum, wo nur dieses Meisterwerk hängt, den Botticellisaal. Das Gemälde zeigt die Ankunft der aus Schaum geborenen Liebesgöttin und deren Muschel. Von der rechten Seite kommt eine junge Frau, die der Venus einen kostbaren Überwurf reicht. Auf der linken Seite hält ein geflügelter Zephyr eine ebenfalls geflügelte Aura im Arm. Diese haben die Muschel an Land getrieben.
Botticellis Venus hat wunderbar lange, leicht gelockte Haare, die ihr fast bis zu den Knien reichen.
Tizian hat den bekanntesten Akt der Kunst im Abendland gemalt. Er entstand im Jahr 1538 und zeigt eine junge Frau, so schön, wie es nur eine Venus sein kann. Sie liegt völlig entspannt auf einem Bett. Alles, was sie trägt, sind ein Ring, ein Armreif und Ohrringe. Ziemlich knapp das alles. Die hellbraunen, lockigen Haare fallen ihr auf die Schultern. In der rechten Hand hält sie ein Rosenbouquet. Neben ihr auf dem Bett

liegt ein zusammengerollter, schlafender Hund. Im Hintergrund kniet ein junges Mädchen, das von einer älteren Frau beaufsichtigt wird, über einer Truhe. Vielleicht eine Schatztruhe, vielleicht eine Truhe, in der die Mitgift gesammelt wird. Beide Frauen sind sehr stilvoll gekleidet. Sie gehören sicher zu den gutbetuchten Mitgliedern der Gesellschaft.

„Und hat es dir gefallen?", wollte Melina wissen, als sie sich bei ihm unterhakte und sie zusammen die Uffzien verließen. Sven nickte und das tat er nicht nur, weil er Melina einen Gefallen machen wollte.

Sie gingen eine Anhöhe hinauf. Von hier aus hatten beide einen tollen Blick über die Stadt bis hin zu den schneebedeckten Gipfeln im Hintergrund. Dort in der Accademia di Belle Arti kann man den David im Original sehen. Und das wollte vor allem Melina unbedingt tun.

Neugiere, Schaulustige, Gaffer und Kunstinteressierte gab es jede Menge. Zum Glück stand der David auf einem Sockel, wo ihn das Volk von allen Seiten aus wunderbar sehen konnte.

Was für ein Typ! Was für ein wunderschöner Körper! Er war gar nicht so klein und schmächtig, wie Melina ihn sich immer vorgestellt hatte. Die Steinschleuder hatte er schon über die Schulter geworfen. Siegessicher und ganz locker stand er da, bereit den Kampf mit Goliath aufzunehmen.

Und als sie wieder hinausgingen, sagte Melina.

„Der David hat echt tolle Muckis."

Nein, Muskelpakete waren es keine, aber Sven redete nun schon Wochen davon, dass er ins Fitnessstudio gehen wollte, es war aber nichts daraus geworden. Jedenfalls bisher.

„Ja, ja", sagte er, was hieß, dass es irgendwann schon klappen würde und dass sich Melina deshalb keine Gedanken zu machen brauchte.

Am nächsten Tag saßen Melina und Sven wieder im Zug. Draußen glitzerte und glänzte es. In den Bäumen hingen Spinnweben, in denen der Morgentau wie wunderschöne Perlen hängenblieb.

Wilhelm Busch

Im Herbst

Der schöne Sommer ging von hinnen
Der Herbst, der reiche zog ins Land.
Nun weben all die guten Spinnen
So manches feine Festgewand

Sie weben zu des Tages Feier
Mit kunstgeübtem Hinterbein
Ganz allerliebste Elfenschleier
Als Schmuck für Wiese, Flur und Hain.

Ja, tausend Silberfäden geben
Dem Winde sie zum leichten Spiel,
Sie ziehen sanft dahin und schweben
Ans unbewusst bestimmte Ziel.

Nach der ersten Strophe wusste Melina erst mal nicht mehr weiter. Und da fiel Sven tatsächlich der Anfang der nächsten ein.
„Sie weben zu des Tages Feier…", begann er.
„Das hätte ich nun nicht gedacht, dass du…", sagte Melina.
„Schon gut", unterbrach Sven sie.
Aber ein bisschen stolz war er nun doch.
„Sie weben zu des Tages Feier mit kunstgeübtem Hinterbein…", machte Melina weiter.
„Ganz allerliebste Elfenschleier… äh…", fiel Sven da wieder ein.
Den Rest besorgte dann Melina.

Venedig! Jetzt war es so weit!
Sven und Melina verließen den Bahnhof. Melina besorgte sich einen Stadtplan. Eine Weile versuchte sie, sich daran zu orientieren. Aber als sie durch das Gewirr der Straßen gingen, verirrten sie sich sehr schnell, versuchten die Spur wieder aufzunehmen, ließen sich dann aber einfach treiben und erreichten tatsächlich den Markusplatz. Viele prunkvolle Bauten säumten ihn an drei Seiten. Alle hatten als stilistisches Merkmal runde Bögen, wie man sie auch an vielen anderen Stellen der Stadt entdecken konnte. Diese Häuser zeugten von dem Wohlstand, zu dem die Menschen als einstige Handelsmacht gelangt waren.
  Da sahen Melina und Sven am anderen Ende die zu Ehren des heiligen Markus gebaute Kirche. Sie war mit fünf Kuppeln überdacht. Auf dem Platz tummelten sich viele Touristen, schauten, staunten, streckten die Köpfe zusammen, holten ihre Reiseführer aus der Tasche, lasen ein paar Sätze und griffen nach ihren Kameras. Klick, klick, klick und wieder klick, klick, klick.
  Und dann war da natürlich der Campanile, der Glockenturm, ein vorwiegend roter Bau mit grünem Dach, der um die Fensterreihen herum weiß gestrichen war.

„Wir gehen hinauf", sagte Melina.
Besonders wichtig war es Sven nicht. Am Strand war er gewesen und da hatte er sich mit seiner hellen Haut gleich einen Sonnenbrand geholt. Viel zu lange lag er rot wie ein Krebs auf dem Bett und hatte sich mit Salben und Sälbchen eingeschmiert.
Jetzt war er vorsichtiger. Aber es konnte nicht schaden, wenn er sich den Seewind, im Augenblick nicht mehr als ein Brischen, um die Nase wehen ließ. Wenn er im Gesicht so weiß wie Käse blieb, würde ihm zu Hause so oder so keiner glauben, dass er seinen Urlaub in Italien verbracht hatte.
Der Campanile ist ungefähr hundert Meter hoch und damit das höchste Gebäude in Venedig. Sie mussten nicht lange warten, bis sie der Aufzug nach oben brachte. Melina war total begeistert. Sie schaute über ein Meer roter Dächer. Sie wunderte sich, dass man keinen einzigen Kanal sehen konnte, fand aber schnell heraus, dass dies von diesem Punkt aus auch gar nicht möglich war.
Melina schaute sich nach Sven um. Er stand unbeteiligt neben ihr. Konnte es wirklich sein, dass ihn dieser Anblick nicht berührte? Manches Mal kam er ihr wie ein Eisblock vor. Und im Moment sah es so aus, als ob nicht mal die immer noch warme Sonne es fertig brachte, das Eis zum Schmelzen zu bringen. Aber da legte er schon den Arm um sie.
„Es ist schön hier", sagte er.
Über Venedig und seine Geschichte gibt es viel Positives zu berichten. Die Stadt liegt in einer Lagune im Nordosten Italiens, einer Lagune, die etwa 40 Kilometer lang und bis zu 15 Kilometer breit ist. Drei Flüsse waren es, die Geröll und Stein aus den Alpen mitgebracht hatten. Daraus sind lange Sandbänke entstanden. Venedig ist auf sage und schreibe 150 kleinen Inseln gebaut, die durch eine lange Brücke mit dem Festland verbunden sind. Es gibt etwa 150 Kanäle, 3000 Straßen und mehr als 400 Brücken.
Venedig ist eine der wenigen Städte Italiens, die nicht von den Römern gegründet wurde. Als die Westgoten und die Hunnen in Italien einfielen, suchten viele Einwohner Schutz auf den Inseln. Ab dem 10. Jahrhundert entwickelte sich Venedig zu einer der wichtigsten Handelsmetropolen im Mittelmeerraum. Luxusgüter wie Seide und Gewürze wurden von hier aus in andere Gebiete, vorwiegend den Norden, verkauft.
Öl und Salz wurden in der Lagune selbst gewonnen. Venedig wurde reich und konnte sich eine eigene Flotte leisten, eroberte viele Städte und beherrschte wichtige Schifffahrtswege im Mittelmeer.
Dann wurde im 15. Jahrhundert Amerika entdeckt. Ein neuer Seeweg nach Indien wurde gefunden. Die Routen verlagerten sich. Der Atlantik

wurde immer wichtiger. Schiffe, die in Amerika und England hergestellt wurden, waren darüber hinaus sehr viel leichter als die traditionellen Galeeren, die aus Venedig stammten.

Schön ist Venedig immer noch, aber es ist alt geworden. Der Verputz bröckelt. Es bekommt zwar immer wieder ein neues Make-up, aber das kann die Löcher und Risse nur kurz übertünchen.

Kunstschätze hatte es schon immer gegeben und so entwickelte es sich zu einer Stadt, die überwiegend vom Tourismus lebte. Und wer auf sich hielt, ein gebildeter Mensch war und nach Italien reiste, der ging nach Venedig. Das war früher so und ist es heute noch immer.

Und eines war ganz prima. Der große Strom der Touristen hatte sich bereits zurückgezogen, zurück in den hohen Norden, nach Frankreich, Polen, Russland oder Deutschland.

„Muss das denn sein?", fragte Sven.

Melina hob ihren Kopf von ihrer Lektüre. Sie hatte keine Ahnung, wovon Sven sprach.

„Dass du mir ständig irgendetwas aus deinem Reiseführer, diesem Schmöker da, vorliest", sagte er.

„Ich dachte", sagte Melina „dass es dich interessiert."

„Ja, schon", sagte Sven. „Aber eine Geschichtsstunde heute reicht mir,"

„Mehr als zehn Minuten waren das gerade nicht", behauptete sich Melina. „Aber gut, wenn es dich langweilt…"

Sie steckte ihren Reiseführer in die Tasche.

„Nun sei doch nicht gleich beleidigt!", sagte Sven.

„Ich bin nicht beleidigt", sagte Melina. „Nur ein bisschen enttäuscht."

Sie stand auf und zusammen zogen sie weiter.

Inzwischen kamen die Menschen von sehr weit her, auch aus China oder Japan. Sie interessierten sich für europäische Kultur, auch wenn sie mehr damit beschäftigt waren, ihre Bilder zu schießen, als die Kanäle, Schiffe, Häuser und Kirchen im Original anzusehen. Richtig hinschauen konnten sie auch noch zu Hause.

Das Wochenende kam. Und auf einmal schoben sich wieder ganze Menschenmassen durch die Stadt. Es waren vorwiegend Italiener, die hier in Venedig den Sonntag verbringen wollten.

Die Stadt, so erfuhren Melina und Sven, mag diese Tagestouristen überhaupt nicht. Sie sind es, die die großen Müllberge verursachen. Es ist sehr teuer in Venedig, wenn man in ein Restaurant oder ein Café gehen möchte. So bringen die meisten Leute ihren Proviant mit und lassen die Überreste einfach liegen. Es ist sehr aufwändig, diese dann einzusammeln und in Booten von den Inseln zu bringen.

„Wer erwischt wird, wenn er seinen Dreck einfach fallen lässt, muss eine Strafe bezahlen", schlug Sven vor.
Ob diese Möglichkeit schon geprüft worden war, wussten weder Melina noch Sven. Aber eines war sicher: Immer dann, wenn es an den eigenen Geldbeutel ging, reagierten die Leute. Warum nicht auch in diesem Fall?
Am nächsten Tag ließen Melina und Sven die Atmosphäre Venedigs noch einmal auf sich wirken. Dieser heruntergekommene Charme! Das hatte schon was.
Melina sah auf ein Thermometer. Nein, so heiß wie im Juli und August war es jetzt nicht. Aber immerhin waren es noch immer 25 Grad. Und eine Stadt zu erkunden war bei diesen Graden auch für Melina besser, als bei über dreißig Grad schwitzend und stöhnend herumzugehen.
Sie sahen sich weitere Sehenswürdigkeiten an, den Dogenpalast zum Beispiel, der seit dem neunten Jahrhundert Sitz für die Regierung und die Justizorgane ist. Auffallend sind die vielen Rundbögen im Erdgeschoss und die Spitzbögen im ersten Stock. Heute ist er ein Museum. Vom Innenhof gingen Sven und Melina eine gewaltige Treppe hoch. Die Räume im ersten und zweiten Stock sind ganz besonders prunkvoll mit ganz wunderbaren Deckengemälden.
Dann ließen sich Melina und Sven von einem Gondoliere durch die Kanäle fahren und hörten auf die Melodien, die er schmetterte. Der ihre hatte eine ganz besonders sonore Stimme und es machte Spaß, ihm zuzuhören. Ganz traditionell war das, sehr schön und sehr romantisch.
Und im selben Augenblick, wie Melina darüber nachdachte, donnerte ein Motorboot an ihnen vorbei. Da erzählte der Gondoliere, dass die Einheimischen viel lieber dieses Verkehrsmittel benutzten. Es machte viel Krach, es stank, aber es war sehr schnell. Romantik war nichts für den Alltag, Romantik das war etwas für die Touristen, die den ganzen Tag Zeit hatten, Zeit auch für ihre Sehnsüchte und ihre Träume.
Viele träumten von einer Vergangenheit, in der, so dachten sie, alles besser gewesen war, und auch von einer Zukunft, wo es außer der täglichen Maloche ein bisschen Zeit zum Verweilen gab. Sie träumten auch von ihrem ganz persönlichen Stückchen Glück. Wenigstens ab und zu einen kleinen Zipfel vom Paradies. Warum auch nicht?
„Der Tod in Venedig!", dachte Melina.
Als sie in ihr Zimmer zurückkamen, lag das Buch auf dem Boden. Sie nahm es in die Hand.
Am Tag zuvor hatte sie begonnen, es zu lesen. Thomas Mann, einer der bedeutendsten Schriftsteller in Deutschland, hat es geschrieben. Melina hatte von dem Herrn gehört. Die Buddenbrooks, das die Geschichte

einer Familie beschreibt, waren von ihm. Und wie hieß nochmals der junge Mann, dessen Geschichte sie einmal zum Geburtstag bekommen hatte? Tonio... Tonio... ach ja, Kröger. Und dann fiel ihr die blonde Inge wieder ein.

„Die blonde Inge... Ingeborg Holm, die am Marktplatz wohnte, dort wo hoch, spitzig und vielfach der gotische Brunnen stand, sie war's, die Tonio Kröger liebte, als er 18 Jahre alt war."

So hatte sie den Satz in Erinnerung. Er war sehr kunstvoll und er war wunderschön.

Warum sie damals das Buch nicht zu Ende gelesen hatte, wusste sie nicht. Ach ja, sie hatte es wohl in der Hand gehabt, den Arm auf die Lehne des Sessels gelegt und da musste es ihr aus der Hand gerutscht sein. Viele Wochen später fand sie es verstaubt und fleckig auf dem Boden dahinter liegen. Und zu diesem Zeitpunkt interessierte sie das Ende schon nicht mehr.

„Der Tod in Venedig!".

Melina legte sich aufs Bett und las weiter.

Es ging darin um einen bedeutenden Schriftsteller, Aschenbach, der sich müde und ausgelaugt fühlte. Heute würde man wohl sagen, dass er an einem Burn-out litt. Er entschloss sich in den Süden, nach Venedig, zu fahren. Dort wollte er sich erholen, d.h., dass er sich eine Auszeit nehmen wollte. Im Hotel fiel ihm ein Junge auf, der mit seiner Familie aus Polen gekommen war. Tadzio stand für Aschenbach für Jugend und Schönheit. Er selbst, ein alternder Herr, fühlte sich magisch angezogen, war ständig hinter ihm her und beobachtete ihn. Melina las Sven die entsprechende Stelle vor.

„Mit Erstaunen bemerkte Aschenbach, dass der Knabe vollkommen schön war. Sein Antlitz, bleich und anmutig verschlossen, von honigfarbenem Haar umringelt, mit der gerade abfallenden Nase, dem lieblichen Munde, dem Ausdruck von holdem und göttlichen Ernst, erinnerte an griechische Bildwerke aus edelster Zeit, und bei reinster Vollendung der Form war es von so einmalig persönlichem Reiz, dass der Schauende weder in Natur noch bildender Kunst etwas ähnlich Geglücktes angetroffen zu haben glaubte."

„Und so etwas liest du?", fragte Sven.

Melina zuckte mit den Schultern.

„Warum auch nicht?", fragte sie.

„Da trieft das Schmalz ja aus jedem Satz", meinte Sven.

Melina lachte.

„Heute schreibt niemand mehr so", meinte sie. „Da hast du natürlich ganz recht."

Die Tage wurden jetzt schon etwas kühler. Und wie Melina und Sven im Gewirr der Straßen, Gassen und Gässchen schlenderten, sahen sie auf der anderen Seite des Kanals wilden Wein rot und leuchtend an einer Wand nach oben klettern. Die Geranien waren rot, die Blätter an dem Baum am Ende der Straße würden schon bald ganz und gar gelb sein. Das waren die ersten Vorboten auf den Winter, die Zeit, wenn die Natur scheinbar nicht mehr lebt.
„Der Tod in Venedig."
Wieder las Melina.
Die Cholera brach aus. Die Behörden versuchten, diesen Umstand zu vertuschen. Aschenbach kaufte eine Schale überreifer Erdbeeren. Schon bald wurde er selbst infiziert. Als Aschenbach erfuhr, dass die polnische Familie abreisen würde, ging er ans Meer. Und wieder las Melina eine Stelle vor.
„Es war unwirtlich dort. Über das weite, flache Gewässer, das den Strand von der ersten gestreckten Sandbank trennte, liefen kräuselnde Schauer von vorn nach hinten. Herbstlichkeit, Überlebtheit schien über dem einst so farbig belebten, nun fast verlassenen Lustorte zu liegen, dessen Sand nicht mehr reinlich gehalten wurde. Ein photographischer Apparat, scheinbar herrenlos, stand auf seinem dreibeinigen Stativ am Rande der See, und ein schwarzes Tuch, darüber gebreitet, flatterte klatschend im kälteren Winde."
Der Herbst in Venedig, das ist die Zeit, wenn die Touristen den Ort verlassen, ganz egal, ob nun die Cholera ausgebrochen ist oder nicht.
„Es wird immer einsamer in der Stadt und die Menschen sind wieder sich selbst überlassen", sagte Melina.
„Am Ende stirbt Aschenbach", berichtete Melina nach einer Weile. Dann klappte sie das Buch zu.
Melina und Sven kehrten nach Florenz zurück, bezogen ihr altes Hotel, setzten sich in eines der zahlreichen Cafés, tranken einen Latte Macchiato und schauten den Menschen zu, all jenen, die sich eine Reise nach Florenz leisten konnten, Menschen, die sich für die Bauwerke und die Geschichte anderer Länder und Städte interessierten. Florenz gilt als die Wiege der Renaissance und ist deshalb ein wichtiger Meilenstein in der Entwicklung des europäischen Denkens und Fühlens.
„Wow!", sagte Melina voller Bewunderung.
Die Geschichte war schon interessant. Aber genauso interessant waren die vielen sehr attraktiven jungen Männer, die da unterwegs waren.
„Wow!", sagte sie nun schon wieder.
Und wenn sie nicht auf einem Stuhl mit Rückenteil gesessen hätte, es

würde sie glatt vom Hocker gehauen haben. Sie waren perfekt gestylt. Sie trugen Jeans und moderne T-Shirts und sie waren fast alle braun gebrannt. Sie lächelten oft und waren sehr charmant.
Und da kam auch schon ein junger Mann auf die beiden zu, fragte Melina, ob er sich setzen könne, und lächelte. Und Melina lächelte zurück.
Sven sah sich um. Die anderen Tische waren alle besetzt und auch fast alle Stühle. Und wenn sich dieser Typ nur ein bisschen Mühe gegeben hätte, hätte er schon einen anderen Platz gefunden. Aber nein, es musste unbedingt hier sein.
Alessandro heiße er, sagte er. Mit Sven wechselte er ein paar Worte auf Deutsch.
„Nicht schlecht für den Anfang", dachte Sven.
Alessandro hatte Ehrgeiz. Es sei sehr schwer geworden, in Italien einen Arbeitsplatz zu finden, sagte er. Und nun wolle er wissen, wie seine Chancen jenseits der Alpen stünden.
„Es kommt drauf an", sagte Melina.
Wenn er noch besser Deutsch sprechen könnte, würde es vielleicht mit einer Ausbildung klappen. Sie versuchte kein allzu düstres Bild zu malen. Aber das war nicht leicht. Viele dieser hoffnungsvollen jungen Leute schufteten am Ende für oft nicht mehr als drei Euro die Stunde in irgendwelchen Pizzerien. Und das zehn bis zwölf Stunden am Tag. Sie übernachteten in kleinen Kämmerchen unterm Dach.
„Und das Geld, das ihr bekommt…", begann Melina
„gibt es nur bar auf die Kralle…", sagte Sven.
Alessandro verstand nicht ganz.
„Das Geld bekommst du bar auf die Hand", erklärte Melina.
Alessandro war enttäuscht.
„Nicht aufgeben!", sagte Melina.
Und dann erzählte sie von einigen jungen Leuten, denen es jenseits der Alpen richtig gut ging.
Und das zauberte dann schnell wieder ein Lächeln auf Alessandros Gesicht.
„Der Wirtschaft geht es recht gut in Deutschland", sagte Melina.
Sie gab dem jungen Mann ihre Telefonnummer und ihre Adresse.
„Falls du Hilfe brauchst", sagte sie, „ruf mich an!"
Er stand auf und ging, drehte sich dann aber kurz um und lächelte. Jetzt lächelte auch Melina.
Alessandro verstaute den kleinen Zettel, den er von ihr bekommen hatte, in seinem Geldbeutel.
„Hättest du nicht…?", begann Sven.

„Auf keinen Fall", sagte Melina und lächelte. „Diese jungen Kerle hier sehen total cool aus."
„Sehe ich etwa nicht gut aus?", fragte Sven.
Er selbst war blond und hatte blaue Augen.
„Natürlich siehst du gut aus", sagte Melina. „Aber das hatten wir doch schon."
Es machte nichts aus, wenn er ein bisschen eifersüchtig war.
Melina starrte weiter diesen dunklen Typen hinterher. Was so besonders an ihnen war, das wusste Sven nicht. Und jetzt stieß sie auch noch an ihr Glas mit der Latte darin. Zuerst floss die Milch auf ihre Jeans und dann machte es peng und das Glas zersplitterte auf dem Boden. Die Scherben sprangen nach allen Seiten.
Jetzt war es Sven, der so richtig ins Schwärmen geriet. So viele tolle Figuren, so tolle Haarpracht und dann diese superschicken Klamotten! Und wahrscheinlich gaben diese bildhübschen Italienerinnen ihr ganzes Geld nur dafür aus, kauften sich ein- oder zweimal im Jahr ein neues Outfit. Das dann aber richtig!
„Sag mal!", unterbrach Melina da. „Wir wollten doch noch nach Pisa."
Der Schiefe Turm würde auch in zehn Jahren noch schief sein. Aber auch in Florenz wurde es irgendwann einmal Winter und dann würden sich diese jungen Damen lieber einen dicken Mantel zulegen oder sich in ihren Wohnungen aufhalten.
Und dann saßen sie doch im Zug nach Pisa, fuhren an sanften Hügeln rechts und links vorbei, sahen die Zypressen, wie sie schmal und spitz in den Himmel ragten und die Wege säumten oder in den kleinen Anwesen im Sommer etwas Schatten spendeten. Und sie sahen das goldene Licht der Toskana, das so heißt, weil sich die Sonnenstrahlen auf den silbrigen Olivenblättern reflektieren.
Die Stadt liegt nicht weit vom Arno entfernt, dem Fluss, der an dieser Stelle ins Ligurische Meer fließt. Und als sie den Bahnhof verließen, überquerten sie zuerst die Brücke, die Ponte di Mezzo, die leicht geschwungen an dieser Stelle über den Arno in Richtung Stadtmitte führt.
Und Sven und Melina, wie schon tausende Touristen vor ihnen und auch nach ihnen, hatten zunächst nichts anderes im Kopf als den Schiefen Turm. Und wo sonst auf der Welt ist ein Turm so schief und hat diesen Zustand schon hunderte von Jahren überlebt?
Und weil sie keine Ahnung hatten, wo der alt gewordene Herr stand, taten sie nichts anderes, als den vielen Touristen hinterherzulaufen, die alle nur eins im Kopf hatten: den Turm!
„1173 wurde der Grundstein gelegt".

„Jetzt geht das schon wieder los!", sagte Sven, als er Melina mit dem Reiseführer sah.
„Mich interessiert es. Was dagegen?", fragte Melina.
Zunächst las Melina still für sich weiter. Aber irgendwann stupste Sven sie doch.
„Erzähl mir nur ein bisschen mehr!", sagte er.
„Ich frage dich nachher nicht ab und Jahreszahlen schon gar nicht", sagte Melina.
Als die dritte Etage gebaut wurde, begann der Stumpf sich zu neigen. Dass er jetzt schon an Altersschwäche litt, war sehr merkwürdig. Er sah nämlich aus wie ein schon recht betagter älterer Herr, der sich nicht mehr senkrecht halten kann und nur deshalb keinen Stock benutzt, weil er viel zu eitel ist. Um die Schieflage auszugleichen, wurde schließlich in einem geringeren Neigungswinkel weitergebaut.
100 Jahre lang ruhten die Arbeiten. Irgendwann einmal wurde auch die Glockenstube fertig. Es dauerte lange, bis man die Ursache für die Schieflage fand. Der Turm litt nicht an einem sich krümmenden Rücken. Der Untergrund besteht aus lehmigen Morast und Sand, die sich verformten, weil der Turm so schwer war.
Zunächst wurden dem jetzt schon älteren Herrn Stahlreifen eingesetzt, aber nur dort, wo die Risse im Marmor schon zu sehen waren. Die höhere Seite des Fundaments wurde beschwert und Bodenmaterial entfernt. So verlor der Turm zehn Prozent seiner Neigung. Immerhin. Aber der Turm blieb schief und das sollte er auch, denn schließlich kamen jedes Jahr Unmengen von Leuten, nur um ihn anzusehen. Wo sonst auf der Welt gelang dies einem schon so betagten Herrn nicht nur Jungen und Männer, sondern auch junge Mädchen und ältere Frauen anzulocken? So etwas gab es nur in Italien und dort nur in Pisa.
Dann aber drohte der Turm einzustürzen. Alternde Herren brauchen besonders viel Hilfe.
Ab 1990 wurde der Turm saniert. Seither beträgt die Schieflage rund vier Grad. Dank der OP war alles besser geworden.
Und obwohl Melina wusste, dass der Turm stabil war, wurde ihr doch ein bisschen mulmig, als sie nach oben stieg.
„Der fällt nicht um", sagte Sven.
Sven und Melina rannten nun nicht gleich zurück zum Bahnhof, so wie es die meisten Touristen tun. Sie schlenderten durch schmale Gassen und Gässchen. Und da kamen sie auch an die Stelle mit den vielen gelben Häusern, über die Melina schon in ihrem kleinen Reiseführer gelesen hatte, setzten sich in eines der Cafés, bestellten einen Kuchen und dazu

guten italienischen Café. Und sie genossen die wärmenden Strahlen der Sonne und tankten davon so viel wie es nur irgendwie ging so wie Frederick die kleine Maus, die schon wusste, dass man zum Überleben nicht nur Samen und Körner braucht. Geschichten und Lieder sind genauso wichtig.

Zurück in Deutschland fegten die ersten Herbststürme durch die Bäume, der Regen platschte nieder und die bunten Blätter auf der Erde, die immer so schön raschelten, wenn man hindurchging, wurden pitschepatschenass und blieben an den Schuhen kleben. Melina und Sven saßen im Zug.

„Ja, wie hieß das nochmals bei Rilke?", überlegte Melina.
„Zuerst ging es um die Natur... Ich hab's wieder."

„Wer jetzt kein Haus hat, baut sich keines mehr.
Wer jetzt allein ist, wird es lange bleiben,
wird lesen, wachen, lange Briefe schreiben
und wird auf den Alleen hin und her
unruhig wandern, wenn die Blätter treiben."

Melina schloss die Tür zu ihrer kleinen Wohnung auf, strich die regennassen Haare aus dem Gesicht. Sven drehte die Heizung hoch.

Literatur:
Alle Gedichte aus: gedichte. levrai.de/ kurze_herbstgedichte.htm
Thomas Mann, Der Tod in Venedig, Frankfurt am Main 1992
Thomas Mann, Tonio Kröger, Frankfurt 1988
Leo Lionni, Frederick, Weinheim 2015

Heidi Axel

Der Herbst des Lebens

Die Tage wurden immer kürzer und viele versuchten pünktlich von der Arbeit nach Hause zu kommen. Es war aber auch einfach zu nervig, wenn das Licht fehlte und sich die Dunkelheit sehr früh in den Tag hineinschlich. Sie ging in einen Blumenladen und sah sich um. Sie genoss erst einmal den Duft, die Farben und diese Vielfalt an Mustern sowie die Stille im Laden. Hier war der ewige Frühling zu Hause. Hier gab es keinen Herbst. Sie atmete tief durch und sah sich die Blumen an. Es waren einfach zu viele schöne Blüten da. Die Verkäuferin hielt sich zurück und ließ sie erst einmal genießen. Leise fragte sie: „Welche Blumen sind denn ihre Lieblinge?"
Schnell kam die Antwort aus ihr heraus: „Gelbe Rosen!" Die Verkäuferin lächelte und sah sie lange an. „Sie waren wohl noch nie verheiratet?"
„Doch, freilich, zwei Mal sogar, aber ich hatte nie gelbe Rosen als Hochzeitsstrauß und ein Brautkleid hatte ich auch nie."
„Und was hatten sie dann an?"
„Rock und Bluse. So war das damals. Für mehr hätte auch das Geld nicht gereicht und heute will mich keiner mehr heiraten. Ich bin doch schon im Herbst meines Lebens und wenn der Winter meines Lebens kommt, dann sind eh alle Wünsche auf Eis gelegt und dahin!"
„Ach, sagen Sie das nicht. Es gibt immer einen Menschen, der auf einen wartet und der zu einem passt, auch wenn man, wie Sie sagen, im Herbst seines Lebens angekommen ist. Was hat der Herbst denn alles zu bieten? Was sehen wir in dieser Jahreszeit? So viele Farben, die Ruhe ausstrahlen, hat keine Jahreszeit zu bieten. Wir wissen, dass dann die kalte Zeit kommt, aber gleich danach kommt der Frühling und der Kreislauf beginnt von Neuem." Sie sah die Verkäuferin sehr lange an und schmunzelte.
„Sie haben durchaus recht und ich denke, wenn ich mir bei Ihnen einen schönen Strauß mitnehme, dann wird es mir besser gehen zu Hause."
„Sie leben allein?", kam die nächste Frage.
„Ja und das schon einige Jahre. Mein Mann starb vor fast zehn Jahren."
„Und da haben Sie sich nicht nach einem neuen Partner umgesehen? Keinen Mann kennengelernt?"
Sie musste bei diesen spontanen Fragen sehr lachen, so dass es in dem kleinen Laden auf einmal etwas laut wurde. „Sicher! Doch, das habe ich,

aber irgendwie hat es nie gepasst. Wissen Sie, ich bin der Typ von Frau, bei dem der liebe Gott alle Umleitungsschilder für Männer aufgestellt hat, wenn einer mal in meine Nähe kam. Keiner ist geblieben. Vielleicht liegt das an mir, dass das so ist. Was will ich machen? Soll ich mich deshalb nicht mehr selber mögen? Es ist halt so!"

Die Verkäuferin sah sie lange und stumm an. Sie ging durch ihre Blumen, als wenn sie still mit ihnen in ein Gespräch versunken wäre, und zog drei langstielige gelbe Rosen heraus. Die waren so schön, dass sie selbst noch einmal ihren Duft prüfen musste, und dabei lächelte sie. Dann nahm sie drei Chrysanthemen heraus, ganz dunkelrote, und bildete einen Strauß aus gelb und rot. Die Blätter bildeten das Grün, das noch im Herbst zu sehen war. Aber irgendetwas fehlte noch an diesem Strauß. Irgendetwas, das die Verbindung zwischen dem Strauß und der Frau herstellte, denn die Frau machte ihr den Eindruck, dass sie eine ganz liebe Person war. Eine Person, die nie darauf aus war Streit zu suchen und die auch nie einem Mann hinterhergerannt war, um ihn mit Fragen zu bombardieren, warum er sie verlassen hatte. Nein, so war diese Frau nicht. Sie sah für ihr Alter einfach fabelhaft aus und hatte etwas Schalk in den Augen.

Wieder sah sich die Verkäuferin um und nahm auf einmal einen getrockneten Ast aus dem Regal. Sie legte die Blumen auf den Tisch, nahm den Stock in die Hand und sagte: „ Sie sind der Stock, der in Würde alt geworden ist und den es noch sehr viele Jahre geben wird, wenn ihn keiner zerbricht. An ihn lehnen wir die gelben Rosen und die roten Chrysanthemen an, die zeigen, dass sich die Herbstfarben auch in einem Leben widerspiegeln, und ganz am Rand stellen wir verschiedene kleine, bunte Blumen, die zeigen sollen, dass das Leben so schön sein kann. Man muss es nur lieben und leben." Der Verkäuferin standen bei diesen Worten die Tränen in den Augen und sie presste die Lippen aufeinander, dass sie ja nicht anfing zu weinen. Beide Frauen betrachteten den Strauß und waren begeistert. So bunt kann nicht nur der Herbst in der Natur sein, sondern auch der Herbst des Lebens.

Sie sah die Verkäuferin an und sah, wie diese sich eine Träne aus den Augen wischte. Sie bezahlte und wollte sich der Tür zu wenden, da sagte die Verkäuferin: „Ich bin auch schon viele Jahre alleine, aber ab heute ändere ich mein Leben. Vielleicht dauert es noch einige Jahre bis ich den passenden Partner gefunden habe, aber wer sich nicht bewegt, der bekommt keinen."

Sie lachten sich beide zu und die Tür fiel ins Schloss.

Joachim Seibt

Jenseits der Stege ewig ruft das Moor

„Herr Heidenreich, kommen Sie bitte noch in mein Büro, bevor Sie Ihren Resturlaub antreten." Die E-Mail des Chefs machte Ernst nervös. Es war nun schon die dritte befristete Stelle mit Verlängerungsoption, die er angetreten hatte, um in Berlin Fuß zu fassen. Dass seine Leistung stimmte, daran gab es keinen Zweifel. Was ihm abging, war eine Neigung zur Heuchelei und Selbstinszenierung, wie sie einige seiner Kollegen und Mitbewerber um die Festanstellung zur Perfektion gebracht hatten. Mit einem mulmigen Gefühl machte sich Ernst auf den Weg zum Büro des Chefs. Wenig später saß er ihm gegenüber, auf seinen Platz in einem flexibel nachgebenden Bürostuhl verwiesen, in dem sich ein Gefühl wie bei einer bevorstehenden Zahnarztbehandlung einstellte. Während der Chef noch in seinen Unterlagen blätterte, sah Ernst durch das Fenster auf die Straße. Es war unverkennbar Herbst geworden, draußen trug ein pfeifender Wind bunte Blätter durch die Straßen. Aus dem fünften Stock konnte Ernst erkennen, wie die Straßenreinigung alle Mühe hatte, das Laub von den Gehsteigen zu kehren. Ernst vermutete, dass es Ein-Euro-Jobber waren, denen man diese Aufgabe übertragen hatte. Für Ernst wirkte dieser Anblick wie ein Sinnbild drohender Abgründe. Er hatte das Gefühl, immer tiefer im Bürostuhl einzusinken.

„Kurz und gut", begann der Chef, „wir haben Ihre Arbeit sehr zu schätzen gelernt." Nach einer Atempause fuhr er fort: „Und dennoch ist unsere Wahl auf einen anderen Mitarbeiter gefallen. Wir können Sie leider nicht übernehmen." Ernst hatte Mühe, sein Grauen zu verbergen, sein Grauen vor der Ungewissheit, wie es weitergehen würde. Höflich, aber sichtlich enttäuscht, verabschiedete er sich und machte sich auf den Weg in seinen Heimatort, um dort die herbstlichen Tage des Novemberanfangs zu verbringen.

In der tiefen Provinz angekommen, durchquerte er den Ort, in dem er aufgewachsen war. Auf dem Weg vom Bahnhof zu seinem Elternhaus überkam ihn eine merkwürdige Sentimentalität. War bei seinem letzten Besuch im Sommer das Ortsbild noch festgefügt und einladend erschienen, so standen nun die Häuser in einem Nebel der Ungewissheit, als würden sich Vergangenheit, Gegenwart und Zukunft zu einem undurchdringlichen Schleier vereinigen. Ernst gelangte zu seinem Elternhaus, bewunderte bei seinem Gang durch den Garten die reifen Kürbisse und klingelte an der Haustür. Schon beim Begrüßen seiner Mutter, die innerhalb kurzer Zeit beklemmend gealtert zu sein schien, spürte er die merkwürdige Stimmung, die in der Luft lag. Es dauerte Stunden allgemeinen Geplänkels, bis die Sprache auf gerne vermiedene und doch so wichtige Themen kam. Wie es denn aussähe mit den weiteren beruflichen Plänen. Ernst schluckte. „Ich muss wohl wieder von vorne anfangen." Resigniert schaute ihn seine Mutter mit auf die Hände gestütztem Kopf an: „Ich habe es mir fast gedacht. Deine Generation hat es nicht leicht. Aber Chancen muss man zu nutzen wissen." Ernst schluckte erneut und spürte zugleich Ärger in sich aufsteigen. Sicher, die Aussichten auf ein Leben in festen Bahnen lagen in weiter Ferne. Aber war es wirklich nötig, sich dafür bis zur Selbstaufgabe zu verbiegen? Nein, das wollte er nicht, zumindest so viel wusste er.

Während Ernst noch den Verlauf seines bisherigen Arbeitslebens Revue passieren ließ, kam sein Vater hinzu und hatte eine unerfreuliche Mitteilung zu machen: „Wir haben dir bisher nichts davon gesagt, aber jetzt musst du es wissen: Wir werden das Grundstück verkaufen und in ein Seniorenwohnheim einziehen. Der Pflegedienst kommt nicht mehr her, es ist zu abgelegen". Ernst wurde bleich. So sehr es ihn auch in den letzten Jahren in die große Stadt gezogen hatte, war doch ein Funken Sehnsucht geblieben, irgendwann hierher zurückzukehren, wenn erst einmal eine passende Frau gefunden wäre, mit der er Erinnerungen an das Großstadtleben am Kaminfeuer aufwärmen könnte, in der romantischen Atmosphäre einer heimeligen Ortschaft, umgeben von nahezu unberührter Natur. „Außerdem", fuhr seine Mutter fort, „drängt der Bürgermeister. Hier soll eine Biogasanlage gebaut werden. Die Gemeinde zahlt einen guten Preis dafür, dass das Haus abgerissen wird." Ernst musste nach draußen, er wollte spazieren gehen, um seine Gedanken zu ordnen.

Eine Biogasanlage, dachte er sich, ist eigentlich eine gute Sache, vom Standpunkt der Nachhaltigkeit. Aber musste dafür ausgerechnet das Haus abgerissen werden, in dem er aufgewachsen war? Sein Weg führte am Gasthof Zum Hirschen vorbei. Jetzt brauchte er dringend einen Schnaps. Der hochprozentige „Waldgeist" brannte ihm so sehr im Hals, dass es ihn schüttelte. Vor dem Bezahlen machte er sich noch auf den Weg zur Toilette. Das Fenster war gekippt, so dass er von draußen Zigarettenrauch und Gesprächsfetzen wahrnahm. Er erkannte die Stimmen des Bürgermeisters und eines ortsbekannten Unternehmers. Beide kannte Ernst von früher, und seine Sympathie für sie hielt sich in Grenzen. Offenbar ging es in dem Gespräch um die Biogasanlage, die Goldgrube,

wie die beiden sie nannten. „Wir müssen nur aufpassen, dass diese Bürgerinitiative keinen Wind davon bekommt", hörte er den Bürgermeister sagen.
„Ach, das kriegen wir schon hin", antwortete der Unternehmer, „die Planungen für die Mastanlage laufen schon. Das hält weder Ochs noch Esel auf. Ich habe eine Vision: Die industrielle Landwirtschaft unentbehrlich machen – als Quelle der Gasversorgung für die gesamte Region. Wer sich nicht anschließen will, soll sich warm anziehen."
Ernst fröstelte. Er dachte an die unschuldigen Tiere, die dicht gedrängt in riesigen Ställen als Produzenten von Biomasse zur Gaserzeugung herhalten sollten.
„Was passiert, wenn sie die die Mastanlage verhindern, diese Öko-Aktivisten von der Bürgerinitiative?", fragte der Bürgermeister besorgt.
„Das Moor wird bald den Status als Naturschutzgebiet verlieren, da lässt sich auch noch einiges herausholen. Vielleicht ist dann die ein oder andere Moorleiche noch zu etwas nütze. Der Erlkönig zum Beispiel ..."
Beide fingen höhnisch an zu lachen, dass es Ernst durch Mark und Bein drang.
Der „Erlkönig" war ein Jugendfreund von Ernst gewesen, ein hoffnungsloser Romantiker. Von seiner Angehimmelten abgewiesen, war er ins Moor gegangen. Der Bürgermeister, damals noch unbedeutendes Mitglied im Kreisverband seiner traditionsbewussten Partei, hatte sich in unsäglich selbstlosem Mitgefühl der schockierten Dame angenommen. Inzwischen waren sie verheiratet. Mit Frösteln bis in die Eingeweide verließ Ernst die Toilette, bezahlte hastig und trat aus dem Lokal ins Freie. Weder der Bürgermeister noch der Unternehmer waren zu sehen, stattdessen einige Kinder mit Halloween-Masken, weit weniger grauenvoll als die wahren Gesichter der beiden belauschten Herren. Ernst wurde von seinen zitternden Beinen davongetragen. Es zog ihn ins Moor. In der düsteren Atmosphäre des ausklingenden Nachmittages schlich er über den knarzenden Holzsteg dahin. Ging es nicht auch auf die Zeit des Jahres zu, in der man sich an die Verstorbenen erinnerte? Wie viele Unglückliche mochten wohl in diesem Moor ihre ewige Ruhe gefunden haben? Wieder spürte Ernst einen Schauder über seine Haut laufen. Mit verstörtem Blick sah er vor sich auf dem Steg eine Ratte regungslos liegen. Als er näher kam, wandte sie ihm den Kopf zu, stieß einen Schrei aus und verschwand im raschelnden Unterholz. Ernst wich erschrocken zurück, spürte ein Streicheln über seinen Kopf wie von einer Knochenhand, als wollte ihn der „Erlkönig" mit einer zärtlichen Geste in sein Reich holen. Mit wild pochendem Herzen in seinem wie eingeschnürten Brustkorb

drehte er sich um und erkannte nur die sagenumwobene alte Moorweide, deren Zweige den Steg überschatteten. Unter diesem Baum hatten der Überlieferung zufolge seit Generationen verzweifelte Menschen Eingebungen erhalten. Ernst erinnerte sich plötzlich an den Artikel aus der Zeitschrift, die er im Zug gelesen hatte: Nach Sigmund Freud ist das Unheimliche im Grunde das Heimliche, Vertraute, das überwunden scheint und doch auf ungeahnte Weise wiederkehrt. Dieses Moor, war es nicht Sinnbild des ewigen Werdens und Vergehens? Wie viel Geborgenheit lag doch in seiner geheimnisvollen Stille! War nicht die Welt da draußen so voll von Grauen, dass die Sehnsucht nicht fern lag, zu einem Teil des Moores zu werden? Ernst ließ seinen Blick über den mit vergilbtem Gras bewachsenen Moorboden schweifen und sah in einiger Entfernung etwas, worauf er als Kind oft in stundenlanger geduldiger Beobachtung gewartet hatte: Ein Irrlicht leuchtete in der einsetzenden Dämmerung zwischen morschem Totholz auf. Von dem bezaubernden Phänomen hingerissen, vergaß Ernst alle Bedenken, setzte seinen Fuß auf den weichen, mit vergilbtem Gras bewachsenen Moorboden und bewegte sich Schritt für Schritt voran. Noch sank er nicht ein, nur ein leichtes Wanken unter seinen Füßen verriet die drohende Gefahr. Während sich Ernst dem Irrlicht näherte, verschwand es unter leisem Zischen in der aufkommenden Dämmerung. Aus dem säuselnden Geräusch des Windes meinte Ernst ein Lied herauszuhören, das der verstorbenen Prinzessin Diana gewidmet gewesen war: „And it seems to me, you lived your life like a candle in the wind." Nun begann der Moorboden nachzugeben. Ernst wurde wie von einem Blitz durchzuckt und spürte, wie ihn seine Beine mit aller Kraft in Richtung Steg trugen. Doch er stolperte und fiel der Länge nach hin. Im Blickfeld vor seinem Gesicht zappelte ein Fliege, gefangen von den klebrigen Blättern eines Sonnentau-Gewächses. Der Boden senkte sich bedrohlich ab, doch Ernst rappelte sich auf, stampfte mit gewaltigen Schritten vorwärts, immer nur den Steg vor Augen, als verschwimmendes, fast unwirkliches Bild.

Dann kam er zu sich. Aufatmend fand sich Ernst auf den Holzbrettern wieder, geschüttelt von einem Lachen der Erleichterung, in dem eine ungeahnte Zuversicht mitschwang: Er wollte den Ungewissheiten und Rückschlägen des Lebens trotzen. Diesmal würde er sich eine Stelle suchen, die seinem Naturell besser entsprach. In der Zwischenzeit würde er sich der Bürgerinitiative anschließen, um den Bürgermeister und den Unternehmer in die Schranken zu weisen. Über den hölzernen Steg machte sich Ernst auf den Heimweg, vorbei an Schilf, zwischen dem dunkles Wasser hervorblitzte, vorbei an der alten Moorweide und an den weiten, mit Heidekraut bewachsenen Flächen.

Margita Osusky-Orima

Herbst-Haiku

im morgengrauen
leise pfeift der wind durchs tal
die nebelfrau singt

herbst am belt ist kühl
hungrige möwen kreischen
fische hören zu

elfter november
martin teilt seinen mantel
bettler friert im schnee

vierter oktober
franziskus spricht mit dem wolf
es ist welttiertag

altweibersommer
am spinnennetz perlt der tau
in der herbstsonne

weiss verdorrt wird braun
kuckuck ruft zum letzten mal
tschüs margarita

der wind streut samen
in die himmelsrichtungen
herbst fegt blätter weg

goldbraun bis weinrot
grüne blätter verzaubert
herbstwind im weinberg

letztes rosenblatt
herbststimmung in der seele
vom winde verweht

eiswind bläst über
das weltklima erwärmt sich
die stoppelfelder

feuchter wind vom berg
das tal gehüllt in nebel
die luft schmeckt nach herbst

so unendlich schön
der herbstspaziergang mit dir
im stadtpark heute

blau kalter himmel
die wolken schaukelt der wind
kündet herbstzeit an

goldener apfel
wunderschön in der herbstzeit
ein kindermärchen

die bio herbsternte
natürlich provozierend
ist unter dem dach

durch die herbstlüfte
schallt am teich lautes schnattern
wildgänse ruhn aus

lila amethyste
echte edelsteine im gras
die herbstzeitlosen

schwalben sammeln sich
auf den stromleitungsdrähten
für flug nach afrika

Franz Rickert

Herbstgedanken

Der Herbst kommt schleichend, wie so vieles
gelegentlich fällt ein Blatt
das Licht wird anders
die Vögel schweigen
sind die Schwalben schon weg?
Ist noch Zeit zu reisen?

Das Alter kommt schleichend, wie so vieles
gelegentlich ein graues Haar
die Sicht wird anders
hohe Töne?, nicht gehört
der Jahrgang löst sich auf
wann geht die Reise?

Der Herbst kommt schleichend
Blatt für Blatt
er will uns schmeicheln
ihr hattet Sommer satt.

Nochmal wird es bunt,
bevor die grauen Tage kommen
Sonne macht noch ganz benommen
schenkt manch' gold'ne Stund.

Sicher wird es später kälter
wir werden ja nicht jünger
manch' Sturm wird Blätter fegen
das Wachstum stellt sich ein.

Regen flutet Feld und Hain
Feuchte kriecht uns ins Gebein
Nacht will herrschen über Licht
meist sieht man auch die Sterne nicht.

Bitter, daß das Fest vergangen
man konnt' sich dran gewöhnen
es soll ein Herz'n nichts dran kleben
nun hilft kein Jammern und kein Klagen.

Nun werde tätig, sammle Holz
und Früchte, sei nicht zu fein
erst nach der Lese kommt der Rebensaft
nach der Arbeit kommt der Lohn.

Franz Rickert

Herbstwahrnehmung

Sind es die Pappelblätter,
die die Nase grüßen
mit ihrem Geruch, dem modrig-süßen?

Sind es die Stoppelfelder,
die das Herz beklemmen,
als müßte die Leere einen Teppich kämmen?

Sind es die Baumgerippe,
die die Augen führen
jetzt alle Verästelungen aufzuspüren?

Sind es die kalten Winde,
die die Haut entblößen,
als könnten sie uns Furcht einflößen?

Sind es die Apfelsorten,
die uns schmecken lassen,
was süß-saure Worte schwerlich fassen?

Sind es die Kranichrufe,
die unser Ohr erinnern,
wer hier bleibt, kann nicht entrinnen?

Sind es diese Zeichen,
die die Erkenntnis nähren,
daß alle Ding nur endlich währen?

Franz Rickert

Abgesang

Blätterteppich gelb und braun
Farbrausch bei Beleuchtung
Raschelbäume wie im Traum
Moderdunst bei Dämmerlicht

Wärmereste unverhofft
Eichelschwemme, Kastanienflut
klarer Himmel unverdient
Pilzparade, Hagebuttenglut

Spinn-Perl-Netze, Häherschrei
Wintermantel noch zu warm
in den Hecken Elsterkeckern
Frostverpackung-Fehlalarm

Laubsauger Gebrumm
Laubbläser Gekreische
Singvögel werden stumm
Kettensägen Gedröhne

Winterreifen angesagt
Heizölvorrat abgefragt
Regentonnen Zwangsentleerung
Sommerwonnen-Zank-Entbehrung

Fahrradtouren unangenehm
Blech-Geknautsche unbequem
Abgesang als Welterklärung
Reichen die Blätter als Welt-Ernährung?

Gabriele Friedrich-Senger

Herbstzeit

Wenn's bannig an den Scheiben scheppert,
der Sturm die Blumenpött' zerdeppert,
uns Regen um die Ohren klatscht,
man bräsig durch die Pfützen latscht,
dann kommt, wie kann's auch anders sein,
als Folge gleich manch Zipperlein.
Die Nase trieft, es keucht die Lunge
und ein Infekt belegt die Zunge.
Damit ist klar,
der Herbst ist da,
zaust an uns rum ganz ungeniert,
lacht sich eins und triumphiert.
Bei seiner steifen Nord-West-Brise
bekommt so mancher eine Krise,
und jedes Jahr aufs Neu Millionen
quälen sich mit Depressionen.
Da hilft nur eins: Ein steifer Köm
macht's Leben wieder angenehm …

Gabriele Friedrich-Senger

Herbstfühlen

Letzte milde Sonnenstrahlen,
bunte Blätter lautlos fallen,
Natur geht still zur Ruh.
Wohl frischer weht der Wind der Zeit,
ein neues Fühlen macht sich breit,
deckt Altes sorgsam zu …
Dunkle Tage wird's nun geben,
angefüllt mit eignem Leben,
Nächte voller Sterne.
Nebelschleier tanzen Reigen,
trügerische Bilder steigen
lockend in die Ferne…

Gabriele Friedrich-Senger

Herbst

Es gibt Tage, da möchte man gar nicht raus,
denn draußen wirbelt und zwirbelt der Wind,
er heult um die Ecken, es ist ein Graus,
ich kriech unter die Decke wie früher als Kind.
Am Fenster, da kratzt ein knorriger Ast
und letzte Blätter kämpfen ums Bleiben,
flattern wie Fähnlein am schwankenden Mast –
bald werden erste Schneeflocken treiben…

Gabriele Friedrich-Senger

Stiller Moment

Abschied vom Sommer,
die Tage verkürzt,
verhaltenes Licht
und die Luft durchwürzt
von des Lebens Reife.
Zeit bleibt nicht stehn,
oh Mensch,
begreife!

Erika Maaßen

Herbst

Herbst ist's, die Ernte ist nun eingefahren,
ich habe geerntet, was ich einst gesät.
Ich blicke stolz auf wohl gefüllte Scheunen,
doch meine Hand noch ungezählte Samen hält.

Bevor die Zeit der Ruhe wird einkehren,
muss ich meine Äcker neu bestellen.
Sähe Liebe aus, will sie später ernten.
Verteile Wärme, um einst nicht zu frieren.

Erika Maaßen

Flammendes Spiel der Farben
Rausch vor dem nahen Ende

Aufbäumend im Herbst
wehrt sich heftig die Natur
Letzte Sonnenglut

Und doch schon ahnt man den Hauch
der kommenden Winterszeit.

Erika Maaßen

Leben

Als Kind war ich noch unbeschwert,
lebt in den Tag. „Es kommen ja noch viele."
Schnell war die Jugendzeit erreicht,
hatt' Ideale, hatte hundert Ziele.

Das Leben vieles mir zerstört.
Verzweifelt suchte ich nach seinem Sinn.
Der Friede kam dann mit der Zeit,
nahm Glück und Leid nun viel gelassner hin.

Mein Herbst des Lebens ist erreicht.
Genieß ihn jetzt, der früher mich erschreckte.
Viel intensiver leb' ich heut',
als ob des Herbstes Sonne mich erst weckte.

Erika Maaßen

Ein Herbsttag
Frühnebel steigen auf
still ruht der See
noch halb im Schlaf
mich fröstelt
denn er erinnert mich
wie Zeit verrinnt
im Lebenslauf

Erika Maaßen

Du bist mein Blau

Du bist mein Blau, ein Blues in dunklen Stunden
Du bist mein Herbst, als der letzte Sommer starb
Du bist mein später Himmel, hell- mal dunkelblau
Du bist meine Abschiedssonne, wenn Boote schlafen gehn
Du bist meine Blaue Blume, Romantik, die mir Wärme gibt
Du bist mein Gedicht vom Lebewohl im Nebel
Du bist mein herbsüßer Blaubeerkuchen
Du bist ein Duft von Pilzen, welkem Laub, Melancholie

Erika Maaßen

Herbstsonne

Ringsum lodern rote und goldene Brände
so nimmt der schon herbstliche Sommer Abschied
aus Osten wispert leis der Wind mir ein Lied
über letztem Mohn streicheln meine Hände

So weit du schaust liegt Wehmut über dem Land
es flammen noch auf Erinnerungen
als Nachtigallen von Liebe gesungen
vergangen verweht hat denn nichts mehr Bestand

Doch nehm ich mit in kommende kalte Zeit
Duft roter Rosen die du einst mir geschenkt
schmecke sonnengereifte süße Beeren

Spür noch lauen Wind wie er aufbauscht mein Kleid
und unsre Blicke ineinander versenkt
vergessen sich gegen Liebe zu wehren

Erika Maaßen

Naturwunder
Samen
zarte Keime
starke Gewächse
sturmerprobt
Früchte
lockend süß
Ernte in Fülle

Was bliebe
wenn Winterkälte
Herbstsonne ablöst
wenn Frost
Leben
erstarren lässt
Hoffnung gefriert
die Scheuer leer

Erika Maaßen

Herbstmelancholie

Die Blätter leuchten in warmen Farben,
wollen das Abschiednehmen vergolden.
Genauso verberge ich die Narben
unter einem Frühlingskleid im Herbst.

Traumhafte Liebe im letzten Frühling.
Ist ein Sandkorn schuld, dass ich nun weine,
oder schmerzt das unselige Ding
das zerbrach, als mich mein Liebster verließ?

Die sinkende Sonne kost Abenddunst,
Wildgänse sammeln vereint sich zum Flug.
Nur ich, das Opfer deiner Zauberkunst,
bleib allein zurück, weiß nicht wohin.

Erika Maaßen

Geborgen
im Grün
dem Gesang
der Amsel lauschen
Wind auf der Haut

Herbstgedanken

Erinnerungen
an die Zeit
als ich noch
sagen konnte:
„Du, ist das nicht schön?"

Erika Maaßen

Brief an einen jungen Freund

Mein junger Freund,
was weißt du schon
von unserm Leben,
der Glut vor kaltem Abend?
Wir wissen
um das Auf und Ab,
oft zu beherrscht,
oft unbeherrscht,
genießen dennoch jeden Tag.

Der Sonne Schein nie schöner
als bei ihrem Untergang,
das Herz nie weiter als im Herbst.
Wird Liebe uns geschenkt,
wir wissen sie zu schätzen,
des Herbstes Glühen, Pochen,
dass es uns den Atem raubt.
Was früher, glaubten wir,
das Recht der Jungend,
ist heut für uns
ein unverhofftes Glück.
Wir träumen,
kämpfen,
sehnen,
lieben,
schrankenlos,
grenzenlos,
genau wie ihr.
Warum nur soll es niemand wissen?
Du Narr, wird man uns glauben?
Doch hinter deiner Maske
spöttisch lachend,
steht die bange Frage:
Wie wird es später mit uns sein?
Glaube mir,
wenn auch die Sonne untergeht,

wenn dunkle Wolken sie verbergen:
Es kommt gewiss ein neuer Tag
mit Wärme,
Liebe,
Leidenschaft.
Ein Netz von Herzenswärme,
das ihr ausgespannt,
das täglich neu ihr knüpft, hilft euch,
das Dunkel zu ertragen.
Gewohnheit, Kälte ist der Tod
der Liebe und des Lebens.

Erika Maaßen

Wehmütig
scheint die blasse Sonne
in flacherem Winkel
durch ein anderes Fenster
als den Sommer lang

Ihre Strahlen versprechen
mehr als sie halten

So geht es auch mir
der Wille ist da
doch Kraft und Mut
kränkeln
wie die Herbstsonne

Erika Maaßen

Auf dem Weg zu dir
durch raschelndes Herbstlaub
errötet wie meine Wangen
schreite ich
unter kahlen Bäumen
eingesponnen
in Erinnerungen

Ein letztes Blatt streift
sanft wie deine Lippen
meine Stirn

Schau
Knospenansätze im Herbst
wispert es zärtlich
von deinem Grab

Erika Maaßen

Letztes Aufflackern

Frühlingsgrün
im Herbst

Unbesonnen
mit zertreten

Tropfen
tränken
vergebens
zerstörte
Hoffnung

Erika Maaßen

Sommer vorbei

Die satte Spinne zog von hinnen,
das Laub, das bunte, liegt im Sand,
vorbei das Silberfäden-Spinnen,
Abschied überzieht das Land.

Die Hühner legen kaum noch Eier,
der Hahn steht still auf einem Bein.
Der Fuchs schleicht hungrig wie ein Geier,
kein Küken lädt zum Frühstück ein.

So tausendfach vom Tod umgeben,
sitzt abends du allein zu Haus.
Ängste dich des Nachts umschweben,
wohl fühlen tut sich nur die Maus.

Nun zieht der Herbst ins Land schon ein.
Du siehst im Leben wenig Sinn.
Doch tief im Herz kann Frühling sein,
lässt Liebe du ein, die Zauberin.

Erika Maaßen

Wir beide in einem Boot
sonnenvergoldet
sonnentrunken
treiben
dem Herbst entgegen
Dunkelheit
kann uns nichts anhaben
unsere Herzen
sonnengefüllt
erhellen unseren Weg

Erika Maaßen

Wo ist das Leid der letzten Zeit geblieben
Wo Tränen Trauer Einsamkeitsgefühle
Die späte Sonne wärmt durch Herbsteskühle
Hat frühe Nebel in die Flucht getrieben

Im Innern tief regt sich ein zartes Hoffen
Du spürst das Dasein kann noch viel dir geben
Wie Meisen in den alten Nestern leben
Stehn dir vertraute Herzen plötzlich offen

Zieh dich nicht wieder in Verlassenheit zurück
Vielleicht winkt um die Ecke schon ein neues Glück
Sei es auch nur das kurze letzter Tage

Ein Sonnenaufgang kann dich noch betören
Den Mut beim Untergang dir nicht zerstören
Kommen und Gehen erkennst du ist der Sinn

Erika Maaßen

Sammelte Blätter
unbeschrieben
warmfarben
für dich
bereit für
Herbstgedanken
voll Sommersonne
und doch
dazwischen
Leere
Melancholie

Erika Maaßen

Kurz vor dem Regen
Der nicht kommt
Besucht mich ein Gast
Der lang schon tot

Hält im Arm
Einen welken Strauß
Mit Wurzeln
Die nie ausgetrieben

Augen starren mich an
Die stets mich gemieden
Er spricht zu mir
Der sonst immer stumm

Aus ernstem Mund
Ein Lachen so irr
Sein Atem sanft
wie Höllenketten

Schwefelgeruch
Aus herbstlichem Strauß
Sink tot zu Boden
Ich die nie gelebt

Erika Maaßen

Hoffnung

Lau ist die Nacht im Sternenschein
zerreist der Trauer Nachtgewand
Glühwürmchen taumeln übers Land
da mag man nicht alleine sein

Sternschnuppen ziehen ihre Bahn
blieben manche Wünsche offen
darfst nun auf Erfüllung hoffen
von dem, der sie dir einstmals nahm

Liebe erwacht nach trüber Zeit
vergessen ist bald aller Schmerz
Blicke gehn dankend himmelwärts
Im Herbst zum Sommertraum bereit

Erika Maaßen

Du bist mein Rot

Du bist mein Rot, das pochend durch die Adern fließt
Du bist mein Sommer, gekeimt im letzten Frühling
Du bist mein Traum, auf meiner Ruhestatt geboren
Du bist mein Sonnentag, der wärmt das müde Herz
Du bist mein Umhang, unter ihm bin ich geborgen
Du bist Lektüre, die mir von Liebe erzählt
Du bist mein Trüffel, herber Leckerbissen
Du bist mein Sommer, der den Herbst schon wittert

Erika Maaßen

Ameisensommer

Spinnen sind mir schon zuwider
Seit meiner frühen Kinderzeit,
Doch Ameisen mir auch nicht lieber
Kein Mordversuch mich je befreit
Auf dem Boden meiner Küche
Pilgern im Sog der Gerüche
Tag und Nacht auf Reisen
mich verfolgende Ameisen.

Setz sie ins Wasser, schwimmen sie oben
Mach ich Feuer, sie gehn drum herum
Versprüh ich Gift, könnt sie fast loben
Tricksen mich aus mit Raubrittertum
Teilen mit mir mein Ruhebett
Das finde ich nun gar nicht nett
Lock sie in meinen Kühlschrank
Sie werden dadurch nicht mal krank

Kein Obst, kein Kuchen, kein Leibgericht
Nie kann ich mal alleine speisen
All das entgeht dem Fresstrieb nicht
Ungeladne Gäste, die Ameisen
Beiß ich mal herzhaft in mein Brot
Sind sicher gleich ein Dutzend tot
Ameisensommer nicht meine Zeit
Wart auf den Herbst, ist bald soweit

Erika Maaßen

Spätblüher
bin ich
Herbstsonnenerwacht
Herbstblumengleich
warmfarbenbunt
wildblühend

Unberechenbar
mein Leben
bei erstem Frost
Eiskonserviert
Trockenblumengleich
doch widerstrebend
allen Jahreszeiten

Mein Traum
zeitloser Herbst

Erika Maaßen

Helle Tage

Die hellen Tage
ich liebe sie im Frühling
Wärme Blühen Tau

Die hellen Tage
wie lieb ich sie im Sommer
Sonne Leichtigkeit

Die hellen Tage
Genieße sie im Frühherbst
bevor es dunkelt

Die hellen Tage
trösten im kalten Winter
Machen mir Hoffnung

Erika Maaßen

Bin ein alter Baum
Wuchs heran in rauem Wind
gehalten und geschützt
von anderen
wohlfühlen in ihrer Nähe
Viel hab ich gesehen
und gelitten
Nahm oft Abschied
von denen die mir nah
Sah gezeichnet
die als nächste gehen mussten
Trauer um Dahingeschiedene
Kerben schlug man mir
gedankenlos
Sie verheilten

Herbst ist
Stiller wird es um mich her
Ob man mir endlich Ruhe gönnt
oder wird man noch immer
Kerben in meine Rinde schlagen?

Ilonka Meier

Herbst

Nebel
legt sich leise
über die Felder

Bäume
stehen einsam
kahl
und traurig
so als wäre
jemand gestorben

Energie
geht nach innen
lässt sich
häuslich nieder
sammelt sich
am tiefsten Punkt
und formt
neues Leben

Vögel
singen
ihr letztes Lied am Abend

Es ist
kein Sommer mehr
und noch kein Winter

Das Tuten
In der Ferne
kündigt einen Frachter an

Ob ER heute kommen wird?

Was bleibt
ist die leise Hoffnung

doch mit jedem Tag
der vergeht
schmilzt die Zuversicht dahin
wie Schokolade
in der Sonne.

Ursula Becker

Zwischenzeit

Gelbe Astern leuchten
dem verhüllten Zweirad zum Trotz.
Grüne Rosenblätter ranken
spottend dem fallenden Laub.
Blauer Himmel zwinkert
der tiefen Sonne zu.
NOCH ist HERBST

Maile Ira Folwill

Erntedank

Hell wird's und warm.
Orange Mittagssonne
hebt tiefblaue Berge
in den Tag.
Dein Feld liegt brach.
Leergefegt.
Lass mich
noch einmal
schauen übers Stoppelfeld.
Erntezeit lässt neues Leben zu.
Altes Spiel.
Bauern ernten Brot.
Hell wird's und warm
auf unseren Tellern.

Maile Ira Folwill

Wandern im Herbst

Verantwortung der Selektion
in Millionen Wassertropfen.
Illusionär wird da
der Abstieg ins Tal.

Demütig grau
oder doch
über mich hinaus
fallen Wassertropfen
in Regentropfen.

Tränen weine ich nicht.
Tonnenweise.

Rainer Rebscher

Last Blues

Auf deinen frühen Tod
welken Sonnenflecken

durch den Ahornwald.
Zahllose Propeller

taumeln vor die Schnäbel
stummer Rabenvögel.

Der Novembermorgen
hat die Nebellaken

in ein Bernsteinlicht
getaucht. Wir lauschen

deiner Blues Harp,
Heart of Gold!

Rainer Rebscher

Dieser Sommer

geht zur Neige,
warmes Licht weicht
kühlem Wind.
Ausgetrunken
sind die Gläser,
GESCHLOSSEN
ist ans Tor gepinnt.
Dunkelheit
kriecht früh ans Ufer.
Wespen sterben
in die Nacht.
Mondlicht gleißt

auf Wolkentürmen,
Sturmwarnlichter blinken,
Donner kracht.

Nebel wallen
durch den Morgen.
Vogelschwärme
sammeln sich
auf den Masten
über Feldern.
Fernwehpartitur
am Erntetisch
vor dem langen
Zug nach Süden.
Gerne wär ich
mit dabei,
um den Sommer
festzuhalten.
Hier am See
ist er vorbei.

           Ganz verloren, ich gesteh,
            hock ich jetzt am Wasser
und schau den Schwänen zu.
Ich frier schon an den Ohren,
die Zehen sind eiskalt.
Der Nebel nagt sich
durch die Sommerschuh.

Rainer Rebscher

Letztes Grün

IN MEMORIAM Baudelaire

Herbstgedenken sind
wie zähe Nebel.
Graue Last
auf unterdrückten Seelen,
Kinder, die man zu den
Gräbern zwingt.

Draußen
an den Mauern
stemmt das letzte Grün
des Jahres
sich dem Tod
entgegen.

Drinnen
sehnen
zarte Pflänzchen
sich zurück
ans offene
Friedhofstor.

Rainer Rebscher

September Blues

An diesem Sonntag Morgen
schweigen sich die weißen Nebel
in der tiefsten Trauer aus, die
die Glocken je durchdrungen
haben, vor dem leeren
Haus deiner
Geburt.

Das Dorf schmiegt sich
verschüchtert an die Kirchen-
silhouette. Wildes Blut
brach gestern aus gewohnten
Bahnen, riss die sanfte
Schönheit aus der reh-
äugigen Zeit. Alles Leben

hält seitdem den Atem an.
Durch vertraute Straßen
schleicht Vergänglichkeit.
Manchmal kappt der Schnitter
die wunderbarsten Blüten
kurz vor der Jahreszeit
des Welkens.

Rainer Rebscher

Dezemberanfang

Jeder Grashalm wittert
Stillstand/ eine kühle
Ahnung tastet sich von
Baum zu Baum/

Zarter Frost kriecht
in die Lücken/ wirft
verwelkte Hüllen in
das blanke Erlenwasser/

Nebel bringt den See
zum Schweigen/ Reiher
proben Blindflug/ Auf
zu neuen Ufern!

Rainer Rebscher

Blau

Zermürbte Netze
streuen
Gespinste
über die Feldwege.

Kleine Spinnen
fliegen.
Alte Frauen
weben

lichte
Fäden in das
blaue
Lüftchen.

Sanfte Augen
spiegeln
die Pfützen
aus der Regenzeit.

Später Sommer
wärmt
die greisen
Ackerfalten.

Reinhard Lehmitz

Langsamer Abschied
Verwelkende Korona
Üppige Samen

Sonnengold geht zur Ruhe
um von Geburt zu träumen

Reinhard Lehmitz

Noch Einflugschneise
der Schwalbenfamilie
Das Tor bald leblos

Reinhard Lehmitz

Drachen im Nordwind
Erntefest für den Kürbis
Zeit des Vogelzugs

Beginn der Hochkonjunktur
für Schal und Pudelmütze

Reinhard Lehmitz

Herbst-Sonett

Die Sommertage neigen sich dem Ende
Es dunkelt anders in den Abendstunden
Die Vogelschwärme haben sich gefunden
denn alle Zeichen deuten auf die Wende

In blassem Nebel liegen jetzt die Strände
Der stolze Kranich fliegt die letzten Runden
Das Feld hat seine Kahlheit schon verwunden
die Fischer aber nicht die kalten Hände

Der Blätterfall gibt uns ein sich`res Zeichen
dass Altes immer wird dem Neuen weichen
weil Abschied nehmen heißt auch neu beginnen

Wenn Jahreszeiten sich die Hände geben
dann geht in neue Obhut unser Leben
und frohes Herz lässt Wehmut schnell zerrinnen

Reinhard Lehmitz

Novembermorgen

Von den Bäumen
fallen Wassertropfen
durch die Stille
des Morgens

Auf ihrem Weg
liebkosen sie
den seichten Nebel
und legen sich
mit herzhaftem Kuss
zum Gold des Herbstes

Still muss es sein
um Liebe zu spüren
still wie an diesem
Novembermorgen

Reinhard Lehmitz

Launischer Herbst

Es gibt Herbsttage
da streichelt
ein seichter Wind
das Herbstgold
von den Bäumen
Gefühle von Zärtlichkeit
verbreiten sich

Plötzlich aber
verblasst das Gold
wird farblos
im Tosen eines Sturms
Alle Liebe ist verflogen
Gewalt bricht los
Der Herbst ist launisch

Reinhard Lehmitz

Seelenfrieden

Herbstliches Licht bis zum Horizont
Fischer holen die Boote ein
Ein Bernstein lässt sich finden
Seeschwalben versuchen ihr Glück

Schlafende Dünen

Kaffeeduft aus einladenden Türen
Schwedische Apfeltorte
Entspannte Menschen
Ein Bernhardiner träumt

Seelenfrieden

Reinhard Lehmitz

Kleiner Baum im Herbst

Kahl bist du
und frieren wirst du
wenn Sturm und Eis
ihr winterliches Spiel
mit dir treiben

Dein Herz aber ist stark
und dein Blut
wird nicht gefrieren
Du weißt um deine Kraft
und wirst erwachen

in zartem Grün

Reinhard Lehmitz

Zwei Binsenhalme

Zwei Binsenhalme
hatten sich umschlungen
Sie standen fest
dank ihrer Liebe
Ein Herbststurm
trennte sie gewaltsam
Sie neigten sich
ob sie wohl bliebe?

Bald hörten sie
des Winters Lieder
und fragten sich
seh`n wir uns wieder?
Sie finden sich
in neuen Trieben
im neuen Grün
um sich zu lieben

Und die Moral
von der Geschicht`
Ein Sturm knickt
wahre Liebe nicht

Claudia Ratering

Blatt

Einen Sommer lang
gegrünt, gelacht,
mit hundert anderen
erfüllt von Licht
und der Gewissheit dieses Ortes:
der Baum der Welt.

Nun bläst der Wind mich
durch die Straßen.
Meine Ränder,
trock'ne Spitzen nun,
kratzen auf Asphalt.

Ich treibe mit dem Wind,
zerknist're unter Füßen,
wehe haltlos
in dunkle Ecken.

Regen durchnässt mich,
erweicht mich zu Moder. Kompost,
Mutterboden werd' ich sein.

Ich bin ein Herbstblatt nur,
mein Sterben nährt

die Bäume.

Claudia Ratering

Fallende Tage

Im Fallen
ergrauen die Tage.
Blauer schien
der Himmel, kurz währte
das Licht.

Im Fallen
entschwinden die Tage
wie Blätter so
zahllos und
flink.

Es tuscheln
Sonne und Horizont.
Manchmal gönnen sie uns
einen Blick ins
Grelle.

Irmgard Woitas-Ern

Herbstgold

Golden zieht der Herbst ins Land
Bäume in festlichem Gewand
Die letzten warmen Sonnenstrahlen
Wollen Sonnenkringel malen

Wie leuchtet so bunt die Welt
Nuss um Nuss zu Boden fällt
Eichhörnchen zum Wintermahl
Hamstern Nüsse ohne Zahl

Bunte Blätter wirbeln durch die Luft
Von Raschellaub und Erde ist der Duft
Ein letztes Äpfelchen hängt noch im Baum
Erinnerung an einen Kindheitstraum

Irmgard Woitas-Ern

Nebelträume

Wer setzt sich auf die Nebelbänke?
Wer führt die Einhörner zur Tränke?
Wer webt aus glitzerndem Wasser ein Kleid?
Wer pustet buntes Laub zur Herbsteszeit?

Wer füttert die Bienen mit Nektar?
Wer bepflanzt grün jeden Hektar?
Wer lässt tausend kleine Vögel singen?
Wer bringt eine ganze Welt zum Schwingen?

Irmgard Woitas-Ern

Herbstnebel

Wenn im Herbst die Blätter fallen
Sieht man im Tal die Nebel wallen
Und in dein trautes Heim
Schleicht sich die Kälte ein.

Der Sonne Strahl wird langsam schwach
Des nächtens liegst du lange wach
Und fragst dich: „Kommt der Winter jetzt?"
Als Morgentau dein Haar benetzt.

Du fröstelst an dem kühlen Morgen.
Zerfurcht ist deine Stirn von Sorgen.
Mach dich im Geist bereit
Für die kalte Jahreszeit.

Den kalten Wind hört man durch kahle Wälder wehen,
Auf abgeernteten Feldern krächzen die Krähen:
„Du Mensch gib Acht auf deine Brut,
Die Zeit, die naht, die ist nicht gut!"

Irmgard Woitas-Ern

Ein Hauch von Winter

Dunkel ruhen still die Wälder
Kahl sind schon die Stoppelfelder
Über allem weht ein kalter Wind

Es rauscht in leeren Zweigen
Spielt auf zum tristen Reigen
Das Leben aus der Landschaft rinnt

Verlassen liegt der weite Weg
Einsamer Bach gurgelt am Steg
Eisiges Bett am Grund verborgen.

In Zwielicht liegt nun Wald und Flur
Der Nebelmond zieht seine Spur
Wirft fahles Licht auf heut' und morgen.

Irmgard Woitas-Ern

Zugvögel

Ihr Rufen erklingt von fern
Am Himmel ein heller Stern
Reisen auf des Südwinds Schwingen
Der wird sie zum Ziele bringen

Die Formation ein großes V
An meinen Füßen Morgentau
Majestätisch sind sie dahingezogen
Ich wäre – ach so gerne – mitgeflogen.

Irmgard Woitas-Ern

Gefallene Engel

Wir sind unterwegs zum Lac Du Der.
Uns allen sind die Flügel schwer.
Sind auf dem Weg zum Schlafquartier.
Novemberkalt, abends nach vier.

Kinder sind müde von langem Flug.
Ich, Mama Lulu, führe den Zug.
Flügel schmerzen, Kinder können nicht mehr.
„Mama, ist es noch weit bis zum Lac Du Der?"

Die Augen brennen vom langen Flug.
Zu essen fanden wir nicht genug.
Das Band des Flusses leuchtet. Bald ist Nacht.
Ich fliege vorn. Ich geb auf euch Acht.

Wir müssen landen, doch nur wo?
Die Nacht breitet aus ihren Paletot.
So neblig und dunkel, man sieht gar nichts mehr.
„Es ist nicht mehr weit bis zum Lac Du Der."

Der Fluss hüllt sich in Nebel und Dunkelheit.
Die Kinder, erschöpft, haben weder Kraft noch Zeit.
Da! Glitzern des Flusses zum Greifen nah!
Im Nebel verborgen ist Böses da.

Wir müssen landen. Kreischen, Funken stieben.
Etwas im Dunkel tötet meine Lieben!
Entsetzliches Grauen packt mich kalt!
Sie stürzen auf ein Band aus nassem Asphalt!

Schreie gellen in der Nacht!
„Ich hab meine Kinder umgebracht!"
Wie gefallene Engel stürzen sie hernieder.
„Warum?" Das frage ich mich immer wieder.

Von Lulu übrig geblieben sind
Federn, ein Sender und Schreie im Wind.
Gnädig deckt die Nacht ihre Opfer zu.
Über den Wipfeln ist wieder unheimliche Ruh.

Menschen fanden am nächsten Tag tote Kraniche an den Straßenrändern.
Sie waren bei Nebel und Dunkelheit in die Hochspannungsleitung geflogen
und auf die Straße gestürzt.

Irmgard Woitas-Ern

Gefühl in Moll

Am Fenster klopft
Der Regen tropft
Wie Tränen von den Zweigen.
Sogar der Wind
Übt sich in dunklem Schweigen.

Gefühl in Moll
Ich weiß, ich soll
Es nicht so übertreiben.
Gefühl so voll,
Ich kann es nicht beschreiben.

So spielt mir auf
Der Zeiten Lauf
Erneut zum düstren Reigen,
Wo Weiden sich traurig
Ins trübe Wasser neigen.

Irmgard Woitas-Ern

Allerseelen

Zwölf Greise in weißem Gewand
Drehen langsam sich im Stand.
Blau leuchtet der Pélen Tân,
Ruft Seelen aus dem Jenseits an.

Heute ist die Neumondnacht,
Beseelt von einer dunklen Macht,
An der die Toten wiederkehren.
Wer kann es ihnen verwehren?

Begrüßt die toten Ahnen.
Sie wollen uns ermahnen.
Erfreuen wir uns des Lebens,
Dann war das ihre nicht vergebens.

Gedenkt der Toten Zuversicht,
Auch wenn das eigne Herz dabei zerbricht.
Entzündet jedem Grab ein Licht.
Ein liebend' Herz vergisst dies nicht.

Ingrid Schacht

Sturmspiel

Weststrand.
Windflüchter.
Silhouette
gegen den Wind.

Sehr bald
nützt ihnen
ihre Flucht
vor dem Wind
nicht mehr.

Wütend
werden Sturm
und gefräßige Wellen
sie ihres Haltes berauben.

Jahrtausende
altes Spiel:
Sandkorn für Sandkorn,
hier abgetragen,
dort wieder angefügt.

Nichts
geht verloren
im ewigen Sturmspiel
herbstlicher Elemente.

Ingrid Schacht

Allmählich

Allmählich
atmet die Natur
den Sommer aus,
um frischen Atem
zu holen für den Herbst.

Allmählich
ist der letzte Kranichzug
geflogen über Stadt und Land,
begleitet von meinen Wünschen
für einen guten Flug
ins Sommersonnenland.

Allmählich
ist der letzte Mohn gepflückt,
und eine letzte Rose
steht ohne Blätter da.

Allmählich
verabschiedet sich der Sommer
mit gelben Stoppelfeldern
und von der letzten Blume
am Rande meines Weges.

Ingrid Schacht

Herbstahnung

Wehmut.
Herbstahnung.
Noch Himmelsblau.
Doch schnell
versinkendes Licht.
Und länger verweilende
Nacht.

Wärme.
Kartoffelfeuer.
Der Rauch steigt auf
in schon
von Nebelschwaden
durchzogene Dämmerung.
Kühle.

Freude.
Denn roter Wein
in unsrem Glas
lässt uns am Abend
Sehnsucht vergessen
nach blühendem Sommermohn.
Tröstlich!

Jürgen R. von Gernler

Herbstlaub

Der Herbst mit seiner rauen Schale
vertreibt des Sommers Leichtigkeit,
durchzieht mit Farben Berg und Tale
und taucht sie in ein buntes Kleid.

Die Früchte an den Bäumen reifen,
sie halten sich mit letzter Kraft,
bis Stürme durch die Äste pfeifen,
sie fallen tief – es ist geschafft.

Die müden Blätter schweben nieder
und wirbeln sturmgejagt dahin,
dies' Schauspiel, es kommt immer wieder,
es liegt darin ein tiefer Sinn.

Das herbstlich buntgefärbte Laub
wird nun die Erde sanft bedecken,
bevor es wird zu feinem Staub,
um neues Leben zu erwecken.

Jürgen R. von Gernler

Herbstblätter

Blätter hängen an den Bäumen,
sonnbeschienen, strahlend bunt,
noch einmal vom Frühling träumen,
warten auf die Schicksalsstund'.

Denken an vergang'ne Zeiten,
als sie waren leuchtend grün,
blickten über lichte Weiden,
als noch alles war im Blüh'n.

Längst vergangen sind die Tage,
als der Herbst war noch so weit,
schnell vergangen ohne Frage
ist die unbeschwerte Zeit.

Und so ändern sich die Farben,
von dem Grün zum Rötlichbraun,
schon gebunden sind die Garben,
lehnen an des Herbstes Zaun.

Schillernd in des Herbstes Sonne,
zeigen sie ihr buntes Kleid,
sind dem Auge eine Wonne,
doch das Ende ist nicht weit.

Flimmernd sie die Bäume schmücken,
bis der Herbstwind brauset los,
sie bald unsrem Aug' entrücken
und der Abschiedsschmerz wird groß.

In des Herbstes Lüfte schweben
sie nun viele an der Zahl,
zeigen noch einmal ihr Leben,
haben keine andre Wahl.

Wenn sie alle sind gefallen
in der Muttererde Schoß,
lange Zeit die Schritte hallen,
einsam und oft freudelos.

Langsam werden sie vergehen
und zerfallen dann zu Staub,
neue Blätter so entstehen
aus des Herbstes schönem Laub.

Jürgen R. von Gernler

Herbstfarben

Mildes trübes Sonnenlicht,
eingehüllt in weiße Schleier,
langsam durch die Nebel bricht,
zu erhell'n die bunte Feier.

Nebelfetzen weichen sacht,
um dem Licht mehr Raum zu geben,
dass die Farben nun mit Macht,
durch den herbstlich Äther schweben.

Leuchten hier und leuchten dort,
wie von Elfen leicht getragen,
zu verzaubern jeden Ort
und zu spenden Wohlbehagen.

Alles golddurchflutet scheint,
buntgeflammt die Wälder stehen,
viele Farben sind vereint,
um dann wieder zu vergehen.

Ruhen aus für lange Zeit,
bis der nächste Herbst beginne,
stehen dann erneut bereit,
zu verwöhnen unsre Sinne.

Jürgen R. von Gernler

Herbstnebel

Nebel ziehen aus der Ferne,
rücken näher Stund um Stund,
nehmen uns das Licht der Sterne,
hüllen ein des Herbstes Bunt.

Nebel ziehen durch die Wälder,
legen auf ihr weißes Tuch,
decken zu die leeren Felder,
schließen still des Sommers Buch.

Nebel ziehen durch die Gassen,
hüllen ein Laternenschein,
mancher geht nun ganz verlassen,
ist für lange Zeit allein.

Nebel ziehen in die Seelen,
senken sich auf das Gemüt,
keiner kann es mehr verhehlen,
dass bald alles ist verblüht.

Nebel hüllen ein Gedanken,
die im Herbste oft gedacht,
durch das Grau wir einsam wanken,
bis der Frühling neu erwacht.

Jürgen R. von Gernler

Herbststimmungen

Wenn Novembernebel kreisen
und die Sonn' früh untergeht,
wenn die Vögel geh'n auf Reisen
und ein kühler Herbstwind weht,
werden Rosen bald verblühen,
ruhen aus für lange Zeit,
wird so manche Lieb' verglühen
und vergehen Heiterkeit.

Wenn Novembernebel ziehen
und die Kühle uns umfängt,
wenn die Wärme wird entfliehen
und das Herz wird eingeengt,
werden wir die Läden schließen,
Gärten machen winterfest,
werden manchen Wein genießen,
warten auf das Weihnachtsfest.

Wenn Novembernebel schweben
und so mancher Sturm braust los,
wenn verstummt so manches Leben
und kehrt heim in Erdenschoß,
dich Melancholie berühret,
zeigt dir, wer du wirklich bist,
oft die Seele es nun spüret,
alles doch vergänglich ist.

Heike Streithoff

Herbstvariation

Regen Tropfen Kiefern Nadeln ferne Autobahnen,
Pfützen, am See Boote geparkt.
Stürme, Vogelschwärme schießen, Nebelwände
erkaltet Luft.

Feucht unter Pflaster steinig Gassen,
Biber hacken Stämme;
Eichelblätter Stapel, Triebe Beeren, Sträucher
niedriger Stauden.

Rinnende eisig Flocken.
Wolken Bände Gräser Frösten.
Schlot schwebende Dächer weiß, dämmt Stadt.
Schnee auf Beeten.

Feder leicht Advent Licht Tannen Meere
majestätisch. Pilgerwege Pfade
Ackerreich Barbara-Zweige, Kreuze
Stille Heimatstraßen.

Lesley Wieland

FIBONACCI FOLGE

Potenziertes Licht,
schadet im verhedderten Strahl,
in verlorener Richtung,
von Sichtung,
ohne Brennweite,
einer Fernglasstärke,
vom Prismafenster,
*
des abends leuchten,
Glühbirnen in der Fassung,
fassungslos vom glimmenden Stab,
künstlich erhellt,
erloschen der Quetschfuß,
ohne Sockelkontakt,
in der Überspannung,
*
Tranfunzeln,
an den Mauern,
der letzten Monate im Jahreszyklus,
der Nachtwächter bibbernd,
mit seiner Laterne,
schütt den Schlaf der Gerechten,
ungerecht bewacht,
*
welches aber,
ist das rechte,
das erdacht,
gefühlte,
vom Sonnenschein,
im Glanzpunkt,
vom Licht,
*
Herbstmond,
teilt seine Gaben aus,
im Gezeitenstrom,
vom Helios im Oktober,

eine Woge vom Liebkosen,
in der Helligkeit,
der Helianthus annuus,
*

ihre gelben Blüten,
das Rad ihrer Mitte,
von Kernen,
das Mahl der Wintervögel,
streuen Ziel behaftet und göttlich,
das Kolorit im Lichtstrom,
über eingesammelte Gemüsefelder,
*

nicht der September ist gülden,
sondern der goldene Winkel,
der sonnigen Blume,
in den Spiralen vom Bau,
beschenkt sie uns reichlich,
die Kompasspflanze,
mit dem Herbstschimmer,
natürlich und rein.

Lesley Wieland

CURA POSTERIOR

Herbstkind,
du mich bestahlst, fauchend.
unerbittlich,
so wie ich euch zusammen führte,
es war September,
mein liebster in jenem Monatsspiel,
doch jenes wir tätigten,
war der bittere Ernst,
*
dabei suchte ich nach dir,
fand dich in der Glückskatze,
dreifarbig und nur der Anlass ,
reichte mir selbstsicher,
dass Fortuna mir hold ward,
deine Krallen symbolisierten,
Feindschaft,
pure Abneigung ohne Hohnwort,
*
dabei liebte ich dich,
bedingungslos,
als ich dich auf den Tag exakt,
dem Tierheim entriss,
du aber hattest nur Nachsicht,
für dich und dein Ego,
der Fernblick blieb dir verborgen,
weil du ihn unnötig fandest,
*
dabei machte es dir,
die kleine siamesische Katzenschönheit so leicht,
und du erschwertest ihr die eigene Präsenz,
so zart sie war im drei buntigen Fellchen,
wie Herbstlaub in seiner Färbung,
pustetest du sie hinfort,
harsch mit deiner Kralle,
obwohl ich ewig auf deiner Seite ward,
*

an jenem Herbstmorgen,
vom Dunst im Frühnebel.
hast du mir einen Teil meines Herzens,
entrissen,
es kränkte mich zutiefst,
und die Ulmen wurden schneeweiß,
an jenem Sonnentag,
vom Mädchenfell der ungewollten Katze.

Lesley Wieland

HISTORISMUS

Weinreben lockten verschwenderisch,
in der blauen und weißen,
vollmundigen Beere,
vom Federweißen,
wie die Biestmilch der Kälbchen,
süß -vergoren,
dass andere ein Festmahl sich zubereiten,
Schwebfliegen und der Fichtenbock,
die letzte Erdhummel ihren Rüssel steckt,
in den gequetschten Saft,
tropfend auf Raufrost,
delikat,
*
der Mäander vom Fluss,
er schwimmt verlangsamt,
beschaulich sein Pläsier,
sind die Septembertage,
wenn der bunte Teppich,
orgiastisch über ihm wippt,
Knoten für Knoten in der Orienttechnik,
aus Blattwerk,
vom Schwarzdorn der Ulme,
in den Salweiden der Vogelkirschen,
und jener Holzbirnen,
geflochten, gesponnene Herbstfarben,
*

die Äcker sind leer gefegt,
von geschäftigen Landwirten,
doch ein Trugbild,
im realen Schein,
Siebenschläfer,
hamsternde Hörnchen,
ihr Instinkt verlangt danach,
den Gürtel weiter zu schnallen,
damit der Wanst sich platziert,
ihre Zudecke, um den harten Winter,
in einem Erdloch und in der Kolbe,
wohlgenährt zu überstehen,
*
stehlende,
spitze Schnäbel erwischen,
aus der kalten Luft,
zielgenau ihre Beute,
der Eichelhäher unterschlug dem
Stacheltier vom Igel,
die einzige Raupe in der Puppe,
ohne Gesicht von starrer Mimik,
der Habicht aber,
flog flink und geschwind,
auf die Krume,
um die kleine Graumaus zu plündern,
*
Hofläden verkaufen,
die Ernte von heißen Monaten,
in Quittenmarmelade getunkt,
und Holundersirup,
das Déjà-vu vom Echo,
eines Jahrhundertsommers,
fleischige Zwetschgen zwischen,
Kürbisfratzen,
sammelnde Kinder, die nach,
Süßem und Sauren schreien,
verkleidete Gespenster,
in Oktoberepochen,
*

kurze Nächte und Tage,
heimelige Stunden hinterm Fensterglas,
Teezeit bei dampfendem Roibusch,
der die Scheiben beschlägt,
weil erste Flocken die Dämmerung begrüßen,
schnurrende Kätzchen um unsere nackten Beine,
Stricknadeln, sie klappern wieder,
und der Verlierer vom Schwarzen Peter lacht,
vom Ruß aus dem Ofen,
auf diesem kocht die Steckrübensuppe,
die den Feldkampf der Tiere,
dem Wuchs vom Grumpt,
dichten,
und von Menschen, die das Frühjahr herbei ersehnen.

Lesley Wieland

MADAPOLAM

Wenn bei Tagesanbruch,
die Welt noch im grauen Dunst,
über klammen Wiesen ruht,
der nächtliche Urin,
unterm Metallbett im bepinselten Blumendekor,
im Nachttopf fror,
gehüllte Stuben in Kälte,
und Butzenscheiben im Glacé von Weißeis,
überzogen schlottern von Gänsehaut,
dann trat längst das Sternzeichen,
der Waage ein und Obstbäume,
knorrig ächzen unter der Ertragslast,
von der Eschenbacher Mostbirne,
dem Berner Rosenapfel,
und Mirabellen,
die mit roten Wangen,
sich appetitlich gedulden,
vernascht zu werden,
*

das Thermometer am Schweinestall,
in seinen Graden tief fiel,
das Fell der Schafe sich verdichtet,
in der Schurwolle,
Vorratskammern sich füllen,
mit Weckgläsern,
dem Kompott der Heckenkirschen,
Stachelbeeren,
pausbackigen Golderdbeeren,
pralle Früchte,
und Jungen und Mädchen,
die restlichen Kartoffeln vom Flugland,
auflesen, Stoppeln,
unter nackten Füßen pieksen,
Herbstkätzchen verspielt,
nach dem Garn haschen,
viel zierlicher in der Statur,
Kümmerlinge kaum vermittelbar,
*
wenn Bastkörbe pikant sich stopfen,
die Dirne mit dem Wollschal,
durch den Tann streift,
geübten Blickes,
Erdritterling, den Anischampignon,
vom schwarzen Purpur einheimst,
der Milchsaft aus diesem,
Damwild herbei lockt,
der Dornfinger in seinem Radnetz,
die Expertise kaperte,
im Zwirn seiner Fäden,
vom Ahorn, Birken und Eichenlaub,
Nachzügler von Nonnengänsen,
die Klostergärten im Süden aufsuchen,
dann wird es unlängst Zeit,
seine Holzpantinen mit Stroh,
zu füllen für erste Schneewehen,
und das Spätjahr gewähren zu lassen.

Lesley Wieland

PRO TEMPORE

Hornkraut und Moosbeeren,
sie wickeln sich,
in das Geschenkpapier vom Morgennebel,
der sich schwerfällig legte,
in der letzten Mitternacht,
auf den Farnkrautwald,
*
im Wespenvolk herrscht,
Unruhe,
denn ihre letzten Stunden,
händigt ihnen,
Mutter Natur aus,
nur die Königin bleibt Siegerin,
ohne Thron,
*
Bodenfröste,
verdrängen letzte Sommerwärme,
die ermattet sich ergibt,
das Eichhörnchen sammelt,
konzentriert,
Nüsse für den Winterspeck,
im mageren Kostümgewand,
*
Stürme wirbeln,
vergnügt,
selbst gewerkelte Drachen,
durch raue Lüfte,
der Wind zerrt an ihnen,
bis er sie den Kinderhänden entreißt,
dass Tränen auf Ahornblätter am Boden rollen,
*
die Eschen,
Eiben und Erlen,
zittern,
denn es war frisch geworden um sie,
ihre Hüllen, ihre Kleider fielen,

im Blatt, in der Nadel,
entblößt in empfundener Scham,
*

der Mischwald,
er verstummte im munteren Plaudern,
wortkarge Bäume,
denn die Nachtigall,
die Drosseln und Mauersegler,
sie schwärmten aus,
nach einer neuen Heimat,
*

Schweigen,
ruhte auf Baum und Strauch,
die Amphibien fielen,
in Winterstarre,
nur das Laub,
spielte ausgelassen,
in Bonbonfarben,
*

Abschied erfasste,
die Fauna,
vom Neubeginn,
würzige Süße kostete,
das Leben der Natur,
die sanft schlief auf der Herbstzeitlose.

Heiko M. Kosow

Sommerwende

Sommerflucht
Herbstblütenduft
Herbstblumensucht
Herbstluft

Sommernarben
Herbstblütenblätter
Herbstblumenfarben
Herbstwetter

Sommerstille
Herbstblütenpracht
Herbstblumenfülle
Herbstnacht

Sommerende

Heiko M. Kosow

Des Winters Frühling

Ungewiss wie bange Stunden,
vor einem Abschied oder dem Empfang,
wird diese trübe Zeit empfunden
hin zum grauen Winterübergang.

Blatt für Blatt zur bunten Blüte wird,
als würd' der Frühling neu geboren.
Jeder Herbst die Farben neu gebiert,
die den Sommersonnenschein verloren.

Eines Herbstes kraftvolle Stille
zeigt mit Macht die Vielfalt der Früchte.
Er erfüllt des frühen Frühlings Wille,
schafft berauschende Tropfen für Süchte

Des bunten Laubes Zauberlachen,
in Tagen trüber Abschiedstrauer,
lässt in uns Kräfte neu erwachen
für des Winters graue Dauer.

Heiko M. Kosow

Die letzten Blätter in der Hecke

Die letzten Blätter in der Gartenhecke,
in einem schönen, dunklen Braun.
Irgendwo in einer hinteren Ecke.

Sie sind des Herbstes letzter Gruß
in diesen trüben ersten Wintertagen.
Von einem Jahr, das gehen muss.

Mit Erinnerung an schöne Stunden,
die wir gerne gemeinsam verbrachten.
In denen wir unser Glück gefunden,

Große Freude auf das neue Jahr
wecken letzte Blätter in der Hecke.
Der Frühling wird wieder wunderbar.

Heiko M. Kosow

Farbenwechsel

Neuer Farben Schimmer
kriecht überall hervor.
Von grünlich nach rot-gelb
wechseln die müden Blätter.

Der reifen Früchte Glanz
ziert Bäume und Sträucher.
An Wegen und in Gärten
feiert die Natur Erfolge.

In goldener Fülle
das Getreide erstrahlt.
Dann die fahlen Stoppeln
die leeren Äcker füllen.

Frische Frühlingsblumen
hat der Sommer überrollt.
Die Pracht der vielen Farben
zeigt uns des Herbstes Macht.

Heiko M. Kosow

Herbst-Ahnung

Altweibernetze glitzern in der Sonne,
Kunstwerke, von der Natur gemacht.
Letzte Sommertage so voll von Wonne.
Erstes Laub verfärbt sich schon sehr sacht.

Graue Nebel morgens wallen,
der Sommer langsam Abschied nimmt.
Wenn die ersten Blätter fallen,
spüren wir, wie das Jahr verrinnt.

Mit Erinnerung voll sind diese Tage,
an die vergang'ne schöne Sommerzeit.
Sie erfüllte uns, ganz ohne Frage,
gekonnt, mit ihrer warmen Herrlichkeit.

Nach und nach machen wir uns bereit,
in der Ahnung, bald ist es vorbei.
Der nächste Winter ist nicht weit,
droht stolz mit seinem grauen Geweih.

Heiko M. Kosow

Herbstbilder

Bei der ersten Morgenkühle
bestimmt Abschied die Gefühle.
Windes Kühle statt Sommerschwüle,
frierend leiden Sonnenstühle.

Des Jahres schwerer Früchte Last
verbiegt manch müden Sommerast.
Von tiefer Sehnsucht schon erfasst,
ist mancher Vogel Abschiedsgast.

Auf dem Feld die letzten Garben,
fein geschmückt mit blassen Barben.
Zieren frischer Ernte Narben,
stiller Trost in fahlen Farben.

Der bunten Blätter weites Meer
macht uns des Sommers Abschied schwer.
Sind dann die Bäume schließlich leer,
beginnt des Winters Wiederkehr.

Heiko M. Kosow

Herbsterleben

Wolken von fahler falber Farbe,
in einem gelblich-griese Grau.
Das schwächlich dünne Sonnenlicht
erzeugt kärglich nur matte Schatten.

Nun gut gefüllt ist jede Wabe,
dank des Sommers voller Blütenpracht.
Als Bienenlabe für den Winter
sichert sie des Volkes Überleben.

Wege gefüllt mit Eckern von Buchen
oder völlig eichelreich übersäet.
Im welken Giersch am Waldesrand
ist ein Igel spät auf Sommerpirsch.

Hoch oben eine Kranichkolonie,
ihre Abschiedsrufe erschallen.
In der Form einer großen Eins,
ständig wechselnd die Führung.

Wälder schimmern in bunten Farben,
die in herbstlicher Sonne strahlen.
Felder prahlen mit kahler Weite,
ruhen mit neuer Saat im Schoß.

Heiko M. Kosow

Herbstfruchthinterlassenschaft

In des frühen Herbstes Blätterleere
verwaist, verlassen wirkt ein Vogelnest.
Umgeben von bunter Frucht und Beere,
überfüllt erscheint das lichte Geäst.

Unter Fruchtlast ächzen volle Zweige
in die farbenfrohe Herbstesstille.
Der gefüllten Äste neue Neige,
kraftlos aufgegebener Widerwille.

Reifefarben lassen Obst erstrahlen
auf den Feldern, in Wäldern und Garten.
In gelblichem Gold die Quitten prahlen,
sie sehnsüchtig die Ernte erwarten.

Kastanienglanz in herbstlicher Sonne,
ihr Aufprall von Stachelschalen befreit.
Weinreben füllen Kiepe und Tonne,
Späte Lese steht für Eiswein bereit.

Von Eicheln der Waldboden übersät.
Die Wildschweine nach Bucheckern schnüffeln.
Rote Äpfel, für November sehr spät.
So mancher sehnt sich nach frischen Trüffeln.

Heiko M. Kosow

Herbstfülle

Wenn in den fernen Weinberghängen
die Trauben prall und saftig stehen,
sich Äpfel dicht in Bäumen drängen,
spürt man, das Jahr wird bald vergehen.

Überwältigend des Herbstes Fülle,
die auch du schon hast in dir gespürt.
Wenn in Momenten tiefer Stille
dich deine Lebensreife hat gerührt.

Lasst uns des Lebens-Born genießen,
ernten, was wir hervorgebracht.
Voll Freude mir Ideen sprießen
zu all den Tagen, vor der Nacht.

Unsere Früchte sind Geschenke,
wie die schönen Gaben der Natur.
Wenn inniglich ich an dich denke,
spür' ich unseres Herbstes volle Flur.

Wir genießen des Lebens Früchte,
die wir endlich ernten können,
Verspürst auch du die Süchte,
die wir uns nun gerne gönnen?

Heiko M. Kosow

Herbstnebelinspirationen

milchiger Morgennebeltau
verhüllt mit Decken
nieselder Luft
als leichte Last
den frühen Tag

das Licht gestohlen
düster und dämmerig
dämpft er Gebärden
graues Exil für Raben
melancholisches Nebelhaus

erfüllt von den
Tönen der Tristesse
kehre ich puritanisch
bedrückt, zurück
aus dem Nebelmeer

einsam, allein
bei romantischem
Kerzenschein
die Fluchtfeier nach
feuchter Einsamkeit

Heiko M. Kosow

Nahrhaftes Feuer

Glimmernd glüht der Reste Glut.
Herbstlich feucht die Nebelnacht.
Still in heißer, roter Asche ruht,
was die neue Ernte heut gebracht.

Beim Kartoffelfeuerfest
werden draußen sie gegart.
Sanfter Duft uns hoffen lässt,
frisch sind sie besonders zart.

Rötlichgelb die Sonnenscheibe
kündigt an den Untergang.
Feuer einlädt zum Verbleibe,
lauschend, knisterndem Gesang.

Rötlich warm der Feuerschein,
nach des Tages Müh und Plag,
lässt uns eng beisammen sein.
Heiß die Frucht, die jeder mag.

Heiko M. Kosow

Novemberfolgen

Wird er im Nebeltau geboren,
ist müde schon der frühe Morgen.
Dann hat der Tag bereits verloren,
kann fürs Licht nur schwerlich sorgen.

Durchdrungen von feuchtem Morgendunst,
fröstelt leicht die kärgliche Natur.
Bunte Bilderreste der Blätterkunst
hinterlassen eine schwache Spur.

Der Kampf des Herbstes ist zu Ende,
wenn der weiße Winter wieder siegt.
Nasse Kühle bestimmt die Wende,
bis des Eises Kälte überwiegt.

Das Dauerdunkel dieser Tage
bedrückt Gemüter und die Herzen.
Bis Winterwende eine Plage,
endend der Lichtleere Schmerzen.

Heiko M. Kosow

Strandherbst

Vorbei der Quallen sanftes Wallen,
ausgelaugt der Sand am müden Strand.
Tote Algen in blassen Ballen
als Band am Rand von ödem Land.

Die letzten kargen Muschelreste
genießen still der Dünung Raunen.
Sie feiern Sommerabschiedsfeste,
über die selbst Möwen staunen.

Der Herbst mit seinen rauen Stürmen,
hier wird er entspannt genossen.
Wenn die Wellen hoch sich türmen,
blitzen blank der Fische Flossen.

Schäbig war des Sommers Ernte,
der Badegäste letzter Müll.
Den die Herbstflut rasch entfernte,
so wurd' hier wieder ein Idyll.

Erwartet wird des Winters Stille,
kalte Stunden zum Erholen.
Kraft zu sammeln ist der Wille,
unterm Schutz der alten Molen.

Heiko M. Kosow

Vogelflug

Im Herbst, an einem frühen Morgen,
Gänse zogen wieder gen Süden.
Bin sehr melancholisch geworden,
diese Tage die Seele ermüden.

Ihr Ansporn ist uns nicht gegeben,
verschlüsselt, tief verborgen im Tier.
Elegantes Gleiten und Schweben,
zurück und vereinsamt bleiben wir.

Wir ahnen nicht, welche Kraft sie treibt.
Immer aufs Neue in jedem Jahr.
Sehnsucht, die tief in uns verbleibt,
der wärmende Süden, wunderbar.

Schrilles Schreien, klagendes Rufen,
die Erste voran, zur rechten Zeit.
Flügelschlag, ferner Klang von Hufen,
Der Winter droht, nun ist es so weit.

Beginne schon jetzt ihn zu hassen,
mit Kälte, Nässe und Dunkelheit.
Fühl' mich allein zurückgelassen,
mach' mich für ihre Rückkehr bereit.

Heiko M. Kosow

Wintererwartung

Natur stirbt seit September,
die Sonnenstrahlen zaudern.
Kalter Nebel im November
lässt müde Moose schaudern.

Verblasst des Herbstes Farben,
in Vergessenheit versunken.
Erste Tiere Hunger darben,
in Kaminen lodern Funken.

Früh verlässt das Licht den Tag,
dieses Grau färbt mein Gemüt.
Sturm zerzaust den kahlen Hag,
der sich Wärme wünscht aus Süd.

Vieler Stunden Tod im Dunkeln,
Frosthauch überzieht die Nacht.
Eisigkalt die Sterne funkeln,
wartend auf die weiße Pracht.

Heiko M. Kosow

Gedichte zum Herbst

mit dem *Sommertageabschied* beginnt
Im September die *Sommerwende*
Herbst-Ahnung durch Vogelflug
eine *Herbstliche Sehnsucht* bestimmt
die ersten *Gedanken im Herbst*

Farbenwechsel prägen *Herbstgedanken*
die *Herbstfülle* der *Naturfrüchte*
bringt *Herbstfruchthinterlassenschaft*
für *Nahrhaftes Feuer* beim *Strandherbst*

in *Winterahnung* und *Wintererwartung*
ist der Herbst *Des Winters Frühling*
Herbstbilder prägen das *Herbsterleben*
ein *Goldener Oktober* als *Herbstabend*
verstärkt die *Herbstabschiedsstimmung*

Die letzten Blätter in der Hecke
zeigen *Der nächste Winter*
kündigt sich an, in ersten
Novemberfolgen beim *Übergang*
durch *Herbstnebelinspirationen*

Heiko M. Kosow

Gedanken im Herbst

Der vielen Bäume schöne, bunte Blätter
trösten nicht bei diesem kalten Wetter.
Herbst als Vorspiel für kommende Wintertage
mit Dauerregen und grauem Nebel ist 'ne Plage.

Vorbei sind unsere wildesten Tage
mit des frühen Frühlings Liebesgelage.
Doch unsere schon etwas alternde Brust
kennt noch die Schönheit der brennenden Lust.

Der Herbst ist auch die Zeit der reifen Früchte
aus den Tagen der Gelüste und Süchte.
Die Nächte beginnen schon früh und ganz sacht,
es wird schon dunkel, ehe man es bedacht.

So beginnt wieder eine einsame Nacht,
die wir gern hätten gemeinsam verbracht.
Auch wegen der Wärme und Nähe,
und weil ich dich seelig schlafend sähe.

Möchte glücklich neben dir erwachen,
will dann es nicht versäumen,
wieder verrückte Sachen mit dir machen.
Gemeinsam versinken in Liebesträumen.

Heiko M. Kosow

Goldener Oktober

Die wenigen warmen Strahlen der Sonne
sind wie ein langer, inniglicher Abschiedskuss.
Diesen genieße ich mit großer Wonne.
Das Farbenkleid des Herbstes ist ein letzter Gruß.

Wenn Bäume und Sträucher sich bunt bemalen,
darüber bin ich immer wieder hocherfreut.
Wenn sie mit ihren reifen Früchten prahlen,
sie zu sammeln, gerne hab' ich mich gebeugt.

Trotz Abschied ist die Gewissheit wunderbar,
die dann mein Bewusstsein stets erreicht.
Der Oktober kommt zurück im nächsten Jahr,
wenn der alte Sommer wieder weicht.

Dies Wissen wird mich durch den Winter tragen,
wenn mich wieder seine Dunkelheit umfängt.
Mich trösten in den kurzen, schweren Tagen,
bis der neue Frühling sich nach vorne drängt.

Erfüllt von Sehnsucht und von Dankbarkeit
bin ich von dem goldenen Oktober.
Dann ist es endlich wiedermal soweit,
gefüllt sind die Scheunen und der Schober.

Heiko M. Kosow

Herbst

- Wetter
Diesig
Nebel
Regen
Sturm

- Ernte
Beeren
Früchte
Korn
Obst

- Farben
Braun
Bunt
Gelb
Rot

- Gefühle
Abschied
Ahnung
Erfüllung
Trauer

- Himmel
Dunstig
Grau
Hell
Klar

Heiko M. Kosow

Herbstabend

Eine fahle Sonne versinkt hinter Bäumen,
dann wird's gewiss, es ist wieder so weit.
Ich schließe die Augen, beginne zu träumen,
von schöner, langer, weißer Winterszeit.

Gemeinsame Abende mit dir am Kamin,
bei wohliger Wärme, rubinrotem Wein.
Wenn ich dir wieder ganz nahe bin,
wünschte ich, es könnte für immer sein.

Heiko M. Kosow

Herbstabschiedsstimmung

Des Sommers Früchte sind eingebracht.
Braune Laubhaufen erinnern an
farbige Herbstblätterrestepracht.
Raureifhauch kündet den Winter an.

Bläuliche Herbstzeitlosenblüten
wimmern einen zarten Abschiedsgruß.
Die Wintersankunftsstürme wüten,
verwehen Kartoffelfeuerresteruß

Gepflügte Felder, Stolz der Bauern,
in erster Winterschlaferwartung.
Feucht von den Dauerregenschauern,
hoffen auf ersten Schnee bis Hartung.

Graue Novembernebelschwaden
umhüllen wabernd kahle Bäume.
Dürre Hecken in ihnen baden,
vertieft in kühle Winterträume.

Heiko M. Kosow

Herbstgedanken

Schwarz gepflügte Äcker sich erstrecken,
die reife Ernte ist nun eingebracht.
Lass uns diese Weite neu entdecken
in des bunten Herbstes farbiger Pracht.

In der wieder frisch geeggten Erde
verbirgt sich nun die eingebrachte Saat.
Damit es im Frühling wieder werde,
wird vor dem Winter sie hier gut verwahrt.

Wie wird mir bis zum nächsten Frühling sein?
Ständig bewegt dies meine Gedanken.
Wie ertrag' ich des Winters kalte Pein?
Seine Dunkelheit mit ihren Pranken.

Die sich're Gewissheit deiner Nähe
gibt Seelenstärke mir und neue Kraft.
Wenn ich tief in deine Augen sehe,
spüre ich, was innige Liebe schafft.

Der Herbst des Lebens ist ein weites Feld,
vorbei ist das jugendliche Sehnen.
Doch unser Acker ist schon längst bestellt,
wenn wir uns zärtlich aneinander lehnen.

Heiko M. Kosow

Herbstliche Sehnsucht

Seit Tagen dieses Dauergrau,
wie meistens mitten im November.
Wenn ich auf den Kalender schau,
haben wir doch erst September.

Miese Wetter-Kapriolen,
die diesen frühen Herbst durchziehen.
In ihm kann man sich nur erholen,
wenn man sich entschließt zu fliehen.
Hin zu einer Dauersonne,
der sanften Wärme sich ergeben.
In Stunden voll wohliger Wonne
möchte man hier dauernd leben.

Alle Zeiten dann immer mit dir
tief erfüllt von innigster Nähe.
In Natur von gewaltiger Zier
ich den Lebensherbst dann sehe.

Heiko M. Kosow

Herbsttristesse

die letzten Vogelschwärme
fliegen gen Süden
in die Wärme

erste graue Tage werden kalt
verschwunden die Blätter
kahl ist der Wald

der Morgen wird schwerlich wach
feiner feuchter Nebel
verdeckt das Dach

die kurzen düsteren Tage
schlummern stumm
frühe Dunkelheit als Plage

eine schwächliche Sonne
scheint kraftlos müde
vorbei ihre Wonne

der Winter schleicht sich an
in frühen Boten
erkennt man ihn dann

Heiko M. Kosow

Im September

Das Ende des Sommers wir ahnen,
wenn der Wald sich leicht verfärbt.
Zugvögel ziehen ihre Bahnen,
der Frühherbst, der die Blätter gerbt.

Vergangen des Sommers Pfand,
die letzten, schönen, hellen Tage.
Vom späten Mohn am Wegesrand
nehm' ich Abschied mit 'ner Frage.

Zu was wird mich der Winter zwingen?
Mit schwerer, langer Dunkelheit.
Werd' ich genügend Kraft aufbringen,
zu ertragen die graue Wirklichkeit?

Doch an meiner Schulter ganz vertraut
spür' ich wieder dich, dicht neben mir.
Leichtes Rieseln geht durch meine Haut,
dass du's auch spürst, dies wünsche ich dir.

Ein gegenseitiges Versprechen,
auch wenn's scheu und zufällig erscheint.
Der Winter wird uns nicht zerbrechen,
wir schaffen's gemeinsam und vereint.

Heiko M. Kosow

Vom Werden

Gelber Blütenmeere sanftes Wiegen
Äcker gemalt von berstender Kraft
Versprechen Mengen von öligem Saft
Geerntet die Bündel auf Feldern liegen

Aus einem Wald von frühen grünen Ähren
Im Sommer goldene Früchte strahlen
Die Körner werden zu Mehl gemahlen
Manche in Fässern ganz langsam vergären

Werden Tage endlich langsam heller
Blatt und Blüten zu der Sonne streben
Mit Süße gefüllt die prallen Reben
Reifen zu jungem Wein im Kelterkeller

Bangen um der Bäume erste Blüten
Erleichtert sieht man das Obst still reifen
Die Kinder es zum Pflücken gern greifen
Regale von Holz es im Winter hüten

Im Garten, am Weg, im herbstlichen Wald
Die Kastanie, die Eichel, die Ecker
Gereift für Tiere sind sie sehr lecker
Erst wenn der Brunftruf der Hirsche erschallt

Heiko M. Kosow

Sommertageabschied

Des Morgens Kühle hält lange an.
Die Sonne scheint noch nicht gewillt.
Bevor die Hitze schwach begann,
wird die Tageswärme noch gestillt,

Im Zwiespalt von Abschied und Empfang
spür ich den müden Sommer gehen.
Vor kommender Ungewissheit ist mir bang,
wie werde ich den Wandel bestehen?

Des Herbstes Macht ergreift den Tag,
bestimmt die Farben und das Licht.
Ein jeder diese Stimmung mag,
doch des Sommers Ende ist in Sicht.

Die Dunkelheit bricht früh herein.
Keine Abendlau uns mehr erfasst.
Die Kühle der Nacht, sie holt es ein.
Von Ferne droht des Winters Last.

Heiko M. Kosow

Übergang

Regen trommelt auf die Scheiben
seine nassen Melodien.
Wird es lange noch so bleiben?
Möcht' vor diesen Fluten fliehen.

Von des Sommers Abschiedstränen,
im Herzen tief, bin ich gerührt.
Bin erfasst von diesem Sehnen,
dass Herbstgold die Natur verziert.

Mich erfüllt innerer Frieden,
wohlige Wärme und Sonne.
Erinnerung ist geblieben,
an des letzten Sommers Wonne.

Trost bei diesen Regenschauern,
die den Tageslauf bestimmen.
Sicher nur noch kurz ihr Dauern,
bis die letzten Tropfen rinnen.

Heiko M. Kosow

Winterahnung

Dicht verdeckt die Mauerflanken,
von immergrünen Efeuranken,
die leicht im kühlen Herbstwind wanken,
und Kräfte für den Winter tanken.

Der goldenen Blätter Farbenmeer,
voll von ersehnter Wiederkehr.
Macht jährlich uns den Abschied schwer,
in dieser Zeit wir leiden sehr.

Der Winter kommt nicht über Nacht,
die Sonne langsam schwächer lacht.
Die Dunkelheit ergreift die Macht,
täglich stärker und doch ganz sacht.

Heiko M. Kosow

Herbst-Ängste

Der nächste Winter wird wieder

frierend, frostig, eisig…
ruhend, dösend, schlafend…
duster, dunkel, schwarz…
kahl, einsam, trostlos…
kalt, bitter, beißend…
umfassend, klammernd, erdrückend…
feucht, nass, triefend…
trüb, traurig, schmerzend…
ruhig, still, tot…

… sein

Anna B. Lippmann

Übers Jahr

Zeitiger Frühling:
Der Mut südlicher Heimkehrer
wird bewundert.
Die Amsel bewacht das Futterhaus.
Wer will ihr an die Körner?
In der kalten Erde
warten Samen auf ein Zeichen.
Ist es schon Zeit zu keimen?
Frühblüher verachten Feiglinge.

Sommer
Mohnblumenfahnen wehen
über blaugrünem Korn.
Zwischen unschuldigen Margeriten
und aufrechten Lupinen beginnt
die Revolution des Sommers.
Junges Lachen erklingt am Strand.
Ein weicher Gänseblümchenteppich
bedeckt die warmen Wiesen.
Erdbeerträume liegen in der Luft.
Ein offenes Geheimnis wird aufgedeckt.
Manchmal wäre jede Bewegung
eine Sünde.

Spätsommer:
Kornfelder unter grauen Himmeln.
Der frohen Hoffnung auf ein Werden
folgt die bange Gewissheit der Reife.
Goldener Reichtum verwandelt sich
in kratzige Stoppelfelder.
Saatkrähenschwärme sind alarmiert:
Futter – grenzenlos.
Tagsüber scheint Sonne,
nächtens ist Herbst.

Kühler Herbst.
Scharfe Pflüge schneiden
feuchte Felder in endlose Streifen.
Spinnen weben Winterwolle.
Nachtfröste erschrecken
spät Geschlüpfte.
Nebel wandern durch
laublose Wälder und verweilen
an geheimnisvollen Orten.

Winter
Das Wintertier
hat Pfoten weich
wie frisch gefallener Schnee.
Und eine Nase
kalt wie klirrendes Eis.
Wenn es in dunkler Nacht
durch den Wald schleicht,
tragen die Bäume
Eisbärenpelze.
In bläulichen Spuren schimmert
gefrorene Zeit.

Anna B. Lippmann

Trauriger Herbst

Es gibt Tage, an denen mein Herz den Regen spürt
und meine Augen Blättern gleichen,
die dunkel und nass
von Bäumen tropfen.

Anna B. Lippmann

Herbstwunsch

Des Sommers Kraft geht sanft zur Neige,
schon biegen sich die schweren Zweige
mit goldenen Früchten in üppigem Laub.
Herbstsonne flimmert in goldenem Staub.

Und in dem warmen milden Glanz
verträumet sich die Seele ganz.
Spinnt sich ein Sonnenfädenkleid,
verwebt darin ein wenig Zeit.

Auch so, von sanftem Licht und stillen Freuden voll,
wünsche ich dir des Lebens Herbst,
der reiche Ernte bringen soll.

Eva Beylich

Oktober

Der Herbst ist noch zu jung,
um sich im Blatt zu finden.
Er trimmt im Wind
und lässt den Regen rinnen.
Er weiß, dass er uns Kälte bringt
und frühes Dunkel.
Sieh dich nicht um!
Es turnt das Grau.
Das Blau hat austrainiert.
Das alte Jahr
sinkt in die Knie.
Das Neue schlummert schlaff.
Ein Apfel bleibt im Gras zurück
und fault für neue Früchte.
Bald Winter sagst du?
Nur Gerüchte!

Eva Beylich

November

Wieder ein Kalenderblatt
gefallen, wie viele zuvor,
auf die Erinnerungen und Wünsche.

An unserem Inneren
ändert sich wenig.
Äußerlichkeiten nur.

Wie wichtig sind sie uns.
Weigere dich danach
beurteilt zu werden.

Es sind nur Blätter,
die fallen im Herbst.
Innen bleibt es Frühling.

Die Altpapiersammlung
kann warten.

Heinz-Helmut Hadwiger

Herbst des Lebens

Allmählich müht sich Jahr um Jahr.
Rundum verstirbt wer. Es wird still.
Du machst darum nicht viel Aufhebens.
Nichts ist mehr, wie es einmal war.
Viel geht nicht mehr, wie man es will.
Beharrlich naht der Herbst des Lebens.

Auch schütter wird das graue Haar,
das Auge trüber als die Brille.
Dich schwindelt: ein Gefühl des Schwebens.
Und nimmer denkst du so glasklar.
Hilft gegen „schlimmer" eine Pille?
Du fällst – wie Blätter: Herbst des Lebens.

Die Gäste machen sich schon rar.
Tagein, tagaus gewahrst du Unbill.
Der Hand, die müd' des Nähens, Webens,
die unbegreifbar fleißig war
entgleitet ungeschickt die Spill'.
Sie sinkt, versinkt im Herbst des Lebens.

Unstillbares wird unscheinbar,
Gesichtskreis eng wie die Pupille,
vernachlässigt der Zwang des Strebens,
das Unfassbare wahrnehmbar.
Du wählst Melisse und Kamille,
eh' sie verblüh'n im Herbst des Lebens.

Dich schätzen, lieben – meist unsichtbar –,
für die du Beispiel bist und Sinnbild,
wie du voll Liebe warst zeitlebens.
Nun ist dir Demut unverzichtbar,
so wie dein Weg von „wild" zu „mild":
Vergebungsherbst. Nichts war vergebens.

Heinz-Helmut Hadwiger

Herbstwagnis

Und wieder rührt ein Jahr ans nahe Ende.
Die Bäume färben sich in Flur und Wald.
Die Ernte ist beizeiten eingebracht.
Weintrauben fallen in die Kelter.
Die Jahreszeiten stehen an der Wende:
Nicht mehr so sonnig, wird es langsam kalt.
Die Dämm'rung kündet früher von der Nacht.
Getrocknet' Sammelgut kommt in Behälter.
Schon ruhen nach der Arbeit müde Hände.
Die Felder sind bestellt, brachliegend bald.
Die Blätter leuchten auf in bunter Pracht.
Und die Natur ist wieder ein Jahr älter.

Ja, auch auf Waagen wirkt der Herbst sich aus:
Vergangenes scheint nicht mehr ganz so grell.
So manches gibt man auf, was angedacht,
man lässt sich nicht so leicht auf Neues ein.
Man bleibt nun wieder etwas mehr zuhaus,
steht schwerer auf, weil es noch nicht so hell.
Wer abends aus dem Dösen jäh erwacht,
der möchte schon ins Bett gegangen sein.
Er nimmt sich nicht mehr allzu viel heraus.
Er folgt jetzt eher seinem Naturell.
Bedacht scheint, was er macht; und sacht
geht man mitsammen um, scheu vorm Allein.

Heinz-Helmut Hadwiger

Sommerabend

Da brach ein Sommerabend an,
ein letzter, lauer, in den Straßen,
an dem wir noch im Gasthof saßen,
im Freien, eh' der Herbst begann.

Wir tranken Most, und dann und wann
war's, dass wir Schmalz- und Speckbrot aßen.
Wir sprachen, was wir schnell vergaßen,
und dennoch hielt es uns in Bann.

Und wir erzählten, was da war.
Ich saß im Hintergrund und schrieb
und sah schon vieles nicht mehr klar.

Bis mir ein Hoffnungsschimmer blieb:
Im Schatten stand ein Liebespaar.
Die hatten sich vielleicht noch lieb…

Heinz-Helmut Hadwiger

Herbstgebete

Es ist ein gelblich-rosaroter Morgen,
der mich so früh schon ins Gelände führt,
wobei ich noch nicht weiß, was mir begegnet.
Wenn meiner Suche – ziellos – Lohn gebührt,
gewahr ich Schemen-Häuser, die verborgen
zerrinnen, so als würden sie beregnet,
geheimnisvoll gesegnet.
All meine frommen Frühgebete flieh'n
zu diesem Zufluchtsort vertrauter Sinne,
dass ich den Tag gewinne,
beschützt vom gold'nen Blätter-Baldachin.
In jenem Haus am rosa Morgen,
liegt's auch verborgen, fühl ich mich geborgen.

Heinz-Helmut Hadwiger

Herbstnacht

Wie wenn die Nacht auf meine Lider fiele,
hab ich dein Aquarell mir vorgestellt,
aus dunklen Wassern dämmernd auferstanden.
Wenn erst die Nacht in meine Bilder fällt,
nichts übrig lässt von Blumen außer Stiele,
zerstört sie, macht die Schönheit sie zuschanden,
kommt Seele mir abhanden.
Du aber rettest Farben kühnen Strichs,
lässt Morgenrot trotz Nachtgeschwärz erahnen,
Mondlicht in blassen Bahnen:
ein Spiegel meines längst verglühten Ichs,
folg ich dem farbenfrohen Aquarelle
in eine unnachahmlich-rote Helle.

Heinz-Helmut Hadwiger

Herbstkelter

Lass mich in unverblümtes Grün versenken,
von einem Grün ins andre Grün hinein!
Im Frühling, jung, beginnt dies grüne Fließen.
Im Herbst erst keltert sich's zu trübem Wein.
Verknüpfen wir der Reben Ranken Ränken,
hört jedwedes Problem auf, sich zu spießen,
sodass wir nur genießen.
Am blauen Fluss erwachen wir, selbst blau.
Und während gelb verfärbt die Bäume rauschen,
beginnen wir, scheu Blicke auszutauschen,
und finden uns – so wie die Luft – so lau.
Als hätt' auch uns die Reifezeit gewunken,
sind wir – ergriffen herzgekeltert – trunken.

Heinz-Helmut Hadwiger

Herbstwellen

Wenn alles, was da wallt, in endlos' Wellen
verströmt, sich überlagert, überdeckt,
erheischt, wer heimlich tut, daran Gefallen.
Er profitiert davon, was man versteckt.
Er flüchtet sich ins Dunkel aus dem Hellen
und unterdrückt in Ebbe alles Wallen –
trotz Leuchtflut so kristallen.
Am Rande Bäume, nicht zerflossen, nur,
die noch der Wellenlandschaft standhaft trotzen,
indem mit Grün sie protzen.
So wellenüberlagert scheint Natur,
ein Übergang ins All aus tausend Erden,
bis alle Wunder uns erklärlich werden.

Sieglinde Seiler

Träumen im Herbst

Wie schon so oft stand ich an diesem nebelig grauen Herbsttag am Küchenfenster und schaute hinaus in den Morgen. „Der Tag trauert wie ich!", registrierte ich, denn noch gestern zeigte der Herbst sein goldenes Blätterleuchten. Doch heute hingen die Blätter der Birke vor meinem Haus in fahlem Ockerbraun leblos an ihren Ästen, wohl ihr Vergehen schon ahnend. Die Natur bettet sich mit jedem Herbsttag mehr zur Ruhe, um in der kalten Jahreszeit wieder Kraft für ihr neues Werden zu sammeln!, kam es mir in den Sinn. Sie hatte länger als ein halbes Jahr den Wachstumsreigen vom Frühling bis zum Herbst gespannt.

Wie zauberhaft zeigte sie im Frühling die ersten Palmkätzchen, denen die Frühblüher wie Christrosen und Krokusse folgten, bis dann einzelne Gänseblümchen ihre weißen Strahlen ins Licht streckten und das erste frische Grün spross!

Welcher Augenschmaus war auch das Wunderwerk der Baumblüte! Sie schmückte die umliegenden Hänge und manche Gärten. Die Bienen surrten geschäftig um die Bäume, schleckten Nektar und trugen ihre Pollenhöschen heim. Blühende Wiesen säumten mit Gänseblümchen, der prachtvollen Löwenzahnblüte, einzelnen Vergiss-mein-nicht-Blüten, Hahnenfuß, Blutströpfchen und Sauerampfer das gluckernde Bächlein und manchen Fluss. Bald spiegelten sich die neuen, noch hellgrünen Blätter der Eschen und Erlen in ihrer Wasseroberfläche. Morgens konnte man den Gesang der Vögel zum Fenster hereinlassen… Ich kam richtig ins Träumen…

Bald schon war das Wiesen- und Blättergrün der Bäume und Laubwälder dunkler geworden, da der Frühling mit dem Sommer eine Liaison eingegangen war. In den Hausgärten dominierten Lupinen, Rittersporn und veredelte Mohnblumen. Auf den Wiesen konnte man Margeriten und Fingerhut bewundern und der Löwenzahn hatte seine Lichter aufgesetzt. Das Wachstum war in vollem Gange. In den Wäldern war der Bärlauch pflückreif und ganze Anemonenteppiche durchzogen sie. Ab und zu war der Kuckucksruf zu hören. Die Luft roch beim Fensteröffnen plötzlich nach den frisch gemähten Wiesen und Tage später bereicherte sie der Duft von frischem Heu. Die Gerste hatte bereits Grannen und wogte sanft im Sommerwind. Unter sie hatten sich Kornblumen und Kornraden gemischt – ein wunderschöner Anblick!

Als die Rosen dufteten und die Schmetterlinge und Falter ihren sonnigen Platz auf dem Sonnenhut einnahmen, hatte sich der Sommer endgültig durchgesetzt.

Oft saß ich in der Sommerzeit im Garten, zuweilen unter dem Schattendach eines Kirschbaumes, und sah den Schäfchenwolken nach, wie sie über mich hinwegzogen. Die Bläue des Himmels vermittelte mir eine große Weite und Freiheit des Sommers.

In der Ruhe des Gartens – ohne störenden Verkehrslärm – war es schön, den Vogelstimmen zu lauschen. Manchmal zankten sich offenbar Vögel und störten diesen Frieden. Die Wärme des Sommers um mich, Sonnenstrahlen auf meiner Haut, das leise Säuseln der Blätter, Gedanken, die spazieren gingen, an einem warmen Sommerabend auf der Terrasse ein Glas Rotwein in der Hand und den Sternenhimmel über mir – was für ein Reichtum gegenüber dem Tag, wo ich im Herbst am Fenster stand, dem Spätherbst entgegensah und die Grimmigkeit des Winters bereits ahnen konnte!

Doch plötzlich schimmerte der Nebel golden und die Sonne brach sich durch ihn die Bahn, so überraschend, dass sie auch meinen Gedankenablauf durchbrach.

Ich stand noch immer am Fenster. In Sekundenschnelle hatte sich das Bild vor meinen Augen völlig verändert: Der „Goldene Herbst" strahlte mich an, wie er es schöner nicht konnte. Seine Blätter glänzten in warmen Herbstfarben im frühen Sonnenlicht.

„Warum träumen, wenn die Realität des Herbstes noch in ihrem Vergehen so wunderschön ist!", dachte ich und nahm den Eindruck, der sich mir bot, dankbar in mir auf.

Theresa Uhlig

Der erste Tag des Herbstes

Es ist der erste Tag des Herbstes. Nur langsam beendet sie ihre Mahlzeit. Das Essen schmeckt ihr nicht. Zudem missfällt ihr das Ambiente. Das sterile Weiß der Wände, die gardinenlosen Fenster. Die Hotels, die sie von früher kennt, sahen anders aus. Schwere Vorhänge aus Samt, Teppich oder auch ein edles Laminat, blassgelbe Wände mit frisch verputztem Stuck. Ja. So gehört es sich. Immerhin sieht sie den Park. Breite Wege, hübsche Alleen, einladende Bänke. „Ich glaube, ich mache einen Spaziergang", sagt sie nach dem Essen, halb zu sich selbst, halb zu der Kellnerin, die mit einem Wagen durch die Reihen fährt, um leeres Geschirr darauf zu stapeln. Sie trägt nicht einmal eine Uniform. Stattdessen eine ekelhaft-türkise Kluft, die Falten schlägt, wo sie nicht soll.
„Oh...", sagt sie nun leise. „Darf ich Sie vielleicht begleiten?" Erstaunt runzelt sie die Stirn, sieht in die großen, haselbraunen Augen, deren Leuchten von schwarzen Wimpern umrahmt wird. Hat sie sie schon einmal gesehen?
„Ehrlich gesagt nein", erklärt sie, nicht ganz bei sich und doch bestimmt. „Ich gehe gern allein spazieren." Sie ist sich seltsam unsicher, ob das wirklich stimmt. Muss es ja. Wenig begeistert beißt sich die Kellnerin auf die Lippen. Resigniert knetet sie sie mit den weißen Schneidezähnen.
„Vielleicht mit einem anderen? Wir haben derzeit einen – einen Gast. Der liebt es, um die Mittagszeit ein wenig durch den Park zu schlendern. Ich könnte mir vorstellen, dass Sie zwei sich ganz prächtig verstehen", erklärt sie mit einem schelmischen Zwinkern. Ein breites Lächeln scheint ihre Art, ihr den Vorschlag aufzuzwingen. „Wie Sie meinen", erwidert sie. Diese Mimik ist zu befremdlich. *Was ist das hier nur?*, fragt sie sich selbst. *Wenn einem die Kellner schon vorschreiben, mit wem man spazieren gehen soll ...* „Wo ist dieser Mann?", will sie wissen, weil ihr nicht mehr klar ist, was sie gegen ihn einzuwenden hat.
„Da", sagt die Kellnerin und deutet auf einen Punkt hinter den hohen Fensterscheiben. Mit zusammengekniffenen Augen erkennt sie einen rundlichen Schatten auf einer der Bänke am ausladenden Hauptweg. „Gehen Sie doch mal hin", fordert die junge Frau sie auf. „Vielleicht", entgegnet sie vage. „Zunächst etwas Ruhe ..."
„Ja. Aber ja doch, natürlich. Ruhen Sie sich aus und gehen Sie, wenn

Ihnen danach ist." Ihre Hand auf ihrer Schulter. Nur kurz. Ganz kurz. Die Berührung fühlt sich seltsam an. Warm. Vertraut. Als wäre da einmal eine Ähnliche gewesen. *Was für ein Blödsinn!*, ruft sie sich zur Ordnung. Dann lehnt sie sich zurück. Sieht sich um. Es ist niemand mehr da, den sie kennen würde. Was wollte sie gleich? Ach ja, dieser Mann... Nachdenklich blickt sie hinaus in den Park. Es ist der erste Tag des Herbstes. Von ihrem Platz aus ist der Himmel nicht mehr als ein schmales, blaues Tuch. Sie stellt sich die weißen Streifen vor, die manchmal hineingewebt sind. Sie kann nicht erkennen, ob es heute jemand getan hat.

„Guten Tag", sagt sie zu dem Mann, der sich auf der Bank vor ihr niedergelassen hat. Vom Speisesaal aus die nächste.

„Ach, hallo", ruft er und legt sein Buch nieder. Sein Gesicht. Wie er lächelt. Ihr entgegen strahlt. „Da sind Sie ja wieder", an die Begrüßung fügt. „Verzeihung?" Sie weicht einen Schritt zurück. „Sie waren doch gestern schon hier? Auch nach dem Mittagessen?" Langsam schüttelt sie den Kopf. „Bedaure, das müssen Sie verwechseln. Ich bin heute erst angereist."

„Angereist?" Er scheint verwirrt.

„Aber..."

„Es tut mir leid, Sie enttäuschen zu müssen, aber ich kenne Sie nicht. Ich hörte, Sie mögen es, zu spazieren."

„Ja – ja, sehr sogar", erwidert der Mann. Er scheint Mühe zu haben, seine Fassung wiederzufinden. Mehrmals blinzelt er. „Möchten Sie sich setzen?", fragt er dann und rückt ein Stück zur Seite, um ihr mit der rechten Hand einen Platz neben ihm anzubieten. „Nun ja, ich – sehen Sie, ich möchte Sie wirklich nicht behelligen, es ist nur so."

„Ach was. Es wäre doch Frevel, die Gesellschaft einer so kultivierten Dame einfach abzulehnen." Er winkt ab. Lächelt. Sie kann ein Kichern nicht unterdrücken. Diese braunen Augen. Dunkel, aber warm. Sie beschließt, ihnen zu vertrauen. Also setzt sie sich.

„Waren Sie schon einmal hier?", fragt sie und sieht ihn an. Das gehört sich so.

„Was? Ach, Sie meinen, in diesem Hotel ...?" Er lacht. Sie weiß es nicht zu deuten.

„Ich bin jetzt schon eine ganze Weile hier zu Gast. Aber vorher nie, nein, daran könnte ich mich wohl erinnern." Wieder dieses Lachen, laut und wach und polternd. Dann plötzlich, ein erschrockener Blick. „Was ist? Fühlen Sie sich nicht wohl?"

„Nein. Nein, es ist nichts. Sie sagen, Sie sind heute erst hier angekommen?"

„Ja", erwidert sie zögerlich. Was mag es nur auf sich haben mit dem Mann da neben ihr? Sie beschließt, den Gedanken zu verdrängen. Immerhin ist sie im Urlaub. Urlaub – zumindest hatte ein Mitglied des Personals es so genannt. „Ehrlicherweise bereue ich es jetzt schon." Mit einem Blick zurück auf das kastenförmige Gebäude, die schmalen Balkone und das frisch verputzte Weiß verzieht sie den Mund zu einer angewiderten Grimasse.
„Wirklich? Warum das?"
„Ich weiß nicht ... es ist alles ... so eigentümlich hier", meint sie unbestimmt. Sie braucht einen Moment, um sich darüber einig zu werden, was sie ihm antworten will.
„Was gefällt Ihnen denn nicht?"
„Ich ... ach, ich weiß nicht. Alles hier", ereifert sie sich, weil sie plötzlich vergessen hat, was genau ihr diesen Ort so unsymphatisch macht.
„Alles?", entgegnet er. Nachdenklich wiegt er den Kopf. Wie sie ihn so ansieht, bemerkt sie die Flecken auf seinem Hals. „Nun ja, das ... das Personal in diesen furchtbaren Uniformen."
„Ich muss sagen, ich mag die Bediensteten. Sie sind alle sehr aufgeschlossen. Ihnen gegenüber nicht?"
Sie weiß nicht, was sie sagen soll. Dieser Mann verwirrt sie zusehens. „Doch, das schon", gesteht sie schließlich zu, „aber sie sind auch ziemlich penetrant. Meinem Geschmack nach jedenfalls könnten sie etwas mehr Diskretion an den Tag legen."
Wieder lacht er. Vielleicht noch schallender. Doch ohne sich über sie lustig zu machen. „Nun ja, damit mag es jeder halten, wie er will." Lächelnd lehnt er sich zurück. Schließt die Augen. Hebt die Hand, wie um den Wind darin einzufangen. Stille legt sich über sie beide.
„Mögen Sie den Herbst?", fragt er irgendwann.
Diesmal muss sie nicht lang überlegen. „Ja, sehr."
Ein flüchtiges Nicken seinerseits. „Warum?", will er wissen.
„Ich liebe die Farben. Mir gefallen die Kontraste."
„Welche? Die zwischen den Blättern?"
„Nein", lacht sie. Ja. Sie lacht tatsächlich. „Nein. Wissen Sie, ich habe den Herbst immer als die Jahreszeit des Abschieds verstanden. Die Zeit, wenn alles vergeht. Es mag sehr seltsam klingen, doch ich finde, mit all den bunten Blättern und dem Wind, sogar mit dem Nebel am Morgen, gestaltet er dieses Vergehen wirklich angenehm. Und deshalb – ja, deshalb mag ich den Herbst." Er lächelt sie an, als sie zu ihm herübersieht. Es ist ein seltsames Lächeln, beinahe ein wenig schwermütig. Ihr kommt der Gedanke, wie gut es sich machen würde. Dieses Lächeln zwischen

den Blättern, die in ihren Ohren rascheln. Dieses Lächeln im Blau des Himmels über ihr. „Und Sie? Wie steht es mit Ihnen? Mögen Sie den Herbst?" Er zuckt die Schultern.
„Ja. Ich fürchte allerdings, meine Beweggründe sind weit einfacher gestrickt."
„Welche wären das?"
„Ich mag es, Farbe um mich zu haben."
„Sie reden wie ein Künstler", bemerkt sie und rückt ihre Brille zurecht.
„Oh, wirklich? Ich muss zugeben, das überrascht mich nicht. Ich bin Maler, wissen Sie?"
„Ein Maler?" Interessiert zieht sie die schmalen Brauen nach oben.
„Ja. Wobei ich, die Ehrlichkeit schulde ich Ihnen, lange keinen Pinsel mehr in einen Farbtopf eingetaucht habe."
„Nein? Wieso denn nicht?"
„Nun ja, es ist, wie Sie sagen: Alles vergeht einmal." Langsam hebt er den Arm, sodass sie der Bewegung mit den Augen folgen kann. Seine sehnige Hand zittert.
„Das tut mir leid", meint sie. Es ist das erste Mal, dass sie ihm in die Augen sieht.
„Wenn mir so etwas passierte, ich wüsste nicht, was ich täte, glaube ich." Bedauernd schüttelt er den Kopf. Dann zuckt er noch einmal die Schultern. „Wissen Sie, das Gute an meinem Beruf ist, dass er nie ganz verloren ist. Egal, wie viele Jahre vergehen, in denen ich nicht male, es wird immer die Arbeiten aus den Jahren davor geben. Ich überdauere mich gewissermaßen selbst." Lachend schlägt er die Augen nieder. Sein Lachen. So ehrlich. „Ich halte nicht viel von mir, wirklich nicht, aber dieser Gedanke ist sehr angenehm, wissen Sie?" Sie nickt. Nachdenklich wendet sie sich ab.
„Ich fürchte, so etwas werde ich nie von mir behaupten können." Da. Plötzlich ist sie da wieder. Diese seltsame Empfindung. Hastig fährt sie zu ihm herum. Sieht an ihm herab. Folgt seinem beständig zitternden, ausgestreckten Arm. Ihre Finger liegen in seinen.
„Ich weiß nicht, ob Sie das tröstet", sagt er, „doch manchmal können wir selbst nicht beurteilen, welche Spuren wir hinterlassen." Sie spürt den Druck, den ihre Hände üben. Das Lächeln, das sich ganz allmählich über ihren Mund zieht. „Danke", sagt sie leise. „Ich bitte Sie, wofür denn?"
„Für den schönen Nachmittag", erwidert sie nur und erhebt sich von der Bank.

Es ist der erste Tag des Herbstes. Nur langsam beendet sie ihre Mahlzeit.
„Na? Wie war Ihr Spaziergang gestern?", fragt die Kellnerin neben ihr.
„Bitte?" Sie runzelt die Stirn. *Himmel, dieses Personal* ... „Oh, Verzeihung. Ich muss Sie verwechselt haben", lächelt die junge Frau und schiebt ihren Wagen zum Nachbartisch. Dort richtet sie sich auf. Verdutzt starrt sie auf den blühend weißen Block. „Sie – Sie haben nicht etwa gemalt?" Der Mann zu ihrer Linken sieht auf. „Oh, es ist nur eine Tuschezeichnung. Da, sehen Sie ..." Mit zitternden Händen schlägt er eines der Blätter zurück. „Das ist doch nicht ...", wispert die Kellnerin und wirft einen ungläubigen Blick hinüber zu der Dame, die aus einem der Fenster starrt. „Sie liebt den Herbst", erklärt er ihr statt einer Antwort.
„So?"
„Ja. Und ich glaube, sie würde gern eine Spur hinterlassen", fügt er noch hinzu. Der Block in seinen Händen zittert. Fragend sieht er zu ihr auf.
„Natürlich", antwortet sie und nimmt ihn ihm vorsichtig aus der Hand. „Ich bin sicher, wir finden einen schönen Platz dafür im Flur." Kurz senkt sie den Blick. „Sie wird sich nicht einmal erkennen", haucht sie dann in die stickige Luft des zu gut beheizten Saals.
„Ach wissen Sie, darum geht es nicht", erwidert er und lächelt. Seine Augen wandern hinüber. Bis in ihr Gesicht. „Vielleicht ist das gar nicht so schlimm. Immerhin ...von nun an wird jeder Tag des Herbstes wie der erste für sie sein."

Marlies Joepen

Der Stolperstein

Keine Strichliste. Ab und zu der verstohlene Blick auf die fette schwarze Datumszahl. Die aschgrauen Aktenordner, fast alle verschwunden. Obwohl das Durchblättern in den Formularen umständlich gewesen ist, trauert Gregor den Pappdeckelreihen nach, die er eigens farbig beschriftet hat. Unaufgeregt beherrschen Jüngere die zeitgemäßen Kommunikationstechniken, während ein Computerproblem ihn fast verzweifeln lässt. Auf der Fensterbank ersetzen pflegeleichte Kakteen das vertraute Bild seiner Primeltöpfe und Parmaveilchen. Bereits vor Monaten hat er die verblichenen Urlaubskarten von der Wand genommen und das Foto mit seiner verstorbenen Frau vom Schreibtisch entfernt. Seitdem der neue dynamische Mitarbeiter und eine Praktikantin den Raum mit ihm teilen, bestimmen kalte Kunststoffungetüme die Atmosphäre, keine persönlichen Stücke mehr. Dem Abteilungsleiter abgetrotzt bleibt der altertümliche Telefonapparat. Nicht mehr funktionstüchtig, aber ein lieb gewonnenes Relikt, das der alte Kauz täglich abstaubt und ein Grinsen um ihn herum in knorriger Manier erträgt. Seltsam, er vermisst den Austausch über vergangene, nun harmlos erscheinende Missklänge im Büroalltag, fiebert dem Ruhestand entgegen. Unbehelligt von Dringlichkeiten. Verfügbare Zeit ohne Ende mit einer auskömmlichen Rente. Rosarote Tagträumereien. Als der 30. September anbricht, vertreibt die kleine Feier und das urige Telefon als Abschiedsgeschenk sogar die leise Wehmut, die ihn ob der Endgültigkeit überkommt.

Zu Oktoberbeginn spannt sich ein dichtes Wolkentuch über die Stadt, so lückenlos, dass sich die Sonne irgendwo dahinter nur durch spärliche Tageshelle erahnen lässt. Eingetaktet in den üblichen Rhythmus, sitzt Gregor an den ersten dienstfreien Morgen um sechs Uhr am Frühstückstisch und schaut aus dem Fenster, wo ab und zu Blätter mit leichten Böen herabwehen, das fade Grau sich nicht verflüchtigt und selbst die heimischen Vögel von ihrem munteren Gezwitscher ablassen. Da die sprichwörtlich goldene Herbstperiode nicht anzurücken scheint, kommt Vorfreude auf. Ein Geschenk seines Sohnes Florian, der Trip nach Rom, wo diese Jahreszeit noch einige Sonnenstunden verspricht. Obwohl die Zeitung bereit liegt, wirbelt es im Kopf. Bankgeschäfte, Absprachen für aufgeschobene Arzttermine, Kofferpacken. Hektik, die keinen Raum gibt, sich mit dem Wetter zu befassen und in Trübsinn zu verfallen. Er muss sich eingestehen, dass ihm die Dinge nicht mehr so locker von der Hand gehen. Früher schätzten die Arbeitskollegen seine Geduld, mit der er beharrlich ein verlegtes Papier aufzufinden suchte. Jetzt ertappt er sich dabei, schnell nervös zu werden vor Sorge, er könnte Wichtiges vergessen. Kalender und Listen, auf denen er akribisch notiert, was anliegt. Die Unterstützung seines Sohnes beruhigt. Am Flughafen angekommen, vergehen die verunsichernden Minuten, als kein Personal anzutreffen ist, weil Florian routiniert die Bordkarten am Automaten ausdruckt. Ohnehin ist die Städtetour bestens organisiert mit Transfer und Hotel bis hin zu professionellen Besichtigungstouren. Bisher hatte es Gregor in den letzten Jahren an die Nordsee oder nach Bayern zur Erholung verschlagen. Sich auf ein Neues im legendären Rom umzusehen, wo er vor zwölf Jahren mit seiner Frau gewesen ist, ein erfreulicher Auftakt in die Renterphase. Gut gemeint. Im Nachhinein verschweigt er, dass es ihm unangenehm war, wie bei Schülerfahrten im Trupp zu marschieren und sich an die zwangsläufige Nähe zu gewöhnen, die ihn immer wieder zum Widerspruch gegenüber nervigen Nörgeleien provoziert hat. Zu Hause erwärmen auf den Fotos die paar netten Reisebekanntschaften vor den Kulissen historischer Bauten und der Reiz, seiner alltäglichen Umgebung zu entschwinden, ist nicht verpufft. Sehr bald zieht es ihn wieder fort, diesmal zu einer geführten Bergwanderung, von der er sich mehr individuellen Freiraum verspricht. Gern nimmt er den Aufwand in Kauf, für robustes Schuhwerk und andere empfohlene Utensilien zu sorgen, und übersteht die körperliche Anstrengung gut. Haften bleiben einmalige Natureindrücke, die in der Ferne Schnee glitzernden Bergspitzen, während buntes Laub den unmittelbaren Blick verschönt. Fast schmeckt er noch das erfrischende Quellwasser, das manch mühevollen Aufstieg belohnt. Jedoch überschatten Mitwanderer die Tour, schienen die Umgebung lediglich sporadisch wahrzunehmen, Begegnungen, denen er nachsinnt. Von jungen Alten zugeschüttet mit Berichten über Kontakte mit ihrer Facebook-Gemeinde. Tiraden des altersgleichen Mannes, der ihm nicht von der Seite wich, haben Spuren hinterlassen. Angefangen vom akademischen Werdegang über berufliche Karrieresprünge präsentierte er sein Leben und das der erwachsenen Sprösslinge in durchgehenden Höhenflügen. Nahtlos eingeflochten Aktivitäten und Anekdoten aus aller Herren Länder. Wie unzählige Perlen aneinander gereiht. Ohne zu bemerken, dass die erwünschte Strahlkraft verblasste und allmählich versagte. Wenn es Gregor gelang, sich am Abend in der Berghütte zu Anderen zu gesellen, gähnten ihn gleichermaßen Monologe an, vorzugsweise

garniert mit stolz bewältigten Krankheiten, selbstverständlich einem ausgeklügelten Fitnessprogramm zu verdanken. Geballte Selbstbeweihräucherung. Er kam nicht vor. Noch ein Knacks in seiner kleinen Welt.
 Inzwischen tragen die Bäume wenig Blattwerk, versöhnen mit aufleuchtenden Tönungen, wenn die Abendsonne für Momente auf sie trifft, ehe sie rot glühende Luftbänder an den Himmel zaubert. Überflüssig, nach Übersee in den berühmten Indian Summer zu reisen. Während Gregor die Kondensstreifen von Flugzeugen verfolgt, packt ihn kein Fernweh mehr. Schleichend entfalten seine letzten Erfahrungen ihre nachhaltige Wirkung. Skepsis, Befangenheit, Rückzug. Er beschränkt sich meist auf Einkaufsgänge, die ihn zunehmend verkrusten. Wie bei einer Schildkröte, die sich bei äußeren Reizen in ihren Panzer zurückzieht. Florian erzählt er von ruppigen Autofahrern oder rasenden Radlern, die ihn anpöbeln, wenn er nicht schnell genug die Straße überquert, von unwirschen Kassiererinnen im Supermarkt, als er umständlich das Geld aus der Börse zückt, von modernen Müttern, die, den Kinderwagen vor sich herschiebend und ungeachtet entgegenkommender Passanten, stoisch ihren Weg bahnen. Fordert das Alter diesen Tribut? Zunächst hatte Reiselust abgelenkt und die Woche strukturiert. Nun düstere Perioden, in denen die Stimmung wenig tiefer sinken könnte. Hätte er seine Laube doch nicht übereignen sollen? Hätte ihn das beschauliche Domizil, wo er häufig in den Herbstmonaten werkelte, aufgemuntert? Hätte, hätte ... Eigentlich wohlgefühlt, waren Ideen der Nachbarn ausgeartet, ihm vorzuschreiben, wie und wann er sein Gartenstück bearbeiten sollte. Bei den gängigen Zusammenkünften, reichlich mit Bier und Gegrilltem arrangiert, befürchtete er, sich kaum Zudringlichkeiten verweigern zu können. Es geht ihm auf, dass es kein Hobby gibt, für das er brennt. Die kleine Freude, stundenlang lesen zu können, erfüllt nicht. Plötzlich sehnt er sich nach festen Terminen, die ihn nicht mehr auf dem Sofa halten.
 Der spontane Anruf von Heiner, einem alten Bekannten, der ihn gewinnt, zum Trödelmarkt mitzukommen, reißt ihn aus der Lethargie. Gregor macht sich auf, schaut aus dem Bus nach draußen, als er unfreiwillig Ohrenzeuge eines privaten Streits am Handy wird. Niemand nimmt Anstoß bei eindringlichen Klingeltönen in unmittelbarer Nähe. Menschen im Mobilphone-Geplänkel oder geschäftig auf ihren Smartphones rauf und runter wischend und eine Ansammlung verkabelter Figuren, die sich ohne aufzublicken mit MP-3-Player und Knopf im Ohr abschirmen. Generationsübergreifend. Blutjunge Mädchen in freizügiger Aufmachung mit ihrem albernen Gekicher und Kreischen übergeht er sowieso. Ebenso männliche Pubertierende in protzigen T-Shirts, auf denen sie mit

Großbuchstaben Reklame laufen. Ihr Macho-Gehabe, aus seiner Sicht insbesondere bei denen nach Aussehen südeuropäischer oder arabischer Herkunft, findet keine milde Nachsicht. Inzwischen vermeidet sein Sohn das Thema anzuschneiden. Es mündet in Zwistigkeiten, da der Vater störrisch dem differenzierenden Standpunkt entgegentritt, sich umfassend informiert glaubt durch Medienberichte über Probleme mit der heutigen Jugend und Migrantenkindern. Seine abschließend versteinerte „Lass mich in Ruh"-Miene spricht Bände.

An der nächsten Haltestelle sucht Gregor das Weite, streift umher und macht Pause in einem Café, wo er ein gediegenes Ambiente vermutet. Seine Augen schweifen über füllige Seniorinnen, schweigsam oder im Flüsterton imposante Tortenstücke verspeisend, vorbei an einigen betagten Männern, die, am Cognac nippend, vor ihren Kaffeekännchen hocken und auf die Eingangstür stieren, wo irgendein Neuankömmling die einzige Abwechslung bietet. Behaglichkeit ist anders. Schnurstracks begibt er sich in den nahen Park und steuert auf eine freie Bank zu, als sich, kurz bevor er sie erreicht, ein junger Mann dort hinsetzt. Misslich, den herumliegenden Stein übersehen zu haben. Gregor strauchelt und geht zu Boden. Der erste Blick, als der Fremde aufspringt, ihm aufhilft und zur Bank geleitet, lässt im Schnelltempo alle Ressentiments hochkochen. Ein dunkelhaariger Typ mit knalligem Basecap, abgetragener Kunstlederjacke, dem großkotzigen Shirt darunter und stahlblauen Sportschuhen. Passend zur Klischeevorstellung eine überdimensionierte Sonnenbrille, die er nun abnimmt, und sich mit „Umut" vorstellt. Aha, bestätigt, Ausländer. Gregor ringt sich ein „Danke" ab und will mit den leichten Schrammen nur kurz ausruhen. Der Unbekannte erkundigt sich, ob er sich verletzt habe, ob er etwas brauche, was er für ihn tun könne. Gregor wehrt entschieden ab. Heikel, die Situation, weil der Andere keineswegs aufgibt und eine lockere Unterhaltung anknüpft. Einsilbige Entgegnung. Familienfotos auf dem Smartphone quittiert Gregor kommentarlos mit verkniffenem Lächeln. Er verpasst die Augenblicke aufzustehen, schlägt sein Zeitungsblatt auf, um dem Gespräch, auf das er nicht die geringste Lust verspürt, zu entrinnen. Der Aufgeweckte verstummt. Aber nur für eine Weile.

„Sind Sie immer so abweisend oder liegt es an mir?", vernimmt Gregor auf einmal die Stimme neben sich. Ein Explosionsgemisch von Gefühlen, erwischt worden zu sein. Nichts Schnoddriges, nichts Respektloses im Tonfall, was erleichtert hätte, ungeschminkt zu antworten. Weitere Bemerkungen folgen auf dem Fuße und setzen einen neuen Stachel. „Wenn Sie einfach Ihre Ruhe haben wollen, kann ich Sie verstehen. Mein

Opa ist ein Supertyp, hat viel Zeit. Ich rede oft mit ihm, aber manchmal will er auch nur schweigen."
So jemand spricht von seinem Großvater? Naiv, liebevoll? Gregor steht abrupt auf, ohne Worte.
Als er schließlich Heiner entdeckt, der am verabredeten Ort wartet, verschwendet er keinen Gedanken mehr an die Episode. Gemeinsam bummeln sie zwischen den Ständen, tauschen sich aus und Gregor genießt die Vertrautheit, die er vergessen hatte. Ein Lichtpunkt in dem Dickicht von Sinnlosigkeitsgefühlen, das ihn wieder umschlingt, als er zurückkehrt. Nach und nach die Novembersinfonie, in der sein Gemüt mit dem Melancholischen der Totengedenktage zusammenspielt und er in Erinnerungen an die versinkt, die für immer gegangen sind. Und doch stapft er einmal bei Nieselregen durch die Grünanlage, wo er auf den hilfsbereiten jungen Menschen getroffen ist. Intuitiv. Er ist der einzige. Nicht einmal Herrchen oder Frauchen mit Hund. Allein im Wirrwarr seiner Grübelei.
Als Heiner sich einige Tage später wieder bei Gregor meldet, vermutet er nicht, sich auf seinen Vorschlag eine brüske Absage einzuhandeln. Nachdem das Telefonat beendet ist, sitzt er verärgert im Sessel, lässt die letzte Begegnung passieren. Nichts, was das Harsche erklären würde. Langsam dämmert es ihm, dass der Freund, knorrig in seiner Art, sich schwerlich aufraffen kann. Am nächsten Samstag schaut er einfach vorbei und findet ihn vor, ohne dass erkennbar ist, womit er sich gerade beschäftigt. Er scheint sich über den spontanen Gast zu freuen und Heiners Sprachkünste, ihn zu einem Spaziergang zu bewegen, überzeugen überraschend schnell, als hätte Gregor insgeheim darauf gewartet oder gehofft, dass ihn jemand anschiebt. Vorsorglich in wärmender Winterjacke öffnen beide schon bald den Reißverschluss, weil die Sonne den diesigen Schleier durchbricht und mildere Temperatur beschert. Gregor lebt auf und geht unvermittelt auf Heiners ursprüngliche Idee ein, zusammen auf das Straßenfest zu gehen. Jazz und Swing einer Live-Band locken schon von Weitem. Neben Ramsch und Nippes kreativ handgefertigte Dekogegenstände und praktische Utensilien. Am Stand für Stricksachen erstehen sie wollene Handschuhe für den Winter, wenden sich interessiert der Seifenmacherin zu, bewundern die Vielfalt der unlängst geernteten Kartoffelsorten, kosten die üppige Auswahl von Äpfeln aus dem Umland und schnuppern frisch gebackenen Broten entgegen. Essensgerüche machen Appetit und verführen die Zwei zu süßen Crepes. Sie finden Platz auf einem hölzernen Tisch-Bank-Ensemble, legen ihre dicken Jacken neben sich und beobachten bei Milchkaffee

die vorbeischlendernden Leute. Stadtspatzen balgen sich auf und unter dem Tisch, jagen nach Krümeln, machen sich über die verbliebenen Marmeladenreste auf ihren Tellern her und lassen sich kaum dauerhaft verscheuchen. Erstaunlich, um diese Zeit Marienkäfer zu erspähen und sogar ein, zwei Bienen, die offenbar der spätherbstlich heitere Nachmittag hinausgetrieben hat. Oder sind es Wespen gewesen? Es ist zu spät, als Gregor zurückzuckt. Die Stichstelle auf seinem Unterarm schwillt feuerrrot an, juckt bestialisch. Als Heiner vorschlägt die Erste-Hilfe-Station eines Krankenhauses aufzusuchen, wehrt Gregor den aufkommenden Schmerz als Bagatelle ab. Der Kamerad aber bemerkt, wie sich das Gesicht verzerrt, Gregor sich kaum noch auf ihr Gespräch konzentrieren kann, und drängt nach dem Sanitätswagen Ausschau zu halten, der sich gewöhnlich am Rand des Festes befindet. Sekunden, nachdem sie ihn entdeckt haben, bleibt Gregor auf einmal stehen, will umdrehen und Heiner überreden, dass er keiner Behandlung mehr bedarf. Das Brennen habe bereits nachgelassen. Eigentlich möchte er sich verstecken. Dem entfliehen, was ihn peinlich berührt. Er hat den Ausländer vom Park wiedererkannt. Vergebens, dass er sich ziert, als dieser ihm zuwinkt. Heiner, ahnungslos, was Gregor umtreibt, sieht die Geste des freundlichen Sanitäters, der wohl einer offensichtlichen Unschlüssigkeit entgegenwirken möchte, und zögert nicht den Gefährten sanft entschieden vorwärts zu ziehen. „Ich bin der schlechte Großvater", stammelt Gregor, als er von Umut verarztet und mit dem gleichen offenherzigen Blick entlassen wird, wie er empfangen worden ist.

Am Tag danach lässt der Schmerz deutlich nach und schrittweise verheilt die Wunde. Der, den er schroff zurückgewiesen hat, von dessen Leben er keinen Einblick gewinnen wollte, geht Gregor nicht aus dem Sinn. Die herzliche Begrüßung. Aufrichtig, wie er die vormalige Abfuhr vergessen machen wollte. Das Bild, wie er fachkundig hantiert, freudig seine Aufgabe ausfüllt, sich auch denen, die hinzugekommen waren und um Hilfe baten, einfühlsam zuwandte.

Der Herbst neigt sich dem Ende zu, während vorwinterliche Unwirtlichkeit mit Schneegraupel zuschlägt und Gregor gefangen hält in seiner Suche nach Halt. Immer wieder studiert er den Flyer des Sanitätsdienstes, der für Einsatzkräfte wirbt. Würde sich die Elegie seiner Befindlichkeit lichten? Er weiß nicht, was der Name „Umut" bedeutet, aber er ahnt jetzt, was ihm fehlt.

Petra Weise

Bunter Herbst

Bunt sind schon die Wälder,
gelb die Stoppelfelder
und der Herbst beginnt. (Johann Gaudenz)

Der Herbst ist meine liebste Jahreszeit, weil er so bunt ist. Der Winter ist weiß, der Frühling grün, der Sommer gelb und der Herbst wunderbar bunt. Ich mag es, wenn sich die Blätter an den Bäumen gelb und rot färben und in allen Farben wunderschön in der Sonne leuchten. Ich mag es auch, wenn sie auf den Boden herunterfallen und das Laub unter meinen Füßen raschelt. Daran hatte ich schon als Kind meine Freude. Und ich freute mich, wenn endlich die rotbunten Apfelsorten im Garten geerntet werden durften. Mein Vater ermahnte mich, die Äpfel so lange wie irgend möglich am Baum zu lassen, weil das den Geschmack verbessert. Nach der Ernte legte er die Äpfel in ein Regal im Keller und ich durfte mir jeden Tag einen Apfel heraufholen und ganz allein aufessen. Meine Geschwister dagegen bevorzugten Apfelkompott, das meine Mutter gern kochte.

Von der Schule aus mussten wir im Herbst bei der Kartoffelernte helfen. Es gefiel mir überhaupt nicht, bereits in den frühen Morgenstunden mit den LPG-Bauern hinaus aufs Feld zu fahren und den ganzen Tag über gebückt über den Acker zu kriechen, um die Kartoffeln aufzulesen. Als Belohnung gab es ein warmes Mittagessen und einige Mark Taschengeld. Ich hätte gern auf das Geld verzichtet und wäre viel lieber in die Schule gegangen.

Heute bin ich Rentner und befinde mich sozusagen im Herbst meines Lebens. Mir gefällt dieser Gedanke, denn mit dem Herbst verbinde ich die Ernte und den Genuss. Ich ernte nun die Früchte meines Lebens und kann meine Zeit frei einteilen und vollkommen genießen.

Der Herbst beginnt zur Tag-und-Nacht-Gleiche am 22. oder 23. September und für meinen Mann und mich mit dem Besuch des Oktoberfestes in München. Dieses wunderbare Volksfest begeistert uns in jedem Jahr aufs neue, wenn vollkommen fremde Menschen ausgelassen miteinander feiern. Bei einer Maß Bier und einem Ochsenbraten genießen wir die Volksmusik der Blaskapelle und die fröhliche Stimmung um uns. Von München aus fahren wir in die Alpen, um hinauf in die Berge zu wandern, den goldenen Oktober und die spektakuläre Fernsicht zu bewundern. Der Almabtrieb ist zwar bereits vorüber und damit die meisten Almen geschlossen. Doch wir finden immer einen urigen Gasthof, wo wir Speckbrot und dazu ein Bier genießen.

Den November mag ich nicht so gern, denn oft ist er trüb und meist sogar stürmisch. Das bunte Laub verwandelt sich in eine rutschige braune Masse. Dann bleibe ich lieber im Haus. Die Tage werden merklich kürzer und manchmal gar nicht richtig hell.

Ich brauche Farben, um mich wohl zu fühlen. Wenn draußen in der Natur die bunten Farben verschwinden, bringe ich Farbe auf den Tisch und koche Suppen aus einem gelben Kürbis oder roten Beten, aus grünen Bohnen oder Tomaten. Am liebsten mögen wir die violette Suppe aus Holunderbeeren.

Und ich krame meine Stifte, Pinsel und Malfarben hervor, um fantasievolle bunte Bilder zu malen: einen leuchtend bunten Paradiesvogel zum Beispiel.

Der Advent ist für mich der Höhepunkt des Herbstes. Mein Mann holt alle unsere bunten Räuchermännchen aus der Kammer und ich stelle sie in der Stube auf. Es sind mehr als 30 Männlein aus Holz, alle wunderhübsch bunt bemalt. Es gibt einen Gärtner mit einem Blumenstrauß, einen Spielzeugmacher, einen Koch, einen Lehrer, einen Bierbrauer und vieles mehr, vor allem mehrere Bergleute in ihren besonderen Uniformen. Wir stellen die große Pyramide mit der Bergparade mitten auf den Esstisch und die kleine mit den geschnitzten und bunt bemalten Kindern auf den Couchtisch. Dann schmücke ich die Tannensträuße mit bunten Kugeln und Schnitzwerk. Der Advent ist ein wahres Lichterfest, das mich jeden Tag aufs Neue ab 16 Uhr glücklich umherschauen lässt, wenn die Schwibbögen in den Fenstern leuchten und die Kerzen in der Stube warm flackern. Nach dem Abendessen laufe ich gern eine Runde durch unser Wohnviertel und bewundere den Adventsschmuck in den Fenstern der Nachbarn.

Den Höhepunkt bildet das Weihnachtsfest, wenn der kürzeste Tag und die längste Nacht den Winterbeginn anzeigen, alle Kerzen am Weihnachtsbaum brennen und bei jedem die Freude groß ist, weil nun endlich die Tage wieder länger werden. Meist fällt kurz darauf der erste Schnee, der alles noch heller und freundlicher wirken lässt. Den Winter liebe ich auch, doch der bunte Herbst ist für mich die schönste Jahreszeit.

Mirjana Magura

Bevor ich vergesse

Diesen Text widme ich allen die an Alzheimer erkrankten.

Öffne das Fenster, bevor ich vergesse, lass den Traumfänger im Winde Herumwirbeln. Der Windstoß wird Freude mir bringen und die Träume färben, in der Finsternis der Vergessenheit. So hoffe ich all das zu vergessen was heute Angst mir bereitet. Bevor ich vergesse küsse mich, um den Geschmack des Honigweines an deiner Lippen in mir einzusaugen, um die Süße der Lust zu verspüren. Verführe mich wie damals, als ich noch den Geruch des Frühlings im Haar hatte. Damals, wie meine Hände die Rosen für dich pflückten und sie auf dein Bett streuten. Zeige mir noch einmal den silbernen Mond wie er in der Morgenstunde die Sonne begrüßt. Lasse mich als Frau vollkommen sein, die sich zärtlich nach dir sehnt. Halte mit mir fest diesen Augenblick, denn der Geschmack des Vergessen wird bitter sein, in der Zeit wo fremd du mir wirst. Hab Erbarmen mit mir, auch nimm nicht alles ernst, sollten deine Wörter nicht zum Herzen durch dringen. Tief in der Seele werde ich dich wissen. Denn eines Tages werde ich Tag und Nacht nur ein Schatten meiner Selbst sein, vereint in der Stille wo Raum und Zeit keine Bedeutung haben. Du wirst verstehen müssen, so schwer es dir fällt, das mein Leben in einem Winkel der Vergessenheit liegt. Irren werde ich, in einer Sackgasse, im Kreislauf des Lebens ohne Bedeutung des Daseins, wo jede Zelle stirbt und nie wieder geboren wird, ohne Aussicht auf Licht und Wärme. Denn nur Licht kommt aus dem Licht um die Dunkelheit auf zu lösen. Versprich mir, dass du in diesen Augenblicken, wo ich heimkehre, mein Licht sein wirst. Versprich es mir und bevor ich wieder vergesse, liebe mich. Zeige mir mein Antlitz im Morgentau, wo sich das Glück in meinen Augen spiegelt, wo Sonnenstrahlen die Haut wärmen und das Gefühl der Geborgenheit wecken. Zeige mir den Horizont wo sich die Wiese mit dem Himmel vereint. Lass mich die Blumen riechen, atme durch mein Haar, das von silbernen Strähnen durchflochten ist. Verlange, so versprich es mir bitte, meinen Körper dir nah. Fühlest du auch Kälte, wenn du mich berührst, so wisse das durch eine winzige Pore deine Wärme zur Welt der Vergessenheit strömt. Spüre, liebe, sprich zu mir, erzähle vom Leben mit dir, suche die Wörter die ich einst liebte, sollte ich auch abwesend sein.

Erhoffe dir meine Erinnerung in der Vergessenheit zu finden. Sieh wie meine Hände zittern, halte sie fest, erlöse mich mit der Liebe die du mir einst gabst. So warte du leblose Zeit möchte den Liebsten noch küssen, seinen Geruch einatmen, wenn sich sein Name durch mein Haar durchwühlt, bevor der Sand die Sanduhr durchfließt. Bevor ich vergesse und blass die geheime, fremde Welt mein Irrgarten wird, führe mich Liebster durch die Vergangenheit. Fremder, nimm meine Hand, erkenne in vernebelten Augen die Träne des Schmerzes, einer Frau die das Leben liebte und dich über alles. Lese ihr bei Kerzenschein die Gedichte des Herzens, zeige und vergiss selber nicht das Versprechen das du einst ihr gabst. Still werde ich zu hören und leise an dein Herz klopfen, die Arme um dich schlingen und wünschen dich zu lieben, wie heut Nacht. Im Kuss werde ich sammeln die letzten Tropfen des Honigweines, von deinen Lippen, um die Seele zu Stillen. An diesen Traum werde ich festhalten, an deiner Seite erwachen im Morgengrauen, den Atem des Morgens spüren, wenn deine Hand durchstreift den Wald meins Haars, in der Welt der Vergessenheit. Will deine Liebe nicht borgen, sondern mitnehmen, die Nacht hört mir zu bis zum Morgen und trinkt hunderte geheime Wünsche aus dem Morgentau. Der Herbstwind trägt nun weit meine Gedanken, für mich war Gestern spät und das Heute ist viel zu spät. Ach Fremder warum weinst du? Nimm meine tröstende Hand. Bevor ich vergesse nenne mir deinen Namen, denn meinen vergaß ich in einem Herzen ... M.M.

Karsten Beuchert

Bergzeit

Still ist die Büroetage, nachdem auch die letzten meiner Mitarbeiter Feierabend gemacht haben. Ich nutze diesen unbeobachteten Moment, um den Kopf in die Hände zu stützen – meine erste Pause an diesem Tag. Seit einigen Wochen fühle ich mich so ungewohnt müde. Kaum etwas spüre ich von meinem üblichen Elan.
Aber daran ist aktuell nichts zu ändern. Sobald ich Zeit dazu habe, sollte ich zum Arzt gehen. Jetzt gilt es, die aufgelaufene Arbeit zu erledigen. Der Bericht an den Vorstand ist abzuschließen, was keinen Aufschub duldet.
Möglicherweise könnte jedoch ein weiterer Kaffee helfen. Ich erhebe mich aus meinem Bürosessel ... und erstarre in der Bewegung, als sich das leichte Druckgefühl in meiner Brust unvermittelt in einen brennenden Schmerz verwandelt, der auch in meine Schultern kriecht. Kalter Schweiß bricht aus, als ich in plötzlichem Bewusstsein meiner Sterblichkeit in den Sessel zurücksinke, als sich die Zeit ins Endlose auszudehnen scheint, bevor es dunkel um mich wird ...

Abrupt bleibe ich stehen. Gerade noch bin ich auf einem der empfohlenen Spaziergänge gedankenversunken über kiesige Wege und herbstliche Wiesen geschritten und habe die letzten Monate nach dem Herzinfarkt Revue passieren lassen: das angstvolle Erwachen aus der Bewusstlosigkeit; die Wochen der Rehabilitation mit dem qualvollen Gefühl, zur Untätigkeit verdammt zu sein; und auch die ungewohnte Dankbarkeit meiner Sekretärin gegenüber, die aufgrund eines mulmigen Gefühls zurückgekommen war und mich in meinem Sessel gefunden hatte. Die Ärzte der Rehaklinik hatten mir dann noch weitere Entspannungszeit angeraten – zum Beispiel hier auf dem Vigiljoch.
So bin ich denn beim Schlendern über Wiesen und durch lichte Nadelwälder an eine Lücke gekommen, die unvermittelt den Blick auf das Vigiliuskirchlein freigibt. Klein ist der grausteinerne Bau, und irgendwie von seltsamer Proportion. Wie ein drohender Zeigefinger ragt der scheinbar übergroße Turm in den blauen Himmel. Unwillkürlich gemahnt er mich an den Demutsglauben meiner Kindheit, dessentwegen ich aus der Kirche ausgetreten bin – der Zwang zu einer gottgefälligen

Lebenszeit, für die man im Nachhinein im Jenseits belohnt wird. Mein Herz schlägt schneller, und beunruhigt nehme ich ein leichtes Druckgefühl in der Brust wahr. Ich atme bemüht tief und langsam und mache mich auf den Rückweg.

Zurück im Hotel stöbere ich in der Gästebibliothek. Neben Romanen und Anthologien fällt mir ein Buch mit dem vielversprechenden Titel „Die Illusion der Zeit" auf. Autor ist allerdings nicht Einstein. Trotzdem neugierig geworden, nehme ich das Buch mit aufs Zimmer. Als ich es mir dort genauer anschaue, finde ich, dass es sich auf ein „großes spirituelles Lehrwerk unserer Zeit" beziehe. Verärgert werfe ich es in eine Couchecke. Entspannen will ich mich! Und finde mich nicht nur mit den Schatten meiner Kindheit konfrontiert, sondern auch noch mit esoterischem Unfug! Tief atme ich ein und widme mich den finsteren Pfaden einer Anthologie mit mittelalterlichen Horrorgeschichten.

Ein neuer Tag, ein neuer Spaziergang über das herbstlich gefärbte Vigiljoch. Ich nähere mich einem Kiosk, der meiner durstigen Kehle Linderung verspricht. Eine Kleinfamilie steht an der Kasse und scheint in heftige Diskussion vertieft. Weiterhin auf der Suche nach Ruhe halte ich mich etwas zurück.

„Ich will ein Eis! Jetzt!", kräht der etwa fünfjährige Junge plötzlich los. Die Mutter beugt sich zu ihm hinab und redet vergeblich auf ihn ein, um ihn zu beschwichtigen.

In mir startet ein weiterer Film zu meiner Kindheit. Ich erinnere mich an einen Jungen, der wie jener Bub sein Eis auch immer sofort wollte. Später den teuren Porsche. Dann die fast unbezahlbare Villa. Dabei immer längere Wochenarbeitszeit. Und dann ein abschließender Vorstandsbericht ...

Ich fühle mich wie betäubt und merke kaum, wie die erworbene Limonade meine Kehle befeuchtet.

Ich kann nicht schlafen, und im Morgengrauen breche ich zu einem weiteren Spaziergang auf. In den Tälern zwischen den Hügeln hängt noch träger Nebel.

Auf einer von Wäldern fast eingeschlossenen Wiese erkenne ich zwei hoch aufragende Ohren. Ein Hase! Ich habe kleine Pelztiere immer gemocht, aber mir schon lange nicht mehr die Zeit genommen, eines zu beobachten. Ich gehe in die Knie, um ihn nicht zu erschrecken.

Trotzdem richtet er sich nach Kurzem witternd auf, und bald sehe ich den Grund. Aus dem nahen Gehölz pirscht sich ein Fuchs an, der mich in meiner Haltung ebenfalls nicht bemerkt hat.

Der Räuber setzt zum Lauf an und der Hase zur Flucht. In mir spüre ich Zwiespalt: Auch der Fuchs hat ein Recht auf Leben. Jedoch, irgendwie habe ich den Hasen in der kurzen Beobachtungszeit liebgewonnen. Ich richte mich zu voller Größe auf. Beide Tiere verharren. Raschen Schrittes bewege ich mich auf den Fuchs zu, wobei ich wild mit den Armen gestikuliere. Mit irgendwie beleidigtem Blick dreht er ab und schnürt wieder in Richtung Wald.

Ich begebe mich erneut in die Hocke, und auch der Hase kommt einige Meter von mir entfernt zur Ruhe. Nach kurzem Sichern in meine Richtung frisst er friedlich weiter. Eine kleine Weile später beginnt er, auf einem Blatt rötlichen Herbstlaubes zu kauen, das zu beiden Seiten seines Mauls absteht, und ich kann mir ob dieses Anblicks ein Schmunzeln nicht verkneifen.

Ich beobachte ihn noch lange, während die Sonne langsam steigt, bis er gemächlich davonhoppelt. Gerade dem Tod entronnen, und gleich wieder die Ruhe selbst – welch ein Leben, denke ich ein bisschen neidisch und wünsche mir, ein paar Erinnerungen ebenso leicht loslassen zu können.

Wieder stoße ich bei meinem heutigen Spaziergang auf einen der hiesigen Waalwege. Das Plätschern des Wassers beruhigt mich, und ich verweile. Ein bisschen erinnert mich dieser Ort an eine der Geschichten, die ich im Hotelzimmer gelesen habe und die von einem jungen Mönch im von der Pest heimgesuchten mittelalterlichen Italien handelt, der sich regelmäßig an einem möglicherweise ganz ähnlichen Wasserlauf zur Meditation niederlässt.

Indem ich meine Wahrnehmung auf das Bachplätschern und die Vogelstimmen um mich fokussiere, gelingt es auch mir, noch mehr zur Ruhe zu kommen. Weit entfernt bin ich von der Versenkungstiefe jenes fiktiven Mönchs – doch mein Herz genießt die zunehmende Stille.

Wieder ein neuer Tag, und ein weiterer Spaziergang durch das herbstliche Rot des Vigiljochs – dessen Ziel ich diesmal jedoch kenne. Hoch ragt der mahnende Zeigefinger des Kirchleins über mir auf. Ich fasse mir ein Herz, atme tief durch, dann trete ich ein. Ruhe umfängt mich, ein bisschen unerwartet. Kein Donner zur Begrüßung des Abtrünnigen. Ich nehme Platz auf einer der Bänke und versuche, mich an das entspannende Wassergeräusch vom Vortag zu erinnern. Nach einer Weile erscheinen meine Eltern vor meinem inneren Auge, und ich bekomme ein erstes vages Gefühl, was sie in ihrem Glauben gefunden haben mögen. Erst eine Stunde später verlasse ich die Kirche wieder – und ich weiß, dass ich wiederkommen werde, um dieses zarte Gefühl von Frieden und Verbundenheit zu vertiefen.

Abends im Hotelzimmer lege ich die mittelalterlichen Horrorgeschichten beiseite und hole stattdessen „Die Illusion der Zeit" aus der Couchecke, um darin zu lesen. In mir spüre ich eine zunehmende Neugier herauszufinden, was es mit der Aussage auf dem Buchrücken auf sich hat, dass „die Zeit sich nicht in die Ewigkeit eindrängen kann".

Karsten Beuchert

Gedanken an einem Herbsttag in einer deutschen Stadt

Als ich aus dem Bad komme, regnet es immer noch. Nicht, dass es vorher so ausgesehen hätte, als würde der Wasserguss aufhören. Auch der Druck in meinem Kopf hat sich durch Mentholzahnpasta und Wechseldusche nicht vertreiben lassen. Also vielleicht doch ein Schmerzmittel, das meinem Magen voraussichtlich wieder nicht gut tunwird.

Das Glas mit der schäumenden Brausetablette in der Hand, zieht es mich zum Fenster, an dem ich schon die Stunde vor der Morgentoilette verbracht habe. Eigentlich hatte ich mir vorgenommen, heute Wichtiges zu erledigen – all die Dinge, die ich schon lange aufgeschoben habe. Aber damit kann ich auch anfangen, sobald das Aspirin wirkt. Im Vorbeigehen nehme ich die Fernbedienung zur Hand und schalte den Fernseher ein – möglicherweise gibt es Wissenswertes. Dann lasse ich mich in den Sessel am Fenster fallen. Die Tablette sprudelt noch vor sich hin, und ich schaue erneut in den Herbstregen und hinab auf die Straße.

Unter mir ziehen Passanten ihrer Wege. Die meisten haben Schirme dabei. Einige drücken sich trotzdem an den Hauswänden entlang. Andere hasten über das Trottoir, als könnten sie den Tropfen davonlaufen. Tatsächlich habe ich einmal eine Studie gelesen, der zufolge man weniger nass wird, wenn man sich im Regen schneller bewegt – sofern man nicht vor lauter Eile in die Abflussrinne tritt, die sich aktuell in ein munteres Bächlein verwandelt hat.

Ich werfe einen Blick auf mein Wasserglas – die Aspirintablette hat sich inzwischen aufgelöst. Ich leere es in einem Zug, dann lege ich mein Kinn auf meine verschränkten Arme auf der Fensterbank und beobachte weiter Regen, Straße und Leute, während ich auf die lindernde Wirkung warte – besser geht's wohl heute nicht.

Die Nachrichten im Fernseher in meinem Rücken erzählen eine nach der anderen von warmen, trockenen, sonnigen Gebieten – in denen Terror und Revolution und Krieg herrschen. Ich blicke angestrengt auf die Straße, und für einen Moment verwandeln sich die Regenschirme in Maschinengewehre und die Menschen drücken sich vor Kugelsalven in die Hauseingänge, nicht vor Wassertropfen. Das Bild verblasst, und ich versuche, den trüben Regenwolken Positives abzugewinnen. Eine der Fernsehreportagen ist anders und erzählt von Unwetter – in Florida überflutet ein Hurrikan ungeahnten Ausmaßes erneut die Städte, die sich vom letzten kaum erholt haben. Meine Gedanken schweifen ab, und ich erinnere mich an diesen Film, „Bruce Allmächtig", in dem der Titelheld für kurze Zeit die Geschäfte Gottes übernimmt und dabei fahrlässig Überschwemmungen herbeiführt, weil er den Mond für einen romantischen Abend näher an die Erde rückt. Schön blöd. Andererseits: Was würde denn ich machen, wenn ich mich plötzlich mit göttlicher Macht ausgestattet sähe – vielleicht die deutschen Großstädte mit ewigem Sonnenschein beglücken? Mein inneres Auge sieht die Passanten unter mir auf der Straße dankbar zu meinem Fenster aufblicken – bis ihnen die Dauerhitze Haut und Kehle verdörrt und sie nach Wasser lechzen, sodass die Bewunderung ihrem Sonnengott gegenüber in Hass umschlägt. Oder würde ich mich mit solchen Kinkerlitzchen nicht abgeben und mich gleich an die Aufgabe machen, den Menschen in das einfühlsame, friedfertige und liebevolle Wesen zu verwandeln, das angeblich mit dem seit einigen Jahrzehnten proklamierten Wassermannzeitalter einhergeht? Einen Moment spüre ich diesem Gedanken nach und genieße ihn. Auf der virtuellen Straße unter meinem Fenster versammelt sich eine Schar kiffender Hippies, hört stundenlang Liedermachermusik, während einige weltvergessen ‚Liebe machen' und andere empathisch über das ‚Mysterium des freien Willens' diskutieren – und ich frage mich ernsthaft, wie viele von ihnen ahnen, dass ich ihnen ihre Friedlichkeit einfach einprogrammiert habe. Wenn irgendwie alles Nebenwirkungen hat – dann ist Gottsein anscheinend doch kein so einfaches Spiel.

Der Druck in meinem Kopf scheint über diesen Fantasien tatsächlich nachgelassen zu haben, und ich entscheide mich, meinen eigenen freien Willen dafür zu verwenden, mich endlich den Dingen auf meiner Wiedervorlage zu widmen.

Ein kurzer Blick aus dem Fenster bestätigt mir, dass es immer noch regnet. Die nächsten Nachrichten werden die gleichen Katastrophenmeldungen und neue bringen. Insgesamt scheint die Welt immer neue Fugen zu finden, aus denen sie geraten kann. Und dennoch legen meine Gedankenexperimente nahe, was der alte Leibniz schon vor langer Zeit erkannt hat: Besser geht's wohl nicht.

Ich schleppe die Kiste mit persönlichen Erinnerungsstücken ans Fenster, die wieder einmal gesichtet gehören. Der inzwischen vertraute Regen klatscht gegen die Scheibe, auf die Straße und die Passanten. Einband nach unten, die nach oben zeigenden Seiten leicht geöffnet, steckt ein Buch in der Box und zwischen den Blättern ein Brief. Letzteren kenne ich, da ich ihn erst tags zuvor in die Ablage geworfen habe. Neugierig ziehe ich das Buch heraus und öffne es an der markierten Seite. ‚Zufall ist, was einem zufällt': Aus dem Schuljahrbuch blickt mich mein jüngeres Ego an, das zu meiner Abiturzeit einmal ich war. In der anderen Hand halte ich Utes Abschiedsbrief. Zwischen Bild und Brief liegen 30 Jahre meines Lebens – eine lange Reise von zunehmender Bewusstwerdung, vor allem auch in Beziehungen. Und trotzdem wieder Single. Mein Blick fällt durchs Fenster und sieht ihre Schemen vorbeilaufen: Ute, Nadine, Laura, Elke, ... – die Frauen, die Relevanz für mich hatten, die mir Partnerin und Widerpart waren. Ich erinnere mich an die Aussage eines Psychotherapeuten, dass es aus systemischen Gründen zwei Typen von Menschen mit völlig unterschiedlichen Weltsichten geben müsse, damit sie permanent Korrektive füreinander sein können – ansonsten bestünde das Risiko, dass die Menschheit aufgrund eines auftretenden Systemfehlers ausstürbe. OK, denke ich mir, das heißt also, dass es völlig normal, gut und überlebensnotwendig ist, dass Männer und Frauen sich nicht verstehen. Hätte ich mir also gar nicht so viel Mühe geben müssen, mich Ute verständlich zu machen – und vice versa. Aber irgendwie will ich mich damit nicht zufrieden geben. Alles deutet darauf hin, dass der Homo Oeconomicus obsolet ist und dass Menschen doch lieber kooperieren statt konkurrieren. Und etwas in mir will glauben, dass dies auch zwischen Männern und Frauen gilt und es Möglichkeiten des kokreativen Zusammenlebens gibt – selbst wenn es mir bisher in keiner Beziehung gelungen ist. Widme ich mich also für eine Weile wieder der singulären Persönlichkeitsentwicklung. Wie heißt es so schön: „Liebe dich selbst, und es ist egal, wen du heiratest!" – besser geht's wohl nicht.

Es dämmert, und immer noch hasten Passanten durch den ewigen Regen. Glaube ich den erstarkenden östlichen Lehren, dann sehe ich unter meinem Fenster immerfort Manifestationen des Göttlichen vorbeihuschen – was meinen zum Abend wieder zunehmenden Kopfschmerzen auch nicht hilft. Ich fühle mich zu schlapp zum Aufstehen und mache probeweise ein Spiel aus der Schau der Straße. Welche hinduistische Gottheit mag es wohl sein, die als nächste in meinem Blickwinkel erscheint und durch Pfützen platschend vorbeiläuft? Oder habe ich gar eine Chance, den Vorbeigang des nächsten heideggerschen Gottes mitzuerleben? Mein Kopf wird schwer und ich fühle mich fiebrig – noch eine Schmerztablette, dann Zubettgehen. Möge mein Schlaf die Bereit-

schaft für die Erscheinung vorbereiten: „Nur noch ein Gott kann uns retten", sagt Heidegger – besser geht's dann wohl generell nicht.
Ich wache am nächsten Morgen ohne Kopfschmerzen auf und fühle mich insgesamt wohler. Der Regen hat aufgehört, und mit der Morgensonne dringt ein Gefühl von Freude in meine Wohnung. Ich überlege, wie dieser neue Tag zu begehen wäre. Was würde passieren, wenn ich einfach nichts täte als ihn zu genießen? Mir selbst ein tolles Frühstück bereitete? Unter meinem eigenen Fenster vorbeitanzte? Meine Lebensgeister schauen neugierig um die Ecke und ich lade sie ein, zu mir zurückzukommen. Ich lebe, und es ist schön. Besser geht's nicht.

(Erstveröffentlichung im Wendepunkt Verlag in der Anthologie „WendePunkt", 2014 – mit freundlicher Genehmigung)

Karsten Beuchert

Brandung

Die auslaufenden Wellen umspülen meine Füße. Die moderate Gischt wirkt gräulich, ganz wie der Himmel, der sich über mir wölbt. Auch dies war gestern noch anders. Etwas in mir mahnt an, dass ich es nicht genau wissen kann, doch etwas anderes in mir ist absolut sicher, dass ich genau an der Stelle am Strand sitze, an der wir am gestrigen Vormittag wie frisch Verliebte ein riesengroßes Herz in den feuchten Sand gezogen haben, beschienen von einer letzten freundlichen Sonne an einem klaren blauen Spätsommerhimmel. Die einsetzenden Herbstwinde haben über Nacht eine graue Wolkendecke über den Strand getrieben. Und das Meer hat unser Herz zu sich genommen. Doch nicht das ist es, was mich traurig macht. Es ist die Eigenschaft, vielleicht gar die Aufgabe des Meeres, Dinge wegzuwaschen. Es ist auch nicht nur der Sprühnebel in der Brise, die mit den Wellen landwärts weht, der meine Augen feucht werden lässt.
Ich sitze hier am Strand und blicke freudlos auf die Dünung der gräulichen Wasserfläche, die am Horizont mit kaum erkennbarer Trennlinie in einen fast gleichfarbigen Himmel übergeht. Ich bin hier. Unser Herz ist weg. Wie du.
Meine Gedanken wandern zurück. Nur einen Tag ist es her, dass die Welt eine andere war. Wir hatten uns mit Freunden getroffen, und es wurde zunächst ein schönes verlängertes Wochenende. Wie üblich gab es kleine Workshops, eine gute Freundin bot ein Partnermassageseminar an und ein Künstler, den wir bisher nicht gut kannten, am Folgetag ein kreatives Fotoshooting in norddeutscher Spätsommerlandschaft. Wir genossen beides und noch einige weitere Angebote. In dieser entspannten und entspannenden Atmosphäre entschlossen wir uns ein bisschen übermütig, ebenfalls etwas beizutragen, und zwar etwas Gemeinsames: eine philosophische Gesprächsrunde als hochgeistigen Abschluss des Treffens am Abend des letzten, des gestrigen Tages, wie ich sie alleine schon häufig angeboten hatte, doch diesmal ganz bewusst unter männlich-weiblicher Ko-Leitung. Und was lag in dieser Situation als Thema näher, als „zwischenmenschliche Beziehungen" philosophisch zu beleuchten?
  Die Gruppe stieg auf den Vorschlag ein, und die Diskussion versprach, spannend zu werden.

Und dann ging plötzlich und unerwartet alles schief ...
Eine hochsensible und sozial unsichere Teilnehmerin kam zu spät, entschuldigte sich vielmals, konnte sich aber anschließend nicht wirklich entspannen und in die Gruppe integrieren. Ein guter Bekannter, den ich schon häufiger als konfrontativ erlebt hatte, kam noch später und entschuldigte sich nicht. Eine andere Teilnehmerin, die offensichtlich Pünktlichkeit schätzte, war spätestens zu diesem Zeitpunkt ziemlich genervt.
Die Emotionen schaukelten sich auf, und die Realität brandete über die philosophische Metaebene hinweg: Unsere Gesprächsrunde wurde zum Paradebeispiel von Spannungen, wie sie in Beziehungen auftreten können. Schließlich verließen die ersten Teilnehmer die Runde.
In dem Versuch, den Workshop-Raum zu halten, verwickelten auch wir, du und ich, uns in immer mehr Missverständnisse, die in der folgenden Nacht in einen Streit mündeten, den wir mit aller Philosophie und aller Beziehungserfahrung nicht beilegen konnten.
Als wir uns schließlich völlig erschöpft niederlegten, hörten wir den Herbstwind ums Gästehaus tosen, der ein paar Kilometer entfernt die Wellen über den Strand trieb, und über unser Herz aus Sand.
Ich schaue auf die grauen, leicht gischtenden Brandungswellen, die meine Füße umspülen. Hätte mich die Tragik und Paradoxie am gestrigen Abend nicht direkt mit voller Wucht getroffen, dann könnte ich vielleicht sogar lachen. Denn ist es nicht ein grotesker, kosmischer Witz: sich mit Beziehungen beschäftigen zu wollen, um deren Dynamiken besser zu verstehen, und gerade damit eine Dynamik auszulösen, welche die Beziehung nicht überlebt.
Du bist heute Morgen, völlig unnahbar, abgereist. Unser Herz ist weggewaschen. Ich bin hier. Allein.

(Erstveröffentlichung im Elbverlag in der Anthologie „Mein Herz am Meer", 2016)

Karsten Beuchert

Der Winter naht

Es war der schönste Spätsommertag, ein fast toskanisch blauer Himmel überspannte die Horizonte, dahingezupfte Wolkenschiffe trieben träge in der lauen Luft, als G. am Fenster lehnte und daselbst merkte, dass der Winter kam. Während die noch immer Wärme spendenden Sonnenstrahlen seine Augen blendeten, kroch eisige Kälte in seine Knochen. Während die noch immer grünen Blätter in einer leichten Böe raschelten, fuhr ein schneidend kalter Wind durch sein Herz.

Schau, sagte sein Verstand, es ist ein blauer sonniger Himmel mit ein paar luftigen Wölkchen. Und höre, sagte sein Verstand, wie die Vögel ihre lustigen Lieder singen. Und rieche, sagte sein Verstand, wie die köstlichen Düfte des Sommers deine Nase erfreuen. Und spüre, sagte sein Verstand, wie laue Brisen deine Haut umschmeicheln. Doch sein Gefühl wusste, dass der Winter nahte.

Was war geschehen? Er wusste es nicht zu sagen. Noch war es Sommer, nicht einmal Herbst. So sehr er sein Gehirn zermarterte, er konnte sie nicht greifen, er konnte sie nicht packen, die Kälte, die ihm sein Gefühl vermittelte.

Geh, sagte sein Verstand, geh hinaus und finde dort den Sommer! Und er stand auf und ging hinaus und suchte den Sommer. Wo findet man den Sommer? Hinaus ging er aus seiner Wohnung, vorbei an anderen Türen. Vorbei an den Fenstern im Treppenhaus, nach außen geöffnet, um den Duft und die Wärme hineinzulassen. Vorbei an den Lachfältchen der wie immer freundlich blickenden Nachbarin, sogar beim Putzen der Treppe. Doch da, ihre Augen! Er wandte den Kopf. Ihre Augen, aber nicht ihr Blick. Nicht sie. Wessen Augen?

Wo findet man den Sommer? Hinaus ging er aus dem Haus, vorbei an vielfältigen Auslagen an der Straße, an bunten Früchten, vollgetankt und prall von Sonne und Wärme. Vorbei an luftig geschürzten Marktfrauen und Verkäuferinnen, ständig wuselnd und plappernd bemüht, ihre Waren optimal zur Geltung zu bringen. Doch da, ihre Lippen! Er wandte den Kopf. Ihre Lippen, aber nicht ihr Lachen. Nicht sie. Wessen Lippen?

Wo findet man den Sommer? Hinaus ging er aus der Straße, vorbei an den bürgerlichen Häuschen des Wohngebiets, mit ein paar rotbemützten Gartenzwergen hier und da. Vorbei an fleißigen Hausfrauen in nachbarschaftlich angeregtem Austausch, immer mit einem Auge bei den spielenden Kindern und mit der Nase beim Essen im Ofen. Doch da, ihr Gesicht! Er wandte den Kopf. Ihr Gesicht, aber nicht ihre Mimik. Nicht sie. Wessen Gesicht?

Wo findet man den Sommer? Hinaus ging er aus dem Wohngebiet, vorbei an den klaren Glasfronten des Businessviertels und den chromglänzenden Limousinen. Vorbei an den busy Geschäftsfrauen mit dem wallenden Haar in perfekt akzentuierten Schattierungen, mit wohl berechneten Bewegungen in wichtige Meetings vertieft. Doch da, ihre Hände! Er wandte den Kopf. Ihre Hände, aber nicht ihre Gestik. Nicht sie. Wessen Hände?

Wo findet man den Sommer? Hinaus ging er aus dem Businessviertel, vorbei an den grünen Bäumen des Parks, die doch das herbstliche Rotbraun schon tief verborgen in sich trugen und noch nicht daran denken mochten. Vorbei an den wasserlustigen Badenixen, von fröhlich plätschernden Bächen zum Planschen und Herumtollen eingeladen. Doch da, ihre Hüften! Er wandte den Kopf. Ihre Hüften, aber nicht ihr Gang. Nicht sie. Wessen Hüften?

Wo findet man den Sommer? Hinaus ging er aus dem Park, vorbei an den niedrigen, praktischen Gebäuden der Vorstadt. Vorbei an Fassaden, die das endende rötliche Glühen des Tages hinnahmen wie das beginnende gelbliche Flackern der Straßenbeleuchtung. Vorbei an emsigen Lohndienerinnen, die noch schnell geschäftig die letzten Tagesarbeiten verrichteten, voller Vorfreude auf den nahenden Feierabend. Doch da, ihr Körper! Er wandte den Kopf. Ihr Körper, aber nicht ihr Leben. Nicht sie. Wessen Körper? Wessen Leben?

Wo findet man den Sommer? Sein Gefühl hatte ihn nicht gefunden. Hinein ging er in den Park, vorbei an den schmutzigen Fassaden der Vorstadt. Hinein ging er ins Businessviertel, vorbei an den herbstahnenden knorrigen Bäumen des Parks. Hinein ging er ins Wohngebiet, vorbei an den sterilen Glasfronten des Businessviertels. Hinein ging er in die Straße, vorbei an der engen Bürgerlichkeit des Wohngebiets. Nicht hinein ging er in das Haus, vorbei an den modernden Obstresten der Straße. Dort, in der Straße, vor dem Haus, verharrte er.

Wo findet man den Sommer? Er blickte auf, direkt in das dunkle Ladenfenster und sein Spiegelbild. Doch da, ihm gegenüber – sie! Ab wandte er den Kopf. Ihr Bild. Sie. Ihre Augen, ihre Lippen, ihr Gesicht, ihre Hände, ihre Hüften, ihr Körper. Sie. Nur ihr Bild. Sie. Ihr Bild in der spiegelnden Scheibe. Ihr Bild in seinem Herzen. Ihr Bild in ihm. Und er hatte sie sein Leben lang verloren. Eine Träne verließ sein Auge und erstarrte zu Eis.

Als auch sein Verstand nicht mehr widersprach, in der Nacht dieses schönsten Spätsommertages, schloss der Winter seinen eisigen Mantel um ihn.

(Erstveröffentlichung im Wendepunkt Verlag in der Anthologie „Sommersehnsucht & Inselträume", 2012 – mit freundlicher Genehmigung)

Werner Preuß

Karel der Zauberer

Karel lässt urzeitliche Ginsterbüsche neben den Kochtöpfen wuchern, an den blinden Glasscheiben in den verrosteten Metallrahmen; Scheiben, in die der Staub Formen eingeprägt hat, die nicht mehr wegzuputzen sind. Freundlich winken die Sträucher, weg von der dünnen Wassersuppe, deren synthetisches Grünpulver zweimal die Woche wechselt: komm zu uns, wo sich die Muskeln spannen, zwischen gewachsenem, zähem Holz, wo ihr noch bittere Früchte findet, die euch sechs Wochen ohne andere Nahrung auskommen lassen und die die Wassersuppe auch als Dünger mit heiterem Winken ablehnen, lächerlich machen, verschrumpfen lassen. Zurück in den schwarzkörnigen Presswürfel, aus dem sie kommt.
 Sie winken ein Licht herein, das seit Jahrhunderten ausgestorben ist, sind frech und ungebrochen, lagern sich gelassen um die Vertiefungen in den Küchenbrettern, in Reihen zu je zwanzig Stück angeordnet, in die die Suppenwürfel vollautomatisch eingeschossen werden und aufquellen. Wahlmöglichkeiten: man könnte springen quer über mehrere Reihen und erwischte das Grünpulver der letzten Woche, wobei immer noch die Hoffnung bestände, durch ein Versehen auf eine Misstrauung, Verwirrung, Verteilungsschwäche o. ä. zu stoßen und so eventuell Vermischungen mehrerer Grünpulver zu erhalten.
 Wenn die Erinnerungen sich trüben, der gemeinsame Speisesaal zur brüchigen Scholle wird. Wenn ihr ins Dasein, ins Rascheln Widerhaken setzt: keiner drückt mehr den Knopf für das Menü: Wassersuppe, zwei verschiedene Sorten Grünpulver und… Zuletzt schlagen auch die Küchenbretter, vertrocknet – aber zu ihrer Holzbestimmung zurückgekehrt – noch Ginsterbüsche aus, anfangs klein, in Flechtenform, dann sich vergrößernd und grüßend zu ihren saurierhaften Nachbarn hinter den blinden Glasscheiben.
 Karel, du Treffender und Betroffener, geh in das Grün des Ginsters, löse die Großküche auf und lege bittere Blätterschichten in die Vertiefungen der Küchenbretter.

Rudolf Strohmeyer

Der Entschluss

Als der Linienbus seine Fahrgäste an der Endhaltestelle entleert hatte, eilten die Passagiere in Richtung des Ortskernes. Nur ich drehte mich um und entfernte mich von der kleinen Ortschaft. Mein Ziel war der nahegelegene Waldsee.
Ich musste schmunzeln, als mir einfiel, dass mich der Busfahrer gefragt hatte: „Ein Hin- und Retourticket?", worauf ich mit Bestimmtheit erwiderte: „Sicher kein Retourticket!" Was für den Depressiven erheiternd wirkt, stimmt den „Normalen" traurig.
Von der Straße führte jetzt ein breiter, gut ausgetretener Fußpfad durch einen in herbstlicher Farbensattheit prunkenden Mischwald. Nach wenigen hundert Metern war ich angelangt und schöpfte keuchend Luft, von der Anstrengung bereits schweißnass geworden.
Die im Sonnenlicht glitzernde Silberplatte des Sees lag vor mir; an den in beträchtlicher Ferne erkennbaren jenseitigen Ufern ragten bewaldete Hügel empor, die das Gewässer umringten wie Zeugen ein Verbrechen. Die Sonne hatte ihren Zenit bereits überschritten und warf ihre Strahlenfülle auf die Uferseite, auf der ich stand. Der dicht bewaldete Hang des mir gegenüberliegenden Gebirgszuges war schon tief in bläuliche Schatten gehüllt, die alle Konturen verschluckten. Es war einmal noch heiß geworden.
Noch immer vornübergebeugt, die leicht zitternden Hände auf die Knie gestützt, rang ich mit dem Schmerz in meiner Brust. Hatte ich denn meine Tabletten dabei? Aber, fiel mir ein, ganz bestimmt nicht; nicht heute, nicht jemals mehr. Und die Schachtel mit Schlafpillen? Schnell tastete ich an meine Manteltasche. Auch eine kleine Flasche Mineralwasser hatte ich eingesteckt. Reicht die für 25 Pillen? Aber vor mir lag ja ein ganzer See!
Ich blickte in die Natur, die mir so gleichgültig war, wie ich ihr. Aber, dachte ich, sie verstand es wahrlich, schön zu sterben. Und was im Frühjahr erneut zu blühen begann, war nicht das Blatt, das ein für alle Mal verwelkt, ausgedorrt, mit Millionen seinesgleichen den Waldboden zubrandete, was wieder zu blühen begann, sinnierte ich, war der Stamm, der Baum. So wie auch mit mir nicht der Mensch als Gattung in die verdiente Vergessenheit stürzen würde. Sondern nur der einsame Spaziergänger am Ufer dieses verfluchten Waldsees.

Entlang des Waldsees, der zu nichts zu gebrauchen war, außer sein eigenes Bett auszufüllen, führte ein teils ausgetretener, teils auch nur an niedergetretenem Gras und Gestrüpp erkennbarer, Trampelpfad. Langsam setzte ich mich in Bewegung.

Der große Dekorateur dort oben hatte die Waldkulisse mit allen Nuancen seiner Farbpalette bekleckst; leuchtendes Gelb changierte zu orangen und weiter zu satt prangenden Atollen aus Rot, das die Blutbuchen und Ahornbäume sich für ihr Blätterkleid ausgesucht hatten; all dies durchsetzt mit Partien von brechendem Grün. In diesem „Tempel der Natur", wie er in alten Büchern noch besungen wurde, dachte ich, in diesem Naturtempel opferten die Menschen dem Götzen Erholung ihre Freizeit, oder sie opferten, wie ich, ihr Leben.

Das Leben nimmt einem so viel, bis man sich dieses Leben selbst nimmt, ging es mir durch den Kopf. Hier würde ich genauso allein sterben, wie ich all die Jahre schon allein gelebt hatte. Nur das Sonnenlicht sollte noch bei mir sein, denn mir graute ein wenig vor der schon recht frühzeitig einsetzenden Nachtkühle.

Entenfamilien furchten über die Wasseroberfläche, leicht streichelte die Hand eines Windhauches über erbebende Blätterdächer. Ein Schwarm Graugänse brach aus dem Untergehölz hervor, erhob sich geschwaderförmig und hastete mit typisch zappeligem Flügelschlag durch den Himmel, beständig im Kampf gegen den Absturz. Lange noch hallte ihr gackerndes Geschnarre.

Ich hatte geliebt, ich war geliebt worden, resümierte ich. Die Krankheit der Liebe heißt Abschiedsschmerz, und Abschiedsschmerz selbst ist eine Krankheit. Denn wie eine Krankheit verengt er dein Fühlen und Denken, presst es zusammen und drückt es wie eine Kugel in den Lauf einer Schusswaffe, die du gegen deine Zukunft richtest; eine Zukunft, die du nicht willst, weil sie ein Opfer verlangt hat, mit dem du nie einverstanden warst. Es gibt Leiden, dachte ich, die man nicht teilen darf, weil man sonst Verrat an dem begeht, der sie einem zugefügt hat.

Mein Blick schweifte umher. Hinter mir breitete sich eine geheimnislose Baumarmee in buntgefärbten Uniformen aus. Vor mir lag, in Ufernähe von Mückenklumpen überschwirrt, die Wellenmonotonie des unverlockenden Gewässers.

Ich bin einmal wer gewesen. Dass man den falschen Zielen nachgerannt ist, erkennt man fatalerweise erst dann, wenn man sie erreicht hat. Wenn es also für eine Umkehr zu spät ist. Was bleibt, ist bestenfalls der falsche Trost des Geldes.

Wie ich nicht anders erwartet hatte, war diese Ecke der Welt – heute war ein ganz normaler Werktag – menschenleer. Auch keiner dieser irregeleiteten Pilzesucher war zu erblicken. In der Ferne vernahm ich das gelegentliche Geräusch irgendeiner landwirtschaftlichen Maschine. Es wäre mir unerträglich erschienen, in meiner eigenen Wohnung, die mir in den letzten Jahren immer mehr zu einer Gefängniszelle geworden war, bewacht von meiner Scheu vor Kontakten mit einer verständnislosen und gleichgültigen Menschenfremde, es schien mir unerträglich, dort meinen endgültigen Abschied zu nehmen. Dann sollte es meinetwegen dieser verlassene Waldwinkel sein, an dem doch einmal noch eine urteilsfreie Sonne wärmend meine alte Haut streicheln konnte . . .

Wieder meldete sich der Schmerz in meiner Brust, anhänglich wie ein Rachemörder. Lange schon hatte er mir die Freude am Rauchen vergällt, was nur folgerichtig war; das verdammte Rauchen war wohl auch die Ursache meines Übels. Wie früh wir es nicht schon lernen, stellte ich fest, dass alles im Leben seinen Preis hat, und wie wir dennoch, sobald es ans Bezahlen geht, verzweifelt zu feilschen beginnen.

Ich griff an mein Herz, als wollte ich die Schmerzkrämpfe in die Höllennester zurückballen, aus denen sie hervorgebrochen waren. Schweiß bedeckte meine Stirne. Es wird Zeit, stöhnte ich, es wird Zeit!

Eine kleine Landzunge streckte sich forschend in den See hinaus. An den Rändern hingen Grasbüschel faul in die gleichgültigen Fluten. Die gestrüpplose, begraste Halbinsel, immer noch sonnig überstrahlt, war der Ort, den ich für mein vorletztes Eden erwählte.

Ich schickte mich an, mich dort, wo das Gras seine Morgenfeuchtigkeit gänzlich eingebüßt hatte, niederzulassen, als ich, irritiert von aufgeregtem Tschilpen, innehielt. Suchend ging ich dem vermuteten Herkunftsort der Tiergeräusche entgegen.

Ihr blauschwarzer Kopf, sonst von ebenmäßiger Schönheit, schien durch den weit aufgerissenen Schnabel faltig zusammengedrückt zu sein. Die weiße Wangenzeichnung erinnerte in ihrer zornigen Verzerrung an eine Kriegsbemalung. Ein Blick auf den dominierend zitronengelb gefärbten Körper machte verständlich, warum die kleine Kohlmeise so erbärmliche Schmerzlaute ausstieß.

Die rechte Armschwinge war hochgereckt und mit Kraft paddelte der Flügel in versuchter Fluggebärde. Mit der Wirkung, da die Reaktion der anderen Körperhälfte ausblieb, dass die Kohlmeise sich in ohnmächtigem Geflatter um ihre eigene Achse drehte. Ich bückte mich, um genauer zu sehen.

An den Schwungfedern konnte ich nichts feststellen; was jedoch arg verletzt schien, war das Flügelfleisch selbst. Fast wie in Streifen geschnitten war es grausam aufgerissen. Wie konnte sich das arme Tier nur derart verstümmelt haben, grübelte ich. Ein Stacheldrahtzaun, eine Dornenhecke, ein anderes wildes Tier? Ein Mensch!? Wenn es bloß nur ein gebrochener Flügel gewesen wäre. Dieser ließ sich mit Glück und bei fachmännischer Heilbehandlung noch zu einer Verheilung überreden. Aber das hier?

Ich sann auf Abhilfe, die in diesem Fall nur darin bestehen konnte, das arme Geschöpf endgültig und möglichst schonend von seiner Qual zu erlösen. Zunächst jedoch entledigte ich mich meines Schals. Ich faltete ihn so, dass er eine geeignete Unterdecke ergab, legte ihn auf den Boden und bettete dann das verletzte Tier darauf. Kurz gelang es mir, die sinnlose Flug- und Fluchtgestikulation zu besänftigen; aber kaum hatte ich die Meise ihrem neuen Krankenlager übergeben, setzte das krampfartige Flügelschlagen wieder ein.

Dann sah ich mich um. Natürlich gab es am Gewässerrand Kieselsteine. Ich nahm einen etwa faustgroßen in die Hand und wog ihn nachdenklich. Ein genau gezielter kräftiger Schlag auf den Kopf des wie wahnsinnig tschilpenden Vögelchens und der Qual wäre ein für alle Mal ein Ende bereitet. Aber schon graute mir vor der rohen Brutalität des Aktes, vor dem Anblick, den ein zerschmettertes, zu einem blutigen Brei zerdrücktes Meisenköpfchen bieten würde. Angewidert ließ ich den Stein fallen.

Der See brachte mich auf den naheliegenden Gedanken, das Tier zu ertränken. Dazu musste ich es aber nicht nur in das Wasser legen, sondern es auch für mehrere Minuten unter die Wasseroberfläche drücken. Unweigerlich würde ich hierbei Zeuge eines langsamen und gewiss auch qualvollen Sterbens werden. Ängste stiegen in mir auf, und schaudernd stellte ich fest, wie dünn die Gedankentünche gewesen war, unter der ich sie sicher versteckt gewähnt hatte.

Aber eine Grube ließe sich vermutlich ohne allzu große Anstrengung im Waldboden ausheben, wobei mir ein abgebrochener Ast als Werkzeug dienen könnte. Danach allerdings würde ich, so rasch als irgend möglich, genügend Erde über den zappelnden Vogel werfen müssen. Auch hier würde mir jedoch der Anblick eines verzweifelten Todeskampfes nicht erspart bleiben. Dazu allerdings war ich nicht nervenstark genug. Am wenigsten an diesem heutigen, meinem wohl wichtigsten Tag!

Überrascht machte ich die Feststellung, dass meine Brustschmerzen aufgehört hatten.

Das Bündel flatternden Fleisches vor Augen, dachte ich angestrengt nach. Es war zu spät, die Kohlmeise so liegen zu lassen, wie ich sie gefunden hatte, und sie einfach ihrem weiteren Schicksal auszuliefern. Zu sehr, zu ausschließlich würde meine Phantasie sich mit dem Tier und dem, was an grausamen Stunden ihm noch bevorstand, beschäftigen; zu stark würde, was die Wechselfälle meines Lebens mir an Gewissen übrig gelassen hatten, mir die kurze, mir noch verbleibende Zeit mit Vorwürfen und Anschuldigungen vergällen.

Mir fielen die Graugänse und ihr himmelfüllendes Flugmanöver ein. Wie glücklich mussten diese Luftbewohner sein, die sich so weit über alle unsere Niedrigkeit erheben durften! Und dann hatte ich plötzlich die erlösende Idee. Natürlich! Für einen Vogel gab es, durfte es nur einen angemessenen Tod geben: den Tod in den Lüften oder eben den Tod durch den Absturz aus den Lüften! Die Hügelkette am jenseitigen Seeufer würde mir eine Plattform bieten können, von der aus ich das verwundete Tier in die Tiefe stürzen konnte, seiner endgültigen Erlösung entgegen.

Ich betrachtete den kleinen Todeskandidaten auf seinem auf dem vermoosten Boden hingebreiteten Schalnest und richtete mich auf. Meine rechte Hand griff in die Manteltasche, holte die Pillenschachtel heraus und warf sie gleichgültig in den See. Dann nahm ich das jammervolle Geschöpf in meine Arme und machte mich auf den Weg. Ich hatte eine Aufgabe zu erfüllen.

Hildegard Kulik

Rumtopf

21. September – gleiche Tage, gleiche Nächte ...
　　　　Tagnachtgleiche

Sternbild Jungfrau – gewagtes Sternbild –
Er oder Sie, weder ordnungsliebend noch ausgeglichen ...
　　　　braucht dringend die Waage

große Hitze, eisige Kälte – milde, sonnige Tage ...
– Nebel befeuchtet ganz sanft trockenes Land –

Sonnenblumen, Spinnennetze, Altweibersommer.
60. Geburtstag ... September im Leben
　　　　Wir sitzen abends vorm Haus auf der Bank.

Dämmerlicht, weiche Konturen,
der Bäume, der Häuser, des Lebens Spuren.
Probleme einst groß und gewaltig, nun klein und kaum noch bemerkt.

Früchte geerntet und eingelegt. – Rumtopf –
die Krönung so lecker und fruchtig –

Unzählige Fähigkeiten entdeckt – im September des Lebens geweckt.

Hildegard Kulik

September

Leuchtende Farben, Sonnenschein, kein Wölkchen am Himmel
– das kann doch nicht sein.

Gestern war alles noch grau und verregnet,
matte Farben – doch auch das war gesegnet.

Obst duftet betörend, süß und lecker,
Kürbis, Apfel , Birne – lauter Feinschmecker.

Eichhörnchen, Igel, Hamster und Maus,
Körner, Eicheln und Früchte – schnell ins Haus.

Bunte Drachen am Himmel schweben,
schauen auf uns – welch buntes Leben.

Kirchenglocken, Federweißer, Erntedank,
Dirndl und Kirchweih – froher Gesang.

Genießen, verweilen, festhalten die Zeit,
erst Nebel, dann Raureif – winterbereit.

Dietrich Lange

November

Kahles, naßschwarzes Geäst,
nieselnder Regen,
kein Vogel singt.
Wiesen und Felder durchnässt,
auf meinen Wegen
kein Lichtschein winkt.
Laute verstummt, im Grau erstickt,
naßkalte Öde, wohin man auch blickt.
Endlos die Klage, und Hoffnung so weit.
Novembertage – traurige Zeit.

Dietrich Lange

Herbstmorgen an der Küste

Über den Wassern tanzen nebliggraue Schatten
so schleiersanft und lautlos wie die Nacht.
Sie wirbeln geisternd über Meer und Watten,
und bleiben steh'n
und zögern noch und murmeln sacht.
Und auf den Wassern lassen sie sich nieder.
Sie ruh'n sich auf den Wellen aus
und wispern, traumerfüllt,
und seufzen schwer
und steigen wieder
und fließen ahnungsvoll
in ihre nebliggraue Welt hinaus.

Susanne Röhrs

Zeit

verloren
gefangen im nichts
hektisch
gedanken suchend
im dasein
hier und heute
gefühle
vergänglichkeit
ein limit
von minute zu minute
der untergang
ein licht ...
jahre vergehen
und irgendwo tickt eine uhr
tiefe
die zeit ist verloren
das ende der welt

Susanne Röhrs

am sommerende

die kugel rollt und rollt
die spannung steigt
ob das ziel wohl wird erreicht
es geht bergab
das ziel verfehlt
jetzt ist es vorbei
es wurde am stuhl gesägt
und nebenbei
ein wunder
die kugel rollt und rollt
bergauf bergrunter
und jetzt wird's immer munterer
die kugel rollt, so wie gewollt
ins loch, ist das nicht toll
gewonnen haben wir das spiel
und, weil es uns so gut gefiel
spiel'n wir das spiel aufs neue
runde um runde
wir sind begeistert von dem spiel
spielt ihr es auch, denn uns gefiehl's

Xenia Hügel

Herbstblume

Die Rose weicht der Herbstzeitlosen.
Der Rose Seele ist nun auf Reise,
blüht sie an einem anderen Ort unsterblich.
Erfreue dich des neuen Lebens - Herbstblume.

Der Herbst des Lebens,
Übergang von Sommer zum Winter.
Sieh es inspirierend,
schöpfe das Leben aus!

Mein Wunsch für jeden Menschen ist:
Lebe frei, zeig wer du bist!
Wenn du der Welt deine Handschrift hinterlässt,
die Welt dich auch alles empfangen lässt.

Sieh den Herbst neutral und natürlich.
Führe dein Leben einzigartig.
Wir sehen uns an anderer Stelle,
das Wo wird sich zeigen, mein Herz.

Heidi Axel

Es herbstet

Der Morgen neblig, kühl und nass,
Die Blätter bunt gefärbt.
Es ist der Herbst, der macht das krass.
Er pinselt und er färbt.
Die Blätter fallen leise ab.
Sie fallen einfach runter!
Der Teppich, der am Boden liegt,
Wird noch ein wenig bunter!

Maria Punz

Goldregen

Frag das Licht des Oktoberhimmels
nach seiner wärmenden Kraft

Frag die Libelle am Teich
nach dem Klang ihres Abschieds

Frag die flammenden Wälder
nach dem Wert ihres Blattgolds

und

Frag mich
wie es ist
sich einen Atemzug lang zu fühlen wie
Goldmarie

Stefan Kriegel

dezembersonne

gerade weil ich weiß
es ist nur momentan
vom raureif frei der farn
schon gar nicht der im schatten
empfinde ich die sonne heiß
lustwandelnd auf den matten

entlaubt die meisten bäume fast
frostig manche nächte
zu andren zeiten dächte
ich nicht daran dass ende droht
der apfelpracht am kahlen ast
schon bald der kältetod

wie ich so durch die wiesen lief
solare wärme auf der wange
da war wohl klar es währt nicht lange
meine zeit, ich will es wagen
zu leben eben intensiv
und möchte früchte tragen

Stefan Kriegel

herbSTEINsamkeit

Mit Interesse las ich neulich, den jeder kennt, Hermann Hesse.
In seinem `Nebel´ malt er
den Blick aus einem Lebensalter,
da vom Weizen die Spreu sich trennt. Wie der Mann presse

ich den Saft der Früchte meiner Tage.
Was ist geschafft, was fürchterliche Plage?
Und erhalte halt auch die logische Erkenntnis,
dass mit Entfaltung bald biologisch es am End ist.

Leben ist Einsamsein,
ist eine seiner Quintessenzen.
Zwischen Menschen gibt es Grenzen,
die können uneinnehmbar sein.

Neben dem Busch, der Stein in Hesses Gedicht:
Dass auch andres lebt und keimt, er ahnt es nicht.
Der Mensch seit Sigmund Freud und Darwin tief beteuert,
dass nicht das Gen, der unbewusste Trieb ihn steuert.

Hirnforscher sagen: Wir sind nicht mal der, der moderiert.
Die frühe Kindheit fräst sich in den Schädel ein
und Blindheit prägt das Denken, dass wir edel seien.
Überlebenstechnische Chemie ist es, die modelliert.
`Ich hab alles noch im Griff´, ist eine Norm ohne Sinn,
wenn ich doch ein Schiff im Sturm der Hormone bin.
Klar zu kriegen wird es Zeit:
Wir biegen uns die Wirklichkeit.

So lieben wir nur das, was nah ist.
Bemerken, was wir leiblich spüren.
Verdrängen die, die weit uns führen,
und ignorieren gern, was wahr ist.

Was entnehmen solch erschreckendem Befund?
Der Unbequeme ist kein Strolch. Das wär gesund!
Jeder ist ein Alien und ganz allein.
Wer´s so sieht, übt Toleranz und friedlich sein.

Susanne Rzymbowski

Pferde lagen auf der Weide
mit dampfenden Körpern
an einem Morgen
der müde war
und im Geäst der Bäume
rieselte das Laub
zu Boden
der noch feucht vom Tau
im Abschied der Nacht
die voll Kälte
den Herbst gebracht
der noch zaudernder Stimme
nach der Ruhe ruft
die von Stürmen begleitet
sich macht auf den Weg
zur inneren Einkehr
vergangener Tage
die hitzig
im Karussell des Lebens

Susanne Rzymbowski

Trunken
vom Regen, der klar
prasselt
auf mein Gemüt
das sich verloren
im Kreis einer Sehnsucht
die sich getränkt
für ein Wieder
aus Fluchten
im Grau eines Himmels
der unendlich nah

Susanne Rzymbowski

Schneeflocken aus Zerstreuung
rieseln lautlos auf dein Haupt
und bilden eine Mütze
aus kaltem nassem Saum
der schmilzt in deinen Haaren
zu Tropfen voll von Klamm
und rinnt in dünnen Fäden
dir mitten ins Gesicht
dass du die Augen schließest
und sichtest einen Punkt

Susanne Rzymbowski

Herbstlaub in den Händen
im Ocker aus Spurlosigkeit
wie Pergament
das Blatt vom Baum
vergeht
im Treiben eines Jahrs
das müde wurd
vom Blühen eines Jetzt
das nun vertagt
im Sternenlauf
zu unkenntlichem Hier

Susanne Rzymbowski

Leise sind die Stimmen
deiner Seele
flüsternd ist ihr Klang
der sich vermehrt
im Lauf der Zeit
und wächst in dir
zu einem Ton
der dich erfüllt
bis in den Kern
der Leben heißt
im Intervall des Seins

Susanne Rzymbowski

Wolken treiben am Himmel
getragen in Wellen von Wind
aus Nichts verträumter Bilderlauf
auf blautönigem Grund
vertraut dir nah
im Weh der Ferne
die du erahnst
im Spiegeln deiner Augen

Nicole Thaler

Herbst

Ein goldener Herbsttag

Ewigblauer Himmel
Frohmachende Farben
leise raschelnde Blätter
fröhlich erzählende Vögel

Wärme umschmeichelt

In der Sonne stehend
pflanze ich
tief in mich
den Traum
vom nächsten Sommer

Nicole Thaler

November

Düster
kalt
der Totenmonat

Nebelgeister
ziehen durch die Straßen
nehmen die Sicht
schlucken das Leben

Aber
irgendwo
singt tapfer
ein Vogel

Nicole Thaler

Herbstzeit

Blauer Himmel
Bunte Blätter
Stoppelfelder
Drachenzeit

Binde eine Schnur
an meine Träume
und
schicke sie
zum Himmel

Aber
wann immer
ich will
kann ich
sie zurückholen

Nicole Thaler

Unterwegs im Herbst

Ein Spaziergang im Feld

Sonnenstrahlen
Blätterrauschen
Rauer Wind

Abschiedsstimmung im bunten Kleid

Meine Augen
fangen
die Farben
bevor
der Winter
sie bleicht

Nicole Thaler

November beginnt

Wappne mich

Ohnmächtige Sonne
Verhüllter Himmel

Stimme mich ein

Nebelstille
Feuchtklamme Welt

Graue Tage in Moll

Bin
auf Trübsinn
eingestellt

Aber
dann
scheint einfach
die Sonne

Nicole Thaler

Herbstsonnentag

Eigentlich schon Herbst

Kürzer werdende Tage
Abgeerntete Gärten
Bunt leuchtende Blätter
Vollgefüllte Vorratskammern

Eigentlich schon Herbst

Nüsse statt Erdbeeren
Strickjacke statt Sonnencreme
Kastanien statt Tomaten
Drachen statt Schmetterlinge

Eigentlich schon Herbst

Aber heute
streut der Sommer
seine Überreste
ins Land

Nicole Thaler

Vorbereitungen

Ein Spätsommertag im Herbst

Wintervorbereitung überall

Das Eichhorn vergräbt schnell
eine Nuss

Die Maus trägt schwer
an gelbem Korn

Die Rose webt
ihr Hagebuttenkleid

Die Vögel rüsten
für die große Reise

Der Baum wirft müde
seine Früchte ab

Ein Igel sucht
ein Haus aus Laub

Die Natur sorgt vor

Habe auch zu tun

Will mir
Körbe voller Sonne
sammeln

Nicole Thaler

Regentag

Ein Regentag
im Herbst

Dunkle Wolken
sperren
den Himmel ein

Die Welt
ergibt sich
dem Grau

Nur
die letzte
Sonnenblume
leistet
leuchtend
Widerstand

Nicole Thaler

Herbstgrau

Ein grau gestrichener Tag

Dunkel gefärbter Himmel
Melancholisch schwebende Blätter
Still fallender Regen
Der Garten außer Betrieb

Der Herbst
nistet sich ein

Wehmütig
wiegt die Sonnenuhr
ihre Stundenstrahlen
in den Schlaf

Nicole Thaler

Nebelsicht

Ein Spaziergang im November
In Nebel gehüllt

Ein Blick auf Zurückliegendes nicht machbar
Ein Blick auf Kommendes nicht möglich

Nur das Naheliegende erkennbar

Ein Spaziergang im November
In Nebel gehüllt

Könnte mich fürchten

Aber
vielleicht
fühle ich mich gerade
im Gegenwärtigen
geborgen

Nicole Thaler

11. November

Ein heiterer Abend!

Laternenlichterkette
in den Straßen
Kinderliedertöne
an mützenverdeckten Ohren
Geteilter-Mantel-Geschichten
für empfängliche Herzen
„Guten Abend"-Gespräche
am wärmenden Feuer
Glühweinduftschwaden
in dunkler Nacht

Ein heiterer Abend?

Heute wäre
der Geburtstag
meines Kindes

Nicole Thaler

Abschied

Ein Herbstsommertag

Noch einmal
samtblauer Himmel
und
warmflüsternder Wind

Noch einmal
flatternder Schmetterling
und
zirpende Grille

Noch einmal
duftende Rose
und
gelbleuchtende Sonnenblume

Noch einmal
draußen frühstücken
und
in der Sonne lesen

Noch einmal

Heute
schickt der Sommer
seinen Abschiedsgruß
ins Land

Theresa Uhlig

Novemberregen

Wenn der Novemberregen fällt,
fällt wie ein Schleier auf die Welt,
denk' ich an dich, denk' ich an mich,
und das, was uns zusammenhält.

Wenn der Novemberregen fällt,
als Sand im Zeitglas dieser Welt,
fürcht' ich um dich, fürcht' ich um mich,
das Herz, das pocht, das Herz, das schlägt.

Wenn der Novemberregen fällt,
kein Tropfen, den ich nicht gezählt,
hoff' ich auf dich, hoff' ich auf mich,
ein Herz, das pocht, ein Herz, das schlägt.

Wenn der Novemberregen fällt,
fällt wie Wasser auf wässriges Feld,
weiß ich um dich, weiß ich um mich.
Und nichts, das uns zusammenhält.

Gabriele Guratzsch

Der Herbst

Der Herbst ist da, endlich ist er da.
Wir rufen froh laut: „Hurra, hurra!"
Kastanien, Eicheln, bunte Blätter,
mal Sonne und mal Regenwetter.

Gehe raus in die schöne Natur.
Entdecke jetzt der Jahreszeit Spur.
Atme ein – die tolle, frische Luft.
Riechst du auch diesen neuen Herbstduft?

Es gibt eine tolle Erntezeit.
Feines Obst hängt zum Pflücken bereit.
Das Gemüse ist in voller Pracht.
Schau genau hin und gib darauf acht.

Einen Apfel- und Pflaumenkuchen
musst du auch unbedingt versuchen.
Den kannst du, na klar, schon selbst backen:
Mit Muttis Rat ist es zu packen.

Und Nüsse gibt es jetzt auch so fein.
Leg sie in deinen Korb hinein.
Iss sie und wirf die Schalen nicht weg.
Sie erfüllen einen tollen Zweck.

Bastle damit und mal sie an.
Schnell ein schöner Schmuck entstehen kann.
Wenn du davon dann etwas verschenkst,
freut sich jener, dass du an ihn denkst.

Gabriele Guratzsch

Mein schöner Kastanienbaum im Jahr

Schau dir meinen Kastanienbaum an,
siehst du, wie viel Pracht er tragen kann.

Im Herbst zeigt er uns seine Blätter –
in Farbvielfalt – alles wird netter.
Und Kastanien hier – ganz dunkelbraun –
kannst du auch von ihm da frisch bestaun'.
Diese schenkt er uns, lässt sie fallen.
Nimm sie, trag sie in deine Hallen.

Du kannst zum Basteln sie verwenden.
Komm, lass uns keine Zeit verschwenden!
Wir wollen an die Freunde denken
und sie zu Weihnachten beschenken.
Mit unseren Bastelarbeiten
werden wir viel Freude bereiten.

Mein Kastanienbaum ruht sich dann aus,
bringt im Frühjahr sein Neukleid heraus.
Im Sommer tankt er Sonne, viel Kraft,
so dass er im Herbst seine Pracht schafft.
Mein Kastanienbaum ist immer schön:
Groß, stark ... komm ihn dir doch mal anseh´n!

Schau dir meinen Kastanienbaum an,
spür, wie viel Freude er schenken kann.

Silke Berke

Herbstgeborene

Sind die, die auf rotgoldenen Spuren wandeln.
Sind die, die in Weisheit und Stille handeln.
Sind die, die uralte Bäume zärtlich umarmen.
Sind die, die Kälte bevorzugen dem Warmen.
Sind die, die bei Regenfall versonnen lachen.
Sind die, die in unruhigen Sturmnächten wachen.
Sind die, die auf Kastanienhainen spielen wie ein Kind.
Sind die, die mehr im Innen als im Außen sind.
Sind die, die tanzen im raschelnden Laube.
Sind die, die trägt in Kargheit der Glaube.
Sind die, die dem Winter in Zukunft begegnen.
Sind die, die den Sommer als Vergangenheit segnen.
Sind die, die in Geduld ihr Wesen entfalten.
Sind die, die reife Früchte ehrfürchtig halten.
Sind die, die stets wissen vom tiefen Fallen.
Sind die, die Harmonie wünschen – ALLEN ...

Silke Berke

Melancholie

Gnadenlose Herbsttristesse
Sehe in den Spiegel
Mir zu
Beim Denken
Diese Idee strebt ständig
Fühlt sich auserkoren
Nach einem Blinzeln schon ...
Hoffnungslos verloren?
Abgeschminkt
Wechseln der Pole
Weine mich an
Weine mich aus
Jetzt ein Lachen

Unter Tränen
Zirkusclown
Wehmütig
Schwächliche Töne
Warte die Dunkelheit ab
Das Bild verblasst
Nach und nach
Schatten meiner selbst
Könnte jetzt da hineinspringen
Dann wäre ich bei mir
Körperlos
Seelenvoll
Eins mit dem Sein
Wäre weg
Glockenschlag
Beschwört mich umzukehren
Gläubiges Schallen
Ermahnend
In der tiefen Nacht …
wird heute der Winter beginnen
Wilder Polarsturm
Götterzorn
Weiße Fläche nun
Von oben
Das Dachfenster
Schnelles Eis
Ich wollte doch nur bei den Farben sein
Mir bleibt
Ein ewiges Warten

Sieglinde Seiler

Goldener Oktober

Golden zeigt sich die Oktobersonne
mit hellen, wärmenden Sonnenstrahlen!
Das bunte Herbstlaub - eine Wonne -
darf im Schein der Abendsonne prahlen!

Frühmorgens glänzt der kalte Tau,
der auf Wiesen und letzten Blumen liegt.
Mittags ist das Wetter mehr als lau,
und man ist in den schönen Tag verliebt.

Die bunten Farben, herbstlich warm,
lassen nicht ahnen den Wintereinbruch.
Blumen zeigen ihren ganzen Charme.
Beim Laubrechen erster Modergeruch!

Der Himmel ist klar, frisch die Luft!
Sein Strahlegesicht setzt der Oktober auf.
Dazwischen zarter letzter Rosenduft,
der die kalten Herbstnächte nimmt in Kauf!

Es ist ein goldener Oktober geworden,
mit der Möglichkeit, viel im Freien zu sein.
Den Weintrauben kommt das zugute,
und wir genießen gern den neuen Wein.

Sieglinde Seiler

Herbst wird es... leider!

„Leider wird es jetzt Herbst!",
säuselt leise ein grünes Blatt.
„Gottseidank", ruft eines aus,
„ich habe den Sommer satt!"
„Endlich! Ich bin total müde!",
entgegnet eines auf dem Ast.
„Herbst, beeil dich doch bitte
und halt endlich deine Rast!"

„Golden schimmern will ich",
hört man vom Nachbarblatt,
„das bunte Herbstkleid tragen,
denn ich habe die Hitze satt!"
„Liebes Blatt, ist dir bewusst,
dass deine Buntheit vergeht?
Das blüht uns Blättern, weil es
so im Gesetz der Natur steht."

Der Baum meldet sich zu Wort,
bringt seine Beweggründe vor:
„Bald schon öffnet der Frühling
nach dem Winter das Blütentor!"
Er wünscht sich frische Blätter,
ein leuchtendes Frühlingskleid,
um gebührend feiern zu können
die beginnende Wachstumszeit.

Sieglinde Seiler

Flüstern des Herbstes

Hörst du morgens wie ich schon
den wartenden Herbst flüstern?
Bald bläst der Herbst gar kräftig
aus kühl schnaubenden Nüstern.
Er lässt die Herbstwinde wehen
und betreibt der Natur Vergehen.

Im Oktober verteilt er großzügig
auf den Blättern sein Herbstgold,
und die strahlende Herbstsonne
ist dem bunten Herbstlaub hold,
bis Nebelschwaden überm Land
ihnen reichen ihre feuchte Hand.

Die Herbstfarben lassen das Laub
in der Abendsonne kräftig strahlen.
Sie zeigen ihrer Farben Schönheit
vor des jähen Vergehens Qualen.
Tief berührt von ihrem Blättertanz,
liegt am Boden herbstlicher Glanz.

Tautropfen auf den Herbstblättern
lassen ihr Rascheln nicht mehr zu.
Nasse schimmernde Herbstfarben
begleiten Blätter in ihre Winterruh`.
Ob sie ahnten in ihrer Schönheit,
dass wartete des Vergehens Zeit?

Sieglinde Seiler

Herbstträume

Ein sonniger Septembermorgen –
der Herbst ist schon am Träumen.
Noch hängen die Sommerblätter
in ihrer grünen Farbe an Bäumen.

Er träumt von den bunten Farben,
die leuchten unter der Herbstsonne
und dass Wanderer beim Anblick
genießen der Herbstfarben Wonne.

Er träumt von Sonnenstrahlen,
die sich auf die Blätterpracht legen
und dass sich in milder Wärme
noch einmal Sommergefühle regen.

Er träumt in den Morgenstunden,
dass bald seine Herbstwinde wehen,
denn er will seinen Herbstblättern
bei ihrem vergnügten Tanz zusehen.

Er träumt auch vom Geheimnis,
das er spürt hinter Nebelschwaden.
Der Spätherbst hat Fuß gefasst,
und das Vergehen hat das Sagen.

Ingrid Baumgart-Fütterer

Herbst des Lebens
Das Blatt wendet sich

Im Herbst seines Lebens er steht
zu schnell die Zeit für ihn vergeht,
Alter und Tod klopfen schon an,
den "Spuk" er nicht fortjagen kann.

Im Herbst seines Lebens er steht
ein anderer Wind künftig weht,
die Endlichkeit wird ihm bewusst,
Gewissheit verstärkt die Unlust.

Im Herbst seines Lebens er steht
keine Minute mehr vergeht,
in der er nicht ans Altern denkt,
sein Denken arg sein Schicksal lenkt.

Im Herbst seines Lebens er steht
bald fühlt er sich wie aufgedreht,
möchte seine so knappe Zeit
lieber verbringen in Heiterkeit.

Im Herbst seines Lebens er steht
sinnvoll die Zeit für ihn vergeht,
Alter und Tod ihn nicht schrecken,
sie jetzt die Lebenslust wecken.

Ingrid Baumgart-Fütterer

Verwandlung

Ein braun verfärbtes Blatt
schaut verdrossen drein,
es hat es gänzlich satt
alt und verwelkt zu sein.

Mitleid zeigt die Sonne
mit verwelktem Blatt,
sie spendet ihm Wonne,
vergoldet es gelb-satt.

Ingrid Baumgart-Fütterer

Obskure Gestalten

Im Herbstwald
brechen sich
meine Blicke
an der dichten
Nebelwand,
auf die sich
meine Fantasien
projizieren
wie auf einer
Kinoleinwand.
Ich fühle mich
von Monstern
umzingelt.

Ingrid Baumgart-Fütterer

Goldener Herbst

„Blattgold" regnet
von den Bäumen,
verfängt sich
in meinem Haar,
fällt raschelnd
vor meine Füße,
begegnet mir
auf Schritt und Tritt
und vergoldet
meine Wege.
Unterdessen
stellen sich die
kahler werdenden
Laubbäume
mit jeder Faser
ihres Holzes
auf ihre baldige
Begegnung
mit dem Winter ein.

Ingrid Baumgart-Fütterer

Tanka

Feuchtwarme Erde
verströmt den Duft des Herbstes,
Sinne öffnen sich
für eine „bekannte" Welt,
die jetzt neu erfahren wird.

Ingrid Baumgart-Fütterer

Feuerglanz

Herbstsonne
lässt die Blätter
an Bäumen
und Rebstöcken
rotgolden
aufleuchten,
als würden sie
in Flammen stehen.
Das magische
Lichtspiel
zieht meine Blicke an -
die Versuchung,
meinen Augen
nicht zu trauen,
ist groß.

Ingrid Baumgart-Fütterer

Tanka II

Goldgelb die Trauben
an den Rebstöcken hängen
wie kleine Sonnen,
die um die Wette leuchten,
einem das Herz erwärmen.

Heidi Koch-Paplewski

Die Lärche fällt im Herbst

Die Lärche stand 30 Jahre in unserem
Garten! 20 Jahre hat sie mich und meine Kinder
begleitet.
Sie war Lehrer über viele Tiere, die sie uns
so nah hat sehen lassen.
So konnten wir Grünspechte, Buntspechte,
Kleiber, selbst viele Meisen-Arten auf ihr
bewundern. Es war ein Kommen und
Gehen.
Selbst der Wechsel der Jahreszeiten war
ein Genuss! Das erste Grün - die roten Zapfen und das
kräftige Grün im Sommer!
Nur der Herbst verursachte mit dem
Abwerfen der Nadeln auch mal Unmut bei
den Nachbarn.
Sie wurde zu groß und richtete Schäden an
der Terrasse an.
Leider musste dieser gesunde Baum gefällt
werden. Es ist jetzt heller und der Blick freier.
Es ist eine Leere entstanden und das nur
von einem Baum.
Kein Eichhörnchen so nah zum Anfassen
und kein Flugverkehr!
Es ist schön im Lindental.

Heidi Koch-Paplewski

Die Lärche fällt im Herbst II

Es tut weh, einen treuen Freund zu
 verlieren,
aber es ist gut, dass dann was Neues kommt.

Er hat uns gut, gedient und begleitet,
dafür sag ich gerne und von Herzen danke.

Danke für deine Unterstützung,
die du uns hast zukommen lassen

Danke für die Leichtigkeit,
die du mich hast spüren lassen

Danke für die Wohnung,
du hast sie wohnen lassen (im Vogelhaus)

Danke für die Nahrung, die du gegeben
 hast, ob

Eichhörnchen, Kleiber, Meise oder Ameise,
 alle hast du versorgt.

Danke für den Schatten, den du gespendet
 hast

Danke für die Kraft, die du gesendet hast

Danke für die Weisheit, die wir
 vernommen haben.

Danke für die Leichtigkeit, als deine Äste
 sich gewogen haben.

Ich sage aufrichtigen Dank, meine geliebte
 Lärche!

Heidi Koch-Paplewski

Die Rose

Strahlend steht sie da im Sonnenglanze,
der Tau auf ihren Blättern tanze.

Ihr Duft betörend sie umgibt,
die Weiblichkeit beschwörend
                      unsere Sinne wiegt.

So steht sie da in voller Pracht,
und hat mich zum Nachdenken gebracht.
Ich liebe sie, nicht nur zum Feste,
auch in der Natur gibt sie ihr Bestes.
Ob wild an einem Hang mit Dornen
                      sie geschützt,

zu jedem Anlass sie uns nützt.

Hab vielen Dank, dass es dich gibt.

Heidi Koch-Paplewski

Nachtigall

Oh, hört die Nachtigall am Abend singen,
der Mußestunde ein Hochgenuss.
Ich wollt, ich könnt so singen,
ich viel auf Reisen dann auch muss.
So tragen Klang und Liederzählung
von ihrer Reise Geschichten in den Wald.

Ich könnt euch viel erzählen,
was passiert in voller Stund.
Die Mächtigen werd kurz erwähnen,
sie tragen bei zu dieser Rund.
Geborgen sein ist ein Geschenk.

Es lauschen viele Tiere,
die Augen glänzen in der Nacht.
Es ist ein langsames Gebären.
Es fliegt ein Blatt vom Baum.
Die Käfer lassen sich nicht stören.
Die Einheit wird zum Ganzen,
das erleb ich Tag und Nacht.

Ob Frühling, Sommer, Herbst und Winter –
ihr Werk ist dann vollbracht.
Wenn Blätter fallen über Zweige,
der Mond am Himmel strahlt
und Morgensonne den Tag erhellt und lacht,
so erweitern sich die Sinne –
ein Spiel, das mir gefällt.
Könnt jauchzen und zelebrieren,
ach, wie schön ist doch die Welt.

Ich sehe mit Kinderaugen.
Die Welt ist zart besaitet,
man glaubt es manchmal kaum.
Der Ruf der Nachtigall – was soll er bedeuten?
Bleib stehen und fange an zu lauschen,
bis sich dein Herz erhellt.
So lass das Lied erklingen bei Tag und auch bei Nacht.
Die anderen wollen auch noch singen, bis alle sind erwacht.

Astrid Freudenberg-Messan

Herbstbild

Das Gold der Sonne
spielt im Laub des Waldes,
der schweigend den See umgibt.

Im See spiegeln sich
die herbstbunten Bäume.

Doch jetzt verliert sich
das Spiegelbild:
es beginnt zu regnen.

Ein Herbstschauer zieht
einen schleiernen Vorhang
vor das Bild.

Oktober 89 am Silberteich im Harz

Samira Schogofa

Herbstgedanken

Herz, wie bist du welk geworden
in diesem trüben, düst'ren Herbst.
Entblätterst dich in Schmerzakkorden,
die finster du nun dunkel färbst.
In einer kleinen Plastiktüte
trag' ich die Zeit,
die mir noch bleibt.
Entsinn' mich meiner reichen Blüte.
Sie war der Seele stolzes Kleid.
Im fahlen Licht wirkt es nun grau,
im Nebelhauch mich dreh' gen Norden.
Wenn ich dann in den Spiegel schau',
sind Eisblumen daraus geworden.

Claudia Falk

Im Herbst hat sich meine Seele verkühlt

Im Herbst hat sich meine Seele verkühlt
An dunkel-trüben Novembertagen
Denk' ich an die Toten, aufgewühlt
Möcht' dann einfach gar nichts sagen

Will nichts sehn vom goldenen Laub
des Baumes bunte Kleider
Für Sinnesfreuden bin ich taub
Spende jetzt für Hungerleider

Herbst ist Wehmut und Innehalten
Auf der Jahresuhr schlägt's viertel vor Zwölf
An der Zeit, mein Leben zu gestalten,
Jetzt ist's ernst, kaum Zeit mehr für Behelf

Henriette Tomasi

Letzte Herbsttage

In Waldes frierendem Zwischenraum,
als des Nichts kalte Form,
in wehenden Gewändern eisger Lüfte,
fegt letztes Laub die Herbstfarbendüfte.

Giovanna Leinung

Eine sanfte Brise

Ein rotes Feuer dort entlang,
eine sanfte Blätterschar
sie fielen, fallen immer weiter,
um zu sterben wie so alles
und zu geben war'n sie da.

Zur wilden Schönheit
waren sie zu dieser Zeit
unterwegs
und starben auf ihrem Weg.

Es war als ginge eine sanfte Brise
und die Wellen schlugen hoch,
doch manche seh'n nicht diese,
weil sie alles ignorieren
und irgendwann wie die Blätter fallen.

Giovanna Leinung

Auf güldenen Flügeln

Gülden strahlt die Welt
und eine frische Brise geht,
weil das bunte Laub nun fällt
und die Erde nun mehr steht.

Warme Wünsche, die durchfluten
durch die Vielfalt dieser Farben,
wie in feuerroten Gluten
oder schwarz und weißen Taten.

Güldene Flügel schwingen auf,
gleiten durch die Lüfte matt
und seht den schönen Farbverlauf
auf dem rot und güld'nem Blatt.

Giovanna Leinung

Träume in der Einsamkeit

O seht die schöne Herbsteispracht
wie Kristalle auf dem Blatt,
so träumte mir in dieser Nacht
von dieser einsam schönen Schlacht.

Die Eisprinzessinnen tanzen weit
von Blatt zu Blatt in dieser Nacht,
in ihrer tiefen Einsamkeit,
die Kälte trieb die Farbenpracht.

Giovanna Leinung

Geflüster

Seichter Nebel zog die Bahnen,
der Sonnenaufgang ist noch fern,
sie flüstern nur von ihren Ahnen,
auf den Friedhof schlich sie gern.

Und die Kälte in den Kronen
aller Bäume noch so klamm,
Raben auf ihr'n Häuptern thronen,
fügt das Schicksal sie zusamm'.

Eine Stimme drang zur Lüge,
die sich wie Schatten übers Feld herzog,
das Eis der Landschaft mit sich zöge,
weil es nur die Wahrheit log.

Der Tod, der wandert durch das Laub
einer bunten Lichterzahl,
vollzieht seinen stillen Seelenraub,
hatte er doch nie die Wahl.

Eduard Preis

Herbstdepression

Auf einen Spaziergang bricht meine Seele auf.
Voll bunter Blätter -
Entfaltet sich die Pracht zu meinen Füßen.
Wenn man solche Schönheit könnte nur küssen!
Ignorant wird sie zertreten von blinden Füßen.
Dein Gott lässt grüßen - er hofft, du wirst bald büßen.

Doch auch der Blick nach oben
- wird schnell zur leeren Phras'.
Kein Sinn, kein Blick für diese Vielfalt
- nur trocken Laub?
Ein wahrer Blick nach oben, ein Blick
- in dich selbst hinein - zeigt dir die wahre Schönheit.
Frei schwebe ich nun dahin, durch mich, durch die Natur
- höre dich, werde gesund.
War Taub, doch nun ... gab Gott mir diesen Trunk?

Ich sehe, doch verstehen tue ich nicht.
Habe verlernt zu öffnen meine Sicht.
Ich sehe zwar mehr als nur das Licht.
Doch erkennbar wird es nicht.

Deshalb fragst du dich -
Deshalb fragst du mich:
„Wie erlebe ich diese andere Sicht?"
Ich schweige.
Ich setze mich.
Verharre ganz still.
„Schließt du die Augen?"
Das brauche ich nicht.
Da ich im Hier und Jetzt versink'.

Eduard Preis

Herbst

Die Bäume gewandt in so bunte
Kleider, gemacht von Gott, dem Schneider.
Leuchten dar in grün, gelb, orange, rot, braun und violett,
treten auf - kokett
in so manch mannigfaltigem Korsett.

Doch fällt Laub
und wird zu Staub,
so viele Ohren sind zu taub,
um zu hören den Fall des Laub'.

Kahl steht ihr nun da,
fällt der Sonnenstrahl gar
mal auf die Erde und malt
den Herbst in seiner eigenen Gestalt.

Es wird kalt
und ich werde alt.
Gehe nur noch selten in den Wald.

Es knallt nicht mehr die Sonne
mit solch einer Gewalt.
Sie schallt, lallt, walt'
und bleibt doch ohne
Halt.

Die Vögel ziehen fort,
Man hört des Morgens keines ihrer Wort'.
Hinfort, dort in die wärmeren Gestaden,
bis zu den Kykladen zieht sich manch ein Faden.
Selbst die Maden,
hat's verschlagen.
Doch will ich nicht klagen,
will ich nicht verzagen,
denn ich sitz seit Tagen,
habe was mit dem Magen
und beginne mich zu fragen.

Was ich will dir eigentlich sagen.
Herbst, er ist schöner, als du denkt,
nicht nur die Natur ändert sich,
auch ich ändere mich.
Auch wenn du mich einschränkst,
so kann ich nie klagen,
denn ich lasse mich von dir tragen.
Du hast in diesen Monaten nun das Sagen
und ich darf dich genießen.
Brauch die Blumen nicht mehr zu gießen,
muss aufpassen nicht zu niesen
und all deine Schönheit zu vermiesen,
nein, ich will sie genießen.
Mit liebstem und reinstem Gewissen.

Ein Hoch auf den Herbst,
ich hoffe, dass du ihn ehrst.

Eduard Preis

Hochsitz

Sitze da, wie auf einem Thron.
Die Welt, der Augenblick
- die sind mein Lohn.

Das Bild was sich ergibt, ist mehr als schön.
Hier weit oben in den Höhen.

Der Ast, der mich soll tarnen,
wird zum Kunstwerk der Natur.
Bricht das Licht, hinterlässt seine Statur
und verpasst dem Licht eine ganze eigne Signatur.

Eduard Preis

Herbsttage

Die Tage wirken epischer,
Es wird früh Dunkel
Die Natur beginnt sich zu verändern.

Das Wasser wird kühler,
Des Blattes Leben neigt
Sich dem Ende zu.
Der Hummel, Wespe
Und Biene Saison findet endlich ihre Ruhe.
Bald, schon bald ist er da.
Der Winter, das Ende des Jahr's.

Noch ist der Schlaf nicht vonnöten,
Doch bald schon wird er die Tiere umflöten,
Manche gar töten.
Doch ist des Lebens End' noch nicht da!
Auch wenn uns erschient das Jahr so rar,
Wird es ein Neues geben.
So wird man viel Neues erleben.

An Tagen wie diesem im Herbst.
Fällt mir oft nicht nur die Verletzbarkeit,
Die Natur, ja das Leben auf.
Nicht das ‚Leben',
Sondern das „Leben" springt mir, uns ins Aug'.
Mein Herz setzt fast aus.
Wie kann man so blind sein,
Wie kann man nicht sehen, dass die Natur,
Das Leben uns leben lehrt und nicht Prozess um Prozess?

Angela Hilde Timm

Abschiedsgedicht an meine Freundin, die Pappel

Geliebte
tänzelnde Flüster-Pappel,
sie haben dich gefällt
im Herbst letztes Jahr, -
ich sagte zögernd ja.

Nun wirfst du keine
tanzenden Schatten
mehr zum Haus.
Und auch deine
sanften Lieder
bleiben aus.

Deine silbrig-grünen und
goldnen runden Blätter
trotzen jetzt nicht mehr
jedem Wetter ...

Doch stell' dir vor:
Mein Horizont ist jetzt weiter
und der ehemals schütt're Rasen
grünt jetzt heiter.
Selbst die Amseln baden nun
vergnügt in der Vogeltränke,
so dass – wenn ich es recht bedenke –
dein Fehlen auch ein Segen ist.

Man muß sich trennen können,
alles unter dem Himmel hat seine Frist.

Gerwin Degmair

Der Herbst

Der Herbst – des Schöpfers drittes Kind
im Jahreslauf – als Angebind',
er will dir all dein Jahr versüßen
mit Gold, das er dir streut zu Füßen
als Dank für deine guten Taten,
auch Lohn für das, was dir missraten.

Der Herbst ist keiner Taten Richter,
er wirft all seine goldnen Gaben
vor jeden hin – nicht nur vor Dichter –
und jeder darf sich daran laben.

So zieht im Herbst durch die Natur
ein Hauch von Gottes Liebesspur.

Gerwin Degmair

In waldtiefer Stille

Wolkengeflüster in weltfernen Weiten
grünschattende Wächter waldtiefer Stille
Vogelgelächter aus hängenden Saiten
echosanftes Klingen stummer Postille

Ich sitze auf moosumfangener Bank
in ohren-leerender, sinn-freier Ruh',
ich spüre im Herzen wärmenden Dank
und blicke glück-ahnend ins ewige DU

Flora Florenz

Die Spinnerin

„Herz!", Schrie sie „Herz!"
im Scherz
Und lachte sich herzlichst krank

ungesund lag sie am Boden
als der Herbst vorbeigezogen

und im Hinter-
zimmer roch es nach Laub und Sägespäne

die gute Frau hatte Migräne.
Und zählte unterm Bett die Zähne.

13 Tage war'n vergangen
da ist sie aus dem Bett gegangen

ungesund lag sie am Boden
als der Herbst vorbeigezogen
war

Lisa Krüger

Kalte Herbstaura

Die Aura
Jener dieser Welt in Herbstgestalt
Ist nun kalt und schwer!

Nichts kann mir jene diese Sommerluft geben,
Welche mich einst
Erwärmte!

Gedanken kreisen leer...

Ich war es einst,
Die mit geblümten Flügeln
Schwärmte!

Lisa Krüger

Der Herbstspaziergang

So verweile nur
Ein kleines Stück!
Die Natur
Ist der Seele Glück!

Verleibe dich ihr
An jenen
So wonnig schönen
Herbsttagen ein.

So wird sie dir
An seelisch
Trüb-tristen Tagen
Ewig in Erinnerung sein!

Mirjana Magura

Oktober

Willkommen Oktober und deine rot bemalten Blätter,
streife mit dem Pinsel des Herbstes über Wiesen und Wälder,
es knistern die Äste, es fallen Kastanien und Nüsse,
es rauscht das welkende Laub unter den Füssen,
lass uns hören im Winde den Klang deiner Ballade,
verstreue süßen Duft des Apfels, der Traube,
lass das Kleid der Natur im warmen Golde fließen,
lass uns deinen Zauber in sonnigen Tagen genießen,
früh legt sich über die Stadt des Nebels Schleier
und graue Wolken werden sich über uns ergießen,
so sei willkommen Oktober und lass uns lachend
den lachenden Drachen empor zum Himmel steigen
und fröhlich, pfeifend tanzen im Reigen,
denn bald werden wir uns vor dem Winter verneigen.

Mirjana Magura

Das Reifen

Verwalte bis zur Weinlese all den Schmerz,
das Grauen, die Trauer der Einsamkeit,
bette die kopfzerbrechende Wut,
in der sanften Ruhe des Verstandes.
Belasse mit Kühnheit die Besorgnisse
im verletzten Herz das Reifen,
wie die Trauben der Rebe im Sonnenschein,
überflutet rot, goldigen Farben des Herbstes.
Verstreuter Samen der Hoffnung
der tief in der Brust gedeiht,
streichelt behutsam Wurzeln der Liebe
über Narben der Vergangenheit.
Um die Ernte der Gefühle zu walten
lerne Verstehen die Süße des Saftes,
genüsslich benetzt es die Zunge
erweckend wohltuend die Sinnen.
Sei Herr über den edlen Tropfen,
suchend nach der Wahrheit,
entdecke das Geheimnis des Daseins,
im verborgenen Rausche des Weines.
So sprenge Trunker das Eisen,
dass umringt heut Nacht das Herz,
lasse Einzug den Zauber seiner Macht
es verleiht zu lieben neue Kraft.
Sei nicht geplagt voller Schmerz,
bewirte, erlöse das kleine Herz,
gewähre die Verführung der göttlichen Frucht
um die Seele am Leben zu erhalten.

Mirjana Magura

Gewitter

Gewitter zog über mein kleines Herz,
hagelnde Wörter vertiefen den Schmerz,
betäubender Donner lähmt Gefühle,
eisig Schauer am Rücken ich fühle.
Verletzende Wörter ohne Schranken,
wirren jeden deiner Gedanken,
grollend vom Wirbelsturm getrieben,
so kann ich dich nicht lieben.
Ich sehe Blitze in deinen Augen,
das Vertrauen im Atem sie rauben,
wie soll ich schenken dir Glauben,
meine Seele will es nicht erlauben.
Alles Liebliche ist im Donner zersplittert,
das einst mich an dich erinnert,
Tränen der Hoffnung erstarren,
trostlos an der Brust sie zerbrechen.
Erschöpft ist Herz von Wort durchsiebt,
ohne Reue geschlagen mit eisig Hieb,
erbarmungslos wie von einem Dieb,
deine Zornesader war einst sehr lieb.
Deine Regenbogenfarben sind im Sturm verblichen,
über dich schwarze Wolkengeister sich angeschlichen,
alleine der dunklen, kalten Nacht überlassen
ohne Wärme und Liebe in dir sie verblassen.

Mirjana Magura

Luftiger Wächter

Ich bin des Menschen Phantasie,
sucht mich nicht in einer Galerie,
auch nicht in der edlen Poesie,
keiner Symphonie und keiner Melodie,
bin nur eine menschliche Kopie.
Mein Körper ist aus Stroh,
weht der Wind, bin ich so froh,
meine Kleider, die sind farbenfroh
und haust in mir ein kleiner Floh,
man findet mich in keinem Zoo.
Hab einen Hut der sitzt so locker,
für die Vögel bin ich meist ein Schocker,
hab keine Fäuste wie ein Boxer,
werd´ nie sein ein wilder Rocker
der lässig sitzt auf einem Hocker.
Trag ich auch alte, löchrige Lumpen,
bedienten sich Landstreicher, die Vagabunden,
kann nicht laufen, gehen und nicht humpeln,
meine Hosentaschen sind voller Klumpen
und an Holzstangen bin ich fest gebunden.
Steh Tag und Nacht allein am Feld,
wie ein tapferer Ritter und ein mutiger Held,
wenn Gefieder lauernd Felder umkreisen,
schütze ich gelben Mais und goldig Weizen
und dem fleißigen Bauern all seine Pflanzen.
Fällt auch der Regen, die Sonnengluth
auf meinen alten, verblasten Hut,
so steh ich starr und stramm auf ständiger Hut,
ohne zu kennen die Wut und die Mut
und bewahre Mensch vor Hunger und Armut.
Bin ich auch geboren aus Not und Leid,
der Mensch, der weiß Bescheid,
Blitz und Donner die sind mein Feind,
lichterloh brennt dann mein altes Kleid
ohne luftigen Wächter bleibt Acker und Weid.

Mirjana Magura

Stammbaum

So stehe ich vor jener Quelle aus der ich trinke,
das Geheimnis des Lebens.
Setze Fuß, ohne Angst, auf den fruchtbaren Boden
der ewigen Gegenwart.
Den Kreislauf der Generation empfange ich in Würde,
das in mir lebendig weiter fließt.
Säe und ernte Früchte des Baumes,
für mich und meine Nachkommen.
Auch wenn meine Haare im Herbst ergrauen,
so sehet herab meine Ahnen,
wo neues sich im Frühling ereignen soll.
Viel Schönes gibt es im Leben, wo ich zurück schauen kann.
Vergaß nie jene Spur zu finden, in den Bahnen der Vorfahren,
um mich selbst zu finden.
Nie gab ich auf zu erkennen, meine Schwächen und Stärken.
Tief in der Erde bin ich verankert mit den Wurzeln,
wie dieser Baum in unseren Garten.
Möge auch eine Wurzel stark und eine schwach sein,
so wird die Starke, der Schwachen Halt bieten,
unter der Krone des Stammbaumes.
Möge sie auch jedem Schutz bieten, unter den breiten Ästen,
wo junge Spatzen sitzen, die zum Himmel empor steigen.
Auch wenn sie dich nicht immer verstehen,
lass getrost sie ihr Lied vor sich zwitschern.
Höre zu und sei weise auf deinen Wegen,
sage es allen in unseren Adern fließe Aller Blut.
Drücke mit deiner Willenskraft,
die geheimen Fehler deiner Ahnen nieder.
Umfasse das Leben wozu es dich rief,
setze für deine Nachkommen deinen Samen tief.

Mirjana Magura

Einsame Gräber

Verweht ist süßlich Duft von Weihrauch,
längst erlosch die Flamme der Kerze,
wie Trauer und all' der Schmerz,
auch Gebet aus frommen Herzen.
Aus Erde ragt morsch das Kreuz aus Holz,
bedeckt von Unkraut und Moos
und Schwermuth weht leise durch das Gras,
so vergessen, vereinsamen Gräber.
Über Grabstein fallen welke Blätter,
verblast sind Namen am Marmorstein,
ausgelöscht aus jeden Gedanken,
nur aufgehoben in der Kälte der Dunkelheit.
Versunken sind Tränen im Regen,
eingehauchte Gebete im Wind verflogen,
kein Auge sucht zu Ruh gebettete,
niemand besucht verborgene Gräber im Laub.
Wenn Gräber im Winter Schneedecke tragen
überfliegen sie nur Gottes heilige Engel
und am Himmelsgewölbe zu Weihnacht
erleuchtet ein heller Stern.

Bauer Beate Loraine

Herbstmorgenblues

Das dunkelblaue Nachtkleid
ist noch über den Himmel geworfen.
Sanft entgleitet es friedlich
frischgeborener Morgen bringt
tausende Tauperlen auf noch grüne Wiesen.
Manch matter Sternenglanz
entschwindet in feine Nebelschleier.
Geheimnisvoller plätschert der Bach
am Wegesrand.
Murmelt leise unverständliche Worte.
Langsam erhellt erwachender Tag
die Altstadtumgebung.
Buntgefärbte Baumblätter
tanzen müde im kühlen Wind.
Sonnenwärme versiegt.
Pastellrottöne zeichnen empfindsam
Dächerskulpturen nach.
Hoffnungsfrohe Bildpoesie
schöpft Zuversichtsatem.
Gedankenkreise steigen zum
Wolkenhorizont empor.
Lösen graue Schleier bedächtig auf.
Verabschieden die Morgensonnenfee
mit blütenleuchtendem Strahlenmantel.
Rückt Laternenlicht als
flimmernde Weglotsen auf herbstigen Pfaden nach.
Einzelne Altweibersommertage
erfrischen glücklich diese unsere Welt.
Wunderbarer Veränderungssegen
beginnt seinen stetig mächtigen Segenszauber.
Schenkt ein noch eröffnend purpurnes Asternlächeln als Auftakt.

Bauer Beate Loraine

Herbstherz

In der graumelierten Menschenherbstzeit,
wo manches Erfahrungsblatt sich
loslösend verabschiedet.
Erkenntniswind leichtere Lebensflügel verleiht.
Buntgefärbte Erlebnisse noch entdeckt und
freudig erfüllt sein wollen.
Sehnsüchte ruhigere Wolken bereisen.
Träume noch ans Seelenufer wellen.
Wertvolle Brandungsfelsen von Freundschaft
aktives Seins bereicherten.
Bewusste Authentizität innere Balance
mit Horizontweitblick erlernten.
Gegangene Erinnerungsspuren
zwischen Licht und Schatten
im gestern und heute
Gedanken-Gefühls-Bilder mit gestalten.
Frei beweglich im Gezeitenstrom endlichen Atems,
verströmend neue Verfügbarkeiten reich erkennen.
Das Finden der Liebe in sich selbst -
wachsendes Verströmen und Resonanzqualität
eine wunderbar endlose Ganzheit offenbaren.
Lebenspfadschritte die großen Zeitatem
bereits hinter sich gelassen haben.
Herzaugen, die achtsamer wie zufrieden
die noch begegnende Saatroute aufspüren möchten.
Pochender Schmetterlingstakt tanzt beschwingt
ins Hier und Jetzt,
um noch unbekannte Farbnuancen für Oasenseelen
sammeln zu können.

Bauer Beate Loraine

Herbstgasse

Morgens in noch blaudunklem Erwachungsmantel
des Heute gehüllt – glänzen noch magische
Sternspuren am Firmament.
Leuchten sanft in vorüberziehenden
Bachwellen – die still weiterreisen
zu ihren uns unbekannten Zielen.
Die Gasse liegt noch im friedlichen Ruhekissen.
Keine Enten schnattern wie im Frühling
oder singen Vögel frohe Serenaden.
Sacht wird der neue Tag geboren
erhebt sich müde schwer
aus seinem Verfügbarkeitsbett.
Kühl trocken empfängt das Jetzt
mit herbstfarbiger Blätterpracht
einige halten noch mutig am Aste sich,
andere seufzen leis „Adieu",
bevor bekannter Gezeitenwind sie mitnimmt
in Erneuerungskreislauf.
Herbst atmet Luft – verströmt typischen Auraduft.
Eichhörnchen springen entdeckerisch keck
in die noch alltags unberührte Gassenidylle.
Erfreuen den frühen Beobachter.
Erikas und Astern wiegen fein tänzerisch
ihre Blütenköpfe im Rhythmusbachtakt.
Entschlüpft stetig mehr und klarer
Gevatter Herbst aus seinem
orange-rot-braun-grünen Kokon.
Raschelt durchs vielfältige Blätterlaub – lässt Drachen steigen
treibt übermütig Wolken an – kitzelt noch
manch warmen Sonnenstrahl heraus
schenkt himmlisch blauweiße Spaziergänge dazu.
Fordert Pausen von ewig pulsierenden Gewohnheitsschritten
seiner Jahreszeitbesucher ein.
Zeitig schließt er abends seine Fensterläden
bläst das Dämmerungslicht aus – blickt freudig in

flackernden Kerzenschein hinter Wohnungsglasaugen.
Erhellt kostbar das erschöpfte Tagwerk Mensch.
Frieden entfaltet leicht spürbare Flügel
bevor die Altstadtgasse die Nacht empfängt.

Bauer Beate Loraine

Herbstasyl

Eine kunterbunte Schar
strömt tanzend – fliegend – freudig beweglich
in sämtliche Himmelsrichtungen.
Welche Sprache sie wohl wispern – flüstern…
Erlauben sie uns an der Magie teilzuhaben?
Verlassen vertraute Gewohnheitsgefilde.
Wind wie Regen treiben die geselligen
Laubreisenden weit weg vom Heimatort.
An fremde bis weniger freigiebige Plätze.
Nicht immer willkommen geheißen.
Nennen wir das dann Nachbarschaftshilfe,
Fremdenintegration oder Gedankenaustausch?
Erhalten sie vielleicht arbeitsamen Platzverweis
oder eher eine kontrollierte Aufenthaltsgenehmigung?
Ohne Ausweis – lustig munter – über jede Grenze hinweg.
Goldene Traumblätter glänzen in der
warmlauen Herbstsonne.
Gleiten spielerisch zu individuellen Daseinsrouten.
Schenken vielfältigen Veränderungszauber.
Achtsam nehmen wir die farbenreichen
Baumblätterhelden mit einem
dankbar zufriedenen Lächeln wahr.
Leben beinhaltet so viel Glück wie die Liebe
brauchen dafür keinen Passierschein.
Blattflieger genießen die Leichtigkeit des Seins,
bevor sie zu neuen Paradiesböden einwandern.

Bauer Beate Loraine

Allgäuer Herbsttag

Die kunterbunt eingetauchten Blätterfarben
bewegen sich zart schwingend mit dem Wind.
Sonnenstrahlen und blauer Himmel
erfreuen die Menschen wie Natur.
Wespen und Schmetterlinge summen
und fliegen fidel zu den letzten duftenden Herbstblühern.
Tautropfen glänzen wie Diamanten in
den grünsatten Wiesen.
Junge wie ausgewachsene Kuhherden
laben sonnig genießerisch das funkelnde Gras.
Die Allgäuer Berge zeichnen die magisch
dargeboten Landschaftsszenerie
in etwas wunderbar VOLLKOMMENES.
Im Herzen und Seele breiten weite
Frieden- wie Dankbarkeitsgefühle
ihre Flügel glücklich aus.
Erreichen innere Oasen – schenken Kostbarkeit.
Drachenflieger gleiten spielerisch luftig
zwischen Bergesspitzwinden
– erreichen reale Leichtigkeit des Seins.
Wanderer und Radfahrer nehmen diese
dargebotene Herbstchance ebenfalls aktiv an.
Mit all seinen Facetten offenbart uns
auch die dritte Jahreszeit die verändernden
wie erneuerbaren Segenswunder des Lebens.
Erfülle dich mit diesem natürlich
wunderschönen Seinszustand
der an manchem Wintertag deine
tiefe Seelen-Herz-Basis erleuchten wird.
Spüre lebendig die einzigartige Liebe
die in dir selbst beginnt sowie von der
Naturwelt wieder zu dir fließt.
Alles ist ein Teil des Ganzen.
Der Kreis schließt zauberhaft seinen Zirkel.

Bauer Beate Loraine

**Lebens-Herbst-Manchmal
Herbst-Lebens-Blues**

Ja – manchmal ist das Wetter wie unsere Gefühle.
Stürmisch wollen sie an die persönlichen Lebensufer treten ...
Wollen wahrgenommen werden ...Tageslicht erkennen.
Gerade dann, wenn wir mit uns hadern oder Lebenssituationen
zu Veränderungen aufrufen.
Ob durch Arbeitsplatzverlust, Trennung von einem geliebten
Partner, Krankheit oder anderes.

Im ersten Moment empfinden wir vielleicht eine Stille,
Trauer oder Wut. Die uns manchmal auch gerne länger
im „Würge"-Griff behalten würden.
Sehen wie hasten rein zwischen schwarz oder weiß
hin und her. Viele andere bunte
Lebensfarben wollen schöpfen!

Gedanken – Gefühle – Erlebnisse akzeptierend zuzulassen,
ist eine wichtige eigenverantwortliche Einstellungshandlung.
Ermöglicht Reinigung, Loslassung wie Zulassung und stets
ist eine heilsame Komponente damit verknüpft.
Lass die Tränen fließen, schau dir deinen Kummer genauso
an wie deine Liebe oder dein Glück. Eine große Vielfalts-
Facette macht das Leben aus.
Sehe das Licht im Tunnel. Steh wieder auf. Für dich.

Sei es dir WERT!
Es gibt noch soviel WUNDERBARES, was von dir gelebt werden
will. Gib dir selbst und diesen Chancen eine lebendige
Gegenwart!

Umarme dich – du bist ein Wunder des Lebens!
Sei dir dessen bewusst.
Lebe das Leben liebevoll!

Bauer Beate Loraine

Ahorngold

In noch schlaftrunken erwachender
Morgennacht,
glänzt samtig matt das
orangegoldene Blätterkleid
des Herbstahorns.
Sanft streicheln die obersten
Blätter über die friedlich plätschernden
Bachwellen.
Augenblicksbegegnung.
Von der alten hohen Kirchenmauer
fallen berührend die
farbigschattierten Astblätter
über steinerne Grenze.
Still – fast andächtig
offenbart sich eine
kostbare Lebensidylle
im ewigen Liebestakt der Unendlichkeit.
Endlich für diesen Atem-Tag.
Aufmerksam zufrieden
für innewohnende Seelenpause.
Leise reist der Zeiger der Zeit
übers routinierte Zifferblatt,
mit einem erfreuten Beobachterlächeln.
Genießt schön diese schöpferisch gesegnete Welt.

Bauer Beate Loraine

Septembermorgen

Kühl umschmeichelnd empfängst du mich.
Buntgekleidete Blätter tanzen heiter leise Walzer.
Stiller Morgenrhythmus. Vereinzelt singt ein Vogel
sanft ein aufmunterndes Lied. Findet keinen Widerhall bei Artgenossen.
Friedliebend spazieren die Beine den Weg entlang.
Wolken ziehen flatterig am Himmel gestaltlos weiße Kreise.
Feiner Herbstduft ist atembar.
Blumen verschwenden augenblicklich einzig üppigste Blütenpracht.
Bäume verbeugen sich leicht in freundlicher Gentlemanmanier.
Zaubern ein Lächeln auf die Lippen.
Wispern sacht den verabschiedenden frischfarbigen Blätterblues.
Magische Klänge begleiten die achtsame Spur.
Kostbarkeiten regen Aufmerksamkeit an.
In und um mich – erkenne ich die grenzenlose glanzvolle Vielfalt.
Mit allen Sinnen kosten. Satt sehen. Begreifen.
Gedämpft stimme ich summend in die Melodie mit ein.
Hörst du sie auch?

Bauer Beate Loraine

Oktobergruß

Dieser frischgeschöpfte Morgen
begrüßt mit einem
faszinierend leuchtenden Sternenhimmel.
Funkelnd lotsende Zufriedenheitslichter.

Achtsam bis staunend gehen die Beine
den vertrauten Arbeitsweg anders.
Magie des Seins
ergreift Herz und Seele voller Liebe.

Ein wunderbarer Frieden und glückliche Dankbarkeit
begleiteten freudig
das Seinsindividuum – verknüpft Atemgabe mit der einzigartigen Ganzheit.

Wie ein verborgener Zauber wechselt
dieses schöne Nachtbild
in einen förderlich warmstrahlenden Sonnengruß über.

Die Wolken in gelb-orange-rot-blauen Nuancen eingetaucht.
Sonne, die hoffnungsstark symbolisiert
ein positives Segensmotto human übertrug.

Mit allen wachen Sinnen sich aktiv im Flusszentrum des Lebens befinden.
Wo wir die aromatisch erfüllenden Wunder-Traum-Blätter
der Realität pflücken dürfen.
Vertrauen innige Leichtigkeitsflügel engelhaft über uns zieht.
Der Seelenplan eröffnet wertvoll schenkende Gegenwart.
Spüre wahre Segenskraft – erschließe dich – lass es geschehen!

Bauer Beate Loraine

Farbherbst

Sonnenstrahlen, die schwächer ihre Wärme schenken,
müde vom langen heißen Sommer.
Kastanienbaumritter im ärmlich braun verdorrten Rüstungsblatt.
Zäh hängen die borstigen Mantelhüllen der Kastanie
trotzig am Ast.
Kunterbunt gewachsene Bäume
in allen wunderbaren Farbschattierungen
des Gevatter Herbst
bewegen sich anmutig mit dem
wispernden Wind.
Schmetterlinge verabschieden sich still.
Wolkentage verkürzen ihr Licht.
Kerzenschein flackert in den Fenstern
der Häuser – wie ein Hoffnungszeichen.
Astern und Erika blühen zuversichtlich
ins wechselhafte Wetterkleid.
Nebel senkt sich manchmal neugierig geworden
über die Altstadtdächer.
Lauscht dem Wind wie dem plätscherndem Bach.
Wellen fließen stetig im ewigen
Zeitenrhythmus dem unbekannt strömenden Ziel
entgegen.
Spaziergänger gehen bedächtig genießend
durch versteckt einladende Grünanlagen.
Schuhe spielen kindlich mit dem
Laub der Wege. Rascheln – gestalten Blätterberge.
Fein bewegt sich der Uhrzeiger über
das unendlich tickende Zeitblatt.
Erzählt mit Mutter Natur von
magisch vollkommenen Erneuerungsbildern
tief anmutig in das Wissensurquell vertrauend.

Herbert Kuboth

Herbst der Menschheit

Eins

„Wölfe! Wer hätte denn so etwas erwartet?", dachte Karl.
Der junge Mann in seiner Lederjacke, war alleine im herbstlichen Wald unterwegs. Es wehte ein kühler Hauch durch die kahlen Bäume und ließ ihn frösteln. Während er über das bunte Laub lief, lauschte er nervös auf ein verdächtiges Geräusch im Unterholz oder ein entferntes Wolfsheulen.
Auf der Suche nach einem Unterschlupf für die nahende Nacht, fragte er sich, was aus Marie und Carla geworden sein mochte. Als die Wölfe Dave angefallen hatten, waren Marie und ihre Tochter in eine andere Richtung geflohen als Karl. Dave hatte niemand mehr helfen können, nicht gegen so ein großes Rudel und ohne vernünftige Waffen.
Karl sah nach oben und betrachtete nachdenklich die entlaubten Baumkronen und den bedeckten Himmel. Er dachte, dass dieser Herbsttag im Wald ein treffendes Bildnis der Menschheit war. Auch diese war kurz vor dem Ende, genau wie dieses Jahr.
Karl erinnerte sich an die letzten drei Jahre.

Zwei

Zuerst hatte kaum jemand die Seuche bemerkt. Es waren in irgendwelchen entlegenen Winkeln der Erde ein paar Haus- und Nutztiere gestorben. Doch dann verendeten auch Echsen, Insekten, Vögel und Fische an dieser Seuche. Es war nur eine Frage der Zeit, bis die ersten Menschen sich ansteckten und an den Folgen dieser Infektion starben.
Zu dieser Zeit machte Karl sich noch keine großen Sorgen um seine Zukunft. Er hatte in einem abgelegenen Dorf ein heruntergekommenes Haus mit Garten geerbt und lebte dort von Gelegenheitsarbeiten auf den Feldern der Bauern in der Umgebung.
Er bekam nicht einmal mit, dass die Seuche auch den Weg in sein Dorf fand. Er hatte schon einige Zeit keinen neuen Job gefunden und blieb deshalb in seinem Haus. Auch wurde er krank. Zuerst hatte er Angst, dass er sich die Seuche eingefangen hätte, aber es blieb bei ein paar Tagen im Bett mit leichten Kopfschmerzen und starker Müdigkeit.

Dass in der Zwischenzeit immer weniger Dorfbewohner auf der einzigen Straße des Ortes zu sehen waren, nahm er nicht mal am Rande wahr. Er glaubte nicht, dass es die Seuche bis in sein Hundert-Seelen-Dorf schaffen würde.

Dass doch irgendetwas nicht in Ordnung war, ging Karl auf, als binnen drei Tagen erst die Telefonnetze, dann die Strom- und zuletzt die Wasserversorgung ausfielen.

Er beschloss beim Bürgermeister oder dem Dorfladen vorbeizusehen und sich zu erkundigen, was mit der Versorgung los war. Diesen Gang durch sein Dorf würde er nie vergessen.

Die Straße war völlig verlassen. Überall standen kreuz und quer Autos und landwirtschaftliche Maschinen herum. Alle Häuser waren dunkel und bei vielen die Vorhänge zugezogen. Und es war kein einziger Laut neben dem Wind zu hören. Keine Hunde, keine singenden Vögel oder gar lachende Kinder. Es war absolut still in dem kleinen Ort und Karl wurde langsam klar, dass die Seuche doch einen Weg gefunden hatte.

Im Dorfladen hatte er einige Vorräte eingepackt und nahm ein paar alte Zeitungen mit. Offenbar hatte er es geschafft, das Ende der Menschheit zu verschlafen. Die letzte Ausgabe der Regionalzeitung hatte verkündet, dass alle Menschen mit der Seuche infiziert seien und binnen der kommenden drei Monate kaum ein Mensch mehr am Leben sein würde.

Der Autor gab zudem an, einer der wenigen Glücklichen zu sein, welche immun gegen die Seuche waren. Er hatte eine Woche mit Kopfschmerzen im Bett gelegen und auf sein Ende gewartet. Dieses war aber nicht gekommen, er hatte überlebt und niemand konnte sagen warum. Am Ende des Artikels stand eine Anschrift, bei der sich andere Überlebende melden konnten. Diese lag in der rund zwei Wochen entfernten Großstadt. Zwei Wochen zu Fuß, denn Karl ging nicht davon aus, dass er anders dort hinkommen würde.

Bevor er sich auf den Weg machte, ging er in jedes Haus im Dorf. Er fand keinen anderen Überlebenden, aber einige nützliche Dinge und am Tage des Herbstanfangs trat er seine Wanderung an.

Drei

Karl hatte recht behalten. Eine Fahrt mit dem Auto zur Großstadt war nicht möglich. Alle Straßen standen voller Fahrzeuge. Einige waren ausgebrannt, in anderen lagen Leichen. Er hielt sich abseits der Fahrbahnen und übernachtete in irgendwelchen Häusern auf dem Weg.

Nach drei Tagen kam er in die nächste Ortschaft. Eine kleine Stadt mit etwa 10.000 Einwohnern, wie er wusste. Ein richtig verschlafenes Nest

mit einem Supermarkt, einem Bistro und einer Tankstelle. Etwas, durch das man normalerweise hindurchfahren würde. Aber die Zeiten änderten sich und Karl beschloss dieses Kaff sehr genau nach Überlebenden zu durchsuchen.
 Er brauchte dieses Ziel, das Finden von Überlebenden, dringend für sich. Denn die Tatsache, dass grade die gesamte Menschheit vor die Hunde ging und das trübe Herbstwetter machten ihm zu schaffen.
 Zuerst durchsuchte er die öffentlichen Orte. Die beiden Arztpraxen, die Feuerwache und die Polizeistation. Außer einem Haufen von Flyern mit Katastrophenwarnungen und einer Reihe von Toten fand er jedoch nichts. Zumindest konnte er seine Vorräte um ein paar Medikamente erweitern und andere nützliche Dinge fand er im Supermarkt und der Tankstelle.
 Marie und Carla fand er in der dunklen Bistroküche. Die junge Mutter hatte sich mit ihrem Säugling in einem Speiseschrank versteckt und hätte das Baby nicht geweint, Karl wäre an den beiden vorbei gegangen.
 So aber entdeckte er sie und konnte Marie davon überzeugen, dass er friedliche Absichten hegte.

Vier

 Durch Marie fand er schnell heraus, dass es in diesem Ort keine weiteren Überlebenden zu geben schien.
 Marie hatte als Arzthelferin beim Zahnarzt des Ortes gearbeitet und war als medizinische Kraft in das örtliche Quarantänezentrum abkommandiert worden. Dort hatte sie das Sterben ihrer Stadt über Wochen miterleben können.
 Irgendwann waren sie und ihre Tochter krank geworden und hatten die Seuche dennoch überlebt. Einer der Ärzte des Zentrums wollte Versuche mit ihr durchführen um ein Heilmittel zu finden, aber es war zu spät gewesen.
 Marie hatte sich, nachdem ihr letzter Patient verstorben war, irgendwo in der Stadt versteckt gehalten. Immer in der Angst von einem mordlustigen Mob gefunden zu werden. Mit einem harmlosen Burschen wie Karl hatte sie hingegen weniger gerechnet.
 Nun saßen sich beide auf Bistrostühlen gegenüber und sahen aus dem Fenster. Gelbe und rote Blätter wurden vom Wind durch die menschenleeren Straßen geweht.
 „Was machen wir nun?", fragte sie ihn.
 Er erzählte ihr von dem Zeitungsartikel und der Aufforderung am Ende

der Zeilen, in die Großstadt zu kommen. Er sagte ihr auch, dass er hoffe, dort noch andere Überlebende der Seuche zu finden.
Sie beschlossen am nächsten Tag die nötige Ausrüstung zu finden und sich dann auf den Weg in die Großstadt zu machen.

Fünf

Dave fanden sie auf halber Strecke. Der Rentner saß einfach verloren am Straßenrand und schien nicht im Mindesten überrascht andere Überlebende zu sehen. Ohne viele Worte schloss er sich den beiden jungen Leuten mit dem Baby an und folgte ihnen auf dem Weg durch den Wald.
Die Wölfe erwischten den alten Mann am zweiten Tag ihrer Wanderung durch den herbstlichen Forst.
Und nun schritt Karl wieder alleine unter den kahlen Bäumen hindurch und fragte sich, wie ausgerechnet ein Wolfsrudel die Seuche hatte überleben können und wo sich seine Begleiterin mit ihrem Säugling wohl befand.
Er beschloss Marie und Carla nicht zu suchen, sondern den eingeschlagenen Weg weiterzugehen. Er war davon überzeugt, die beiden spätestens in der Großstadt zu treffen. Und in der Zwischenzeit würde er versuchen sich eine Jagdflinte zu besorgen.

Sechs

Ein Gewehr zu finden war nicht weiter schwer gewesen und da er seinen Militärdienst abgeleistet hatte, konnte Karl mit so einer Waffe auch leidlich umgehen. Es waren immer noch rund vier Tage bis zu den Vororten der Großstadt und Karl hatte die Grenze des Waldes erreicht. Er stand auf einer Böschung und sah auf eine runtergekommene Landstraße hinab als er die Schmerzensschreie hörte.
Er lief im Schutz der Bäume etwa hundert Meter in Richtung der Rufe und sah dann auf der Straße eine gekrümmte Gestalt liegen. Vor dem armen Kerl hatten sich drei weitere Männer in schwarzen Lederjacken aufgebaut.
„Wo sind die beiden?"; schrie der größte der Schläger den am Boden liegenden an.
In diesem Moment bemerkte Karl zwei weitere Personen. Ein paar Frauen versteckten sich in den Büschen, kaum zehn Meter von der un-

schönen Szene entfernt, und starrten mit ängstlichem Blick zu dem Gequälten und seinen drei Peinigern hinüber.

Karl beschloss einzugreifen und hob sein Gewehr an. Er zielte in den grauen Himmel und gab eine Reihe von Schüssen ab. Die Wirkung ließ nicht auf sich warten. Die Kerle in den Lederjacken drehten sich erschrocken um und versuchten herauszufinden, wer da rumballerte.

„Die nächsten Kugeln treffen euch. Also verschwindet", rief Karl mit lauter Stimme. Als die Drei sich nicht bewegten, gab er noch ein paar Schüsse in die Luft ab. Diesmal kam Bewegung in die Schläger. Sie rannten so schnell wie möglich davon.

Kaum waren die Männer in ihren Lederjacken außer Sichtweite, da kamen die beiden Frauen aus ihrem Versteck und gingen auf den am Boden liegenden Mann zu. Sie halfen ihm gerade auf, als Karl zu ihnen dazustieß.

Er schätzte, dass die drei Personen vor ihm alle so um die Vierzig sein mussten und stellte sich vor. Dann öffnete er seinen Rucksack und holte Verbandsmaterial hervor. Eine der Frauen nahm es ihm zu seiner Verblüffung aus der Hand und verband den älteren Mann mit routinierten Bewegungen seine Verletzungen.

Später erfuhr Karl, dass Rosie Kinderärztin war und sich mit ihrer Freundin Marla vor den Rockern und ihren Begierden versteckt hatten. Justin hatte versucht, die drei Schläger aufzuhalten, aber das Ergebnis hatte Karl dann ja gesehen. Wenn er nicht eingegriffen hätte, wäre die ganze Geschichte sicher schlimmer ausgegangen.

Die Drei erzählten ihm auch, dass sie auf dem Weg in die Großstadt seien und sich dabei getroffen hätten. Marla war eine Biologin aus einem kleinen Kaff und Justin war Techniker aus einer kleinen Stadt in der Nähe. Außer Karl und den drei Rockern hatten sie bisher keine anderen Überlebenden gesehen. Ihre Heimatorte waren zu Geisterstädten geworden.

Sie brachen in eine Villa ein, fanden dort Vorräte und auch ein paar Waffen und beschlossen am kommenden Morgen gemeinsam weiter zu ziehen.

Sieben

Während Karl aufgrund des Zeitungsartikels in die Großstadt wollte, hatte Justin einen anderen Grund. Er hatte am Aufbau einer „Zukunftssiedlung" mitgewirkt. Ein eingezäuntes Areal mit Wohnungen für zweihundert Familien.

Das Besondere an diesem Ort war die Tatsache, dass die Siedlung völlig autark war. Strom wurde durch Solaranlagen und kleine Windräder erzeugt. Es gab ein eigenes Klärwerk und die Möglichkeit den anfallenden Müll möglichst umweltgerecht zu entsorgen. Alles sollte wartungsfrei gebaut sein und somit der beste Ort, um der Menschheit einen Neuanfang zu ermöglichen. Justin konnte sich vor Begeisterung kaum noch beruhigen. Karl stimmte etwas widerwillig zu, die drei Anderen zu diesem „Zukunftspark" zu begleiten. Vorher wollte er aber in der Großstadt nach Marie und Carla suchen.

Damit gaben sich die anderen einverstanden. Schließlich konnte man die Menschheit nicht zu viert retten. Rosie, die Ärztin, erzählte, dass mindestens neun Paare nötig waren, um die Mindestmenge an benötigtem genetischem Material zu haben. Mit weniger Menschen würde ein Neustart kaum möglich sein.

Und so befand sich Karl wieder auf dem Weg.

Acht

Sie sahen die Feuer schon von weitem. Der letzte Ort vor der Großstadt hatte einmal mehr als hunderttausend Einwohner gehabt. Nun stand er auf voller Breite in Flammen. Ohne eine Feuerwehr oder andere Löschtrupps breiteten sich die Feuer ungehemmt aus und erhellten gespenstisch die aufkommende Dunkelheit.

Karl und seinen Begleitern wurde klar, dass Sie um den Großbrand einen möglichst weiten Bogen schlagen mussten. Sie verließen die Straße und drangen wieder in den herbstlichen Wald ein.

Während sie wieder unter den Bäumen entlang gingen, begann Justin wieder von der Stadt der Zukunft zu erzählen. Er redete von Gewächshäusern für Arzneipflanzen und Gemüse, Feldern für Getreide und einem großen Ersatzteillager, einer Krankenstation, der großen Bibliothek und der Polizei und Feuerwache und über noch viel mehr. Diese Musterstadt war Justins großer Traum, er wollte unbedingt dorthin und musste wirklich jedem davon erzählen.

Karl beschloss mit Marla vorauszugehen und schob als Grund die Notwendigkeit einer Erkundung vor. Die beiden ließen die sichtlich genervte Rosie mit dem geschwätzigen Techniker alleine und hofften, dass die Ärztin Justin nicht niederschlagen würde.

Karl fand die Ruhe neben der eher schweigsamen Marla sehr erfrischend.

Neun

Marie war mit ihrer Tochter auf dem Arm so schnell sie konnte, vor den Wölfen davon gelaufen. Sie hatte erst nach einiger Zeit bemerkt, dass sie nicht verfolgt wurde und dass ihr neuer Gefährte Karl nirgends zu sehen war.
Niedergeschlagen stand sie eine Weile am Rand einer schmalen Straße und beschloss dann, den Weg in die Großstadt mit Carla zusammen zu wagen und hoffte dort Karl wiederzusehen.
Nur eine halbe Stunde später traf sie auf Freddy. Die alte Dame trat unvermittelt aus einer Seitenstraße vor Marie und musterte die junge Mutter mit verkniffenem Gesicht.
„Habe schon eine Weile keine anderen Menschen mehr gesehen. Dachte schon, ich bin die letzte Frau auf der Erde. Übrigens, ich bin Freddy."
Die alte Frau erzählte, dass sie aus einem Altenheim kam, dort war ihr das große Sterben am Anfang nicht aufgefallen. Sie erwähnte lapidar, dass in Altenheimen laufend Menschen das Zeitliche segnen würden.
Als aber irgendwann auch keine Pfleger mehr nach ihr sahen und niemand das Essen brachte, beschloss Freddy sich auf die Socken zu machen und sich Gesellschaft zu suchen. Das war vor etwa einer Woche gewesen.
Marie erzählte von ihrem Plan in die Großstadt zu gehen und Freddy stimmte zu mitzukommen. Sie meinte, dass sie ohnehin nichts Besseres zu tun hatte.

Zehn

Karls Gruppe war inzwischen auf sechs Personen angeschwollen. Unterwegs hatten sie Mesa und Fisch, ein junges Punker-Pärchen mit grünen Haaren, aufgegabelt. Die zwei waren sofort bereit mit in die Großstadt zu ziehen, da sie zuvor keine Pläne gehabt hatten. Genau genommen waren beide nach dem Massensterben um sie herum ratlos in der Welt zurückgeblieben und froh, nun jemanden irgendwohin folgen zu können.
Das war etwas, was Karl nicht gefiel. Die Menschen fingen an, ihn als Anführer zu sehen und seinen Anweisungen Folge zu leisten. Er war bisher immer nur Hilfsarbeiter gewesen und nun für eine kleine Gruppe von Menschen verantwortlich.
Was konnte nicht alles passieren, wenn er eine falsche Entscheidung traf? Mit diesen düsteren Gedanken erreichte Karl die Stadtgrenze und konnte zum ersten Mal die Hochhäuser im Zentrum der Großstadt sehen.

Und er hörte auch etwas. Ein lautes Dröhnen, das immer wieder von einem metalisch klingenden Husten unterbrochen wurde. Ein Motorrad oder sogar mehr als eines. Karl befürchtete, dass die drei Rocker in der Nähe waren, und gab den anderen Zeichen sich in einer Hecke zu verstecken.
Dort warteten die Sechs gespannt und beobachteten dabei die nahe Straße.

Elf

Es handelte sich tatsächlich um ein Zweirad. Allerdings kein Motorrad. Es war eher so etwas wie ein Fahrrad mit einem kleinen und sehr lauten Motor. Der Gepäckträger war vollgepackt mit Decken und Koffern und auf dem Sitz thronte ein dicker Mann in einer abgewetzten Jacke. Zudem war das Gefährt kaum schneller als ein Fußgänger.
Erleichtert trat die Gruppe aus ihrem Versteck und stellte sich dem Fremden in den Weg. Dieser hielt mit einem erschrockenen Gesichtsausdruck an und starrte die Menschen an.
Karl trat vor und erklärte, dass Sie keine bösen Absichten hätten und auf dem Weg ins Stadtzentrum seien. Der Man nickte nur und sagte, dass sein Name Mofa sei. Karl nahm das so hin. Er hatte schon einen Fisch in der Gruppe, warum nicht auch einen Mofa?
Mofa schloss sich Karl und den andere an und schob fröhlich pfeifend seine Maschine neben der Gruppe her.
Seine gute Laune trübte sich auch nicht, als Justin sich zu ihm gesellte und damit begann von der Stadt der Zukunft zu erzählen.

Zwölf

„O.K., wir sind nun schon vier. Ein Baby, ein Kind und eine Rentnerin und meine Wenigkeit", dachte Marie bei sich, als sie auf die kleine Gruppe vor sich sah. Im Gras saßen Freddy und die achtjährige Bob (warum nur hatten alle weiblichen Wesen, welche sie bisher getroffen hatte, männliche Namen, fragte sich Marie im Geheimen)und spielten mit der kleinen Carla.
„Mädels, wir müssen weiter. Ich will die Stadtgrenze vor Einbruch der Dunkelheit erreichen."; teilte sie den anderen mit, während sie ihre Tochter aufnahm. Die anderen beiden standen murrend auf und folgten ihr in Richtung der Großstadt.

Dreizehn

An der Stadtgrenze trafen sie alle wieder aufeinander. Carla mit ihrer Mutter Marie, Bob und die alte Freddy auf der einen Seite und Karl mit Rosie, Marla, Mesa, Fisch, Mofa und dem redseligen Justin auf der anderen Seite.
Freddy brachte mit der Bemerkung, dass sie seit Wochen nicht mehr so viele Menschen auf einem Fleck gesehen habe, die Gedanken aller anderen auf einen Punkt.
„Noch einer mehr und das dreckige Dutzend ist voll", rief Mofa vergnügt und drehte am Gashebel seines Gefährts herum. Das Ergebnis war ein ohrenbetäubendes Knattern.
„Es könnten aber auch mehr sein!", rief eine unbekannte Stimme von der anderen Straßenseite, nachdem der Krach abgeklungen war. Aus dem Schatten der Bäume traten drei Uniformierte und zielten mit ihren Gewehren auf die kleine Gruppe.

Vierzehn

Ihre Namen waren Marsch, Cleo und Ralf. Einer trug Feuerwehruniform, Ralfs Kleidung zeigte, dass er einst Polizist gewesen sein musste, und Marsch war ein General der Armee. Nachdem die Ungefährlichkeit von Karls und Maries Gruppe ersichtlich wurde, senkten die drei die Waffen und stellten eine ganze Reihe von Fragen. Aber auch Karl und seine Leute hatten Bedarf an Antworten.
Es stellte sich heraus, dass einige wenige Menschen ebenso wie Karl, die Aufforderung des Reporters gelesen hatten und sich auf den Weg in die Stadt machten. Die drei Uniformierten waren schon immer Bewohner der Großstadt gewesen, aber neben einigen anderen Einheimischen, waren in ein paar Gebäuden in einem Randbezirk gute zwei Dutzend Zugezogene einquartiert worden.
„Bei uns leben mittlerweile 38 Menschen, dank des Reporters Peter", erklärte Cleo mit einem Lächeln.
„Genau, mit euch sind wir dann 49 Leute. Das ist ein Haufen heutzutage!"; erklärte der General.
„Na ja, in meinem Dorf lebten doppelt so viele Menschen, vor der Seuche", wagte Karl einzuwenden.
„Wir haben Ärzte, Techniker und auch Bauern unter uns. Viel Wissen, um einen Neuanfang zu starten", sagte Ralf im Brustton der Überzeugung.

Fünfzehn

Die Elf zogen in ein paar leerstehende Häuser am Standrand ein. Dieser kleine Teil der Großstadt war recht bevölkert. Unter den Überlebenden gab es Frauen, Kinder, Alte und Junge.
Doch die Tatsache, dass immer mehr Städte in der Nähe in Flammen aufgingen und dass das Gerede von Justin auf fruchtbaren Boden fiel, sorgte für eine Einwohnerversammlung.
Zu diesem Zeitpunkt lebten in der Siedlung zwar schon 64 Überlebende, aber seit über sechs Wochen war kein Neuzugang mehr zu verzeichnen.
Der General ging davon aus, dass wohl auch kaum noch neue Bewohner zu ihnen stoßen würden und auf die Tatsache, dass die Welt gefährlicher geworden war.
Es gab Gerüchte über einen verrückten Prediger und seine Handvoll Jünger einer Weltuntergangssekte und irgendwo im Osten sollte sich eine kleine Anzahl an Rockern zu einer gewalttätigen Gang zusammengeschlossen haben. Der General hatte auch noch Geschichten von paramilitärischen Vereinigungen und einem ehemaligen Bunker besetzt mit einigen radikalen Soldaten auf Lager.
Karl glaubte die Story mit den Rockern, diesen war er ja schon begegnet, aber alles andere klang für ihn eher vage. Das sagte er dem General aber lieber nicht.
Die Versammlung fand unter dem Vorsitz des neuen Bürgermeisters statt. Dieser war früher Bürobote im Rathaus gewesen und hatte die Gunst der Stunde für sich genutzt. Die Angst vor Bränden oder einer der radikalen Gruppen, von welchen Marsch immer wieder erzählte, sorgte dafür, dass Justins Idee für gut befunden wurde. Die Menschen beschlossen zwei Wochen lang alles was nötig war, in der Stadt zusammenzusuchen und dann mit vollgeladenen LKWs in die „Stadt der Zukunft" zu fahren.

Sechszehn

Karl hatte Wache. Zwar war er seit einiger Zeit der Bürgermeister der Herbststadt, aber das befreite ihn nicht vom Dienst am Zaun.
Sie waren nun seit drei Jahren hier und alles lief ganz gut.
Sie hatten ein Gesundheitswesen aufgebaut, eine Verwaltung und sogar ein Schulwesen und versuchten den Jüngeren so viel Wissen wie möglich mitzugeben.

Bisher hatte die Technik sie nicht im Stich gelassen, und laut den Technikern sollte das auch noch für lange Zeit so bleiben. Ausreichend Ersatzteile waren vorhanden und die Welt war noch immer voll von Konserven und anderen nützlichen Dingen.

Doch die Einwohner der Herbststadt wollten nicht von den Resten der Zivilisation leben, sondern lieber alles selbst herstellen. Eine Einstellung, welche Karl zusammen mit seiner Frau Marie besonders beeinflusst hatte. Ihre Heirat war die erste in der neuen Gemeinde gewesen. Inzwischen lebten rund hundert Menschen bei ihnen. Viele waren durch die Suchkommandos gefunden und in die Stadt gebracht worden, andere waren hier geboren.

Auch war es friedlich geblieben. Keine Prediger, keine Rocker, nur immer mal wieder viel Rauch von brennenden Städten am Horizont.

Karl sah auf das einsame Kreuz auf dem Friedhof des Ortes. Es hatte auch schon die erste Beerdigung in der neuen Gemeinschaft gegeben. Die alte Freddy war eines Tages nicht mehr aufgewacht.

Karl wusste, dass irgendwann mehr Kreuze aufgestellt sein würden und hoffte, dass seine Stieftochter Carla und seine Söhne Ernie und Luke später immer noch wussten, was Elektrizität und Antibiotika waren.

Er sah durch den Zaun auf die weiten Grasebenen vor der Stadt und die Bäume mit ihren braunen Blättern.

„Es wird Herbst", dachte Karl bei sich, aber er hatte die Hoffnung, dass es auch einen Frühling danach geben würde. Für die Welt, aber auch für die Menschheit.

Elena Sofie Böhler

Es schneit ...

Als der Regen in Strömen die Straßen überschwemmte und der Nebel, dicht wie Zuckerwatte, in den Baumwipfeln hing, sodass kein Horizont mehr definierte, wo die Erde endete und der Him-mel begann, stopfte sie ein paar Notwendigkeiten aus offen-stehenden Schubladen in ihre Handtasche. Wirklich nur das Nötigste für sie und ihn, ein Handtuch, zwei Pullis, dicke Socken und während sie noch einmal schnell ins Badezimmer rannte, um die Zahnbürsten aus dem kleinen Spiegelschränkchen zu reißen, hörte man ihn draußen den Motor starten.

Die Wohnung hatte etwas Eklig-Fremdes an sich, unheimlich, als wäre es nicht ihre. Als wäre jemand hier gewesen, als sie geschlafen hatten; eine Eiskönigin, die alles mit eine Schicht Raureif überzog oder ein Schneemann, dessen Atem sie erschaudern ließ. Obwohl allerlei Dinge umherfuhren, war zu spüren, dass hier niemand mehr wohnte, dass dieser Raum von zwei Menschen verstoßen wurde, heute, nachdem sie sich darin verloren hatten.

Schön war es hier im Frühling gewesen, wenn die Petunien auf dem Balkon zu blühen begannen und die Fenster immer einen Spalt weit offen standen, in der Hoffnung, Zeugen einer leicht verfrühten Sommerbrise zu werden. Wenn am Morgen warmes Licht ins Zimmer fiel, über den Tag hinweg die Wohnung aufwärmte und sich ein Vögelchen auf dem Fenstersims sonnte.

Nach einem verglühten Spätsommer aber, der sich erstaunlich lange zog, begannen die Schatten der offenen Fenster so weit zu wachsen, dass sie sich letzten Endes doch entschloss, sie zu schließen, und schließlich wurde es auch nachts immer kälter. Jetzt waren die Schatten kaum noch vom Übrigen abtrennbar. Licht fiel nur spärlich durch die dicken Wolkenberge und der prasselnde Regen schlug beinahe die Fenster ein.

Keinen Augenblick länger, ging ihr durch den Kopf, als sie sich doch noch einmal umdrehte und ins Wohnzimmer lief. Sie zerrte die alte Kamelhaardecke vom Sofa und warf sie sich, wie ein Dach, über Kopf und Schultern, als sie sich endlich auf die Straße hinausstürzte.

Als wären sie auf der Flucht, sprang sie auf den Beifahrersitz, krampfhaft ihre Tasche auf dem Schoß, und ließ die Schultern erst sinken, als die Tropfen auf den Scheiben die vorbeiziehende Nachbarschaft langsam verschmierten.

Er starrte nach vorne, eine Flucht nach vorne, auf die Straße. Nicht angespannt, aber konzentriert, die richtigen Augenblicke durch die zuckenden Scheibenwischer zu erhaschen. Er fuhr, sie saß neben ihm. So, wie früher ab und zu.

Aus den Häusern am Straßenrand wurden schließlich Bäume und aus Bäumen, Felder, die noch letzte gelbe geschnittene Reste aufweisen konnten, bevor der Regen sie für sich beanspruchte. Die Geschwindigkeit stieg konstant und früher oder später würde der Regen sowieso alles begleichen, alles zur Ruhe bringen oder davonschwemmen. Es freute ihn, sich vorzustellen, wie die ganzen Gestern in einem Rinnsal, vermischt mit Regenwasser, den Bordstein entlangliefen, bis sie schließlich in der Kanalisation verschwanden. Dieser Moment war von Dauer, endlich wieder einer nach einer langen gemeinsamen Zwischenzeit und da sie neben ihm eingeschlafen war, den Kopf auf den Türrahmen gestützt, kam auch er endlich etwas zu Ruhe. So einfach sah es auf einmal aus. So einfach, ein Szenario, das er davor wieder und wieder und wieder im Kopf durchgespielt hatte. Einfach davonzulaufen, egal, ob als Gewinner oder Verlierer.

Er segelte in einem Zug nach vorne, berauscht von den vorbeiziehenden Lichtern gegenüber und hielt nicht einmal inne, bis die Sterne so dicht standen, dass auch er etwas Schlaf gebrauchen konnte. So stellte er den Wagen an einer kleinen Raststätte zwischen anderen, legte den Kopf in den Nacken und ließ seine Augen zufallen.

Mit der Nacht wurde es kalt ohne laufenden Motor und als sie aufwachte, war der Himmel schon nicht mehr schwarz. Sie zog einen der Pullis aus ihrer Tasche und fädelte ihn sich umständlich über den Kopf. Die Kamelhaardecke legte sie ihm über und deckte ihn fast bis zur Nasenspitze zu. Rötliche Striemen zogen sich über den Himmel, an denen sich ihre Gedanken entlang tasteten. Sie wusste nicht mehr, wann es aufgehört hatte zu regnen, oder sie hatte es verschlafen und konnte es gar nicht wissen, aber es tat gut, die Sonne zu erahnen. Träumend ließ sie sich wieder zurück in den Sitz sinken, mit halb geschlossenen Augen.

Als er erwachte, war die Sonne gerade zu zwei Dritteln aus ihrem Versteck gekrochen. Er fand sich in die Kamelhaardecke geschlungen und ließ ein Lächeln über sein Gesicht huschen, so wie über seine Seele. Er stieg aus dem Wagen, die Decke um die Schultern hängend, wie ein Wilder, um mit zwei Bechern Kaffee zurückzukehren. Sie hatte den Platz gewechselt und fand sich nun hinter dem Steuer; Motor und Heizung schon in Gang gebracht. Er grinste, sie schmunzelte, die beiden schlürften ihren Kaffee, bis es wieder auf die Straße ging.

Sie fuhr den halben Tag, mit nur kurzen Pausen, und am frühen Abend hatten sie schon eine Gegend erreicht, die ihnen völlig unbekannt war. Wie viele Grenzen sie überquert hatten, wusste er schon gar nicht mehr. Aber ob nun zwei oder drei, was macht das auch für einen Unterschied? Die Straßen waren vielleicht nicht mehr so komfortabel wie zu Hause und es war ein paar Grade kälter, trotzdem zog er selbst die dreckige Leuchtreklame der ärmlichen Orte hier, nahe der Autobahn, einem *zu Hause* vor.

Die Dämmerung setzte ein und die grauenhafte Weihnachtsdekoration an jeder Ecke stach ihnen schon von weitem in den Augen, obwohl sicher noch zwei Monate bis zu den Feiertagen blieben. Allerdings war es bereits so kalt wie sonst Ende Dezember.

Von der Autobahn abgefahren, nun auf engen Straßen schleichend, schipperten die beiden durch einen kleinen Ort nach dem anderen. Die Häuser, alle ein wenig siffig, grau, was mal weiß gewesen war, wirkten zwar herunter gekommen, aber dennoch heimelig. Sogar ein wenig gemütlich. Die Seitenstraßen wurden, von einer Abbiegung zur Nächsten, immer familiärer und in manchen Fenstern brannte ein wenig Licht.

Er fuhr rechts ran und sie schwiegen einen Moment ohne sich anzusehen. Still für sich suchten sie einzeln die nötige Kraft, um nach der Tür zu greifen. Nur ein Zwinkern später stiegen sie aus und liefen auf einen Hauseingang zu. Sie klingelten und klingelten auch eine Tür weiter, bei der nächsten Tür und dann beim nächsten Haus. Sie klingelten, weiß Gott wie viele Straßen entlang, bis endlich eine Tür offen stehen blieb und die beiden, die ihre Hände schon ineinander liegen hatten, diese fester zudrückten, um den Erfolg zu teilen. Ein Schlüssel und ein Verweis nach oben, war das Ergebnis: eine Gästewohnung unterm Dach. Sie rannte noch einmal zum Wagen, um ja die Tasche nicht zu vergessen. und er legte ein wenig Geld in offene Hände.

Und da fanden sie sich nun, in dem kleinsten Zimmer eines grauen Hauses mit einer verrußten Kochecke und einem winzigen Bad, das nach Abwasser roch. Ein Tisch stand in der Ecke und in einer anderen ein ausziehbares Sofa, das den halben Raum ausmachte.

Er ließ die Schlüssel stecken und sie ließ ihre Tasche auf den Boden fallen und lachte Tränen, da er sie fest in seine Arme schloss, als würden sie sich, wie zwei frisch verknallte Teenager, zum ersten Mal zu zweit allein in einer Wohnung finden. Sie lachte so wild, um ihre Tränen zu relativieren, die, durch so viel Empfindsamkeit und Verliebtheit, ihren Weg nach draußen fanden und er vergrub seine Nasenspitze in ihren Haaren.

Er schloss die Tür hinter sich, als er sie noch einmal allein ließ, um etwas zu essen aufzutreiben, während sie derweil das Sofa auszog und die wenigen Dinge, die sie eingepackt hatte, säuberlich auf einen Stapel daneben legte. Sie beschloss eine Dusche zu nehmen, um sich ein wenig aufzuwärmen - dafür nahm sie sogar den Gestank im Bad auf sich - und während sie die lange Fahrt Stück für Stück von sich abwusch, vergaß sie über dem warmen Wasser die Zeit, sodass der Tisch schon gedeckt war, als sie das Bad endlich verließ. Er hatte Köstlichkeiten aufgetrieben, wie eine Familienpackung Nudeln mit einer Flasche Rotwein dazu von irgendeiner Tankstelle und eine kleine Kerze brannte auf dem Tisch wie bei einem wahren Candellight-Dinner. Sie setzte sich zu ihm, schmunzelte und die beiden aßen in einvernehmlichem Schweigen, nur ein paar Blicke austauschend, um die Ruhe des Augenblicks nicht versehentlich zu zerbrechen.

Die Teller blieben ungespült auf dem Tisch stehen, als sich die beiden endlich müde und erschöpft, doch zufrieden, auf dem Sofa unter der alten Kamelhaardecke aneinanderschmiegten.

Durch das kleine Dachfenster über ihnen fiel schon seit einer Weile kein Licht mehr und ohne zu schlafen und doch nicht wach, ließen sie die Zeit verstreichen. Sie beobachteten durch die kleine Luke, wie sich hinter tausend Sternen vor schwarzem Nichts langsam ein blaues Band abzeichnete, das mit der Zeit immer heller und kräftiger wurde. Ohne Antworten auf zwei Köpfe voller Fragen, ohne zu wissen, wo sie sich befanden und ohne zu wissen, was danach kommen würde, lagen sie einfach nebeneinander mit Blick in die Wolken.

Nichts gab es hier, was sie hätte aus ihren Träumen reißen können, keinen Fernseher, kein Telefon. Niemand, der sich erkundigte, niemand, der Fragen stellte. Keine Autos waren mehr zu hören, keine Großstadtkulisse, kein Alltag, nicht einmal ein Postbote. Es war ruhig und mit der Ruhe verstummten auch die beiden. Statt zu hinterfragen, begannen sie zu akzeptieren, obwohl es doch sonst etwas Verdächtiges hatte, wenn sich nichts mehr rührte.

Die Beiden verließen das Appartement nicht; sie kochten ihre Nudeln auf der einen Herdplatte und aßen an dem kleinen Tischchen, wenn sie gerade nicht schliefen oder einfach nur in den Tag hinein starrten. Nicht verzweifelt, denn zu zweit sich endlich in dem puren Gefühl von Vertrautheit und Ruhe wiederfindend.

Sie verloren ihre Umwelt aus den Augen und sie verloren sie aus dem Sinn. Abgeschnitten von ihren Verwandten und Freunden und völlig ungestört durch Nachrichten, hatten sie keine Ahnung, was um sie herum im Gange war. Wie hätten sie es in ihrer Abgeschiedenheit auch bemerken sollen?

Aber etwas war geschehen in dieser Nacht, die sie stumm zu zweit auf einem fremden Sofa verbrachten. Etwas, das so viele Menschen in Angst und Panik versetzte, dass sie, ohne zu zögern und ohne nachzudenken, aus ihren Häusern stürmten und sich auf den Weg machten, so schnell wie möglich diese Gegend zu verlassen. So schnell, dass sie die Zwei unter dem Dach einfach vergaßen.

Wie hätten die beiden es denn spüren, hören, fühlen können, wo sie doch so mit sich selbst beschäftigt waren und ihre kleine Welt ihnen für einen Tag am wichtigsten erschien?

Sie befanden sich so unweit einer Katastrophe, aber als es einen Schlag tat, nahmen sie ihn nicht zur Kenntnis.

Trotzdem war ein Inferno losgebrochen, in so kurzem, verschwindend geringem Abstand. In dieser flachen Landschaft wo jeder Arbeitsplatz willkommen war, hatte eines der Kernkraftwerke, auf das die Regierung so stolz gewesen war, über Nacht Schlagzeilen geschrieben. Es ging durch die Nachrichten, im Fernsehen, im Radio, auf so vielen ersten Seiten der Tageszeitungen. Es trieb Menschen an, sich selbst zu evakuieren, dem Aufruf zu folgen, sich zu schützen. Zwar war man noch seines Nächsten Nächster, Kinder wurden auf Rücksitze geschnallt und Omas und Opas wurden noch abgeholt, bevor man eine lange Reise antrat. Aber hier kannte sie doch niemand, der sie hätte warnen können ...

So verstrich für die beiden nur ein Morgen und ein Abend wie jeder andere und als in kleinen weißen Schnipseln die Reste einer Explosion vom Himmel fallen sahen, stand sie nur lächelnd am Fenster und flüsterte „Sieh nur, es schneit ..."

Martin Stankowski

Von einer Partie Weltlandschaft

Fast den ganzen Tag regnete es schon, oft in Strömen, die sich alle Trottoir- und sonstigen Kanten aussuchten, um in Streifen hinabzustürzen, sodass in der Folge Bäche die Hangstraße hinunterliefen, sämtliche, obgleich häufigere, Abflussschächte im Überfluss mit Missachtung strafend, um sich im flacheren Teil als Delta zu verzweigen, freilich ohne eine Mündung, es sei denn man nähme das sich stauende Gurgeln in die hier selteneren Gullys als ein schießendes Zerrinnen. Wild und dicht zogen die Wolken. Um sich dann und wann in einem Einheitsgrau aufzulösen, in einen dunklen Brodem, der weit mehr als der fliehende Dunst eine Art von Tosen übermittelte, was naturgemäß der Sintflut, die sich vor diesem Nebelgeschwader als Gischt abzeichnete, nicht nur keinen Abbruch tat, sondern darüber hinaus ihr Wüten noch verstärkt zur Geltung brachte. Die locker gereihten Straßenlampen wiesen, unbewegt im stur eisenfesten Aufrecht-Stehen, im angehenden trüben Licht nur das Peitschende der kaum unterbrochenen Güsse nach, die hohe Fichte hingegen schwankte bedenklich und schüttelte dabei in ihrer Breite ihr stiebendes Nass aus. Alldieweil das Regenwasser an die Wohnungsscheiben schlug. Schon sah ich, gegenüber, die ersten Fernsehgeräte angeschaltet in laufenden, mehr oder minder breiten, jedenfalls liegenden Bilder, durch den strähnigen Dunst noch verschwommener.

Da traf mich ein Lichtstrahl. Urplötzlich drängte im Westen ein heller Streifen über Gemeindewald und Dächern in die trübe Suppe hinauf, wellig in seinem Umriss, zumal, da ohne reale Grundlage, sonderbar merklich zugleich in seiner Obergrenze, gleichwohl sich in dieser, ja mit dieser stetig weißlich-gelb flatternd erweiternd. Ebenso plötzlich wie gekommen, verschwand der grellhelle, gleichsam geführte, wenn nicht gezielt gerichtete Schein wieder, um einem ebenso flammend-kernigen Rot zu weichen, das sich von der maßgebenden Kante der Baumwipfel und Dachlinien ausgehend rasch in der Fläche ausbreitete. Dadurch streckte es sich nicht nur geschwind in die Breite, sondern Hals über Kopf züngelnd in den hellen Schimmer über ihm und fuhr mit langen zuckenden Fingern streifend durch und über das Geäst und die Dachflächen, schnell die Distanz überwindend, um mich, den Betrachter, in aller Kürze zu erreichen. Und ich spürte eine Woge durch das Glas.

Das Rot hatte ungeachtet seiner steten Bewegung nichts mit einem Brand zu tun, es wirkte in seiner Stimmung nicht heiß genug, loderte nicht, trotz der nach wie vor zerrissenen oberen Ränder und trotz sich nach und nach schmallinig absetzender dunkler Binnenstreifen, wirkte allzu konformistisch in seiner Farbtonlage, die nichts Lärmendes, schon gar nichts Schreiendes, allenfalls in seiner steten Bewegung etwas grundlegend Dramatisches im Sinn des Bühnenhaften besaß. Zumal die nach wie vor dunkle, gegen dieses Heftige zunehmend sich zu einer vereinheitlichten, wenn auch unbegrenzt den Himmel hierwärts zusammenziehenden Wolkenschichtung ungeachtet des anhängenden hellen Streifens eine obere Grenze angab, wie ein im Hinaufziehen begriffener steifer Vorhang. Zugleich blieb dieser Teil des Geschehen tonlos, indem nur der heftige Wind nach wie vor in Böen am Fenster vor mir lärmte. Auch er allerdings verlor in all seiner Unruhe wie mit einem letzten Paukenschlag das Heftige, stürmte nicht mehr, sondern brach nur in Stößen aus, pfiff nicht, blies nicht mehr, sondern brummte in den Ohren wie eine Heizungsanlage, deren Assoziation ihrerseits akustisch und in diesem Zusammenhang nur insofern fremd blieb, indem er keinerlei mit Wärme, vielmehr mit Kälteschauern zu tun zu haben schien.

Derweilen brach, ungeachtet seiner tiefen Stellung, das Rot mehr und mehr aus, zuerst als ein Atemholen, das, nachdem ihm ein sich Vergrößern hinauf infolge der schwärzlich grauen Decke verwehrt blieb, sich in einem kraftvollen horizontalen Ausfluten manifestierte. Das Rot erfasste nahezu unaufhaltsam Dachfirste, über die es streifig hinwegschwappte, und Baumkonturen, durch die es ungehindert hindurchlief, als eine drängende Kraft, doch blieb inmitten des Stürzens unklar, ob sie innerhalb des Rots urknallgleich gewirkt hatte oder ob nicht ein unsichtbares, unbekanntes Element dahinter schob und stieß.

Erst jetzt begann eine der Dramatik, die literarisch vielleicht mit „jagend" bezeichnet worden wäre, gleichsam unabhängige Bewegung, ich sah das sich Bewegende nur dunkel, als wabernde Schatten in den Bäumen des Gemeindewalds. Oder, näher, als schwarze taumelnde, obgleich zielstrebige Körper in den sich wieder rührenden Vögeln auf schrägen diagonalen Linien, wenngleich meistens in flacher Steigung und Senkung, erkennbar nicht zuletzt vor den flackernden Fernsehbildern.

Je stärker sich das Rot intensivierte, indessen keinesfalls röter wurde, sondern effektiv allein in der Intensität im Verhältnis zu seiner Umgebung roter erschien, geriet es in einen zunehmenden Gegensatz zu dem dunklen Wabern über ihm, in dem sich jetzt, gleichsam gegenreziprok, erste hellgraue sogar Stücke mit eindeutigem Blauanteil öffneten, nicht in derselben Geschwindigkeit wie im Streifen über der Haus- resp. Waldkante das Rot, wohl aber deutlich so stark zunehmend, dass erste Lücken im Grau sich für das Auge zu einer Gruppe, dann und wann zu eigentlichen Konglomeraten zusammenzuschließen begannen und dadurch eine zunehmende Verhärtung des Ausblicks mit sich brachten. Der Kontrast bildete sich durch die Kollision der Streifen, die, mehr und mehr, keine seitlichen Begrenzungen aufwiesen, stratigrafisch ein Gegenüber konstituierten und sich farblich differenzierten. Bis ein erster Fleck eines neuen Blaus erschien, kleinformatig zerrissen, mit faltigen Rändern, erschreckend, weil jetzt kompromisslos hell und trotz des an sich weichen Farbtons scharf den Blick herausfordernd, indem es assoziativ Ferne, ja Weite suggerierte. Und zugleich unverständliches Gleichmaß vermittelte.

Unterdessen legte sich der Wind mitsamt seinen Böen in einem nach und nach, immer seltener sich immer kürzer aufbäumend, und ich sah regelrecht, wie lau die Luft geworden war. Ich öffnete das Fenster.

Erstaunlich, vielleicht auch nicht, wenn der eine oder andere Nachbar beiderlei Geschlechts und unterschiedlichen Alters, angesichts des erlebten Himmelsspektakels, das sich, so oder ähnlich, damit offensichtlich nicht nur vor meinen Fenstern abgespielt hatte, bereits eine Weltuntergangsstimmung empfand oder zumindest den Beginn einer solchen. Wobei sich fragte, inwieweit diese Herleitung aus der Tradition apokalyptischer Texte oder, wahrscheinlicher, aus konsumierten Katastrophenfilmen herrührte, letzteres wahrscheinlicher, weil in ihnen weniger die eigene Schuldhaftigkeit als vielmehr die allgemeine Betroffenheit zu erleben war und sich ein terrestrisches Szenario darstellte, welches zumeist einen Retter mitsamt Gefährten hervorrief, der dann weit greifbarer als das göttliche Eingreifen, das ohnehin in der Überlieferung nicht gerade friedfertig erscheinen würde, den Schlusspunkt zu setzen vermochte.

Der erste Herbststurm, sagten späterhin die Meteorologen, worauf die näheren Bestimmungen folgten, Richtung, Stärke, Auswirkungen und anderer Angaben mehr, eine gleichsam nüchtern argumentative Aufarbeitung des Ereignisses, das das Geschehen tabellarisch und mit zusätzlichen Vergleichen einordnete. Folglich mutierte er zu einem gleichsam kalendarischen Phänomen, in Zukunft zur Erinnerung herauszunehmen und mittels eingängigerer, weil späterer demnach distanzierter Bewertung womöglich noch besser zu erklären, und hatte zudem einen Namen, irgendeinen mit P am Anfang, eine eigentlich absurde Benennung, die abgesehen von in unseren Tagen geradezu unerlässlichen finanziellen Aspekten trotzdem in einer Retrohaltung seit der Zeit der Bibel mögliche Konnotationen hervorrief.

Das einschränkende „erste" bedeutete nicht nur eine zeitliche Feststellung, sondern erwies sich qualifizierend anlässlich eines bald darauffolgenden Waldspaziergangs. Nun gut, es rauschte wohl nach wie vor in den sich hin- und herbiegenden, in leichten Kegelkreisen sich drehenden, ebenfalls auf und ab wippenden Baumwipfeln, doch der Blätterkokon zeigte sich, obgleich tändelnd in vielfach bewegter Schwingung, noch traubengleich geschlossen, nur hier und da bei genauerer Betrachtung eine kleine Lücke lassend, eine offensichtlich neue, weil keineswegs durchgreifende, die nur dann und wann ein Klitzekleinwenig ein Stückchen Himmel eröffnete. Und zugleich darin den Hauch einer ungreifbaren Weite einfasste. Währenddessen das Grün des wahrhaft vorhandenen Blätterwalds anhaltend dominierte, wenngleich nicht nur unterschiedlich im Grundton nach dem Laub der jeweiligen Baumsorte, sondern sich im gleichen Atemzug differenzierte in der Tönung, die mehr und mehr gelbliche Abstufungen zuließ, zumeist an den Blatträndern, indessen dann und wann ebenso die gesamte Blattfläche erfasste, häufig nur strähnig, manchmal indessen auch, ja ich wollte ein Bereits hinzufügen, als wirksame Kraft sich im gesamten Material durchsetzte. Dadurch hellte sich innerhalb der Blätter die Schattierung deutlich auf, ließ nur noch da und dort eine effektive schwärzliche Wirkung zu, nuancierte sich in stetem Wechsel in immer neuen Abweichungen oder vielmehr Abwandlungen, die letztlich eigentlichen Umwandlungen und demnach Neuerungen gleichkamen.

Und es schien der Wald nur auf die weiteren Winde, wenn nicht Stürme, namentlich, wenn nicht vor allem auf die ersten kalten Nächte zu warten, um sein oft bestauntes, sogar dichterisch besungenes Kleid, das eigentlich einem kostümierten Aufzug gleichkam, bunt einzufärben. Infolgedessen sollte er die eigentliche herbstliche Tracht anlegen. Damit würde er zwar eine gern beschriebene buntvielfältige Fülle aufweisen, aber ebenso weniger brave Assoziationen wie ein Landsknechtgewand hervorzurufen imstande war, was durchaus mit der für die Veränderung notwendigen Gewalt kongruent erschien. Oder sollte vielmehr von einem bevorstehenden Aufputz die Rede sein, der Damengarderobe gleich, die, insofern gut gewählt, manche Schwächen nicht zuletzt der Alterung gnädig verbergen half. Allerdings liefe es dem widersprechend hier in der, wie man einmal sagte, Gottes-Natur schließlich auf ein eigentliches Ende hinaus, aufgemischt durch zahlreiche schließlich ins welke Braun übergehende Tonarten, mit kleinteiligem und zugleich generösem anschließendem Neuanfang.

Wobei zuvor, neben, nein, im Verlauf einer nahezu ungeheuerlichen Vielfalt farblicher Abstufungen, die Verfärbungen auf ein immer stärker vervielfältigtes, sich oft verfremdendes, sich zunehmend abdunkelndes Rot hinauslaufen würden, ein Rot, welches die Schwächung der Blattkonsistenz im vergehenden Verkümmern des substantiellen Zusammenhalts nachweisen würde, in der inneren verformenden Erschlaffung von den Rändern her, den Umriss in Mitleidenschaft ziehend, in der Austrocknung mitsamt Entstehen einer rissigen Struktur, im Vergehen jeglichen früheren Grüns, im Verkümmern des Saftes, demnach wenigstens zeitweise und zumal für das betrachtende Auge dem Verlust durch Erschlaffen und Schrumpfen, durch Trocknen und Verbleichen entgegenarbeitend, weil im erdigen Anklang der Farbe ausgreifend und das Leben hochhaltend.

Bis dann nach dem unvermeidlichen Abfallen sich durch das nackte Geäst der fernere Horizont wieder und Achtung heischend ins beobachtende Bewusstsein rief, indem sich durch das Himmelsgrau vermehrt eine neuerliche Bläue bemerkbar machte, das scheinbar erreichbare Entfernte ansprechend, eine aufgehobene Distanz vermittelnd und eine zurückwirkende Tiefe gewinnend.

Marita Wilma Lasch

19. November: kein grauer, sondern ein schwarzer Tag im Spätherbst 2016 oder D.T. II (eine Sammlung)

1 Alleinherrscher – 2 Autokrat – 3 Alter –
4 Angreifer – 5 Außenseiter – 6 Berufsanfänger –
7 Chaot – 8 Despot – 9 Diktator –
10 Diletant - 11 Ehrgeizling – 12 Einfaltspinsel –
13 Fanatiker – 14 Gangster – 15 Ganove –
16 Geisteskranker – 17 Gesetzesbrecher – 18 Gewalttäter –
19 Händler – 20 Hallodri – 21 Hasardeur –
22 Herrschsüchtiger – 23 Heuchler – 24 Hochstapler –
25 Kapitalist – 26 Kasper – 27 Kraftprotz –
28 Kulturloser – 29 Lachnummer – 30 Lobbyist -
31 Macher – 32 Machtbesessener – 33 Marktschreier –
34 Materialist – 35 Maulheld – 36 Möchtegern –
37 Nationalist – 38 Phrasendrescher – 39 Prahler –
40 Provokateur – 41 Quereinsteiger – 42 Radikaler –
43 Ruhmgeiler – 44 Schaumschläger – 45 Schockierer –
(45. Präsident!)
46 Schreihals – 47 Taktiker – 48 Tölpel –
49 Trickbetrüger – 50 Troll – 51 Ungebildeter –
52 Verräter – 53 Verunsicherer – 54 Wankelmütiger –
55 Wertevernichter – 56 Wirrkopf – 57 Wüterich –
58 Zerstörer…

Ende 1:
Was anfangen mit all diesen inhaltsschweren Worten im Dreierpack? Der kreative Mensch mixt sie mit D.T (in Petruta Ritter, Anke Weber, Dirk Tilsner: Dem Schmetterling folgen; Dorante Edition) und versetzt sie mit etwas Wasser, wobei leider keine Klärung oder Reinigung resultiert. Der Brei kann nach Art des Bleigießens verwendet werden. Dabei entsteht zum Beispiel:
Blutegel
Büffel

Chamäleon
Drache
(Hierher gehört auch: Drecksau)
Esel
Gorilla
Hahn
Hai
Hammel
Hund
Kamel
Krebs
Krokodil
Löwe
Mücke
Nilpferd
Ochse
Qualle
Riesenspinne
Schlange
Schwein (wie auch Schweinehund)
Stinktier
Tru(a)mpeltier

Ende 2:
Soll das der mächtigste Mann der Welt sein? Arme Welt!
Die Philosophin Susan Neiman schreibt in Facebook: „Es war eigentlich nicht vorstellbar, dass so ein instabiler Ignorant und neofaschistischer Kandidat, der so einen schlechten Wahlkampf geführt hat, soweit kommen könnte."
 Aber: „Die Entdeckung Amerikas geht weiter." (Manfred Heinrich (1926 – 2015) bei zitate.de)

Inhalt

	Gabriele Nakhosteen
5	Seelenherbst

	Gudrun Baruschka
12	Rügenherbst

	Peter Lechler
17	Renten-Zirkus
28	Goodbye Charlie?

	Werner Hetzschold
39	Erinnerungen und Träume

	Kerstin Werner
47	Ich wollte dich sehen, Papa

	Carsten Rathgeber
52	Das Mützenwunder

	Kathrin Knebusch
58	Sonjas Geheimnis

	Ilonka Meier
61	Sehnsucht nach Marokko – oder Das Bild meines Vaters

	Peter Frank
74	Clown
74	Herbstabend
75	Herbst
76	Kloster in den Bergen
77	September
78	Fahrt mit der S 1 von Altona nach Wedel
79	November
80	Vom Abdecken der Gräber

	Carsten Rathgeber
82	Herbsttasche

82	Herbstreise
83	Herbstliche Dialektik
84	Herbstzüge
85	Heugerüche
86	Grüner Löschweiher

Magnus Tautz
87	Im Herbst
87	Draußen Herbst
88	November
89	Von dieser Stille
90	Inwendig

Edda Gutsche
91	Herbstgärten
92	Herbstwald

Norbert Rheindorf
93	Eine Frage
94	Nacht

Marko Ferst
95	Septemberwärme
96	Herbstbögen
97	Halloween
98	Herbst am Werbellinsee
99	Immer im Herbst
99	Vom Herbst zum Winter
100	Kra-Kra-Kra

Willi Volka
101	Jahreszeiten
102	Leinen los
103	Herbst

Ralf Hilbert
104	Leben: zu wirklich
104	Abends ahnt man: Herbst
104	Schattengelichter
105	Herbst Tag- und Nachtgleiche

Dörte Jack
106 In dunkler Zeit
106 Herr Herbst

Martina Caluori
107 Kompass

Helmuth Schönig
108 Sommerende
108 Grau

Eberhard Schulze
109 Die Wildgans
109 In deinem Büro

Andrzej Kikał
110 Noch ...
111 Herbstregen

Manfred Ach
112 November

Dagobert Kohlmeyer
112 Novembertag
113 Laubfall

Rainer Gellermann
114 1789 - Vor dem Anfang
115 2016 - Weißer Herbst
116 Herbstanfang

Aaron Schmidt-Riese
117 Herbstfall
118 omen

Ingrid Thiel
119 Kleiner Sonntagsspaziergang durchs Dorf

Chiara Tigges
120 Ein Buch vom Herbst

	Peter Paul Wiplinger
121	Herbst in Istanbul

	Wolfgang Rinn
122	Herbstsee

	Annelie Kelch
123	Abschied
124	Novemberblues

	Chiara Blum
125	Stille - Dimensionalität

	Volker Teodorczyk
126	Herbstspuren
127	Saisonfinale
128	Ende und Anfang
129	Lebensabend

	Hanna Fleiss
130	All diese Sommer
131	Entfernungen
131	Am Spreekanal

	Nannah Rogge
132	und dann

	Werner Preuß
133	Herbstlich
134	Kleiner Landgott
134	Unter hellen Himmeln

	Henrike Hütter
135	Zeit der Reife
136	Tiefe Wolken
136	Im Dunst
137	Nieselregen
137	Herbststimmung
138	Im Moor
138	Herbst am See

Marko Ferst
139 Herbstbeginn in Augustusburg
142 Erntezeit am Monte Baldo

Karl Zimmermann
145 Überwintern

Margita Osusky-Orima
146 Im Stadtpark
151 Lolo
156 Einfach so
157 Die Zukunft

Anna B. Lippmann
158 Die Maus

Monika Klein
163 Der schöne Sommer ging

Heidi Axel
183 Der Herbst des Lebens

Joachim Seibt
185 Jenseits der Stege ewig ruft das Moor

Margita Osusky-Orima
189 Herbst-Haiku

Franz Rickert
192 Herbstgedanken
193 Herbstwahrnehmung
194 Abgesang

Gabriele Friedrich-Senger
195 Herbstzeit
195 Herbstfühlen
196 Herbst
196 Stiller Moment

Erika Maaßen
197 Herbst

197	Flammendes Spiel der Farben
198	Leben
198	Ein Herbsttag
199	Du bist mein Blau
199	Herbstsonne
200	Naturwunder
201	Herbstmelancholie
201	Geborgen
202	Brief an einen jungen Freund
203	Wehmütig
204	Auf dem Weg zu dir
204	Letztes Aufflackern
205	Sommer vorbei
205	Wir beide in einem Boot
206	Wo ist das Leid der letzten Zeit geblieben
206	Sammelte Blätter
207	Kurz vor dem Regen
208	Hoffnung
208	Du bist mein Rot
209	Ameisensommer
210	Spätblüher
210	Helle Tage
211	Bin ein alter Baum

Ilonka Meier

212	Herbst

Ursula Becker

213	Zwischenzeit

Maile Ira Folwill

214	Erntedank
214	Wandern im Herbst

Rainer Rebscher

215	Last Blues
215	Dieser Sommer
217	Letztes Grün
218	September Blues
219	Dezemberanfang

220	Blau

Reinhard Lehmitz
221	Langsamer Abschied
221	Noch Einflugschneise
221	Drachen im Nordwind
222	Herbst-Sonett
223	Novembermorgen
224	Launischer Herbst
225	Seelenfrieden
225	Kleiner Baum im Herbst
226	Zwei Binsenhalme

Claudia Ratering
227	Blatt
228	Fallende Tage

Irmgard Woitas-Ern
229	Herbstgold
229	Nebelträume
230	Herbstnebel
231	Ein Hauch von Winter
231	Zugvögel
232	Gefallene Engel
233	Gefühl in Moll
234	Allerseelen

Ingrid Schacht
235	Sturmspiel
236	Allmählich
237	Herbstahnung

Jürgen R. von Gernler
238	Herbstlaub
239	Herbstblätter
240	Herbstfarben
241	Herbstnebel
242	Herbststimmungen

Heike Streithoff
243	Herbstvariation

	Lesley Wieland
244	FIBONACCI FOLGE
246	CURA POSTERIOR
247	HISTORISMUS
249	MADAPOLAM
251	PRO TEMPORE

	Heiko M. Kosow
253	Sommerwende
254	Des Winters Frühling
255	Die letzten Blätter in der Hecke
256	Farbenwechsel
257	Herbst-Ahnung
258	Herbstbilder
259	Herbsterleben
260	Herbstfruchthinterlassenschaft
261	Herbstfülle
262	Herbstnebelinspirationen
263	Nahrhaftes Feuer
264	Novemberfolgen
265	Strandherbst
266	Vogelflug
267	Wintererwartung
268	Gedichte zum Herbst
269	Gedanken im Herbst
270	Goldener Oktober
271	Herbst
272	Herbstabend
272	Herbstabschiedsstimmung
273	Herbstgedanken
274	Herbstliche Sehnsucht
275	Herbsttristesse
276	Im September
277	Vom Werden
278	Sommertageabschied
279	Übergang
280	Winterahnung
280	Herbst-Ängste

	Anna B. Lippmann
281	Übers Jahr

282	Trauriger Herbst
283	Herbstwunsch

Eva Beylich
284	Oktober
285	November

Heinz-Helmut Hadwiger
286	Herbst des Lebens
287	Herbstwagnis
288	Sommerabend
288	Herbstgebete
289	Herbstnacht
289	Herbstkelter
290	Herbstwellen

Sieglinde Seiler
291	Träumen im Herbst

Theresa Uhlig
293	Der erste Tag des Herbstes

Marlies Joepen
298	Der Stolperstein

Petra Weise
304	Bunter Herbst

Mirjana Magura
306	Bevor ich vergesse

Karsten Beuchert
308	Bergzeit
312	Gedanken an einem Herbsttag in einer deutschen Stadt
316	Brandung
318	Der Winter naht

Werner Preuß
321	Karel der Zauberer

	Rudolf Strohmeyer
322	Der Entschluss

	Hildegard Kulik
327	Rumtopf
328	September

	Dietrich Lange
329	November
329	Herbstmorgen an der Küste

	Susanne Röhrs
330	Zeit
331	am sommerende

	Xenia Hügel
332	Herbstblume

	Heidi Axel
333	Es herbstet

	Maria Punz
333	Goldregen

	Stefan Kriegel
334	dezembersonne
335	herbSTEINsamkeit

	Susanne Rzymbowski
336	Pferde lagen auf der Weide
336	Trunken
337	Schneeflocken aus Zerstreuung
337	Herbstlaub in den Händen
338	Leise sind die Stimmen
338	Wolken treiben am Himmel

	Nicole Thaler
339	Herbst
339	November
340	Herbstzeit

340	Unterwegs im Herbst
341	November beginnt
342	Herbstsonnentag
343	Vorbereitungen
344	Regentag
344	Herbstgrau
345	Nebelsicht
346	11. November
347	Abschied

Theresa Uhlig
348	Novemberregen

Gabriele Guratzsch
349	Der Herbst
350	Mein schöner Kastanienbaum im Jahr

Silke Berke
351	Herbstgeborene
351	Melancholie

Sieglinde Seiler
353	Goldener Oktober
354	Herbst wird es… leider!
355	Flüstern des Herbstes
356	Herbstträume

Ingrid Baumgart-Fütterer
357	Herbst des Lebens
358	Verwandlung
358	Obskure Gestalten
359	Goldener Herbst
359	Tanka
360	Feuerglanz
360	Tanka II

Heidi Koch-Paplewski
361	Die Lärche fällt im Herbst
362	Die Lärche fällt im Herbst II
363	Die Rose

363 Nachtigall

Astrid Freudenberg-Messan
365 Herbstbild

Samira Schogofa
365 Herbstgedanken

Claudia Falk
366 Im Herbst hat sich meine Seele verkühlt

Henriette Tomasi
366 Letzte Herbsttage

Giovanna Leinung
367 Eine sanfte Brise
367 Auf güldenen Flügeln
368 Träume in der Einsamkeit
368 Geflüster

Eduard Preis
369 Herbstdepression
370 Herbst
371 Hochsitz
372 Herbsttage

Angela Hilde Timm
373 Abschiedsgedicht an meine Freundin, die Pappel

Gerwin Degmair
374 Der Herbst
374 In waldtiefer Stille

Flora Florenz
375 Die Spinnerin

Lisa Krüger
376 Kalte Herbstaura
376 Der Herbstspaziergang

Mirjana Magura
377   Oktober
378   Das Reifen
379   Gewitter
380   Luftiger Wächter
381   Stammbaum
382   Einsame Gräber

Bauer Beate Loraine
383   Herbstmorgenblues
384   Herbstherz
385   Herbstgasse
386   Herbstasyl
387   Allgäuer Herbsttag
388   Lebens-Herbst-Manchmal. Herbst-Lebens-Blues
389   Ahorngold
390   Septembermorgen
391   Oktobergruß
392   Farbherbst

Herbert Kuboth
393   Herbst der Menschheit

Elena Sofie Böhler
404   Es schneit ...

Martin Stankowski
409   Von einer Partie Weltlandschaft

Marita Wilma Lasch
414   19. November: kein grauer, sondern ein schwarzer Tag im Spätherbst 2016 oder D.T. II (eine Sammlung)

417   Inhalt

431   Autorinnen und Autoren stellen vor

Autorinnen und Autoren stellen vor:

Marko Ferst, Andreas Erdmann, Monika Jarju u.v.a: Die Ostroute. Erzählungen, 256 Seiten, Edition Zeitsprung, Berlin 2014, 16,90 €
Marko Ferst: Umstellt. Sich umstellen. Politische, ökologische und spirituelle Gedichte, 160 Seiten, Engelsdorfer Verlag, Berlin 2005, 11,20 €
Marko Ferst: Jahre im September. Gedichte und Erzählungen, Edition Zeitsprung, Berlin 2017
Marko Ferst: Täuschungsmanöver Atomausstieg? Über die GAU-Gefahr, Terrorrisiken und die Endlagerung, 136 Seiten, Edition Zeitsprung, Berlin 2007, 9,95 €
Marko Ferst, Franz Alt, Rudolf Bahro: Wege zur ökologischen Zeitenwende. Reformalternativen und Visionen für ein zukunftsfähiges Kultursystem, 340 Seiten, Edition Zeitsprung, Berlin 2002, 21,90 €
Marko Ferst, Rainer Funk, Burkhard Bierhoff u. a.; Erich Fromm als Vordenker. „Haben oder Sein" im Zeitalter der ökologischen Krise, 224 Seiten, Edition Zeitsprung, Berlin 2002, 15,90 €
Leseproben und Bestellung: www.umweltdebatte.de

Hanna Fleiss: Zwischen Frühstück und Melancholie. Gedichte, Engelsdorfer Verlag, 2014, 135 Seiten, 10 €
Hanna Fleiss: Nachts singt die Amsel nicht. Lyrics, 120 Seiten, united p.c., 2013, 16,40 €

Marlies Joepen „Aufbruch", in: Ein Menschenrechte-Lesebuch. Anthologie, Hrsg. Tobias Kiwitt, Ulrich Klan, Edition Roesner, 217 Seiten, 2010, Euro 22,30 €
Marlies Joepen „Musterkind", in: Weißt du noch ... ERINNERUNGEN. Anthologie, Hrsg. Betti Fichtl, 310 Seiten, Edition Wendepunkt, 2015, Euro 17,80 €
Marlies Joepen „Glimmen", in: Aquarell aus Worten. Anthologie, Hrsg. Literaturpodium, Dorante Edition, 246 S., 2016, Euro 13,50 €

Kathrin Knebusch: Zeit braucht eine kleine Weile. Erzählung, Treibgut Verlag 2014, 120 Seiten, 13,90 €

Heiko M. Kosow u.v.a.: Welt der Poesie (2013), Frieling-Verlag, Berlin

Heiko M. Kosow u.v.a: Auslese zum Jahreswechsel 2013/2014, Frieling-Verlag, Berlin
Heiko M. Kosow u.v.a.: Querschnitte Frühjahr 2013, Band 1, Novum-Verlag, Neckenmarkt
Heiko M. Kosow u.v.a: Querschnitte Sommer 2013, Band 1, Novum-Verlag, Neckenmarkt
Heiko M. Kosow u.v.a.: Querschnitte Herbst 2013, Band 1, Novum-Verlag, Neckenmarkt
Heiko M. Kosow u.v.a.: Winter Märchen Haft, Band 1, Novum-Verlag, Neckenmarkt
Heiko M. Kosow u.v.a.: Lyrik und Prosa unserer Zeit – Neue Folge. Band 16, Karin Fischer-Verlag, Aachen
Heiko M. Kosow u.v.a.: Der Frühling nähert sich. Gedichte, Dorante Edition, Engelsdorfer Verlag, Leipzig
Heiko M. Kosow u.v.a.: Sommer im Norden. Gedichte, Dorante Edition, Engelsdorfer Verlag, Leipzig
Heiko M. Kosow u.v.a.: Frühjahr im Schnee. Gedichte, Dorante Edition, Engelsdorfer Verlag, Leipzig
Heiko M. Kosow u.v.a.: Gefundene Ruhe. Gedichte, Dorante Edition
Heiko M. Kosow u.v.a.: Meere, Flüsse, Seen. Erzählungen und Gedichte, Dorante Edition
Heiko M. Kosow u.v.a.: Aquarell aus Worten. Rote Erzählungen und Gedichte, Dorante Edition

Herbert Kuboth: Gespräche mit einem Baumliebhaber. Kurzgeschichte, Wenn es Nacht wird (Sammelband), 452 Seiten, ISBN 1522817123, CreateSpace Verlag, 2015, 17 €
Herbert Kuboth: Unsichtbar im Netz, Kurzgeschichte, 2. Bubenreuther Literaturwettbewerb 2016 (Sammelband), 488 Seiten, ISBN 3734562228, 2016, tredition Verlag, 16,99 €, Bestellung: www.amazon.de

Peter Lechler: Wo der Wahnsinn wohnt. Pfalzkrimi, 162 Seiten, Knechtverlag Landau, 11,99 €
Peter Lechler: Alpentouren, Löwenspuren. Auf der Fährte der Liebe. Reiseerzählungen, 196 Seiten, Engelsdorfer Verlag, 2012, 12,60 €, Leseproben: www.literaturpodium.de
Peter Lechler: Auf den Schwingen der Eule: Denn Liebe ist stark wie der Tod, 172 Seiten, BoD, 2008, 9,80 €
Peter Lechler: Im Alltag und auf Reise, mal heiter und mal scheiße. Stories to go, 291 Seiten, BoD, 2015, 13,90 €

Giovanna Leinung: Zyklus der Welt: Im Wandel der Zeit, 2014, 144 Seiten, united p.c.Verlag, 16,40 €
Giovanna Leinung: Zyklus der Welt: Wie weit mich meine Seele trägt, 2014, 144 Seiten, united p.c.Verlag, 16,40 €

Carsten Rathgeber u.v.a.: Auf der Halbinsel. Rote Erzählungen und Gedichte, 420 Seiten, Literaturpodium (Dorante Edition), 2016, 17,80 €.
Carsten Rathgeber u.v.a.: Der Abend vor Silvester. Erzählungen und Gedichte, 432 Seiten, Literaturpodium (Dorante Edition), 2015, 17,80 €
Carsten Rathgeber u.v.a.: Nordlandwinter. Gedichte, 296 Seiten, Literaturpodium (Dorante Edition), 2016, 15,50 €
Carsten Rathgeber u.v.a.: Im falschen Abteil. Gedichte 380 Seiten, Literaturpodium (Dorante Edition), 2017, 17,60 €
Carsten Rathgeber u.v.a.: Zwischen(t)räume & Grenzwelten, 68 Seiten, Lorbeer Verlag, 2014, 6,99 €

Erika Maaßen: Herbstzeichen der Liebe. Freundschaften, Beziehungen und andere Wegbegleiter,180 Seiten, 2016, BoD, 9,50 €
Erika Maaßen, Norbert Mieck, Helga Lange u.v.a.: Bunte Flusslandschaften. Haiku und andere Kurzgedichte, Aphorismen, 200 Seiten, 2016, BoD, 12,90 €
Erika Maaßen: Alles will ich ihm erzählen. Autobiographisches, 255 Seiten, 2011, Verlag des Biographiezentrums, 14,90 €

Rainer Rebscher: Im Flügelschlag des Harlekin. Lieder & Gedichte, Hrsg. Anton G. Leitner, Steinmeier Verlag Deinigen, Reihe Poesie 21, 2012 – ISBN 978-3-939777-80-9
Rainer Rebscher: Im Schwarzerlenwasser atmet die Zeit. Gedichte, Hrsg. Anton G. Leitner, Verlag Steinmeier Deiningen, Reihe Poesie 21, 2014 – ISBN 978-3-943599-11-4

Ingrid Schacht: Im frischgemalten Rot des Mohns, Lyrik, 104 Seiten, Verlag BoD, 2015, 10 €
Ingrid Schacht: Rosen- und lavendelfarbene Zeit, Lyrik, 104 Seiten, Verlag BoD, 2017, 10 €

Martin Stankowski: Die geöffnete Tür. Eine Erzählung aus der Reformationszeit, 243 Seiten, Wagner Verlag Linz, 2010, 21,00 €
Martin Stankowski: Vom Ganzen des Glücks. Vier Novellen als Variationen zum Thema Frau und Mann, 268 Seiten, united p.c. Verlag Neckenmarkt, 2015, 19,90 €

Martin Stankowski: Vom Ganzen des Glücks: Eine zweite Partie. Fünf weitere Novellen, 264 Seiten, united p.c. Verlag Neckenmarkt, 2016, 19,90 €

Angela Hilde Timm: Glaubens-Bilder, christliche Texte mit Naturaufnahmen und mit Kirchenmotiven aus dem Raum Stade, 47 Seiten, WFB-VERLAGSGRUPPE, 8,00 €, ISBN 978-3-930730-59-9
Verlag: http://crescer-publishing.de/

Petra Weise: Eine verhängnisvolle Diagnose. Kurzgeschichten, 148 Seiten, 6,85 €
Petra Weise: Mein Hund Benno. Roman, 216 Seiten, 8,65 €
Petra Weise: Liebeslügen. Kurzgeschichten, 264 Seiten, 9,85 €
Petra Weise: Ein halbes Leben. Roman, 252 Seiten, 9,85 €
Petra Weise: Ein ganz anderes Leben. Roman, 287 Seiten, 9,95 €
Petra Weise: Das Leben geht weiter. Roman, 256 Seiten, 9,95 €

Seltenes spüren

Gedichte

**Ulrich Grasnick, Elisabeth Hackel, Günter Kunert,
Marko Ferst, Dorothee Arndt, Charlotte Grasnick u.v.a.**

268 Seiten, 2014

Erleben Sie den Inkafrühling in Peru. Versunkenen ägyptischen Schätzen wird nachgespürt. Monets Garten lädt ein und dem Duft einer französischen Bäckerei folgt ein Gedicht. Der Berliner Dom spiegelt sich nicht mehr im Palast. Zahlreiche surreale Gedichte enthält der Band, vereinzelt auch gereimte. Ein Besuch bei Heine steht an, versteckt liegt sein Denkmal. Den Szenarien der Krieger geht ein Lyriker auf den Grund, von weidwundem Land berichtet ein Gedicht für die Erde. Letzte Bienenwagen kommen in den Blick, Ausflüge führen ins Känguruland. Die Sonnenpost läßt uns Entfernungen vergessen. Der vorliegende Band ist eine Gedichtsammlung des Köpenicker Lyrikseminars und der Lesebühne der Kulturen Adlershof. Gäste wurden eingeladen. Grafiken von Dorothee Arndt illustrieren den Band. Das Lyrikseminar existiert seit 1975 und publizierte bereits mehrere Anthologien.

Leseproben: www.umweltdebatte.de
Bestellung: marko@ferst.de (dt. Porto frei)

Die Ostroute

Erzählungen

Andreas Erdmann, Marko Ferst, Monika Jarju u.v.a.

256 Seiten, 2014

Der Band beginnt und endet mit einer Erzählung über Wölfe. In der einen werden sie gnadenlos verfolgt, in der anderen sorgt ein Rudel weißer Tundrawölfe für arktische Jagdszenen. Andernorts kommt eine Ostroute ins Spiel. Wir erfahren mehr über das Schicksal eines jungen Rauschgiftkuriers im Iran, wie über seinen Lebensweg der Stoff der Stoffe richtet. Ein Ostseesturm sorgt für eine risikoreiche Segeltour. Von allerlei sonderbaren Abwegen weiß die Erzählung „Genervtes Anstehen für Liebe" aus Bulgarien zu berichten. Zur Sprache kommen die Erfahrungen von Heimkindern in der frühen Bundesrepublik. Grenzübertritte zwischen Ost und West und deren Folgen sind im Blick zweier anderer Beiträge. Wie man ganz legal schwarzfährt, erläutert Johannes Bettisch. Was passiert, wenn man ganz unerwartet von seinem chinesischen Firmenpartner zum Tanz aufgefordert wird?

Der Band enthält Erzählungen von Ali Amini, Johannes Bettisch, Andreas Erdmann, Marko.Ferst, Elisabeth Hackel, Karin Heinrich, Monika Jarju, Tengis Khachapuridse, Norbert Klatt, Christine Koch, Carmen Mayer, Heide Rabe, Hans Sonntag, Dimil Stoilov, Lore Tomalla, Günter Wirtz, Gisela Witte und Angelika Zöllner.

Im falschen Abteil

Gedichte

Alfred J. Signer, Helmut Glatz, Volker Teodorczyk u.v.a.

380 Seiten, 2017

Andengipfeln, dem Puma und der Ruta 40 folgen einige Zeilen. Dem Flug des Silberreihers spürt eine Dichterin nach. Brandroter Mohn auf Wiesen fällt auf. Landschaften im Norden erzählen von Treibholz und Pfählen. Väterchen Frost kommt in der russischen Stadt Ufa zum Auftritt. Philosophische Spiegelungen des Nordlichts werden in einem Gedicht ausgebreitet, die Dimensionen von Raum und Zeit. Was bleibt übrig von einem Leben, davon wird in gereimter Form gesprochen. Gedichte über die Flüchtlinge im Land sind etliche zu finden: Was könnte Barmherzigkeit heißen? In diesem Gedichtband gibt es überdies zahlreiche humorvolle Gedichte. Da wird der sicheren Rente mit Spott nachgetrauert oder der Hosenkauf der Frauen betrachtet - mit Erfahrung gewürzt. Von dem Erlebnis im falschen Abteil zu sitzen, weiß ein Bahnreisender zu berichten. Der Band enthält überdies einige Liebesgedichte. Auch Katzen schleichen zuweilen um die Wörter.

Leseproben: www.literaturpodium.de
Bestellung: wettbewerb@literaturpodium.de

Herbstzeichen der Liebe

Freundschaften, Beziehungen und andere Wegbegleiter

Erika Maaßen

180 Seiten, 2016

Die Autorin versucht in diesem Band eine biographische Spurensuche, die sich in alle ihre Lebensalter erstreckt, die Liebesbeziehungen stehen im Mittelpunkt, Freundschaften werden ausgelotet. Zur Sprache kommen Verletzungen in der Kindheit und Jugend, das komplizierte Verhältnis zu den Eltern. Die Erfahrungen einer langen Ehe geraten in den Blickwinkel, ebenso wie die Trostlosigkeit nach einer vorangehenden früheren Heirat, der eine Scheidung folgt. Die neuen Freiheiten des Alters werden gezeigt, und wie man sich von lange eingeübten Selbstbeschränkungen befreien kann. Reizvoll die Beziehungen, die dann noch, jenseits jeder Konvention, möglich scheinen.

Leseproben, Inhaltsverzeichnis: www.literaturpodium.de
Bestellung: maassenerika@aol.com

Aktuelle Bücher

Alfred J. Signer, Helmut Glatz, Volker Teodorczyk u.v.a.
Im falschen Abteil. Gedichte (380 Seiten)
Kurt Bott, Barbara Gregor, Peter Frank u.v.a.
Nordlandwinter. Gedichte (296 Seiten)
Elisabeth Gehring, Bruno Rauch, Carsten Rathgeber u.v.a.
Auf der Halbinsel. Rote Erzählungen und Gedichte (420 Seiten)
420 Seiten, 2016
Peter Frank, Hans Sonntag, Manfred Burba, Heiko M. Kosow u.v.a.
Frühjahr im Schnee. Gedichte (308 Seiten)
Mio Mandel, Christine Zeides, Magnus Tautz, Manfred Burba u.v.a.
Sommerfrühstück. Erzählungen und Gedichte (436 Seiten)
Peter Frank, Hanna Fleiss, Manfred Burba, Peter Lechler u.v.a.
Abendsegel. Gedichte (304 Seiten)
Manfred Burba, Michael Starcke, Norbert Rheindorf u.v.a.
Vom Duft der Wüste. Gedichte (284 Seiten)
Norbert Rheindorf, Hanna Fleiss, Günther Bach u.v.a.
Sommer im Norden. Gedichte (256 Seiten)
Peter Frank, Julia Romazanova, Hans-Jürgen Gundlach u.v.a.
Der bewaldete Tag. Gedichte (320 Seiten)
Marko Ferst
Republik der Falschspieler. Gedichte (172 Seiten, Engelsdorfer Verlag)
Catherine Santur, Esther Redolfi, Peter Frank u.v.a.
Vom Mut der Anderen. Erzählungen, Gedichte und Essays über Menschenrechte (316 Seiten)
Esther Redolfi, Michaela Bindernagel, Catherine Santur
Die Regensammlerin. Erzählungen, Gedichte und Essays: Ökologie, Naturlandschaften und Zukunft (256 Seiten)
Lena Kelm
Manchmal dauert ein Weg ein Leben lang. Vom Gulag nach Berlin (248 Seiten)
Werner Hetzschold, Karin Gundel, Heidi Axel u.v.a.
Ausflug zur Moorinsel. Erzählungen (408 Seiten)
Anna B. Lippmann, Francesco Mancino, Renate Maria Riehemann u.v.a.
Von raffinierten Kochkünsten. Erzählungen und Gedichte über erlesene Speisen (320 Seiten)
Hannelore Furch, Peter Lechler, Thomas Schricker u.v.a.
Eine Hochzeit in der mongolischen Steppe. Reisen und Landschaften (412 Seiten)
Karin Posth, Benjamin Frech, Klaus Kayser, Peter Frank u.v.a.
Meere, Flüsse, Seen. Erzählungen und Gedichte (415 Seiten)

Leseproben: www.literaturpodium.de Bestellung: wettbewerb@literaturpodium.de

Wege zur ökologischen Zeitenwende

Reformalternativen und Visionen für ein zukunftsfähiges Kultursystem

Franz Alt Rudolf Bahro Marko Ferst

340 Seiten, Leseproben: www.umweltdebatte.de

Die ökologische Krise droht der menschlichen Zivilisation eine Richtstatt zu bereiten. Würden wir sämtliche Energie, die wir nicht einsparen können, über Solartechnik, Wasserkraft, Windkraft und aus Biomasse gewinnen, hätten wir schon ein gutes Stück Zukunft gesichert. Mit einer globalisierten Wettbewerbsökonomie, die auf permanentem Wachstum fußt und einen Pol auf Kosten des anderen Pols entwickelt, wird die Todesspirale nicht aufzuhalten sein. Gerechte gesellschaftliche Verhältnisse im globalen Maßstab sind nötig. Der erforderliche ökologisch-soziale Strukturwandel müßte umfassender sein als alle vorhergehenden Umwälzungen und Reformen in der Menschheitsgeschichte. Die eigentliche Chance für eine ökologische Rettungspolitik erwächst aus dem geistigen Lebensniveau der Gesellschaften. Jede Veränderung beginnt im Menschen, hat dort ihren Vorlauf. Wir brauchen ein ökologisches Kultursystem, das auf Herz und Geist gebaut ist.

Bestellung: marko@ferst.de
(neuwertige Remissionsexemplare für 19,90 inkl. dt. Porto direkt beim Autor)